W0413646

Collection dirigée par Glenn Tavennec

L'AUTEUR

Sous le mystérieux pseudonyme de Myra Eljundir se cache un auteur et scénariste francophone de talent, vivant en Islande.

À l'instar de Kaleb, sa trop grande empathie l'a conduite à s'isoler. Une façon de se protéger, ainsi que ceux qu'elle aime.

Retrouvez tout l'univers de
KALEB
sur la page Facebook de la collection R :
www.facebook.com/collectionr

Vous souhaitez être tenu(e) informé(e)
des prochaines parutions de la collection R
et recevoir notre newsletter ?

Écrivez-nous à l'adresse suivante,
en nous indiquant votre adresse e-mail :
servicepresse@robert-laffont.fr

MYRA ELJUNDIR

Kaleb III

SAISON III

roman

R

Illustration p. 99 : © daw666/Fotolia.com

© Éditions Robert Laffont, S.A., Paris, 2013

ISBN 978-2-221-12684-4
ISSN 2258-2932

Chers lecteurs,

Enfin, vous avez entre les mains des extraits du fameux Livre du Volcan *!*

Témoin d'événements passés et présents, c'est aussi, vous le découvrirez, un livre charnel, sensuel, vivant.

C'est un livre qui évolue, jour après jour, un siècle après l'autre, un livre éternel pour lequel Kaleb, vous et moi ne sommes peut-être que quelques personnages de plus…

Première époque

LES GÉANTS

1

— Je m'appelle Wothan, articule-t-il péniblement. Ancien membre respectable du clan de la vallée. Sage parmi les sages. Je m'appelle Wothan et j'implore ton hospitalité. Le temps de te conter l'histoire du peuple de la vallée, jadis libre et uni. Le temps que mon sang finisse de couler le long du couteau qui est en train de me tuer...

« Je dois témoigner de notre folie, de notre bêtise. De ce goût du pouvoir qui a fini par causer notre perte. De ce qui nous apparut comme un cadeau du monde de la Lumière, mais ne fut qu'un leurre envoyé par les Ténèbres...

« Nous étions déjà des survivants, mais n'en avions retiré aucune leçon, aucune humilité. Et c'est notre arrogance qui a tout précipité...

« J'étais un homme accompli quand le ciel s'est ouvert et que les choses ont commencé à changer. Je ne me souviens pas du nombre exact de mes saisons – peut-être dans les *cinquante-six ? –, de mes lunaisons*[1]*, mais l'âge est un élément bien anecdotique. La maturité est chose étrange. Il arrive qu'elle s'incarne dans l'enfant tout juste sorti du giron de sa mère et déserte l'homme âgé qui n'a alors d'adulte que l'aspect. C'est pourquoi notre peuple n'a jamais jaugé la valeur d'un individu sur son nombre de saisons...*

L'homme parle comme il respire. En phases ascendantes et descendantes, accélérant parfois le rythme, s'essoufflant, manquant d'air, prenant à peine le temps d'avaler sa salive tant il semble pressé de tout raconter. Peut-être aussi parce qu'il a peur de ne pouvoir arriver au bout de son récit.

– Lorsque les choses ont basculé, ma chevelure n'avait pas encore perdu de sa flamboyance en se parant de ces fils blancs qui vous donnent l'air respectable, mais mes épaules avaient gagné en largeur et j'étais de cette corpulence rassurante qui donne aux femmes des envies de foyer. Ma descendance, forcément aussi vaillante que je pouvais l'être, serait appelée à faire de grandes choses. Mais aucune des nymphes qui me lançaient force œillades langoureuses n'était en mesure de retenir mon attention. Mon épouse Frigga me comblait comme peu d'hommes doivent l'être, tant par son intelligence et sa douceur que par son humour et sa tendresse. C'était ma compagne, mon amante, ma sœur d'âme. Cela dit, ma douce moitié ne m'aurait pas tenu rigueur d'une incartade, car nous autres, membres du clan de la vallée, savons que l'essentiel réside plus dans le cœur que dans la chair. Mais j'ai toujours été un homme de devoir, de principes, et il m'est inconcevable de trahir ce en quoi je crois, comme ceux en qui j'ai placé un

1. Une lunaison équivaut à un mois, une saison à six mois. Vous trouverez en fin de roman un tableau des équivalences temporelles. *(N.d.É.)*

jour mon amour et ma confiance. C'est d'ailleurs ce qui aura précipité mon trépas...

L'homme observe un long silence, semble à deux doigts de perdre connaissance. Il respire péniblement et, à chaque fois que sa poitrine se soulève, elle semble plus lourde du fardeau d'une vie dont elle parviendra bientôt à se délester. Son souffle est rauque, sifflant, ses paroles voilées comme s'il avait fait tout le tour de l'île en courant. Il transpire. De grosses gouttes froides sur son visage brûlant. Des perles salées qui, quand elles sécheront, laisseront peut-être une trace blanche dans les sillons qui lui barrent les joues. Wothan tousse. D'une toux semblant venir des tripes et l'ébranlant si fort que ses mains s'agitent frénétiquement pendant la quinte. Il ferme les yeux, voit trente-six chandelles et attend que l'étourdissement soit passé pour saisir le bol que la femme lui tend.

Elle ne dit rien. Elle accueille juste ses paroles et c'est déjà beaucoup. Car elle n'est pas n'importe qui et, puisqu'il va mourir, c'est à elle qu'il doit transmettre ses souvenirs et leur Histoire. Afin qu'à son tour elle les relate un jour...

– J'ai rencontré Frigga lors de la fête de la Lumière. Je ne sais pas si tu t'en souviens, mais nous aimons célébrer le retour de la saison claire, quand la nuit relâche enfin son étreinte et qu'au terme de six longues lunaisons elle permet de nouveau au soleil d'éclairer nos yeux et réveiller la nature endormie. Il fut un temps où, paraît-il, c'était une saison douce où l'astre jaune réchauffait aussi les peaux et faisait mûrir des fruits sucrés et juteux. Cette époque est révolue et n'est plus qu'un ancien souvenir que ceux de nos aïeux qui n'avaient pas été engloutis aimaient nous raconter. L'ère du Grand Froid est la seule que j'aie jamais connue...

La femme lui sourit et ses yeux brillent un peu, comme ceux d'une pucelle à qui l'on va raconter une belle histoire. Une his-

toire d'amour dans laquelle elle pourra se projeter et qui la fera vibrer comme jamais il ne lui a été donné de le faire. Elle est assise à même le sol, en face du vieil homme, et se rapproche un peu de lui en glissant sur la terre fine, comme pour l'encourager à continuer. Wothan ferme les yeux et se remémore la rencontre.

– Je parle de rencontre, mais je l'avais, bien sûr, déjà croisée avant ce soir-là. Frigga avait alors vingt-six saisons claires, vingt-cinq saisons sombres et deux lunaisons. J'avais douze saisons de moins qu'elle. J'étais un gamin quand elle était déjà une femme !

« D'elle, je ne connaissais que l'histoire que mes parents m'avaient racontée. Frigga avait été unie à Gottric, et lui avait donné une merveilleuse petite fille, Edda. Hélas, parti un jour en mer pour pêcher de quoi nourrir le clan, son aimé n'était jamais revenu. Elle l'avait pleuré douze saisons durant, traînant sa mélancolie silencieuse une lunaison après l'autre. Partout où elle allait, le fantôme de Gottric semblait l'accompagner. Il faut du temps parfois pour se défaire des absents. Le lien invisible qui vous unit encore à eux est plus solide qu'une lourde chaîne et seul le temps parvient à l'éroder suffisamment pour qu'il se rompe. Ainsi, malgré sa grande beauté que le deuil n'avait aucunement fanée, nul homme n'avait tenté de détourner Frigga de son veuvage, sachant que ce serait cause perdue si elle n'y était pas elle-même résolue. Dans le clan, il n'y a pas de règle concernant ces affaires-là. Certains veufs prennent épouse quelques lunaisons à peine après la perte, d'autres ne s'unissent plus jamais à quiconque. En somme, chacun fait ce qu'il peut, sans être jugé sur sa souffrance et sa manière de la vivre… Le clan avait donc soutenu la veuve et aidé à l'éducation de la petite Edda. L'enfant affichait une espèce de gravité qu'on attribuait *à la perte de son père, alors qu'elle n'avait pas encore deux saisons, mais elle appréciait qu'on s'occupe d'elle et semblait s'épanouir au contact des autres enfants.*

« Bien que n'étant pas particulièrement solitaire, Frigga n'était pas non plus friande des fêtes rythmant nos saisons. Aussi, quand elle apparut ce soir-là, les cheveux lâchés pour la première fois depuis le départ de Gottric, le corps enveloppé d'une tunique blanche et les poignets alourdis de breloques étincelantes, la tête bien droite, le regard fier, nous comprîmes tous qu'elle était prête à se défaire du spectre de son défunt mari. Les femmes l'accueillirent sans un mot, lui souriant et l'invitant à se joindre au buffet. Les aînées prirent la petite Edda par la main pour la conduire à la table des enfants, où elles la surveilleraient pendant que sa mère réapprendrait à vivre. Les hommes libres du clan saluèrent Frigga en la regardant droit dans les yeux, de cet air un peu effronté et timide à la fois que nous prenons quand nous sommes émus par la grâce féminine, et comprenons que nous ne sommes que des moucherons face à elle.

« Évidemment, comme tous les autres, j'étais sous le charme de sa silhouette harmonieuse, des traits parfaits de son visage, de ses yeux si doux et si francs que vous aviez l'impression d'être le plus noble des hommes lorsqu'ils se posaient sur vous, ainsi que des fins sillons qui entouraient ses lèvres et ses paupières, comme pour souligner son sourire ou nous rappeler toutes les larmes qu'elle avait dû verser dans le secret de sa demeure. Mais conscient de n'être qu'un vermisseau, un misérable gamin, une luciole éblouie par l'astre jaune, je me contentai de lui balbutier quelque banalité lorsque, par hasard, elle me regarda.

« Et qu'elle me sourit…

« Sourire que je lui rendis en reculant, sous l'effet de la stupeur.

« Comme j'avais grandi extrêmement vite, je n'étais pas encore tout à fait habitué à mon corps d'homme et, gérant mal mes mouvements, je me cognai violemment la main contre une table. Je laissai alors échapper un juron et rougit sans doute jusqu'aux oreilles, ce qui la fit éclater de rire. C'était la première fois que je l'entendais rire : une musique féminine, claire, haut perchée, jouant de plusieurs notes. Un rire dénué de calcul, un rire d'abandon, un rire vivant. Je ne pus m'empêcher d'essayer de deviner sur quels accords se promenait son souffle lorsqu'elle se donnait à un homme. Et m'empourprai de plus belle...

« Mais elle avait déjà détourné la tête, me laissant à mes fantaisies de puceau empoté...

« Oh, j'avais bien connu quelques filles que j'avais pu embrasser, ou même emmener un peu à l'écart, pour apprendre leur corps et le plaisir ! Mais je ne connaissais rien de l'amour ni de cet état transcendant qu'on ressent quand on ne fait plus qu'un avec une femme...

« La fête continua, et fut exceptionnelle. En tout cas, c'est ainsi que j'aime m'en souvenir. Je me rappelle la musique, joyeuse, enivrante, des violons s'invitant dans mon cœur, des tambours le faisant battre plus vite, de la flûte qui me fit bouger les pieds. Je me rappelle les boissons grisantes, la nourriture riche et savoureuse, le parfum légèrement boisé des décoctions que les femmes utilisent pour donner de beaux reflets à leurs cheveux. Je m'en souviens comme si c'était hier, parce que c'est ce soir-là que Frigga fit de moi un homme. Son homme.

« Courtisée plus que de raison, elle répondait poliment aux avances du forgeron, des pêcheurs, des sages, et même de quelques vieillards se sentant encore pleins de sève. Elle leur souriait gentiment mais ne parvenait pas à choisir un compagnon de danse, de conversation, ou même de boisson. Et tandis que le

temps s'étirait, son sourire si rayonnant à son arrivée le cédait à un pli amer. Frigga était déçue. Par les hommes présents ? Par elle-même, qui finalement n'était peut-être pas encore prête à reprendre compagnon ? Je n'en savais rien, mais percevais néanmoins son trouble. J'avais toujours eu cette forme de sensibilité qui me rendait perméable aux émotions des autres, ce qui faisait de moi un ami attentionné et mesuré dans mes paroles. J'hésitais à aller la trouver pour la consoler, la rassurer aussi. Après tout, ce n'était qu'une première sortie, elle n'avait aucune urgence à faire un choix ! Mais qui étais-je, du haut de mes trente-six saisons, pour venir donner des conseils à une femme qui avait traversé l'épreuve du veuvage ? Pourtant, à ma grande surprise, ce fut elle qui vint à moi. Elle avait repéré mes atermoiements et attrapa mon regard sans que je puisse m'en détacher. Elle traversa la salle, se frayant un passage parmi des danseurs que je ne voyais déjà plus, tant sa présence m'emplissait à elle seule.

« – Pourquoi me regardes-tu ainsi, gamin ?

« – Je ne suis pas un gamin !

« – J'ai au moins vingt saisons de plus que toi.

« – Non, à peine douze. Et puis les saisons, ce n'est guère important que pour les enfants. Les gens comme nous n'ont que faire d'une vulgaire histoire de chiffres ! m'écriai-je, piqué dans mon orgueil.

« – Les gens comme nous ?

« – …

« – Qu'entends-tu par là ? insista-t-elle.

« Croyant qu'elle se moquait de moi, je m'apprêtai à battre en retraite, honteux. Mais quelque chose me retint. Son regard. La sincérité qui émanait, malgré tout, de sa question. On

pouvait presque déceler en elle une sorte d'espoir, comme si ma réponse allait changer le cours de sa vie, et peut-être la mienne.

« – Je ne sais pas. Je suis peut-être jeune, mais mon âme est pure et solide. Elle sait oublier les artifices dont trop souvent les gens se parent, pour lire directement dans leur cœur. Et j'ai le sentiment que nous sommes en ce point identiques. Crois-tu que je me trompe ?

« Frigga eut l'air surprise. Elle sourit avec la même chaleur qu'au début de la soirée.

« – Fais-moi danser, Wothan...

« – Pardon ?

« Je ne sais ce qui m'étonna le plus. Qu'elle connaisse mon prénom ou bien qu'elle me choisisse pour la faire tourner sur la piste.

« – Fais-moi danser.

« Frigga me tendit ses mains. Je les pris alors dans les miennes et ressentis aussitôt une décharge qui électrisa tout mon être et vint taper au fond de mon ventre. Bien incapable d'élaborer une pensée raisonnable, j'obtempérai. Ses mains étaient douces. Son parfum délicat. Le contact de son corps brûlant. C'est tout ce que je fus capable d'analyser. J'avais soudain l'impression de vivre un instant magique, précieux, d'être l'élu d'un paradis dont j'ignorais qu'il pourrait être mien un jour. Mon cœur battait avec le sien, j'avais envie de rire et de pleurer à la fois, de tout lui dire et de me taire, de la toucher et de me fondre en elle. Je venais de tomber amoureux, et plus jamais je ne voudrais me relever et marcher loin d'elle.

« Il arrive que les peaux communiquent, que les âmes se parlent et se racontent, sans qu'aucun mot ait besoin de franchir les lèvres. Et c'est précisément ce qui nous arriva ce soir-là. Bien sûr, je la sentis douter, lutter un peu contre son trouble,

de crainte que le mien ne se fane en même temps que sa beauté. Alors je plongeai mes yeux dans les siens et, toujours sans rien dire, je lui montrai les secrets de mon cœur, mes rêves d'absolu, et cette loyauté dont j'étais bien incapable de me départir. Et la belle veuve, qui jusque-là n'avait jamais osé soutenir mon regard plus de quelques secondes sans ciller, cette femme sublime qui craignait tant de souffrir à nouveau de la perte d'un aimé, ma future femme me regarda à son tour, d'abord inquiète, puis incrédule, et enfin rassérénée. Je ne sais plus si nous nous sourîmes ou si nous nous embrassâmes – peut-être avons-nous fait les deux… Mais lorsque nous quittâmes la fête pour aller nous unir, les autres nous firent une haie d'honneur et nous applaudirent, officialisant notre relation naissante et lui donnant bénédiction. Nous éclatâmes alors de rire, comme deux enfants, et, nous tenant par la main, partîmes en courant sous le jour qui ne se coucherait pas avant six lunaisons, laissant entrer dans nos cœurs une lumière qui ne disparaîtrait plus…

Le vieil homme vient de perdre conscience.

La femme, semblant comprendre qu'il n'y a rien à faire pour l'instant, se contente de poser son bol à même le sol et vient se lover contre lui. Prudemment, comme pour ne pas le réveiller. Parce qu'elle n'a pas l'habitude des contacts physiques, aussi, et que ça lui fait un peu peur. Mais elle en a terriblement envie, comme s'il lui était permis de goûter une chose jusque-là interdite. Une sensation de l'ordre de la chaleur humaine, de cette fameuse communication des peaux que Wothan vient d'évoquer… Alors elle ferme les yeux, étire ses lèvres en ce qui pourrait ressembler à un sourire et, tout doucement, comme une feuille morte vient effleurer une terre aride, elle pose sa tête sur son épaule et se pelotonne contre lui. Elle retient d'abord sa nuque, le corps raide, comme en apesanteur, de peur d'être trop lourde ou qu'il la repousse violemment. Puis elle se laisse enfin aller, soupire et s'abandonne comme on s'assoupit.

— Aaaaaaaah !!

Elle a poussé un long cri de bête. Un cri rauque qui s'est brisé dans un sanglot. Elle regarde, horrifiée, le vieil homme qui vient de se réveiller.

— Tu as vu mon meurtre, n'est-ce pas ? articule-t-il péniblement.

Les yeux exorbités de terreur, la femme se contente d'opiner du chef.

— Je suis désolé, je ne voulais pas t'effrayer..., souffle-t-il entre deux quintes de toux. Le temps m'est de plus en plus compté, je le sens. Je... je dois me dépêcher de te raconter comment ma fille a fini par me tuer...

1.

Kaleb a du mal à y croire. Enfin, il le tient dans ses mains, ce fameux *Livre du Volcan* ! Pourtant, il était loin de se douter qu'il était sur le point de faire une telle découverte en entrant dans cette petite librairie qui ne paie pas de mine… Six mois plus tôt, ses nouveaux amis et lui avaient décidé de quitter Husavik pour se réfugier à Akureyri, une ville suffisamment touristique pour que sept nouveaux visages n'attirent aucune défiance. Ils y avaient trouvé une maison à louer en colocation, sous un faux nom, et s'ils se doutaient bien que le réseau SENTINEL les avait localisés, ils savaient aussi que le colonel avait compris leur intention de venir lui faire une petite visite de « courtoisie » et qu'il les attendait de pied ferme. En six mois, les liens au sein du petit groupe s'étaient renforcés : chacun avait vu son don gagner en puissance au contact de Kaleb, comme si l'empathe servait de caisse de résonance, et surtout, ils se faisaient désormais confiance.

Une confiance quasi aveugle, comme s'ils étaient conscients d'appartenir au même clan, un clan qui remontait aux origines de ce monde…

C'est pourquoi Glenn se résolut enfin à lui présenter cette femme. Oh, Kaleb la connaissait déjà… De nom. Qui ne la connaissait pas, en France ? Enfin, elle y était connue sous un autre nom, le sien, le vrai… Même si celui qu'elle portait ici était le seul véritable qui la désigne, de même qu'il avait été porté par bien d'autres avant elle et le serait par d'autres encore après sa mort.

– Celle que je vais te présenter tient à son anonymat, à sa tranquillité, le mit en garde l'Écossais. Tu imagines bien que si quiconque venait à apprendre qui elle est, et où elle habite, elle serait en grand danger…

Glenn avait toujours cette façon un peu solennelle de présenter les choses qui faisait appel à votre bon sens et vous donnait l'impression d'être dans la confidence, parmi les happy few au milieu des gueux sans cervelle. Kaleb appréciait beaucoup son nouvel ami, un peu plus âgé que lui. Glenn était un synesthète capable de casser n'importe quel code secret et de voir des connexions entre les arts, ses sens, et même les gens. Depuis peu, il arrivait aussi à percevoir le champ d'énergie qui s'échappait des corps, des âmes – l'aura, pour faire simple. Ça ne semblait pas le perturber plus que ça : il avait cette espèce de flegme britannique rassurant, suggérant qu'il gérait tout, que tout était normal, même dans la plus aberrante des situations.

— Comment l'as-tu connue ? l'interrogea Kaleb.

— Disons qu'au temps où je voulais être peintre et que je croyais que c'était possible…

— Avant que ton don t'en empêche ?

— C'est ça. Eh bien, elle était galeriste, critique, découvreuse de talents... C'est elle qui est venue à moi. Au départ, j'ai cru que mes toiles l'intéressaient... Mais j'ai vite compris qu'il y avait autre chose...

— C'est intéressant ce que vous peignez... Dommage que vous ne puissiez pas continuer, avait-elle déclaré en lui tendant sa carte de visite. Appelez-moi quand la peinture criera trop fort.

Elle avait aussitôt tourné les talons et l'avait planté là, stupéfait. Le jeune homme avait d'abord cru à une blague de mauvais goût, une façon de lui dire qu'elle n'aimait pas ses œuvres, ou encore au délire d'une femme un peu fantasque. D'ailleurs, elle avait une drôle de réputation. Elle pouvait être absolument charmante un instant et se comporter en ours la minute d'après. Elle était connue, réputée, et pourtant fuyait les attroupements sociaux et les gens de son milieu qu'elle jugeait trop superficiels et hypocrites pour être véritablement intéressants. « On parle peu quand la vanité ne fait pas parler », aimait-elle à répéter en citant Montesquieu. Pourtant, ce n'était pas la dernière à se montrer sur les plateaux de télévision, et à s'exhiber dans des tenues d'un autre temps, portant capeline et robe à froufrous comme d'autres mettent un jean et un tee-shirt. Toujours est-il que Glenn avait glissé distraitement la carte dans une de ses poches, et tenté d'oublier les paroles de cette sorcière.

Hélas, quelques mois à peine après cette rencontre, il lui avait été impossible de nier la vérité : la peinture s'était effectivement mise à crier. Au début, ce n'étaient que des crissements, ici et là, quelques notes de musique qui étaient venues s'associer aux couleurs qu'il choisissait d'étaler sur la toile… Il avait aussi remarqué que la musique lui évoquait des odeurs, des parfums, aussi vivement que si on les lui avait brandis sous les narines. Quand il lisait, les lettres apparaissaient en couleur, et dansaient parfois littéralement sous ses yeux pour former d'autres mots. Il ne pouvait plus lire une phrase sans en voir toutes les anagrammes ! Il ne pouvait plus écouter de musique sans avoir faim ou la nausée ! Il ne pouvait plus peindre dans la cacophonie de ses couleurs ! Il avait cru devenir fou. Il était allé donc consulter un neurologue qui lui avait fait faire toute une batterie de tests, le plus pénible étant l'IRM. Le bruit des rayons qui le bombardaient lui évoquant la guerre, la torture… Et lui filant une nausée aux relents de goudron chaud, malgré le casque antibruit dont on l'avait équipé. Mais le neurologue n'avait repéré aucun dysfonctionnement et lui avait conseillé d'aller plutôt consulter un confrère, psychiatre de son état. Était-il en train de devenir fou ? Victime d'hallucinations ? Glenn avait toujours eu les deux pieds solidement ancrés dans le sol et doutait de cette hypothèse. C'est alors qu'il s'était rappelé la mise en garde de la femme, et, faisant fi de son cartésianisme, avait conclu qu'elle avait dû lui jeter un sort. Fébrile, il avait cherché sa carte de visite, paniqué en ne la trouvant pas tout de suite, puis se souvenant du pantalon qu'il portait le soir de la rencontre, il avait extirpé la petite fiche cartonnée d'une de ses poches. Mais son soulagement avait été de courte durée : sur la carte, ni e-mail ni numéro de téléphone, juste une adresse en Islande… Elle était culottée ! Si elle croyait qu'il allait se déplacer juste pour la voir… Glenn avait fait jouer ses meilleures relations et son réseau pour essayer de la joindre, mais personne ne connaissait ses coordonnées, si bien qu'il avait dû se résoudre à prendre l'avion. Pendant le vol, il avait rêvé d'un étrange homme noir qui lui soufflait qu'il devait s'installer là-bas, en Islande, qu'il avait un rôle à jouer dans la réalisation d'une prophétie ancestrale… Mais Glenn ne s'y était pas attardé. Il était trop pressé d'en découdre avec la sorcière qui l'avait envoûté.

Elle n'avait même pas levé la tête quand il avait pénétré dans la boutique, furieux et épuisé à la fois.

— Vous en avez mis, du temps ! s'était-elle contentée de dire pour tout salut.

— Qu'est-ce que vous m'avez fait, madame ?

Glenn avait beau être en colère, il n'en demeurait pas moins britannique.

— Vous voyagez léger… C'est parfait pour tout recommencer à zéro, avait-elle lâché simplement.

Il découvrirait plus tard qu'elle répondait rarement aux questions qu'on lui posait. Peu importaient vos interrogations, elle vous donnait la réponse qui lui passait par la tête. Elle avait tout de même consenti à lui expliquer qui elle était vraiment, ce qu'était la synesthésie, et surtout, elle lui avait révélé qu'il était un enfant du volcan…

— Je lui dois beaucoup, tu sais, Kaleb. Elle va te paraître un peu bizarre, mais ne te formalise pas. Elle est obligée d'être méfiante... De parler par code parfois. Je ne sais pas comment elle va t'accueillir, alors si elle ne veut pas te recevoir...

— Oh, tu sais, peu de femmes me résistent ! plaisanta le jeune homme.

— Justement, elle n'est pas comme toutes les femmes...

La porte de la boutique vint percuter un carillon en bois, annonçant leur visite. La femme sortit immédiatement de l'arrière-boutique, l'air stupéfait. Ses yeux sautaient de Glenn à Kaleb, comme pour s'assurer qu'elle ne rêvait pas.

— Kaleb Helgusson ? l'interrogea-t-elle, incrédule.

— Vous ? répondit-il, tout aussi surpris de la reconnaître. Je ne comprends pas...

— Tu vas, tu vas... Approche un peu, bel empathe ! Tu es encore plus séduisant que je l'imaginais...

La femme lui tendit ses mains, qu'il saisit dans les siennes. Aussitôt, il ressentit comme une légère décharge et lâcha prise. Elle éclata d'un rire franc, sain, un rire communicatif qui fit sourire les deux jeunes gens.

— C'est bien lui ! dit-elle à Glenn. Tu as bien fait de l'amener ici ! On a un peu plus de temps que ce que je croyais !

— Du temps pour quoi ? la questionna Kaleb.

— Tu as faim ?

— Euh... oui, toujours... Mais du temps pour quoi ?

— Pour manger de ce délicieux cheese-cake que j'ai préparé en ton honneur, avant de passer aux choses sérieuses, pardi ! Tu aimes le cheese-cake, Kaleb ?

— Euh… oui, madame.

Subitement, sans bien en comprendre les raisons, Kaleb se sentait impressionné, presque timide. Lui ! Il ne se l'expliquait pas, mais vu le sourire que la femme lui adressait, elle avait parfaitement conscience de son trouble et s'en amusait.

— Mais de quelles choses sérieuses vous parlez ? Vous savez quels ennuis nous avons ? Vous pouvez nous aider ?

Car il avait beau tenter de la sonder, il ne percevait rien. Pas la moindre émotion, ni la plus infime des pensées. Comme si elle était immunisée contre lui !

— Je ne suis pas une Sentinelle, si c'est ta prochaine question…

— Oui, ça l'était. Vous êtes quoi, alors ?

— Comment ça, je suis quoi ? Une femme, on dirait. Mais je préférerais que tu me demandes *qui* je suis ! Ce serait plus respectueux, n'est-ce pas, Glennichou ?

L'Écossais acquiesça silencieusement. Kaleb se mordit les lèvres pour ne pas rire en entendant le sobriquet ridicule.

— OK, désolé. Vous êtes qui ?

— Ah ah ah, voilà qui est mieux ! Eh bien, pour commencer, je suis une formidable cuisinière, ne trouves-tu pas ?

— Ça m'en a tout l'air…, confirma-t-il.

En effet, le gâteau était sans doute le meilleur que Kaleb ait jamais goûté… Mais pour autant c'était le cadet de ses soucis.

— La vraie question se pose en trois fois, décréta-t-elle. Qui suis-je ? Qui es-tu ? Que puis-je pour toi ?

— …

— Vas-y ! Pose-moi ces questions !

Elle allait finir par devenir pénible… Kaleb poussa un long soupir et prit sur lui pour ne pas laisser l'agacement prendre le dessus – et lui faire faire des choses qu'il risquait de regretter par la suite. Il décida de lui obéir gentiment, tant qu'il n'en savait pas plus.

— OK. Qui êtes-vous ?

— L'auteur.

— L'auteur de quoi ?

— …

— OK. Qui suis-je ?

— Le nouveau personnage.

— Je ne suis pas un *personnage* que je sache !

— Pour le *Livre du Volcan*, si.

— Le *Livre du Volcan* ? ! s'exclama le jeune homme. Vous savez où il est ? Vous l'avez lu ? Où puis-je le trouver ?

— …

Manifestement, il ne servait à rien de s'exciter et de poser d'autres questions que celles qu'elle avait suggérées.

— Que pouvez-vous faire pour moi ?

La femme se leva alors, disparut un instant dans son arrière-boutique, et en ressortit avec un manuscrit épais comme trois encyclopédies. Sa couverture était en cuir pâle et les pages du début plus jaunes que les dents d'un clochard. Elle le lui tendit, tout sourire, et lâcha :

— Je peux te le lire !

— Pourquoi ne pourrais-je pas le lire moi-même ?

— Parce qu'il est écrit dans des langues que tu ne connais pas... Des langues qui ont disparu depuis bien longtemps...

Kaleb saisit l'objet en lançant des regards incrédules à son ami.

— Tu as beaucoup de chance, Kaleb. Moi, je n'ai jamais eu cet honneur, fit l'Écossais, amer.

— Parce que tu n'es pas l'Élu, mon Glennichou, lui répondit la femme dans un clin d'œil.

— C'est vraiment le *Livre du Volcan* ? parvint à articuler Kaleb.

— Oui. Pour l'instant donc, je te conterai moi-même les histoires qu'il contient... Le temps que tu apprennes à les déchiffrer par toi-même. À ton stade d'évolution, tu dois savoir assimiler les informations par imprégnation, si je ne m'abuse... Tu ne devrais pas mettre trop de temps avant d'être autonome dans ta lecture...

— C'est un cadeau inestimable ! Je suis sûr d'y trouver des éléments pour...

— ... détruire SENTINEL et sauver ta progéniture ?

— Co... comment vous savez ?

— Ça fait partie de mes attributions... De mes dons, si tu préfères !

— Merci, merci, madame !

Kaleb en aurait pleuré tellement il lui était reconnaissant.

— Appelle-moi par mon nom de scribe, tu veux bien ?

— Ah, OK... Et c'est quoi ?

— Myra. Myra Eljundir.

11

« CHAQUE JOUR QUI PASSAIT ME RENDAIT PLUS FORT. C'est fou ce que l'amour peut accomplir chez un homme. Se sentir aimé, pouvoir s'abandonner en retour, dans la confiance et la sérénité, voilà la plus précieuse des richesses. Et je peux affirmer que j'ai été un homme des plus fortunés. J'ai appris l'amour, j'ai appris la tendresse, les sourires qui se croisent au détour d'un bonheur partagé, ces petits riens qui vous font sentir si grand et si vivant ! C'est dans le corps souple et chaud de Frigga, lors de notre première nuit, que je suis réellement venu au monde. Nous avons communié comme jamais il ne m'avait été donné de le faire. Doucement, intensément, en nous plongeant dans les yeux l'un de l'autre. Il m'a semblé voir danser des paillettes d'or dans les prunelles de celle qui m'avait fait l'honneur de me choisir, et j'ai bien cru mourir d'extase et de joie quand elle s'est laissée aller à crier mon nom, agripper mon corps comme s'il était son bien le plus cher. Longtemps, nous sommes restés enlacés à accorder nos souffles et nos cœurs, à nous parler tout bas comme le font les enfants qui se confient *leurs secrets ou leurs peurs, à rire, débordant de joie et du plaisir d'être à l'autre, et à recommencer de faire l'amour, encore et encore, jusqu'à ce que, épuisés, nous sombrions ensemble dans le monde des songes…*

« Nos unions étaient fréquentes, sans que jamais nous nous lassions. Sa peau exerçait toujours sur moi la même attraction et il suffisait que Frigga perçoive mon trouble pour que le rouge lui monte aux joues et constelle son cou délicat de petites plaques chaudes. Il paraît que rester amants au fil des ans est chose rare, mais comme je n'avais jamais été uni officiellement à une femme, je n'avais aucun point de référence ni de souhait d'en avoir ! Hélas, en dépit de cet appétit que nous comblions de bonne grâce, le ventre de Frigga restait stérile. Les saisons passèrent, et malgré la peine que cela nous causa, nous nous résolûmes à ce que notre union ne donne aucun fruit et cessâmes d'espérer la venue d'un nouvel enfant dans le foyer. Nous n'étions d'ailleurs pas les seuls à vivre cette infortune : les couples du clan avaient grande difficulté à concevoir. Depuis le début de l'ère du Grand Froid, nous n'étions plus assez nombreux pour renouveler le sang de notre peuple. Et de nos unions bien trop souvent consanguines, nous n'obtenions que rarement des enfants viables. Aussi, chaque naissance relève toujours du miracle chez nous et nous chérissons nos petits comme les plus précieux des trésors… En général.

« Je n'ai pas connu l'ère qui a précédé celle-ci. Ce que j'en sais m'a été conté par les membres du Conseil, peu avant de m'y intégrer. Nous avons toujours eu une tradition orale, et grand bien nous fait puisqu'un simple revirement climatique suffit à balayer tous les progrès et supports sur lesquels on pourrait les consigner. Jadis, notre belle île n'avait pas l'aspect glacé que nous lui connaissons. Les cascades n'étaient pas gelées et il n'y

avait pas de neige durant la saison claire. Nos ancêtres cultivaient des fruits et des racines dont ils se régalaient. La chaleur et le jour permanent les avaient rendus audacieux, curieux, confiants. Ainsi avaient-ils, au fil du temps, grandement amélioré les conditions de vie du clan. Les savants ne cessaient d'inventer de nouveaux objets pour nous faciliter la vie. La médecine progressait si bien que nos anciens vivaient plus vieux, que les enfants naissaient sains et vigoureux. Pour autant, je ne connais aucun des noms de nos bienfaisants aïeux. Nous n'avons jamais pratiqué le culte de la personnalité, jugeant que l'individu ne vaut que par les services qu'il rend à la communauté. De même, les artistes qui nous ont légué les peintures et les sculptures qui ornent le village n'ont jamais signé leurs œuvres, car que représente l'homme au regard de l'émotion que génère son art ? D'ailleurs, d'où lui viennent ses idées, si ce n'est d'un monde encore supérieur, d'un créateur qui, lui, ne revendique pas crânement sa conception ?

« Mais un jour, sans que l'on comprenne pourquoi, une grande catastrophe se produisit. Un raz de marée géant vint engloutir la quasi-totalité de notre communauté, rasant tout sur son passage. Seuls quelques anciens purent échapper à la tragédie, en dérivant des jours durant sur des radeaux de fortune. Et quand la mer cessa d'être en colère et se retira des terres, les demeures avaient disparu, ainsi que tous ces objets auxquels notre peuple s'était accommodé. Les enfants avaient péri noyés et il ne restait qu'une poignée de femmes et d'hommes pour repeupler notre vallée. Tous les savants étaient morts, emportant avec eux leur science et leur médecine. Quelques-uns prétendent qu'ils ont tout de même survécu, ont dérivé et fini par trouver une autre terre d'asile. Mais aucun d'eux n'est jamais revenu pour nous le confirmer...

« Il fallut tout reconstruire, réapprendre l'usage des plantes, fabriquer de mémoire des outils. Notre civilisation est sûrement bien différente de celle de nos pères… Après la catastrophe, l'astre jaune cessa de réchauffer notre île, comme s'il lui semblait désormais impossible de rayonner sur ce monde de désolation. Les nôtres durent survivre sur une terre devenue hostile et perpétuer l'espèce malgré tout. De nombreuses unions donnèrent naissance à des enfants mort-nés ou incapables de survivre plus de trois saisons. Malgré tout, notre peuple se reconstitua peu à peu. Chaque nouvelle vie représentant une victoire sur la fatalité. Chacune de ces victoires symbolisant notre force de caractère. Si certains se sont tournés vers les dieux de la Lumière après ce drame, convaincus que les dieux de l'Ombre avaient provoqué le raz de marée, nous sommes demeurés, pour la plupart, des âmes fortes et se suffisant à elles-mêmes. Nous croyons en notre terre, en nos ressources intérieures. Nous sommes pères et enfants de toute chose. Tous liés par la même force de vie, sans hiérarchie de quelque ordre que ce soit…

« Moi-même, je n'ai jamais été très mystique.

« Jusqu'à ce jour où le ciel s'est ouvert et nous a fait ce cadeau étrange qui nous a sûrement sauvés mais nous perdra peut-être…

III

LA RESPIRATION DU VIEIL HOMME SE FAIT SIFFLANTE. Il a l'air tellement épuisé qu'il semble improbable qu'il parvienne au terme de son récit, au bout de sa phrase, voire qu'il termine d'expirer… La femme en haillons à côté de lui s'est éloignée, à la fois effrayée par la vision du meurtre de Wothan et aussi apeurée qu'une bête sauvage craignant les caresses encore plus que les coups. Elle ne comprend pas pourquoi il est venu trouver refuge dans cette grotte, pourtant elle sait ce qui les lie et, du tréfonds de sa conscience endolorie, elle se remémore l'horreur de leur situation. Une horreur qui lui tord le cœur…

– Les saisons passèrent et l'alternance de dix périodes claires et dix périodes sombres confirma que mon union avec Frigga resterait stérile. Pour autant, nous n'étions pas tristes, non. Les dieux avaient été cléments avec nous. La petite Edda me ravissait comme si elle était née de ma propre semence et elle grandissait baignée de mon amour et de celui de sa mère. À cinquante-six saisons à peine, j'étais aussi le plus jeune membre *du Conseil. Mon rôle était à la fois de statuer avec les autres sages sur les règles de la communauté, ainsi que sur le meilleur moyen de les faire respecter, mais aussi de jouer les médiateurs en cas de conflit. J'avais en effet une capacité peu commune à me mettre à la place des autres, à sentir ce qui est tu et à le comprendre. Je suppose que je dois cette disposition à mon propre père.*

« J'étais enfant unique. Unique rempart pour ma mère contre un homme né violent et que son penchant pour les boissons fermentées rendait plus brutal encore. Quand il rentrait le soir, c'était l'inquiétude qui primait, dans notre foyer. Allait-il nous laisser en paix, ou devrais-je encore le provoquer pour qu'il s'en prenne à moi plutôt qu'à ma mère ? J'avais appris à décrypter son humeur juste à sa façon d'ouvrir la porte de notre demeure, à sa respiration plus ou moins courte, au pas lourd et boueux qu'il traînait comme une provocation dans la pièce nettoyée par sa femme… Son regard, la couleur de ses joues qui me renseignait sur le nombre de chopes qu'il avait avalées, tout était indice. Peu à peu j'avais aussi découvert que tout n'était qu'ondes et parvenais à sentir ses intentions avant même qu'il ne pose la main sur la poignée et ne franchisse le seuil.

« – Il arrive ! lançais-je alors à ma mère.

« Elle me dévisageait toujours avec ce regard angoissé et plein de culpabilité qu'ont les femmes qui ne savent comment épargner le spectacle de leur défaite à leurs enfants. Dans ses yeux, il y avait aussi la douloureuse question, la seule qui l'habitait quand arrivait le moment du retour de l'homme. Et la question silencieuse demandait :

« – Comment est-il, ce soir ?

« – Ça va aller, répondais-je, les bons jours.

« Les autres, je me contentais de hausser les épaules d'un air triste...

« Je te passerai les détails de cette vie misérable. Les marques bleues sur le visage de ma mère qui l'empêchaient de sortir tellement elle avait honte. Les nuits passées à haïr cet homme que je reniais de toutes mes forces, la promesse que je me fis de ne jamais lui ressembler et de m'efforcer d'aider et défendre les faibles. La joie coupable qui m'envahit lorsque, trop ivre, mon père fit une chute mortelle, un soir de saison froide. Je te les passerai, tous ces détails, parce que je n'ai pas le temps de te les raconter... Et puis parce que je sais que tu peux les ressentir, n'est-ce pas ?

La femme opine du chef. Oui, elle sent. Elle a les larmes aux yeux, mais n'arrive pas à émettre le moindre son intelligible, la plus brève parole de réconfort. Alors elle se contente de secouer ses larmes au-dessus du vieil homme, comme pour lui dire : « Je te comprends et je te pardonne... » Mais comment le pourrait-elle, quand lui-même s'en croit indigne ? Wothan ferme les yeux, pour économiser encore davantage son énergie et se concentrer sur l'unique et ultime but de sa vie : conter son histoire. Passer le relais.

– La saison sombre s'étirait mollement des terres à la mer et touchait à sa fin. Encore quelques lunaisons et l'astre jaune viendrait de nouveau éclairer notre peuple. La nuit permanente devenait plus difficilement acceptable lorsqu'elle touchait à sa fin tant l'impatience qui nous rongeait de revoir le jour distordait notre perception du temps. De même, plus nous avancions en âge, plus la nuit nous semblait pénible, peut-être parce qu'elle comportait un avant-goût des ténèbres qui nous engloutissent lorsque nous cessons d'être. Mais j'ignore pourquoi je parle au passé. Il en est toujours ainsi, même si désormais l'astre jaune

nous réchauffe en plus de nous éclairer, et nous rend plus insouciants, du moins le temps de sa moitié de règne sur notre île.

« J'avais donc cinquante-six saisons quand l'événement se produisit. Cette nuit-là, j'étais particulièrement nerveux et le sommeil avait décidé de m'ignorer, me laissant en proie à une angoisse grandissante. Je me tournais et me retournais dans ma couche, et ni les mots de Frigga ni ses douces caresses n'étaient parvenues à me rasséréner. En proie à cet état cauchemardesque de l'homme qui ne trouve pas le repos, j'en vins même à me demander si cette boule au creux de mon ventre n'annonçait pas une catastrophe ou peut-être ma propre mort. Je décidai alors de me lever et d'aller profiter des premières heures de cette journée que je pressentais extraordinaire, et qui serait peut-être ma dernière.

« La petite Edda, que j'avais sûrement réveillée en me levant, ouvrit brusquement la porte de sa chambre.

« – Que fais-tu, père ?

« – Je pars faire un tour, je n'arrive pas à trouver le sommeil.

« – Ne préfères-tu pas que je te raconte une histoire ?

« Edda avait en effet développé un certain talent oratoire, qui ferait d'elle un jour une conteuse admirée, ou un membre charismatique du Conseil des sages… Elle savait captiver son auditoire.

« – Je te remercie, petite. Mais nulle légende ne viendra à bout de mon agitation. Retourne te coucher.

« La gamine obtempéra, non sans s'être renfrognée. Edda détestait qu'on lui rappelle qu'elle n'était qu'une enfant, et encore plus quand j'étais ce rabat-joie…

« Je ne pris pas la peine de manger. La certitude d'un événement à venir suffisait à me tordre l'estomac et le remplir plus

sûrement qu'un morceau de pain. Je m'habillai dans un silence solennel et partis donc battre la campagne. Les yeux grand ouverts sur le ciel couvert du petit matin, je laissais divaguer mon âme au gré de ses errances et songeais à ma vie, déjà bien remplie. Celle d'un homme qui pouvait quitter ce monde la tête haute, fier du devoir accompli... Mais qui, en même temps, ne pouvait s'y résoudre et faire de son aimée une veuve pour la seconde fois.

« J'essayais de me concentrer sur autre chose : sur la beauté de l'aube, la fragilité et la force de la nature qui m'entourait. Je tendais l'oreille et écoutais la musique du vent dans les arbres, le bruit de mes pas dans la mousse, ou encore le croassement des corbeaux se disputant une carcasse. Et soudain, le silence. Absolu, inviolable. Comme si les sons n'avaient jamais existé. Plus un être vivant ne faisait de bruit autour de moi, chacun semblant retenir son souffle. Même le vent s'était tu. La nature aussi se préparait à un deuil, cela ne faisait aucun doute. Et bien que l'expérience m'ait appris à écouter et respecter les avertissements de ma terre, je secouai la tête, réfutant ce qui m'apparaissait pourtant comme une évidence. Le drame était proche.

« Mais pourquoi avais-je cette intuition oppressante d'une fin à venir ? La fin de quoi, au juste ?

« La réponse ne se fit guère attendre.

« Soudain, une boule de feu déchira les nuages épais en sifflant et traversa le ciel à la vitesse de l'éclair. Je levai la tête, stupéfait. Elle semblait sortie de nulle part, ou alors tout droit de la colère de ces dieux auxquels je refusais de croire. Elle alla s'écraser un peu plus loin dans les terres, dans un bruit de tonnerre. Le sol sous mes pieds se mit à vibrer, trembler. L'onde de choc me fit trébucher et m'empêcha de me relever de longues minutes durant. Que venait-il de se passer ? Dès que je pus me

mettre de nouveau debout, je scrutai les alentours. Les oiseaux ne chantaient toujours pas. Avaient-ils été tués ? Le vent ne soufflait pas plus. Avait-il été aspiré ? Je fis quelques pas en direction du village endormi qui était encore à portée de regard. Je guettai les mouvements de panique, les hommes sur le pied de guerre, les femmes serrant leurs petits tout contre elles. Mais rien. À peine un frémissement. Au cœur de la nuit, du plus profond de leurs rêves, ils n'avaient pas perçu l'étrangeté du phénomène qui venait de se produire. Peut-être certains avaient-ils été éblouis, l'espace de quelques secondes, puis le bruit de la boule de feu s'écrasant les avait-il induits en erreur. La combinaison de ces deux événements pouvait faire songer à un violent orage, bien que ceux-ci soient rares en cette saison... Quant à l'onde de choc qu'aucun n'avait pu ignorer, elle était passée inaperçue tant les tremblements de notre terre étaient banals.

« Je pris la décision d'aller voir de quoi il retournait, non sans crainte. Quel était ce fléau tombé du ciel ? Y avait-il un rapport avec l'angoisse qui m'avait habité toute la nuit ? N'était-il pas risqué de partir affronter seul la colère des dieux ? Je faillis rebrousser chemin, pour prévenir les membres du Conseil, ou du moins ma compagne, mais je me rappelai que notre fille m'avait vu quitter le foyer et qu'elle saurait le dire si je ne revenais pas... Je me dirigeai donc vers les terres encore fumantes où la boule s'était écrasée. L'impact avait eu lieu à environ un quart de jour de marche. Je partis d'un pas régulier mais rapide. Progressant sans m'arrêter, de la neige jusqu'aux chevilles, parfois jusqu'aux genoux. Au fur et à mesure que je me rapprochais, je sentais une étrange chaleur m'envahir. L'effort me réchauffait et me donnait à suer, bien sûr, mais l'air était tiède tout autour de moi, à la fois doux et inquiétant comme lorsqu'on s'approche un peu trop d'un feu de cheminée et qu'on *craint de se brûler. De grosses gouttes perlaient à mon front et ma respiration se faisait de plus en plus courte, oppressée. Comme j'étais de bonne condition physique, ces effets de la chaleur sur mon organisme m'alertèrent que le phénomène n'était pas achevé, et que je partais peut-être me faire dévorer par des flammes affamées. Je sentais aussi une espèce de vibration infime, qui me traversait comme le vent pénètre les feuillages, et qui rendait l'air de plus en plus lourd et dense. J'avais l'impression d'un mur invisible qui se formait autour du lieu d'impact, d'une forteresse visant à me repousser avant qu'il ne soit trop tard. Pourtant, je me devais de continuer, pour le salut de mon clan, afin de savoir s'il courait un danger et chercher un moyen de l'en protéger, quoi qu'il m'en coûte.*

« Il me semblait que je marchais depuis la nuit des temps, lorsque enfin je fus proche de mon objectif. Mes membres étaient raides, ma tête paraissait de plomb, battant un sang épais et bouillonnant. La boule de feu s'était écrasée devant une des grottes situées juste au pied de la Montagne des îles[1]*… D'ailleurs, je ne sais pas si tu l'as déjà observé, mais depuis le sommet de ce que nous prenions pour une montagne, on peut voir des îles, au loin, d'où son nom…*

L'homme semble soudain absorbé par ses souvenirs : il esquisse un sourire, malgré la souffrance et la fatigue, et plante de nouveau son unique œil valide dans ceux de son hôtesse.

– La boule de feu, disais-je, avait frappé la terre juste à l'entrée d'une des grottes de la Montagne des îles. Elle s'y était engouffrée et avait roulé jusqu'au cœur de la montagne. Je remarquai tout d'abord que la neige se faisait de plus en plus aérienne sous mes pas, pour finir par disparaître tout autour du point

1. Traduction du nom du volcan Eyjafjöll.

d'impact. J'observais la terre sombre, stupéfait, craignant à mon tour de fondre à cause la chaleur à peine supportable qui s'échappait de l'antre sombre, quand une masse noire attira particulièrement mon regard. Un corbeau mort gisait sur le sol, les ailes déployées comme s'il avait été foudroyé en plein vol. Mon regard balaya l'horizon, et partout, à perte de vue, il se heurta à des dizaines, des centaines de cadavres d'animaux. Ce cataclysme avait fait de ce lieu un immense cimetière. Je me surpris à invoquer les dieux de la Lumière, le cœur serré, les yeux au ciel. Et c'est alors que je remarquai le sommet de la montagne : il s'était mis à fumer. Ce que nous avions toujours pris pour un simple mont de pierre se révélait en fait un autre de ces cracheurs de feu menaçant d'éradiquer notre peuple. La Montagne des îles était un volcan, et la boule de feu, en venant frapper son cœur, en mêlant son étrange substance à la sienne, l'avait réveillé et s'apprêtait à faire exploser sa colère d'un instant à l'autre ! J'hésitai à aller observer le phénomène de plus près. Mais je devais donner l'alerte au village, aussi vite que possible. Je me retournai donc brusquement, malgré la fatigue et l'air si brûlant que je craignais que ma peau se détache en lambeaux, et tentai de m'élancer vers les miens. Hélas, je sentis alors le sol, trop instable depuis que le glissement de terrain l'avait fragilisé, se dérober sous mes pieds et me faire perdre l'équilibre. La terre et les gravillons s'associèrent pour former un torrent qui se jeta dans la gueule béante de la montagne, m'entraînant dans sa course folle. J'essayai de m'accrocher aux pierres, aux parois de la grotte, mais je n'étais qu'un vulgaire fétu de paille gesticulant contre la fatalité. Ma bouche s'ouvrit pour hurler ma terreur, dans l'espoir que mon cri parvienne jusqu'aux miens, mais elle fut aussitôt remplie par une vague de terre qui me réduisit au silence. Je tombais, tombais, n'en finissais pas de me ruer vers le foyer incandescent. Ma dernière heure était arrivée, c'était certain. J'envoyai alors un dernier message d'amour à ma femme et ma fille, priant pour que leur cœur y soit sensible, et me préparai à mourir…

« Mais je ne mourus pas. Ma chute fut stoppée net. Les glissements de terrain avaient formé des étages entre le fond de la grotte et les entrailles de la terre où s'était logée la boule de feu. J'atterris sur le plus proche ressaut de cette étrange sphère. Incrédule, au bord du précipice incandescent, je contemplai cette chose, à la fois curieux et terrifié. L'objet était de plus petite taille que je ne le pensais et dégageait une fumée dense qui emplissait tout l'espace et me faisait tousser. Mais ce n'était pas le plus étrange. Cette chose-là vibrait et transformait l'air ambiant. C'était à la fois doux et agréable, malgré la chaleur à peine supportable qui s'en dégageait, mais aussi excitant ! Comme si ses émanations s'insinuaient directement dans mon esprit pour l'enivrer et le changer à la fois ! Je me sentis bientôt ivre, puissant… J'eus même le sentiment à cet instant précis de quitter mon corps pour rejoindre celui de ma douce Frigga. Je la vis comme si elle était à mes côtés, me glissai dans sa couche, lui chuchotai de ne pas s'inquiéter, que j'étais dans la Montagne aux îles, et que quelque chose de merveilleux était en train de se produire. Je la vis ouvrir les yeux et se les frotter pour s'assurer qu'elle ne rêvait pas. Effrayée, elle me répondit, mais je ne compris pas ses mots et fus rappelé par mon corps auprès de la boule de feu, happé par sa chaleur et la cruelle vérité : j'étais coincé dans la gueule de l'enfer ! Mon corps était peut-être brisé, il me fallait vérifier. Je remuai chacun de mes membres avec force précautions et fus soulagé de découvrir que j'étais sain et sauf. Seule ma tête pendait misérablement au-dessus du gouffre. Je la relevai doucement et mon cou ankylosé

me fit grimacer. Je regardai alors la boule d'un air de défi. J'étais en vie, et j'allais mater la bête, c'était sûr ! C'est alors que, semblant percevoir mon arrogance, son pôle crépita. J'eus à peine le temps d'avoir peur, ou encore de trouver beau ce fascinant spectacle d'étincelles, que l'une d'elles fut projetée jusqu'à moi et vint se loger dans l'un de mes yeux, le transperçant en moins de temps qu'il ne me fallut pour fermer les paupières. La douleur de la brûlure, instantanée, m'arracha un cri terrible. Un cri de bête blessée. Je me souviens de la peur. Je me souviens de cette voix étrange que je peinais à reconnaître comme la mienne. Et puis, plus rien. Le noir, le vide, la mort possible.

La femme est nerveuse. Ne sont-ils pas précisément dans une grotte ? Cette grotte n'est-elle pas anormalement chaude ? Son visage est secoué de tics, elle s'agite, se gratte frénétiquement les bras. Si elle continue, elle va se les mettre en sang, mais à en croire ses cicatrices, ce ne serait pas la première fois. Wothan la scrute avec tristesse et lui prend doucement les mains. Elle sursaute violemment.

— Tu n'as plus l'habitude des contacts...

Ce n'est pas une question. Le vieil homme plonge son œil dans ceux de la femme et part à la rencontre de ses souvenirs, essaie de décrypter les pensées qui se forment derrière les iris bleus. Il se concentre mais ne parvient pas à capter grand-chose. Il est trop faible pour cela. Alors il se contente de la regarder avec toute la bienveillance dont il est capable, l'amour aussi. Semblant réceptive à ses tentatives d'apaisement, la femme lève doucement le bras à hauteur de son visage et effleure son œil mort. Il lui sourit gentiment. Mais sait-elle seulement qui il est ?

— Il faut vraiment que tu te rappelles ce que je vais te dire... Je sais combien tout cela est difficile...

« J'ignore combien de temps je suis resté allongé dans le ventre chaud de la terre. J'avais perdu la notion de la réalité. Mon esprit semblait flotter au-dessus de mon corps et danser avec les âmes des défunts et des vivants en devenir dans un ballet multicolore. Mon œil ne me faisait pas souffrir, je n'avais jamais vu aussi bien.

« Ce fut la voix de mon aimée qui me ramena dans mon corps :

« – Wothan, réveille-toi !

« – Frigga, c'est bien toi ? Que fais-tu là ?

« – Je t'ai trouvé, mon amour, je t'ai retrouvé !

« Son visage était baigné de larmes. Je ne comprenais pas sa peine.

« – Pourquoi pleures-tu, ma douce ?

« – J'ai eu si peur, cela fait des jours que nous te cherchons !

« – Nous ? Mais où sont les autres ? Des jours, dis-tu ?

« – Nous avons décidé de nous séparer pour ratisser le secteur. Ils vont me rejoindre en découvrant que je ne réponds pas à l'appel. Tu as disparu depuis si longtemps…

« La boule de feu s'était écrasée cinq jours plus tôt. Et c'est Frigga qui avait donné l'alerte juste après l'apparition que j'avais faite dans notre lit. Depuis, un lien invisible l'avait guidée jusqu'à moi. Nos âmes avaient, semble-t-il, communiqué pour la conduire jusqu'à cette grotte, sous la montagne fumante. Personne ne voulait croire que j'avais pu m'aventurer dans un lieu où un nouveau volcan venait de se manifester et Frigga avait dû arpenter l'endroit seule.

« – Mais je t'ai retrouvé ! Tu m'as guidée, c'est merveilleux !

« Frigga avait un sourire extatique et les yeux légèrement dans le vague.

« – Depuis combien de temps es-tu dans cette grotte, ma douce ?

« – Je ne sais pas… Longtemps. J'ai mis des heures à descendre pour te rejoindre : je n'avais pas de corde. Oh, nous sommes si bien ici, cette chaleur est si douce !

« Ses pupilles s'étaient dilatées. Elle semblait un peu ailleurs, comme en visite dans un autre monde. Elle, d'ordinaire si attentive, n'avait pas remarqué qu'une de mes mèches de cheveux était plaquée sur mon visage par du sang coagulé. Les émanations de la sphère étrange semblaient la droguer.

« – Nous devrions partir…, déclarai-je pendant un éclair de lucidité.

« – Oui, mon amour…

« Mais au lieu de se lever, Frigga se jeta littéralement sur moi. Ce fut une tornade de caresses et de baisers, proportionnelle au manque et à la peur qu'elle avait éprouvés en découvrant que j'avais disparu. Je fus aussitôt gagné par la même langueur, et au lieu de la repousser, je répondis avec fougue à ses baisers. C'était comme si nos âmes avaient décidé de s'unir. Tous nos sens étaient décuplés et, en même temps, nous n'avions plus l'impression d'habiter nos corps. Je n'avais jamais éprouvé autant de désir, ni de plaisir… Nous fûmes embarqués par une onde prodigieuse qui nous donna l'impression d'exploser ensemble, de fusionner dans un festival de sensations plus délicieuses les unes que les autres. Nous n'étions plus dans cette grotte mais dans un espace hors du temps, où nous avions accès à tous les mystères de l'univers, où le passé et l'avenir s'unissaient sous nos yeux. Des joueurs de tambour translucides rythmaient notre danse amoureuse, scandant une chanson dans une langue aux accents inconnus que nous comprenions pourtant… Je repris les paroles dans ma langue et les répétai encore et encore, *tandis que j'atteignais l'apothéose. Frigga les chanta avec moi, hypnotisée par la musique de nos corps.*

« – La mort est la clé. La mort est la clé. La mort est la clé.

« – *La mort de quoi ?! hurlai-je dans un dernier sursaut.*

« *Mon corps me sembla soudain parcouru de milliers d'ondes incandescentes. Je n'avais jamais joui aussi fort. Frigga poussa à son tour un long cri d'extase et, plantant son regard dans le mien, me répondit, stupéfaite par ses propres paroles :*

« – La mort de la mère...

« *Terrifiés, ne comprenant rien à ce qui était en train de se passer, nous perdîmes connaissance.*

« – *Wothan ! Frigga ! Attrapez les cordes !*

« *C'était Erik, le fils de mon meilleur ami, qui s'époumonait un étage au-dessus de nous. Il nous avait retrouvés, quelques heures auparavant, et comprenant que nous étions désorientés à cause des émanations de la boule de feu, il avait donné l'alerte aux autres pour qu'on vienne nous chercher. Tous les hommes valides de mon peuple étaient présents et s'étaient masqué le visage pour se protéger des hallucinations que causait l'air spolié. L'avancée de terre sur laquelle ma compagne et moi reposions était trop étroite et sûrement trop fragile pour qu'un autre homme s'y aventure. Frigga avait déjà pris des risques inconsidérés en me rejoignant. Et si j'étais encore et toujours perturbé par les émanations, je me rendis soudain compte de la précarité de notre situation et de la folie de ce que nous venions de commettre. Nous aurions pu faire s'écrouler notre refuge et aller nous écraser contre la boule incandescente. Je tentai de tirer Frigga de sa transe mais elle conservait cet air hagard induit par certaines plantes que nous aimons parfois fumer... Je saisis alors les cordes comme dans un rêve et les nouai solidement autour de son corps et du mien. Les hommes commencèrent à nous hisser, péniblement. La chaleur rendait leurs gestes difficiles. Nous décollâmes du sol et gagnâmes de la hauteur, une saccade après l'autre. La remontée me parut interminable. Ma tête tournait et semblait prise dans un étau, je me sentis à deux doigts de perdre de nouveau connaissance. Il faut dire que je n'avais pas mangé ni bu depuis longtemps, c'était un vrai miracle que je sois encore en vie et que j'aie été capable de faire l'amour à ma femme. Enfin, nous atteignîmes la terre ferme et fûmes extirpés de la grotte par de vigoureux bras amis. Au contact de l'air pur, Frigga recouvra un peu ses esprits. Elle me lança ce regard à la fois las et comblé dont elle m'inonde quand nous venons de faire l'amour. Mais ses sourcils se froncèrent soudain.*

« – Oh non, Wothan !

« Elle souleva délicatement une mèche de cheveux de mon visage et découvrit qu'un morceau de cette chose était venu se ficher dans mon œil désormais crevé. De grosses larmes perlèrent à ses paupières, que j'embrassai aussitôt. Je ne souffrais pas. Et si la boule de feu m'avait volé cet œil, elle m'avait fait un cadeau en échange… Cadeau pour lequel j'aurais aussi sacrifié l'autre sans hésiter…

2.

— C'est super tout ça… OK, ce truc était radioactif, si j'ai bien compris… Mais je ne vois pas en quoi ça va m'aider de lire cette histoire, Myra ! Moi, j'ai besoin de connaître la prophétie ! Tu disais que j'étais l'Élu quand on s'est rencontrés. Eh bien, si c'est le cas, je dois savoir ce que ça signifie et ce que je dois faire !

Kaleb n'a jamais été du genre patient, et le temps qui lui reste avant qu'Abigail n'accouche se réduit comme peau de chagrin. Il est hors de question qu'elle mette son enfant au monde en captivité. Depuis que le colonel a enlevé sa compagne, Kaleb n'a qu'une idée en tête : aller la sauver et détruire une bonne fois pour toutes ce réseau de fous furieux. Si en plus il a l'occasion de buter ce salopard de Bergsson, qu'il soit ou non son grand-père… il ne s'en privera pas.

Myra Eljundir pousse un long soupir et plante son regard étrange dans celui de Kaleb. Ses yeux, si particuliers, le mettent toujours un peu mal à l'aise. Il se souvient de la première fois qu'il les a remarqués.

— Mais vos yeux, qu'est-ce qu'ils ont aujourd'hui ?

— Arrête de me vouvoyer, minou, c'est pénible, j'ai l'impression d'être ta mère. Je ne suis pas si vieille !

Toujours cette manie de ne pas répondre aux questions... Et de donner des surnoms stupides !

— Mais tes yeux, Myra ! Ils sont...

— ... vairons, oui. Un bleu, un marron. C'est une particularité réservée aux scribes...

— Je ne m'en étais pas aperçu !

— Évidemment, je mets des lentilles d'habitude. Quand la boutique est ouverte ou que je sors... Sinon mon regard perturbe trop les gens. Même toi, c'est dire !

Et ça, c'était un comble ! Les yeux de Kaleb, à l'instar de ceux de son grand-père, portaient le signe qu'il avait basculé vers le Mal pour finalement en revenir. Une moitié claire, une moitié foncée, pour chaque iris...

— Pour comprendre la prophétie, tu dois lire tout le livre, c'est comme ça, répond-elle enfin.

— Je n'ai pas le temps !

— Tu vas le prendre !

L'ordre est sans appel : Kaleb n'a d'autre choix que de lui obéir et de ronger son frein. Le *Livre du Volcan* est rédigé dans une langue curieuse, ancestrale, qu'il ne sait pas encore déchiffrer. C'est Myra qui le traduit à voix haute comme on raconte une histoire à un enfant impatient.

— Mais tu as raison, enchérit-elle. Ce que Wothan nomme boule de feu était une météorite qui, si elle a mis fin à l'ère glaciaire, était bel et bien radioactive. La description qu'il fait de ce mur chaud et vibrant est d'ailleurs éloquente.

— Mais dans ce cas, son peuple a dû développer des maladies, des cancers ?

— Des mutations, surtout. Or tu sais que ce sont les mutations qui nous font évoluer. Tu n'as pas lu Darwin ?

— Pas vraiment, non.

— Espèce d'inculte ! Bref, je crois que ce n'est pas ça qui te perturbe et te donne envie de refermer ce livre.

— Ah non, et c'est quoi ? lui demande le jeune homme d'un air de défi.

— Cette hallucination, ces paroles que Wothan et Frigga, le couple originel, ont prononcées pendant leur transe.

— « *La mort est la clé* » ?

— « *La mort* de la mère *est la clé* »..., corrige-t-elle.

— J'ai rêvé cette phrase, moi aussi. « *La mort est la clé* » a tourné en boucle dans ma tête à plusieurs reprises..., reprend-il en ignorant la correction.

— « *La mort* DE LA MÈRE *est la clé* », insiste-t-elle.

— Je ne vois pas pourquoi ça te tient tant à cœur ! On s'en fout !

— Je ne crois pas, non, je crois que ça te torture au contraire... Que tant que tu n'auras pas réglé tes comptes avec Helga, *ta* mère, tu ne pourras pas avancer dans ce qui va être ta mission, ton destin. Comment veux-tu être père si tu te comportes toujours en enfant coupable ?

— Ça te va bien de me faire la morale ! Qu'est-ce que tu sais de ce que je ressens ! Tu n'es pas perméable à mes émotions ! s'énerve-t-il.

Kaleb est écarlate, ce qui fait ressortir encore plus ses yeux. Il est tourmenté, torturé par la révélation que lui a faite Abigail… C'est lui qui a tué sa propre mère en naissant. Pas parce qu'elle aurait fait une hémorragie comme cela peut arriver parfois, non, mais parce qu'il est né empli de tant de peur et de colère qu'il a déchargé toute sa tension en elle, qui était empathe aussi, et lui a tout bonnement grillé le cerveau ! Comment ne pas s'en vouloir et ne pas porter le fardeau de sa culpabilité sa vie durant ?

— Je ne sais pas ce que tu ressens, Kaleb, mais je peux le comprendre. Tu n'as pas le monopole de la sensibilité. Je sais que tu as quitté la France pour retrouver ta famille. Que tu espérais découvrir des grands-parents aimants, peut-être même des cousins, des frères, une mère. Au lieu de quoi tu as laissé derrière toi un père paralysé par ta faute, pour t'apercevoir que ta mère est décédée en te mettant au monde et que tout ce qu'il te reste est un grand-père qui ne te le pardonne pas. Pour autant, ta famille est là, Kaleb ! explique Myra en désignant le cœur du jeune homme, puis le *Livre du Volcan*. Tu es issu de cette histoire, tu en es le produit, le résultat… Tu t'y inscris comme d'autres avant toi et ta vie y sera consignée comme celle de tous ceux que tu prends pour de vulgaires personnages. Et comme le sera celle de tes descendants…

— Tu parles, ça me fait une belle jambe ! Je sais bien que je vais crever, que ce salopard de colonel finira par avoir ma peau…

— Ta peau… peut-être. Mais ton âme, Kaleb… elle peut accomplir bien plus que tu ne crois.

— Quoi par exemple ?

— Lis, tu comprendras.

— Myra…

— Oui, minou ?

— J'aime pas quand tu m'appelles minou, c'est ridicule.

— Mais non, minou. Dis-moi.

Pff… autant raisonner un âne.

— Tu prétends que l'histoire de tous mes ascendants y est consignée ?

— Oui.

— Même celle de ma mère ?

— Oui.

— Tu… tu l'as rencontrée ? demande-t-il, soudain très ému.

— Oui… Enfin, elle a rencontré ma mère. Je n'avais qu'une dizaine d'années, mais je m'en souviens comme si c'était hier. Elle t'attendait… Qu'est-ce que tu bougeais dans son ventre !

— Je… je voudrais que tu m'en parles.

— C'est consigné dans le *Livre.*

— Je le lirai d'un bout à l'autre sans broncher, tu as ma parole. Mais s'il te plaît, ne me fais pas attendre pour ça… Raconte-moi ce dont tu te souviens… je t'en prie.

Il n'essaie pas de la charmer ni de l'émouvoir. Il a juste besoin qu'on lui parle enfin de Helga. Tout ce qu'il en sait, c'est ce que son père lui a raconté et ce n'est pas assez. Myra hésite un instant, mais se dit que le torturer ne sert à rien.

— Tu lui ressembles. Tu as ses yeux... Enfin, les siens n'étaient pas bicolores mais ils avaient la même forme, un peu en amande. Elle devait être enceinte de six mois quand elle est arrivée à la boutique...

— Six mois, comme Abigail.

— Oui... comme Abigail. Ta mère était une femme d'une grande bonté, drôle, vive... Et d'une douceur infinie. Elle m'a offert du chocolat... Je me souviens qu'elle avait peur. Elle sentait bien que tu étais extrêmement puissant, bien plus qu'elle, plus qu'elle ne pouvait le supporter...

— Que sous-entends-tu ? Qu'elle savait ce qui allait arriver ?

— Elle s'en doutait. Elle cherchait à en avoir la confirmation. C'est pourquoi elle avait prétexté avoir besoin de se reposer loin des locaux de SENTINEL pour venir nous trouver.

— Comment connaissait-elle votre existence ? Bergsson est-il au courant ?

— Nous ne nous laissons voir que par ceux que nous choisissons... Ça fait partie de notre don de scribe... Tu le découvriras en lisant le *Livre*. Le colonel ne connaît pas notre existence. Quand elle nous a rejointes, Helga avait déjà commencé à changer. Ses émotions étaient amplifiées et elle maîtrisait moins bien son don, et ce depuis le lendemain de ta conception. Pourtant c'était une empathe puissante...

— Mais pourquoi se réfugier à SENTINEL où on déteste les enfants du volcan ?

— Parce qu'elle ne pensait pas que son propre père pourrait laisser quelqu'un faire du mal à son petit-fils ! Elle avait cru bien faire... Elle savait aussi qu'il pourrait contenir ses débordements : à cause de cette grossesse, elle avait des accès de colère difficiles à contrôler... C'est pour cela qu'elle avait préféré quitter ton père, afin de ne pas lui faire de mal.

— Mais ta mère n'a pas vu qu'elle allait mourir ? Que j'allais la tuer ? Que Bergsson allait me traquer ? s'étonne Kaleb.

— Si... Quand ma mère lui a révélé le contenu du *Livre du Volcan*, ainsi que la force de ton don et l'ampleur de ta mission, Helga n'a pas été très surprise. Évidemment, elle a vite compris qu'il lui serait difficile de survivre à ta naissance.

— Pourquoi m'a-t-elle gardé alors ? C'était de la folie !

— Elle t'a gardé parce qu'elle t'aimait plus qu'elle-même, Kaleb. Ta mère t'aimait de tout son cœur, de toute son âme... Et le plus beau cadeau que tu pouvais lui faire, c'était de naître.

— Pas au prix de sa vie ! s'insurge le jeune homme, des sanglots dans la voix.

Il a serré les poings, il sent la colère accompagner sa tristesse et son sentiment d'injustice monter, monter.

— C'était son choix, Kaleb... Le choix évident d'une mère.

— Je ne peux pas l'accepter !

— Tu le dois. Elle, elle l'avait accepté !

— Comment est-ce possible ? Comment peut-on pardonner à quelqu'un qui va vous tuer ?

— Tu ne l'as pas tuée, Kaleb… Elle est morte pour toi ! Elle t'a permis de naître sans te consumer, elle t'a fait le cadeau de la vie de son plein gré ! Mais bon sang, tu n'as pas déjà lu tout ça ?

— Lu ? Où est-ce que j'aurais lu ça ?

— Dans le message qu'elle avait laissé pour toi !

— Un message ?

— Dans la boîte à musique… Ne me dis pas que tu ne l'as pas eue !

— Si, mais… je n'ai jamais trouvé de message en dehors de la gravure…

— Il y avait un compartiment secret où elle avait glissé le mot pour tout t'expliquer ! Où est-elle ?

— La boîte… ?

Kaleb va exploser. Il a soudain envie de hurler, de pleurer, mais reste juste là, tendu à s'en faire péter les veines. Jamais il ne s'est senti aussi seul, aussi désemparé. Le jeune homme s'effondre dans son siège et les larmes commencent à couler… La boîte à musique, celle qu'il a adoré détester quand elle le réveillait le matin, qu'il a aplatie de coups de poing sans aucun respect, cette boîte, seul vestige de l'amour d'une mère à son fils, Bergsson la lui a volée. Et c'est lui qui la possède désormais.

IV

La femme s'est endormie. Elle a l'air épuisée. Épuisée par la vie, épuisée par les hommes. Par un destin qu'elle n'a pas choisi. Son visage est flétri, ses cheveux clairsemés et filasse ont pris des reflets gris sale. On pourrait la croire aussi âgée que lui, tant le corps est voûté, décharné, en bout de course. Combien de temps lui reste-t-il à vivre ? Sûrement une poignée de lunaisons, guère plus. C'est un des effets secondaires, il le sait bien. Wothan en pleurerait. D'ailleurs, il sent les larmes monter. Quel gâchis ! C'est lui qui n'a pas su empêcher cela, jamais il ne se le pardonnera et il emportera sa honte et son déshonneur jusqu'aux enfers qui l'attendent, là où il ne reverra jamais sa défunte compagne…

Si Frigga savait ce qui s'est produit après sa mort, elle souhaiterait mourir une seconde fois, c'est certain…

La vieillarde bouge un peu, grogne et ouvre les paupières sur des yeux translucides. Elle est désorientée, comme si elle se demandait ce que fait cet homme étrange à agoniser chez elle. Puis elle semble se souvenir et s'approche de lui gentiment, en lui tendant un fruit bien mûr.

— Merci…

La chair juteuse redonne un peu d'allant à Wothan qui, après deux bouchées, retrouve le fil de son histoire :

— Nous n'avons pas remarqué tout de suite les changements. Du moins nous ne voulions pas les voir et préférions cette légèreté qui s'était emparée de nous, au fur et à mesure, à des questionnements qui ne pouvaient qu'être angoissants. L'astre jaune nous éclairait de plus en plus, et nous réchauffait même la peau, à certains moments de la journée. La nature semblait plus généreuse que jamais et nous ne manquions de rien. Les sages du Conseil comprirent que cette boule de feu était la cause de ces améliorations. Cela nous semblait pourtant difficile à accepter, à comprendre, mais nous savions que le ciel a parfois ses caprices, et que si les dieux nous avaient fait connaître le froid et un raz de marée qui avait réduit notre civilisation à néant, ils étaient aussi capables de nous envoyer quelques bienfaits. Et aussi effrayante qu'elle ait été, la chute de la boule de feu était à n'en pas douter une bénédiction. Certains, pour expliquer les conséquences prodigieuses de ce simple rocher tombé du ciel, imaginèrent que toutes les terres du monde avaient ainsi été arrosées et que l'impact avait fait basculer notre axe par rapport à l'astre jaune, nous exposant plus directement à sa chaleur, ce qui avait eu pour effet de faire prospérer la vie…

« Comme tout le monde, je fus des plus disposés à croire à cette théorie. Je commençai même à accepter l'existence de ces dieux que j'avais toujours réfutée car force était de constater les miracles qui s'accomplissaient dans notre clan.

« Passé les premières craintes de voir la Montagne aux îles entrer en éruption, nous comprîmes que ce volcan n'était pas bien dangereux et l'oubliâmes peu à peu. Nous l'évoquions rarement et interdisions à notre peuple de s'en approcher. Les éma-

nations de la boule de feu étaient trop puissantes et ses effets hallucinatoires incontrôlables. Ma femme et moi le savions mieux que personne pour en avoir été les premières victimes.

« Quoique victimes ne soit pas le mot. Car l'exposition prolongée à cette drôle de chose nous avait changés irrémédiablement, Frigga et moi, nous en avions acquis la certitude. Comme si elle avait décuplé ce qui dormait en nous, ces talents que nous avions en commun, d'intuition et de capacité à comprendre les sentiments d'autrui. Nous étions comme des versions améliorées de nous-mêmes. Nous pensions plus vite, réfléchissions mieux et entretenions de longues conversations muettes, d'esprit à esprit, sans que nos lèvres remuent ni forment de sons. Bien sûr, nous restions très discrets à ce sujet, même si nous guettions parfois des talents similaires chez les hommes qui étaient venus nous secourir dans la grotte. Il me sembla d'ailleurs que le fils de mon meilleur ami, Erik, avait l'air parfois bien absent, comme si son âme explorait seule de nouveaux horizons…

« Mais ce ne fut pas le seul changement qui s'opéra dans notre communauté quasi stérile.

« C'est Frigga qui tomba enceinte la première, à notre grande surprise. Nous avions renoncé à toute possibilité de procréer et Edda nous comblait déjà. Je l'aimais comme ma propre fille et, pour avoir peu connu son père, je ne voyais que sa mère en elle. Son caractère grave et posé cachait à n'en pas douter un tempérament volcanique qui se réveillerait un jour comme la Montagne aux îles, et elle deviendrait une femme au physique agréable qui saurait combler ses enfants en leur contant ces histoires dont elle avait le secret. Je n'espérais plus d'autre descendance, et pourtant…

« Cela faisait plus d'une lunaison que Frigga et moi avions fait l'amour au pied du volcan. Nous nous en rappelions pourtant

vivement, tant notre communion avait été forte et peut-être parce que, sans le savoir, nous avions conçu un enfant ce jour-là. Lorsque ses seins commencèrent à s'alourdir et qu'elle ressentit les premières émotions de la grossesse, Frigga avait soixante-huit saisons. À peu près autant que toi aujourd'hui...

La femme semble surprise. Elle regarde Wothan intensément et baisse soudain la tête comme en proie à la panique. Elle touche son ventre désormais sec et renifle tandis que des larmes coulent sur son visage émacié. Lorsqu'elle croise de nouveau le regard du vieil homme, ce dernier y voit toute la détresse et le malheur du monde. Les regrets, l'injustice de sa situation. Il voudrait la serrer fort dans ses bras pour la réconforter, parce qu'on a fait d'elle un monstre et qu'il n'a pas su l'empêcher, mais il aurait peur de la briser et n'est pas sûr, de toute façon, d'avoir encore la force de bouger... Alors il se contente de soupirer et se concentre sur son récit. Parler est tout ce qu'il peut faire. Sans qu'il ait pour autant la certitude désormais que cela serve à quelque chose.

— Nous étions fous de joie. Et notre bonheur était d'autant plus complet que le ventre des autres femmes se mit aussi à s'arrondir. Il y eut soudain une véritable épidémie de grossesses ! Du sang neuf allait venir fortifier notre clan : nous attendions ces enfants comme une bénédiction ! Rares étaient ceux qui ne furent pas gagnés par l'allégresse ! Celle-ci était-elle due aux émanations qui atteignaient forcément le village en infimes quantités ? Et ces émanations étaient-elles d'ailleurs à l'origine de cette vie qui foisonnait ? Oui, sans doute. Mais nous avions appris à accepter de vivre sur une terre changeante et bouillonnante, et ce qu'elle nous apportait d'agréable, nous souhaitions l'accueillir de bon cœur. Seuls quelques grincheux ne semblaient pas touchés par l'euphorie. Edda n'était pas dans les meilleures

dispositions non plus, car malgré ses vingt-six saisons, nous l'avions compris, elle redoutait l'arrivée du bébé. Elle craignait sans doute que nous l'aimions moins. Être une enfant n'aurait bientôt plus rien d'exceptionnel et elle devrait céder sa place d'orpheline pleine de courage à des bébés miraculeux qu'il faudrait pouponner, qui allaient devenir l'objet de toutes les attentions. La petite était jalouse et nous l'assurions de notre affection du mieux que nous pouvions.

« Quelques femmes accouchèrent avant ma compagne. Leurs bébés étaient de taille normale, avec de beaux yeux bruns. Le détail a son importance. Pourtant, la couleur de leurs yeux n'avait rien de remarquable, à l'époque, puisque nulle autre couleur d'iris n'existait alors.

« La fin de la grossesse de Frigga lui fut assez pénible. Le bébé n'était pas pressé de sortir et il attendit presque une lunaison de plus que le terme pour enfin se décider à naître. Nous savions qu'il serait très gros et qu'une intervention serait peut-être nécessaire. Aussi, lorsque les premiers signes se manifestèrent et que ma douce se tordit de douleur, l'accoucheuse accourut avec le matériel à stériliser, au cas où. J'étais effrayé et priai de toutes mes forces pour qu'on n'ait pas à ouvrir le ventre de mon épouse afin de sortir notre enfant. Hélas, les dieux n'entendirent pas mes prières... Très vite, je fus exclu de la chambre et ne pus me fier qu'aux cris qui filtraient jusqu'au seuil de ma maison. Quelques amis étaient venus me soutenir, des femmes avaient apporté des gâteaux, mais je ne les voyais pas. Seule comptait cette connexion un peu magique que ma femme et moi entretenions. Ce lien était si fort que chacune de ses convulsions me déchirait l'abdomen et le cœur, et je suais sûrement tout autant qu'elle. Plié en deux, je criais parfois juste avant que sa voix

ne me parvienne. Mes amis m'allongèrent sur le sol et tentèrent de me distraire.

« – Quelque chose ne va pas, je le sens !

« J'étais convaincu que l'enfant se présentait mal.

« Et en effet, un cri, différent des autres, et la douleur fulgurante que je ressentis à ce moment-là vinrent me confirmer mes craintes : l'accoucheuse venait d'ouvrir en deux le ventre de ma femme. J'eus une pensée pour la petite Edda, si jeune et pourtant autorisée à rester près de sa mère puisque c'était une fille… Je me concentrai de nouveau sur ma femme, mais ne trouvai pas immédiatement le chemin de son esprit. Elle était à moitié consciente, sonnée par la douleur.

« Je me sentais moi-même si fatigué… Frigga devait déjà avoir perdu beaucoup de sang.

« – Ma douce, je suis là, ça va aller…, *lui murmurai-je.*

« – Je ne crois pas, je me détache, mon amour.

« – Quoi ? Tu te détaches de quoi ?

« – Je glisse, je pars…

« – Mais non, tu es juste fatiguée… Tu t'endors, c'est tout. À ton réveil, notre enfant aura besoin de toi…

« – Il n'aura que toi…

« – Mais que ra… racontes-tu ?

« J'avais à peine la force de formuler mes questions, d'avoir des pensées structurées. Je vibrais sur le même mode que mon aimée qui était en train de mourir… Et je ne le comprenais pas.

« – Je pars, Wothan. C'est comme ça… Ne lui en veux pas, donne-lui tout ton amour de père, et aime cet enfant pour moi.

« – Quoi ? Mais non…

« – Promets-le-moi au nom de notre amour.

« Et je promis, sans vraiment réaliser que j'étais en train de dire adieu à ma femme. Je perdis connaissance. À mon réveil,

Edda se tenait devant moi, les yeux rougis par les larmes, le bébé dans ses bras. Je remarquai tout de suite qu'il était immense pour un nouveau-né. Edda me le tendit. Le bébé ouvrit les yeux. Des yeux d'une couleur que je n'avais jamais vue auparavant. Ils étaient bleus. Magnifiques, limpides. Son visage était lisse et reposé comme celui des enfants qui naissent d'un ventre ouvert. Me revint alors l'horrible expérience que j'avais faite quelques minutes auparavant. J'avais forcément rêvé, j'allais retrouver Frigga dans notre lit, épuisée mais heureuse.

« Ce fut Edda qui me ramena à la cruelle vérité.

« – C'est une fille et je la déteste. Elle a tué maman !

« N'y tenant plus, elle s'échappa de la maison en courant. Je ne cherchai pas à la retenir, sidéré par l'horrible nouvelle. Je contemplai un instant mon bébé et plongeai mon regard dans l'azur de ses yeux. J'y vis déjà toute la bonté du monde ainsi que l'intelligence de Frigga. Et je me rappelai la promesse faite à sa maman.

« – Bien sûr que je t'aime, Hermeda, ma fille. Avec ou sans promesse, je t'aime.

« Je serrai la petite contre moi et pleurai doucement, de chagrin et de bonheur à la fois.

« Et loin, très loin dans ma tête, je fis taire une petite voix qui me répétait :

« – La mort de la mère est la clé.

V

« INSTABLE.

« HUIT SAISONS AVAIENT PASSÉ ET TOUT ÉTAIT INSTABLE. Notre terre bouillonnante semblait plus à fleur de peau que jamais, des volcans crachaient sans relâche leur colère brûlante à l'intérieur des terres qu'ils rendaient impraticables, les failles s'étiraient et craquelaient les champs arides, précipitant en leur cœur les animaux infortunés qui osaient s'y aventurer. De l'eau en ébullition remplaçait nos rivières jadis si fraîches, ou bien s'échappait du sol en des jets hauts comme dix hommes. Le climat avait irrémédiablement changé. La neige fondait pendant la saison claire et nos peaux prenaient même quelques couleurs nouvelles.

« J'avais soixante-quatre saisons et je portais le deuil de ma bien-aimée, avec à ma charge une fillette de huit saisons et une fille de trente-quatre. Ce n'était pas simple tous les jours et si prendre compagne m'aurait sans doute soulagé, je n'avais pu m'y résoudre. Le souvenir de Frigga était encore trop douloureux et j'avais fini par chérir cette douce souffrance qui me *rattachait encore à elle et lui permettait de survivre dans mon cœur...*

« – Si tu pouvais remonter le temps, père, concevrais-tu cette enfant qui nous l'a arrachée ? me demandait parfois Edda.

« – Remonter le temps n'est pas possible, alors à quoi bon poser la question ?

« – Imagine...

La femme a à son tour l'air songeur. Wothan n'est pas dupe, il sait qu'elle s'imprègne des émotions qui se dégagent de son récit, plus qu'elle n'en interprète les mots. Pourtant, chaque fois qu'il prononce les noms des femmes de sa vie, elle sursaute légèrement, comme si elle les reconnaissait. Sait-elle seulement qui est Wothan ? Quelles fonctions il a occupées dans ce qui fut le clan le plus fier de cette île ?

— Edda aimait partir dans des hypothèses complètement abstraites, pousser les gens dans leurs retranchements. Elle avait un esprit brillant qui en ferait une excellente stratège et savait toujours comment tourner les discussions à son avantage. Mais la question qu'elle me posait était trop malsaine à mon goût et je n'étais pas dupe de ce qu'elle voulait me faire dire.

« – Je n'ai rien à imaginer, Edda, lui répétais-je inlassablement. Il ne se passe pas un jour sans que je pleure ta maman, c'est vrai, mais elle ne voudrait pas que tu mettes la vie de ta sœur en balance, comme ça. Frigga voulait que nous l'aimions, comme elle l'aimait déjà et comme elle t'aimait, toi.

« – Mais si elle n'avait pas été conçue, nous ne saurions pas qu'elle aurait pu exister et ne déplorerions pas son absence ! Alors que nous savons que maman est morte...

« Edda ne montrait aucune émotion en disant cela. Au contraire, elle était d'une froideur et d'un calme impressionnants. Pourtant, mes talents d'empathie me soufflaient qu'il existait

encore tellement de douleur en elle… Mais ce n'était plus la douleur d'antan, ce n'était pas de la tristesse que je percevais, mais de la colère, une rancœur dont elle devrait se débarrasser avant d'en être rongée, sous peine de finir en vieille femme aigrie…

« J'étais convaincu que le changement qui s'était opéré en elle n'était pas dû uniquement à une vulgaire jalousie fraternelle ou au deuil de sa mère. Si les émanations dont la Montagne aux îles s'était faite le relais avaient la capacité de décupler certaines aptitudes, elles avaient aussi renforcé la dureté, l'hermétisme de certains villageois, dont Edda. Tout ce qu'elle avait de force et d'implacabilité se transformait peu à peu en insensibilité. Elle était des rares personnes à ne pas être émues par les enfants aux yeux bleus, que nous surnommions enfants du volcan puisque c'est grâce à la Montagne aux îles qu'ils étaient nés. De même, et malgré leur jeune âge, j'avais déjà repéré chez certains d'entre eux des dons inhabituels. Oh, c'était encore très subtil ! Mais je le vis parce que je le guettais, et que j'avais déjà reconnu à Hermeda une intuition hors du commun… Certains enfants avaient un véritable don pour obtenir ce qu'ils désiraient, d'autres étaient, comme moi, dotés d'une sensibilité telle qu'ils pouvaient ressentir les émotions des adultes alentour, voire les influencer, certains encore semblaient parler directement aux animaux… Les villageois se laissaient manipuler sans même s'en apercevoir, à l'exception de ceux qui, ayant été exposés davantage que les autres aux émanations de la boule de feu, avaient à leur tour développé quelques talents et se sentaient ainsi moins seuls… Mais Edda et une poignée d'autres restèrent imperméables aux enfants du volcan et devinrent insensibles à bien des choses. Je ne voulais pas que ma fille devienne une femme au cœur sec.

« – Edda, arrête ça tout de suite ! Ne te rends-tu pas compte que tu tues ta mère une seconde fois en disant cela ? Crois-tu que j'aie besoin d'une fille qui me reproche la naissance de sa sœur, alors que j'ai tant de mal à faire face seul ?

« – Du mal ?

« – Oui. Je suis tout seul, Edda. Tout seul. Mon amour est parti et j'ai peur de ne pas être à la hauteur, tu m'entends ? Je sais que tu peux comprendre, tu es une femme à présent…

« – Tu le penses vraiment, père ? Que je suis une femme ?

« – Bien sûr, ma belle. Et j'ai besoin de toi, j'ai besoin que tu sois avec moi, pas contre moi ou ta sœur, tu comprends ?

« Pour la première fois depuis longtemps je sentis Edda en proie à une fierté et une joie intenses. Son visage s'illumina.

« – Oui, je crois, père.

« Elle ne dit plus rien et j'imaginais qu'elle avait réellement compris…

La femme laisse échapper un petit cri et lance des coups d'œil inquiets tout autour d'elle. Elle se lève d'un bond, avec une agilité remarquable au vu de son délabrement, et fonce vers le cœur de la grotte, disparaissant dans les ombres qui semblent l'engloutir.

— Où vas-tu ? Que se passe-t-il ?

Mais elle ne répond pas. Wothan a peur. Peur de ne pas pouvoir terminer de raconter son histoire, peur que le flambeau ne puisse être transmis… Qu'a-t-il dit pour qu'elle fuie si soudainement ? Il respire avec peine, chaque prise d'air lui déchire les entrailles…

La femme revient bientôt, l'air hagard. Elle est complètement désorientée et titube autant que si elle avait ingurgité des boissons fermentées. Elle finit par trébucher et rampe jusqu'à lui, s'écorchant les genoux au passage, mais elle ne semble pas ressentir la douleur.

— Terre en colère !

À peine a-t-elle prononcé ces mots que Wothan perçoit, à son tour, les vibrations du sol. C'est ça qui la terrorise ! Elle le regarde comme une bête apeurée et se met à trembler de tout son être, les bras placés en protection au-dessus de sa tête. Quelques morceaux des parois de la grotte se détachent en un éboulement sonore. La femme crie et se love contre le vieil homme qui saigne. Désemparé, il se retrouve soudain connecté à elle et comprend sa terreur. À chaque fois que la terre tremble, elle a peur de mourir, elle s'imagine que c'est une colère divine tournée contre elle pour la punir d'être née telle qu'elle est. Elle a perdu tout sens commun et a oublié que ce phénomène est complètement banal. Il ne lui reste que la peur, depuis des années, et jamais personne pour la rassurer, la consoler. Lui parler. Comprend-elle seulement les mots qu'il prononce ?

— Ça va aller, ne t'inquiète pas… Ce n'est rien. Il ne t'arrivera pas de mal, tu es à l'abri ici…

Il ignore si ça peut suffire à la soulager. Mais elle semble se détendre peu à peu, au fur et à mesure que le séisme perd en intensité, et que la chaleur du vieil homme la gagne…

— Les phénomènes de ce genre ont battu leur plein à l'époque dont je te parle. Certains sages ont même émis l'hypothèse qu'ils étaient annonciateurs d'un nouveau cataclysme, du même ordre que celui qui avait décimé nos ancêtres. Il m'arrivait parfois d'adhérer à cette idée, tant j'avais l'impression que, pour chacun des bienfaits que nous recevions depuis la chute de la boule de feu, il y avait un prix à payer. La vie de Frigga contre celle de Hermeda. Alors pourquoi pas un nouveau raz de marée contre un climat plus clément ?

« J'essayais néanmoins d'être rassurant. C'était mon devoir. Après tout, n'avais-je pas été proclamé, deux saisons auparavant, nouveau chef du Conseil des sages ? J'étais le plus jeune homme à avoir été nommé à cette fonction, à laquelle j'ai siégé jusqu'à maintenant.

« Et puis, bientôt, ce ne fut plus le principal de nos soucis. Et je pus anticiper la suite grâce à la petite Hermeda.

« – Papa, papa ! Ils arrivent bientôt les messieurs tout blonds ?

« – De quels messieurs tu parles, ma fille ?

« – Des messieurs qui viennent de la mer !

« – De la mer ?

« – Encore ton rêve ridicule ? soupira Edda.

« – De quel rêve parlez-vous, les enfants ?

« – Ta fille a vu des hommes blonds qui glissent sur l'eau, dans ses rêves, et elle s'imagine qu'ils sont réels.

« – Ils le sont ! s'écria Hermeda.

« – C'est juste un rêve, gamine, se moqua sa sœur.

« – Je ne suis pas une gamine, s'énerva la petite.

« Hermeda était en effet extrêmement en avance pour une fillette de son âge. À huit saisons elle en paraissait au moins douze et avait le raisonnement d'une enfant de quinze. Vive, entière, émotive, elle comprenait tout extrêmement vite mais ne supportait pas qu'on la renvoie à son jeune âge. Elle voulait être partie prenante de tout, présente pour tout le monde. Hermeda avait un tempérament impétueux, une vraie force de vie qui la mettait parfois en proie à des réactions un peu brutales, mais elle était d'une grande bonté et avait vite fait de se calmer. La seule personne qui la faisait sortir de ses gonds, c'était Edda et son talent pour prendre les gens en défaut.

« – Allons, on se calme, grondai-je gentiment. Raconte-moi ton rêve, ma puce.

« – Pfff, ben voyons, s'agaça Edda.

« Hermeda lui tira la langue et m'expliqua que, depuis plusieurs nuits, elle rêvait d'hommes blonds qui portaient casque et cheveux longs.

« – Ils seront bientôt là, mais il ne faut pas avoir peur, ils sont gentils ! Il y en a même un qui va me faire un joli cadeau !

« Contrairement à ma fille aînée, je ne pris pas les rêves de la petite à la légère car j'avais compris que ses beaux yeux bleus avaient le pouvoir de voir bien au-delà de ce que nous autres pouvions percevoir. Mais cela ne me disait rien de bon. Des hommes qui allaient débarquer en nombre sur nos terres, munis de casques, ça ressemblait à une armée, telle que les anciens nous en avaient déjà décrit. Que faire ? Je ne pouvais pas décemment prévenir les membres du Conseil sans les alerter sur le don de ma fille... Ni ne me sentais capable d'attendre leur arrivée sans rien faire.

« J'étais en pleine réflexion quand ces curieux marins débarquèrent.

« – Papa, papa ! Ils arrivent ! Ils sont là !

« Hermeda était surexcitée. Elle jouait dehors avec d'autres enfants lorsque les explorateurs blonds avaient commencé à fouler notre sol. Elle s'était empressée de venir me trouver, fière de me démontrer la force de ses rêves.

« – Tu vois, je ne m'étais pas trompée ! claironna-t-elle.

« – Tu en as parlé à quelqu'un d'autre ?

« Avant même d'aller m'enquérir des intentions de ces étrangers, je voulais m'assurer de la sécurité de mon enfant.

« – Bien sûr que non, le jour où nos secrets n'en seront plus, je perdrai ma liberté...

« Le ton extrêmement grave de Hermeda et son visage, qui l'espace de quelques instants prit une expression que je ne lui connaissais pas, m'angoissèrent au-delà de ce que les mots peuvent exprimer. Comme si, à cet instant précis, ma fille déjà adulte s'adressait à moi et me mettait en garde hors des contraintes du temps, en possédant son propre corps d'enfant. J'observais, interloqué, la fillette qui me souriait de nouveau, doutant de ce que je venais d'entendre et d'observer, voire de comprendre...

« – Papa ! Mais qu'est-ce que tu attends ! s'écria-t-elle d'une voix suraiguë. Ils sont là, je te dis !

« – Oui, oui, je viens...

« Et en effet, quand j'arrivai sur la place je découvris ces curieux visiteurs, tous aussi blonds les uns que les autres, râblés, casque imposant vissé sur le crâne, peaux de bête et tissu en guise de vêtements. Je saluai de la tête celui qui paraissait être leur chef. L'homme me rendit mon salut et prononça des mots que je ne compris pas.

« – Ils ne parlent pas notre langue, constata inutilement un des membres du Conseil.

« – Wothan, répondis-je en frappant sur ma poitrine.

« – Ootah, répondit l'homme en m'imitant.

« La ressemblance de nos prénoms me fit sourire. L'homme me sourit à son tour. Que faisait-il donc sur nos terres ? Que voulait son peuple au mien ? Ne disposant pas des mots qu'il comprenait, je décidai d'utiliser mon don pour sonder son cœur. Il n'y avait nulle malice en lui, aucun désir de conquête chez eux. Ils étaient de simples migrants, religieux pour la plupart, à la recherche d'une terre à travailler. Notre pays était vaste, j'entrepris de le lui dessiner sur le sol avec un bâton. Et, sans que nous comprenions la langue l'un de l'autre, nous nous mîmes *d'accord pour que mon peuple aide le sien à s'installer à une distance raisonnable. Avant cela nous leur offrîmes l'hospitalité au cours d'un dîner qui dura toute la nuit. Notre peuple n'était pas belliqueux, et nous nous réjouissions de ce qui ne pourrait être qu'un enrichissement mutuel.*

« La cohabitation se passa plutôt bien, les premiers temps, mais très vite nous remarquâmes une certaine défiance de la part de nos voisins. De petite taille, ils étaient fortement impressionnés par notre stature et devinaient, en comparant leurs enfants aux enfants du volcan, que leur croissance ainsi que la couleur de leurs yeux avaient quelque chose de surnaturel. Leurs dieux étant différents, ils se laissaient parfois aller à penser que nos petits étaient les rejetons d'un démon. Bien sûr, ils ne disaient rien de tel, mais nos contacts se faisaient de plus en plus rares et ils interdisaient à leurs petits de jouer avec les nôtres. Ils finirent même par éviter notre clan. Cela nous déçut énormément : que nos deux peuples se mélangent aurait été une formidable alchimie pour nos sangs respectifs. Nous en avions la conviction grâce à ce qui nous restait des sciences de nos ancêtres, mais nos amis blonds n'avaient pas les mêmes connaissances et je savais qu'il ne servirait à rien de les leur insuffler avant qu'ils ne soient prêts. Nous perdîmes donc peu à peu le contact, mais continuâmes d'apprendre leur langue… Parce que les mots sont le savoir. C'est comme ça que nous avons découvert qu'ils nous surnommaient les Géants. À cause de notre taille, mais surtout de celle de nos enfants… Il y avait un peu de crainte et d'admiration dans ce terme. Les parfaits ingrédients pour qu'ils restent à distance et demeurent pacifiques. Mais je digresse…

« Quoique… Tu sais, cette crainte de ce qui est différent m'alerta très tôt sur le sort des enfants du volcan : si de simples

caractéristiques physiques suffisaient pour qu'un peuple pourtant civilisé parle de démon, qu'en serait-il lorsque les enfants grandiraient et développeraient leurs dons hors du commun ? Je n'avais aucun doute sur la probabilité de la chose. Hermeda n'était pas un cas isolé : sa clairvoyance était en train de se fortifier et ce n'était pourtant qu'une fillette. Qu'en serait-il lorsqu'elle deviendrait femme, à l'âge où le corps et le cœur se mettent à bouillonner ? J'ignorais quoi faire pour la protéger. Devais-je lui demander de ne plus prêter attention à ses intuitions ? Autant lui ordonner d'arrêter de parler. Devais-je préparer mon peuple à l'émergence de nouvelles capacités, au risque que les enfants comme elle deviennent des bêtes curieuses ? Devais-je demander à ma fille de cacher son don ? C'était la seule option que je pouvais envisager sereinement pour l'instant, mais le secret ne serait-il pas trop lourd à porter pour ses jeunes épaules ?

« Être père n'est pas une mince affaire. Surtout quand il n'y a plus de maman. J'étais constamment inquiet pour mes filles, soucieux de faire au mieux, de les protéger sans les étouffer, de leur préparer la meilleure vie possible… On veut tous ça pour nos enfants, non ?

La femme pousse un cri de bête, un son inintelligible. Elle sanglote, de la morve lui coule dans la bouche. Accaparé par son récit, Wothan avait presque oublié à qui il s'adressait.

— Pardonne-moi… je ne voulais pas te faire de peine… je suis maladroit… je suis au-dessous de tout… je n'ai pas su… je n'ai pas su…

À son tour il se met à pleurer. C'est son chagrin à lui qui s'exprime. C'est son chagrin à elle qui s'en mêle. Il se sent tellement honteux. Il ne sait pas quoi dire, à part « pardon ».

— Pardon, pardon, pardon, répète-t-il. Je m'en veux tellement…

Le Géant aux cheveux blancs s'effondre dans les bras de la femme qui n'a pas cessé de pleurer. Leurs respirations s'accordent, ils sanglotent longtemps, l'un contre l'autre, puis finalement se calment. Elle le regarde et lui fait signe de continuer, que ça va aller…

— Edda avait bien remarqué le pli profond qui s'érigeait désormais entre mes deux yeux. Un soir, alors que la petite était couchée, elle entreprit de me libérer un peu de ma peine.

« – Père, je vois bien que tu t'inquiètes. Je sais que tes responsabilités sont lourdes, j'aimerais tellement t'aider.

« – Ma douce enfant, ta sollicitude suffit à emplir de joie mon cœur de père.

« – Ce n'est pas assez ! Je peux faire tellement plus si tu m'y autorises ! Je peux te décharger d'une partie de tes responsabilités, être une oreille attentive et compatissante, et même m'occuper davantage de Hermeda, m'en occuper comme une mère. J'ai trente-quatre saisons désormais et…

« –… justement, mon enfant, il va être temps pour toi de songer à faire ta vie, à construire ton propre foyer. En aucun cas je ne souhaite que tu sacrifies ta jeunesse pour moi ! Il doit bien y avoir un jeune homme qui te plaît parmi ceux qui te font la cour ?

« – Je n'ai pas l'impression de me sacrifier. Et puis les garçons de mon âge ne m'intéressent pas !

« – Ah ? Mais ce n'est pas grave si tu en aimes un plus âgé. L'essentiel est que tu sois heureuse, ma fille. Tu as déjà quelqu'un dans ton cœur ?

« Edda semblait hésiter un peu. Son silence était un aveu délicieux ! La secrète jeune fille avait un élan pour un homme ! J'étais infiniment heureux de savoir qu'elle acceptait enfin de se laisser aller à aimer. Il était plus que jamais hors de question

qu'elle continue de vivre avec son vieux père et sa jeune sœur dans ces conditions !

« – Vous êtes-vous déjà unis ?

« – Non, répondit-elle, gênée, en se tortillant sur sa chaise.

« Elle, d'habitude si posée, avait l'air d'une gamine prise en défaut.

« – Il est au courant de tes sentiments ?

« – Pas encore... Enfin, je ne crois pas...

« – Il n'a pas déjà une compagne, j'espère ?

« – Non...

« – Alors fonce ! Qu'est-ce que tu attends ?

« – Je ne sais pas s'il a envie, répondit-elle, cramoisie.

« – Il faudrait qu'il soit bien idiot pour ne pas vouloir d'une femme comme toi, Edda. Tu es belle, intelligente et tu feras bientôt partie du Conseil des sages... Tu es parfaite !

« – Tu crois ?

« – Mais oui ! Arrête de réfléchir et rejoins-le, prends-le dans tes bras, je suis sûr qu'il n'attend que ça... Les hommes n'osent pas toujours, tu sais.

« – Oh, Wothan !

« J'eus à peine le temps de trouver étrange qu'elle m'appelle par mon prénom. Edda pressait déjà ses lèvres contre les miennes pendant ce qui me parut une éternité, avant que je ne parvienne à la repousser, horrifié.

« – Mais qu'est-ce que tu fais, tu es devenue folle ?

« – Je fais ce que tu m'as dit ! Je t'aime depuis toujours et je veux être ta compagne !

« – Mais tu es ma fille : c'est contre-nature !

« – Je ne suis pas vraiment ta fille ! Je suis celle de Frigga... Tu pourras l'aimer un peu à travers moi ! Je saurai m'occuper de toi, aimer Hermeda comme mon enfant et t'en donner

d'autres. Peut-être un fils ! Tu l'as dit, tu me trouves parfaite ! Il est temps que tu refasses ta vie, Wothan.

« Incapable d'articuler un mot, je restai un instant interdit. Puis, la première chose qui me vint fut un geste malheureux. Je levai la main et l'abattis sur la joue de ma fille. Le bruit sec résonna longtemps dans la pièce. Elle ouvrit la bouche, surprise, mais ne dit rien. Elle ne porta même pas la main à son visage qui rougissait à vue d'œil. Elle me fixa un instant, désespérée, malheureuse, puis ses yeux dévièrent un peu et allèrent se poser à quelques pas de là. Dans l'embrasure de la porte se tenait Hermeda que nos cris avaient réveillée. Le regard d'Edda se transforma aussitôt. La tristesse se mua en haine, comme si sa sœur était responsable de ce qui venait de se passer. Elle éclata d'un petit rire mauvais :

« – Je vous laisse entre vous.

« Elle quitta alors la maison et se réfugia chez une de nos vieilles un peu folles, sans plus m'adresser la parole pendant plusieurs lunaisons. L'absence de sa sœur rongeait littéralement la petite Hermeda qui, malgré l'hostilité de son aînée, lui était très attachée. Elle s'obstina à taper à sa porte tous les jours, pour nous réconcilier…

« – Pourquoi tiens-tu tant à précipiter les choses ? lui demandai-je. Tu sais, il faut parfois un temps nécessaire pour pardonner ou se pardonner à soi-même… Je sais que c'est compliqué à comprendre, tu es si jeune ! Mais crois-moi…

« – C'est important qu'Edda ne nous déteste pas.

« – Elle ne nous déteste pas, ma fille. Elle m'en veut un peu, mais ça passera.

« – Non, ça ne passera pas tout seul…

« – As-tu fait un nouveau rêve qui te permette de penser ça, Hermeda ?

« Ma fille ne répondit pas, mais à son air grave je compris que oui. Elle continua donc de rendre visite à sa sœur, petit bout de femme d'à peine neuf saisons, quand un jour elle parvint enfin à lui parler. Mais ça n'eut pas l'effet escompté.

« Je sortais du Conseil des sages quand la foule massée devant la maison d'Edda m'alerta. Je me frayai un chemin et vis Hermeda agenouillée, les bras autour de sa tête. Sa sœur la menaçait du poing et lui hurlait dessus, les yeux exorbités.

« – Mais que se passe-t-il, bon sang ?! m'écriai-je.

« – Les hommes blonds ont raison, se contenta de répondre Edda.

« – À propos de quoi ?

« Je pris la petite dans mes bras et tentai de la consoler. Elle sanglotait contre moi, sa tête enfouie dans mon cou. Petite boule chaude et humide, elle pleurait comme pleurent les enfants, en suffoquant et en s'agrippant de toutes ses forces à son papa.

« – Qu'est-ce que tu lui as fait ? demandai-je à Edda.

« – Je l'ai juste un peu secouée pour qu'elle arrête de me harceler !

« – Te harceler ? Elle vient te voir parce que tu lui manques !

« – Tu n'es pas là pour entendre ce qu'elle me dit, ni de quoi elle me menace !

« – Te menacer ? À neuf saisons ? Et de quoi ? De te voler tes poupées ?

« – Non… pas de ça.

« – De quoi alors ?

« Edda ne me ferait pas le plaisir de me répondre. Elle se contenta de me cracher, pleine de haine :

« – Les hommes blonds ont raison : les enfants du volcan sont des démons, Hermeda en est la preuve.

« Je m'apprêtai à éclater de rire et à traiter mon aînée de folle, prenant la foule à témoin de sa fantaisie ridicule. Mais aucun des membres de mon clan ne souriait. Certains se contentèrent de regarder ailleurs, mais la plupart des personnes présentes autour de nous semblèrent acquiescer en silence. Pour renforcer le malaise, j'en vis même faire un pas pour s'écarter de ma fille et moi, ou des autres yeux-bleus présents. Hermeda perçut mon trouble et, entre deux sanglots, me chuchota à l'oreille :

« – Papa, elle veut tous nous tuer.

VI

« QUAND ON EST AUSSI FIÈRE QU'EDDA, ON NE PARDONNE PAS D'AVOIR ÉTÉ REJETÉE. JAMAIS.

« *Vingt-deux interminables saisons avaient passé, emportant tout espoir que ma fille m'adresse de nouveau la parole. Une distance infranchissable s'était immiscée entre nous, à son initiative. Sans doute craignait-elle de souffrir si elle venait à me croiser. Je m'en voulus longtemps de n'avoir pas su reconnaître ses premiers émois de jeune fille. J'aurais dû être plus attentif, mais je la croyais si forte que je n'avais rien vu des tourments qui agitaient son jeune cœur. Comme je le lui dis un jour, on ne peut remonter le temps, pourtant, à l'aube de mes quatre-vingt-six saisons, j'aurais donné n'importe quoi pour que la fille de ma bien-aimée Frigga ne nous déteste pas, sa sœur et moi. Mais les choses étaient ainsi. Lorsque je la croisais, au hasard d'une balade ou durant le Conseil des sages où elle s'était fait élire, son regard sombre glissait sur moi comme s'il ne me voyait pas. Elle ne me parlait que si elle y était contrainte par nos fonctions respectives et toujours d'un ton glacial et formel qui me vrillait le cœur. J'aurais tellement aimé retrouver le chemin pour aller jusqu'à elle, jusqu'à ses pensées, son âme… mais malgré tout mon talent, elle faisait partie des rares individus qui semblaient immunisés contre ma magie. Je n'arrivais pas à lire en elle.*

« Hermeda avait grandi avec la souffrance d'avoir tué sa propre mère en naissant et celle d'avoir contribué au départ de sa sœur. Si elle n'était pas sortie de son lit, cette nuit-là, pour assister à l'humiliation d'Edda, cette dernière aurait pu oublier sa déconvenue. Un voile de culpabilité était venu aggraver le visage de ma cadette. Mais il n'y avait pas d'aigreur en elle, non. Tout ce que Hermeda entreprenait était mû par un désir de faire le bien autour d'elle. Ainsi, elle sentait certes le besoin d'expier ce qu'elle croyait être ses fautes, mais elle le faisait en rendant service aux membres de la communauté.

« — Ah, quel don du ciel que cette petite ! s'extasiait souvent Alaya, notre vieille voisine.

« — Oui, c'est une brave enfant ! répondais-je avec fierté.

« — Quel courage ! Et quelle sagesse à tout juste trente saisons !

« — C'est vrai qu'elle a toujours été très sage pour son âge.

« — Je ne sais pas ce que je ferais sans elle, Wothan ! Elle a un don pour prévoir l'arrivée du mauvais temps et me prépare des décoctions pour empêcher mes douleurs de se réveiller. Elle est très clairvoyante…

« Le ton de la vieille avait sensiblement changé. Je sentais bien qu'elle essayait de me sonder, pour confirmer ses soupçons. Les gens sont ainsi : plutôt qu'accepter simplement le bien qu'on leur fait, ils ont besoin de trouver ça louche, de chercher s'il n'y a pas un piège ou quelque horrible secret à lever.

« — Pas toujours, répondais-je alors d'un ton dégagé. Il lui arrive d'être totalement inconséquente comme bien des filles de son âge !

« Mais je savais bien que cet argument ne convainquait pas. Hermeda suscitait beaucoup d'interrogations, comme tous les autres enfants du volcan. Il y avait cependant autre chose en elle : elle était une espèce de catalyseur et pouvait faire ressortir le meilleur comme le pire chez les gens qu'elle croisait. On l'adorait ou on la détestait, et elle ne faisait rien pour nuancer les humeurs.

« — Tu devrais faire un effort, la sermonnais-je parfois. Certaines personnes se méfient de toi…

« — Et qu'ai-je fait pour cela ?

« — Rien… Mais ils ne te connaissent pas et se font une image erronée de toi.

« — Je ne vois pas comment je peux y remédier, père…

« — Déjà tu leur sembles trop mystérieuse. Les gens se méfient de ce qu'ils ne connaissent pas, de ceux qu'ils ont le sentiment de ne pouvoir cerner… Nous te voyons tous t'absenter certains jours et ne revenir que le lendemain… C'est suspect. Si seulement tu voulais bien nous dire où tu vas…

« J'aurais pu la contraindre à le faire, voire l'obliger à ne pas sortir. J'étais son père après tout. Pourtant je ne pouvais me résoudre à brider ma farouche Hermeda, si belle, si libre… Et elle connaissait ma faiblesse.

« — C'est mon jardin secret, papa.

« — Tu ne vas pas voir les hommes blonds, j'espère. Tu sais qu'ils sont contre les unions avec nos femmes…

« — Papa, ça ne regarde personne. Je ne fais rien de mal, c'est tout ce que je peux te dire. Et puis même si je ne quittais plus notre vallée, les villageois continueraient de se méfier de

moi, de nous, juste parce que nous avons les yeux bleus, tu le sais.

« — Ce n'est pas qu'une question de teinte d'iris... D'autant qu'il me semble que les tiens ont foncé depuis quelques lunaisons, je me trompe ?

« — Non, père. J'ignore pourquoi. Ma chevelure est plus sombre aussi...

« En effet, elle était passée d'un roux presque blond à une teinte plus profonde qui mettait en valeur sa peau claire.

« Les enfants du volcan, s'ils étaient bien intégrés dans notre communauté, n'avaient pour autant aucun droit à l'erreur. Ils étaient jaugés en permanence, devant redoubler d'efforts pour obtenir confiance et bienveillance. Ce qui faisait peur, ce n'était pas tant leur aspect physique que leur regard et ces petites choses hors du commun, un peu magiques, qui semblaient s'accomplir en leur présence. Certains avaient une intelligence si vive qu'on se sentait bien bête en leur présence, d'autres semblaient soigner juste par la pensée, d'autre encore provoquaient des disputes phénoménales entre amis de longue date, simplement parce qu'ils étaient de mauvaise humeur. Bien sûr, personne n'en parlait aussi clairement, pourtant il ne faisait aucun doute que la nouvelle génération était dotée de qualités bien curieuses. À l'exception bien sûr des enfants aux yeux bruns, qui semblaient en revanche immunisés contre leurs frères. La compagnie de ceux-là était très recherchée, comme s'ils pouvaient servir de rempart aux enfants du volcan contre qui on les monta peu à peu. Le clivage se mit en place insidieusement, pour finir par éclater au grand jour. Il y avait désormais deux catégories d'individus : les enfants du volcan et les autres.

« Edda était à la tête de ces ségrégationnistes qui souhaitaient établir une société à deux vitesses et utilisait sa fonction au

sein du Conseil pour convaincre les villageois de plaider sa cause auprès des autres sages. Mais seule une minorité était sensible à ses arguments. Il ne faut pas oublier que tous les nouveau-nés depuis plus de trente saisons étaient des enfants du volcan. Et les villageois leurs parents ! Elle s'épuiserait donc à tenter de les convaincre, sans succès pensais-je. J'étais dépité qu'elle ne préfère pas placer son énergie dans des combats plus sains, ou dans la recherche d'un compagnon. Mais à cinquante-six saisons, il me semblait que ma fille était toujours vierge, et plus le temps passait, plus elle risquait de le rester tant son aigreur commençait à se lire sur son visage, à se trahir par ses gestes. Elle avait la voix des femmes qui ont le cœur et le ventre secs. Si ce constat me rendait triste, je me consolais en me répétant que son combat resterait vain.

« Je me trompais.

Wothan fait une courte pause pour reprendre son souffle, rassembler ses esprits. Son interlocutrice s'est réfugiée un peu plus loin, comme si l'évidence de la fin du récit nécessitait qu'elle se protège. Il ne peut pourtant rien lui arriver de pire que ce qu'elle a déjà vécu…

– Nala et Kaï s'aimaient depuis toujours. Peut-être même s'aimaient-ils bien avant leur naissance, déjà lorsque leurs parents, amis de longues date, se côtoyaient quotidiennement. Kaï marchait à peine quand Nala vint au monde mais il l'attendait comme on espère son âme sœur. Ce petit bonhomme plein de joie, vif comme le vent, était capable de rester plusieurs heures à écouter les mouvements du bébé dans le ventre de sa mère, à lui parler dans cette langue des enfants que nous avons oubliée. À en juger par le sourire extatique du gamin, on aurait pu jurer que Nala lui répondait, lovée dans son cocon humide.

« Le jour de l'arrivée de Nala fut une fête pour Kaï. Il trépignait d'impatience et on dut le raisonner pour qu'il accepte d'attendre le lendemain avant de la voir. Leur premier rendez-vous fut un émerveillement, tant pour les deux enfants que pour les adultes qui assistaient à la scène. La petite, qui était en larmes quelques minutes avant que Kaï n'arrive, se calma aussitôt. Elle s'apaisa, et aussi étonnant que cela puisse paraître chez un nourrisson, elle sourit et se mit à babiller. Le petit lui répondit, tout aussi souriant, et entreprit d'inspecter chacun de ses doigts, de caresser ses joues... Il la prit dans ses bras sans qu'aucun adulte présent songe à l'en empêcher, et alla s'asseoir par terre, la petite serrée contre lui, ses yeux baignés de larmes plongés dans les siens. Ces deux-là se parlaient bien au-delà des mots. C'est alors qu'il se produisit le plus joli des phénomènes, juste à quelques pas de la maison de Nala : un arc-en-ciel d'une intensité remarquable, le plus gros arc-en-ciel qu'il nous ait été donné de voir, se matérialisa au moment même de leur connexion. Évidemment, nous n'y vîmes qu'une simple coïncidence. Comment aurions-nous pu deviner que c'était la combinaison de leurs dons qui avait provoqué cela ?

« Les enfants grandirent sans se quitter. Jamais ils ne se disputèrent, ni ne souhaitèrent prendre de la distance. Bien sûr, chacun avait ses amis, des centres d'intérêt différents... Nala aimait les gens et savait comprendre leurs émotions, les ressentir avec eux – un peu comme moi... Kaï, quant à lui, était moins contemplatif. Il avait la même attention pour ses pairs, mais il aimait plus que tout les divertir, les faire rêver. Il inventait des histoires, créait des personnages si vraisemblables qu'on croyait souvent les avoir vraiment rencontrés ! Leur enfance passa gentiment, et ils semblèrent épargnés par la défiance des villageois, malgré leurs yeux bleus et leur haute stature. Leur

amour était une bulle, un bouclier, si pur que nul ne pouvait songer que des élans d'enfants puissent générer des actions démoniaques.

« Ce fut leur premier baiser qui mit le feu aux poudres. Enfin, le premier baiser dont un tiers fut témoin…

Wothan reprend de l'air avec une inspiration sifflante. Il semble soudain vieillir de vingt saisons, sa bouche se plisse d'amertume… La femme singe ses mimiques et secoue la tête, comme si elle connaissait déjà la suite.

– Ürki avait dans les cent saisons. Veuf empêtré dans ses habitudes, il n'avait jamais repris femme mais avait un léger béguin pour Edda. Il aurait fait n'importe quoi pour lui être agréable. Ainsi, il s'occupait des mauvaises herbes de son jardin et s'arrangeait pour la croiser régulièrement, juste pour le plaisir de la saluer et lui faire la conversation. Ça n'irait jamais plus loin, car il ne se sentait pas à la hauteur d'une dame de son envergure, cela suffisait néanmoins à réchauffer son vieux cœur. Ürki connaissait les prises de position radicales de sa dulcinée au sujet des enfants du volcan et, quand il surprit Nala et Kaï en train d'échanger un baiser à la sortie du village, son sang ne fit qu'un tour. Il s'empressa de convoquer le Conseil des sages pour une assemblée extraordinaire et dénonça les jeunes "démons" qui risquaient de se reproduire.

« — Mais évidemment que nos jeunes vont faire des enfants ! Il le faut bien sinon notre clan est condamné ! m'écriai-je.

« — Si nous les laissons faire, ils seront bientôt plus nombreux que nous, protesta l'homme.

« — Mais il n'y a pas de "nous" et "eux" ! Ce sont nos jeunes, ils font partie de notre communauté, ils sont de notre sang !

« — Ils ne sont pas comme nous, n'est-ce pas, Edda ?

« Edda semblait embarrassée. Le raisonnement d'Ürki était trop léger pour être défendu, elle le savait pertinemment, pourtant l'occasion de s'ériger contre moi était trop belle pour qu'elle ne la saisisse pas.

« — C'est exact…

« — Edda, nous avons tous accueilli ces nouvelles naissances comme une bénédiction pour notre communauté : sans jeunesse pas d'avenir, tu le sais bien !…

« — En effet, les enfants du volcan apportent du sang neuf. Mais la combinaison de leurs "caractéristiques" est problématique. Qui sait ce que ça peut engendrer ?

« — D'autres enfants aux yeux bleus.

« — Ce n'est pas leur seule différence et tu le sais. Je pense qu'il serait intelligent de les utiliser comme un élément diversificateur de notre race, à l'instar de ces plantes qu'on croise ou qu'on greffe pour obtenir des récoltes plus durables. Mais je ne crois pas qu'on doive les laisser s'accoupler entre eux.

« Un mouvement de stupeur se fit entendre dans l'assemblée.

« — Voyons, Edda, tu ne peux pas parler de ces enfants comme de vulgaires animaux !

« — Ni comme d'objets destinés à fortifier la "race" !

« — N'as-tu pas de cœur ?

« Hélas, tous ne réagirent pas avec autant de virulence.

« — Elle n'a pas tout à fait tort ! modérèrent certains. Les enfants du volcan sont plus grands que nous, et plus forts : que se passerait-il s'ils décidaient de nous exterminer ?

« — Ce sont nos enfants ! Ils partagent nos valeurs : pourquoi chercheraient-ils à nous détruire ? plaidai-je.

« Mais le ver était dans le fruit. L'assemblée était divisée en deux camps et nous décidâmes de reporter la séance, afin de

prendre le temps de réfléchir au problème. D'ici là, il serait signifié aux deux jeunes qu'ils ne devaient plus se fréquenter, le temps que l'on statue à leur sujet.

« Évidemment, cela les mit en colère…

3.

Glenn n'est plus aussi sûr que c'était une bonne idée de conduire Kaleb jusqu'à Myra. Il voit bien que le jeune homme, loin d'être rasséréné par sa lecture du *Livre du Volcan*, ressort de la librairie en irradiant la frustration. Les couleurs qui émanent de lui sont vertes, marron… parfois rouges. Le synesthète ne sait pas encore vraiment comment interpréter ce tableau, mais il sent bien que ce n'est pas positif. Il espère que la libraire sait ce qu'elle fait…

Il est allé faire quelques courses, c'était son tour. S'il y a bien une chose dont il se réjouit, c'est de l'entente qui règne entre ses compagnons. En effet, chacun a trouvé sa place, son rôle au sein de la communauté dont il est en quelque sorte le grand frère. Évidemment, tous savent que l'Élu, la personne à suivre et protéger le moment venu, sera Kaleb, mais cela ne pose de problème à personne.

Leur maison est un peu en dehors de la ville, sur les hauteurs. Une position stratégique qui permet de repérer de loin quiconque viendrait à leur rencontre. Glenn a le souffle court et maudit sa dépendance à la cigarette qui lui fait le poumon paresseux. D'ailleurs, il s'en grillerait bien une petite… Après tout, les provisions peuvent attendre quelques minutes ! Il s'arrête, pose les sacs encombrants, met la clope entre ses lèvres, l'allume et renverse la tête en arrière tandis qu'il aspire la première bouffée. Il aperçoit la maison à une trentaine de mètres. Il détourne le regard mais le repose aussitôt sur la demeure. Son cerveau vient de lui envoyer une information invraisemblable. Il ferme les yeux, les écarquille et scrute de nouveau les fenêtres desquelles il voit s'échapper une espèce de fumée rouge pâle. Abasourdi, il lui faut quelques secondes pour comprendre qu'il est en train de capter un surprenant mélange d'auras, dans un festival de couleurs qui ne lui dit rien de bon. Le jeune homme jette alors sa cigarette, reprend ses sacs et se met à courir. Quand il arrive à l'intérieur, c'est presque l'apocalypse.

Personne n'avait jamais vu Faroudja dans cet état. La jeune fille est crispée dans une attitude offensive et invective Samuel en faisant de grands gestes. Son aura brunit de seconde en seconde.

— Espèce de sale menteur ! Je comprends mieux pourquoi tu les détectes aussi bien, tu en es un !

— Tu mélanges tout, ma pauvre fille, mon don sert juste à me montrer le vrai visage des gens, et ce que j'aperçois de toi n'est pas très joli ! ironise le garçon.

La réflexion de Sam énerve encore plus Faroudja. Le rouge se fait torrent tout autour d'elle.

— Pauvre type, je sais très bien que tu te moques de moi, je suis empathe au cas où tu l'aurais oublié !

— Ah, mais comment l'oublier ? Tu nous casses les oreilles tous les jours avec ta sensibilité à deux balles et tes conseils de petite donneuse de leçons ! Tu es juste une gamine capricieuse et susceptible qui ferait bien d'apprendre un peu ce qu'est la vie avant de venir nous emmerder !

— J'ai le même âge que toi, je te signale ! Et c'est quand même incroyable comme tu retournes la situation ! C'est toi à la base qui m'as piqué mon yaourt !

Glenn n'en croit pas ses oreilles. Tout ça pour une histoire de yaourt ? Il regarde ses acolytes pour avoir la confirmation que tout cela est ridicule, mais étrangement, aucun ne réagit. Tous ont le regard un peu vide et assistent à la dispute, impuissants. Même Morrigan, qui a d'ordinaire horreur de ce genre de gamineries, semble médusée par le spectacle. Pire, le rouge semble aussi les gagner peu à peu…

— C'était le mien, putain ! répond le jeune homme. On a acheté le même parfum et je me souviens parfaitement avoir posé mon paquet sur le deuxième rayon du frigo !

— Ce rayon est le mien !

— Ce réfrigérateur est à tout le monde et il n'y avait plus de place sur le rayon que je partage avec ma sœur ! C'est pas un drame si je l'ai mis là ! D'ailleurs, si ça se trouve, tu as mangé mes yaourts sans t'en rendre compte et je ne t'ai pas fait un caca nerveux !

— Ben voyons, bientôt ça va être moi qui te lèse alors que j'ai rien demandé à personne et que c'est toi qui viens envahir mon rayon !

— Et tu suggérais quoi ? Que je le laisse pourrir dehors alors qu'il y avait de la place ici ? Et puis d'abord ton nom n'est pas écrit sur ce rayon !

Glenn hallucine de plus en plus. Cette situation commence sérieusement à l'énerver.

— Non mais, Faroudja, Samuel, vous vous rendez compte que vous êtes en train de rejouer le conflit israélo-palestinien avec votre histoire de yaourt ridicule ? Redescendez un peu !

— Et alors ? Faut pas s'étonner si c'est toujours les mêmes qui refusent de prêter un peu de leur terrain, s'énerve Samuel.

— Ok, on n'a qu'à faire comme ça ! Et puis moi je vais décréter que la maison est à tout le monde et aller dormir dans ton lit, tu n'auras qu'à t'en trouver un autre !

— Ah, mais viens dans mon lit ! la provoque le jeune homme. Tu pourrais bien y prendre goût !

C'en est trop : hors d'elle, la jeune fille se jette sur Samuel pour lui décocher une baffe. Fou de rage, le garçon s'apprête à riposter quand il se prend un verre d'eau glacée sur le visage. C'est Glenn, à court d'arguments, qui vient de le lui balancer. Le gamin, sous le choc, hésite à s'en prendre à son aîné, mais il dégage toujours ces couleurs rouges qui ne disent rien de bon.

— Vous ne voyez pas ce qu'il se passe ? dit enfin Glenn. Morrigan, où est Kaleb ?

La jeune femme fait un effort pour revenir à la réalité et semble comprendre le propos de l'Écossais.

— Il est dans le jardin. Il y est allé directement après son passage à la librairie… Tu crois que… ?

— J'en suis sûr.

Glenn se précipite dehors et trouve Kaleb assis en tailleur contre un arbre. De loin, on pourrait le croire au repos, mais il a les yeux dans le vide et Glenn remarque un long fil d'énergie rouge foncé qui s'échappe de son torse. Le fil chemine jusque dans la maison : c'est lui qui alimente la colère de Samuel et Faroudja.

— Kaleb !

Le jeune homme ne répond pas.

— Kaleb, putain, réveille-toi !

Glenn le secoue énergiquement. L'empathe plonge ses yeux dans les siens. Il y brille un éclat dur, métallique, que Glenn ne lui avait pas vu depuis longtemps.

— Je suis réveillé, qu'est-ce que tu racontes ?

— Tu es en train d'insuffler de la colère dans la maison. Sam et Farou vont s'entretuer si tu continues…

— Désolé, je ne pensais pas que j'étais en train de leur refiler… J'étais juste en train d'évacuer le trop-plein.

— Qu'est-ce qui t'arrive ?

— Je ne peux pas te le dire…

— Bien sûr que si. C'est le *Livre du Volcan* qui te perturbe comme ça ?

— Oui, excuse-moi, c'est ridicule, je ne me suis pas rendu compte que ça me mobilisait à ce point.

Comme par magie, le flux disparaît et les cris cessent aussitôt. Glenn est soulagé. Des petites rechutes, ça peut arriver, mais globalement Kaleb est en parfaite maîtrise de son don et de ses émotions.

— Ça va aller, vieux ?

— Ouais, t'inquiète, Glenn… Je suis désolé.

— C'est rien… Je vais aller voir ce que je peux faire pour réconcilier nos deux oiseaux… Tu es sûr que ça va ? Je peux te laisser seul ?

— Mais oui, Glennichou, le taquine Kaleb. Je gère la fougère !

Pourtant, Kaleb ne peut s'empêcher de penser à ce fameux *Livre* et ce qu'il contient. Il a à peine commencé sa lecture qu'il se sent déjà bouleversé. Bouleversé par ce qu'il pressent des drames qu'il contient, bouleversé par les similitudes qu'il perçoit entre ces personnes mortes depuis bien longtemps et lui-même. C'est comme s'il s'imprimait en lui, gravait chacun de ses mots dans sa chair, page après page. Il comprend la culpabilité qu'éprouvait Hermeda d'avoir dû tuer sa mère pour naître : est-ce une malédiction ? Les enfants du volcan les plus puissants – car il est convaincu que la suite de la lecture lui révélera que cette aïeule l'était – sont-ils condamnés à l'être au prix d'un matricide originel ? Pourquoi ? Pourquoi la mort de leur mère serait-elle la clé ? Et la clé de quoi ? Et si c'est le cas, doit-il avoir peur pour Abigail qui porte son enfant ?

De même, cette Edda avec sa haine des enfants du volcan lui rappelle étrangement le colonel Bergsson, son grand-père. Pourquoi tient-il tant à récupérer Abigail ? Est-ce vraiment pour obliger Kaleb à se rendre, ou bien parce qu'il veut s'assurer que la jeune fille ne mettra pas leur enfant au monde ? Si, à l'instar d'Edda, il estime que les rejetons de deux enfants du volcan sont potentiellement trop dangereux, que peut-il bien avoir prévu d'infliger à la mère ? À l'enfant ?

Enfin, s'il paraît possible que l'enfant tue sa mère et que le colonel tue l'enfant… Kaleb devra faire face à un choix cornélien. Devra-t-il choisir entre celle qu'il aime mais qui l'a trahi et cet enfant ? Choisir Abi serait sacrifier un innocent et se comporter comme Bergsson… Choisir l'enfant équivaudrait à tuer la mère une deuxième fois, et ça, le jeune homme n'est pas sûr de pouvoir le supporter…

Et si Kaleb, à la demande de Glenn, a stoppé le flux qui s'écoulait de lui, comme une soupape de sécurité, il sait parfaitement ce que cette chaleur, cette colère et cette peur qui palpitent dans un recoin de son esprit vont faire de lui s'il n'y prend garde.

Cette fois-ci, s'il rebascule, Kaleb est bien conscient que personne, pas même la prodigieuse Morrigan, ne pourra le ramener parmi les bons, et les vivants.

VII

« TU DOIS TE DEMANDER POURQUOI JE TE PARLE DE CES ENFANTS, KAÏ ET NALA, N'EST-CE PAS ? Tu ne les as pas connus... Pourtant, c'est à cause d'eux qu'Edda a pu accomplir son œuvre maléfique et se venger de moi. À cause d'eux que tu es là ! J'espère seulement que là où ils sont allés ils ont pu vivre heureux...

« Lorsque les sages cherchèrent à décider de leur avenir à leur place, Kaï et Nala avaient respectivement trente-deux et trente saisons C'est un âge auquel on ne supporte plus de se voir dicter une façon de mener sa vie, un âge où tout est amplifié, plus pur. L'amour, la colère aussi...

« Je les connaissais bien, ces deux gamins. J'avais beaucoup d'affection pour eux et leur attachement l'un à l'autre m'émouvait d'autant plus qu'il me rappelait mes jours heureux avec Frigga. Je n'avais jamais senti la moindre malveillance chez eux. Ils n'étaient que joie de vivre et bonté. Ils aimaient rire aussi, je me souviens ! Ah, quel bonheur c'était de les voir marcher, main dans la main, et laisser soudain éclater leur joie pour l'offrir à *qui voudrait bien se joindre à eux ! Car leur bonne humeur, lorsqu'ils étaient ensemble, était toujours communicative ! C'était grâce au don de Nala, qui pouvait aussi bien percevoir les émotions des autres que transmettre les siennes... Elle savait que je possédais le même talent qu'elle et nos échanges de regards étaient plus éloquents que les mots que nous n'osions pas prononcer de peur d'être surpris par un importun. C'était une jeune fille si aimable ! Kaï était tout aussi agréable. Il aimait faire le pitre et s'émerveillait de la beauté qu'il savait voir tout autour de lui. Son don m'était moins accessible, mais avec ce talent qu'il avait d'insuffler des images dans l'esprit des gens, je me disais souvent que si Edda n'avait pas perdu son père si jeune, puis sa mère... si les choses avaient été différentes et qu'elle n'avait pas été immunisée contre les émanations du volcan, elle aurait pu développer les mêmes aptitudes, témoigner de la même joie de vivre.*

« Je sortis épuisé de l'assemblée extraordinaire convoquée par Ürki. Épuisé et triste que les autres n'aient pas vu d'emblée l'évidence de renvoyer sa requête au rebut. J'avais aussi une terrible migraine, due au temps, incroyablement lourd depuis quelques jours. Il semblait annoncer un orage qui ne se décidait pas à éclater. La chaleur était insupportable et l'air à peine respirable. Il faut dire que la Montagne aux îles fumait plus que de coutume, crachant sur nous ses fines cendres chaudes, nous arrosant d'une magie trop puissante pour nous.

« J'avançais sur la place principale, front plissé, perdu dans des pensées que j'aurais mieux fait de cacher... Mais comment aurais-je pu deviner que je tomberais précisément sur Nala ? Je ne la vis pas tout de suite. Je sentis d'abord mes pensées s'amplifier, comme s'il y avait un écho dans mon crâne qui s'amusait à les répéter encore et encore. Mon inquiétude se mit à croître,

à décupler, ainsi que mon irritation et mon sentiment d'impuissance. J'avais envie de pleurer, de hurler. D'ailleurs il me semble que des larmes coulaient le long de mes joues. Surpris par l'intensité de ma réaction, je stoppai ma marche pour reprendre mon souffle. Je levai les yeux et constatai, interloqué, que Nala se tenait en face de moi dans la même position, yeux rougis de larmes, bouche déformée par la douleur. Son regard s'insinua en moi avec l'impétuosité qu'ont les jeunes gens de son âge.

« – Est-ce bien vrai ? *demanda-t-il.*

« *Je ne pouvais pas lui mentir. Pas à elle. Pas sur un sujet aussi grave. J'opinai du chef, d'un air las, pour lui confirmer ce qu'elle avait senti : les membres du Conseil envisageaient d'interdire son union avec Kaï. Elle se contenta de me faire un signe de tête pour me remercier et partit en courant.*

« *Comme elle s'était en quelque sorte reliée à moi, je pouvais désormais accéder plus clairement à ses pensées, ses émotions. Vivre à travers elle la suite des événements. Avec le recul je crois que je n'aurais jamais pu faire ça si l'activité du volcan ne s'était pas accrue…*

« *Nala courut aussi vite qu'elle le put et arriva à bout de souffle jusqu'à la demeure de Kaï.*

« — *Kaï, c'est horrible, ils veulent nous séparer !*

« — *Quoi ?*

« — *Le Conseil… je viens de croiser Wothan… les autres membres ne veulent pas qu'on s'unisse, ils ont peur de nous… des enfants qu'on pourrait avoir !*

« — *Je ne comprends rien à ce que tu dis, calme-toi, je t'en prie !*

« — *Je ne peux pas ! On n'a pas le temps : ils vont venir nous chercher pour nous séparer !*

« — Mais ce n'est pas possible, voyons, nous nous sommes déjà unis ! La loi de la communauté est formelle : nous sommes mari et femme !

« — Ils s'en moquent ! C'est cette sorcière d'Edda qui est derrière tout ça, tu sais à quel point elle déteste les enfants du volcan !

« — Mais ce n'est pas elle la chef ! Que dit Wothan ?

« — Wothan est comme nous, Kaï, je l'ai senti... Sa fille aussi, Hermeda. Il fera tout pour nous défendre mais il n'est pas sûr de réussir. Nous devons nous enfuir !

« Alors Kaï rassembla ses affaires à la hâte et s'enfonça dans les terres avec sa compagne, en quête d'un refuge pour leur amour. Certains villageois étaient déjà à leur recherche, soucieux de faire respecter l'injonction de les séparer. Aussi, quand ils ne trouvèrent les jeunes amants ni chez l'un ni chez l'autre, ils organisèrent une battue.

« L'air était de plus en plus irrespirable, les esprits s'échauffaient, s'emplissaient de colère, les tempes battaient, les cœurs s'emballaient. Tout ça ne me disait rien de bon. J'avais le pressentiment d'un drame à venir, comme la nuit où la boule de feu s'était écrasée.

« — Ils ne peuvent pas être bien loin !

« — Nous devons les séparer !

« — Quitte à les emprisonner s'il le faut !

« — Cette union est contre-nature...

« Les gens étaient devenus fous, dans un état second, comme drogués. Leur euphorie était au service du Mal. Et si je ne les empêchais pas, il y aurait un carnage...

« Alors, semblant sentir que ses enfants étaient en danger, le volcan me devança et se réveilla. Il y eut un long tremblement de terre qui ébranla chacune de nos demeures, suivi d'un bruit

assourdissant de terre qui se fend, de rochers qui roulent, de foudre qui s'abat sur le monde… Le ciel, déjà voilé depuis quelques jours, se couvrit soudain d'une fumée noire et épaisse qui ne voulait pas se dissiper, nous plongeant dans la nuit. Elle s'engouffrait dans nos narines, s'insinuait dans notre corps, charriait avec elle un vent si brûlant qu'il nous fut rapidement impossible de garder les yeux ouverts. Tous, nous dûmes nous calfeutrer chez nous, portes verrouillées et volets clos, en priant pour que nous ne soyons pas engloutis sous des tonnes de lave incandescente. Mais nos maigres efforts pour nous protéger de la colère divine étaient vains, à peine des gesticulations d'insectes ridicules. La fumée et les cendres se frayèrent un passage dans nos demeures. Pour me protéger, je plaçai un tissu humide sur mon nez et en préparai un autre pour Hermeda.

« — Tiens, mets ça autour de ton visage, lui intimai-je en ouvrant la porte de sa chambre, ça te pro…

« Ma phrase resta en suspens. Ma fille était allongée sur son lit, le corps arc-bouté, les yeux révulsés. Je ne voyais plus ses iris d'azur, juste du blanc injecté de sang. Elle avait les yeux d'une démente, le regard du destin, le regard de la mort.

« — Hermeda ! hurlai-je en me précipitant vers elle. Réveille-toi, mon enfant ! Oh par tous les dieux, mais qu'est-ce que tu as ?

« Elle ne répondit pas plus qu'elle ne se réveilla. Sa tête se mit à remuer dans tous les sens et elle fut prise de convulsions si violentes que je crus bien qu'elle allait mourir sur-le-champ, et moi avec. Sa crise dura tout le temps de l'éruption. Elle pleura, râla, délira… Toujours inconsciente.

« La lave épargna notre village et la fumée se fit moins dense dès le lendemain. Les villageois commencèrent à sortir de chez eux pour constater les dégâts extérieurs et y remédier. Mais tous

n'avaient pas la même priorité et la battue pour retrouver les deux fuyards s'organisa de nouveau.

« — Ils sont peut-être morts, comment auraient-ils pu survivre dans les terres pendant l'éruption ?

« — Il suffit qu'ils aient trouvé une grotte ! Nous devons aller les chercher !

« Bien sûr, Edda serait de l'expédition : elle proposa de partir en éclaireur, accompagnée d'une poignée de volontaires, tandis que des sentinelles surveilleraient l'éventuel retour des fugitifs. Au moment même où Edda se mit en route, Hermeda se réveilla.

« Elle poussa un cri strident, crispa les paupières, s'assit dans le lit comme mue par une force supérieure et rouvrit enfin les yeux. Elle me regarda sans dire un mot et, d'un air grave, se leva lentement pour aller chercher un morceau de charbon dans la cheminée ainsi que du parchemin... Et elle se mit à dessiner une créature qui n'avait aucun sens, nulle existence à ma connaissance.

« Quand elle eut mis la touche finale, et seulement à ce moment-là, elle recouvra pleinement ses esprits et put enfin me parler.

« — Père, nous devons les aider ou le pire arrivera… Je dois empêcher ça.

« — Empêcher quoi, Hermeda ?

« Ma fille ne me répondit pas.

« Kaï et Nala avaient effectivement trouvé refuge dans une grotte et s'étaient protégés tant bien que mal de la fumée. Mais leurs cheveux et leur visage étaient couverts de cendres, preuve qu'ils avaient été exposés, eux aussi…

« — Tu es tout noir, plaisanta Nala, alors qu'elle avait entrepris de se débarbouiller dans une rivière tiède.

« — Et toi tu as les cheveux gris comme ceux d'une vieille femme, rétorqua le garçon en se jetant sur elle pour la faire rouler dans l'eau.

« Les deux gamins éclatèrent de rire et s'éclaboussèrent joyeusement. L'espace d'un instant, ils oublièrent qu'ils étaient devenus des monstres aux yeux de certains et qu'on les traquait dans le but de mettre un terme à leur union…

« Lorsque le groupe d'éclaireurs les découvrit, s'ébattant dans la rivière comme deux enfants, ils étaient l'image même de l'innocence. Mais Edda n'avait pas un cœur à s'émouvoir. Elle avança vers eux d'un pas volontaire, bien décidée à user de son autorité pour les convaincre de la suivre.

« — Votre petite escapade est terminée, les enfants. Le Conseil souhaite vous entendre et je suis chargée de vous ramener dans la vallée !

« Si l'esprit d'Edda était insondable, celui des autres villageois était comme un livre ouvert pour Nala. Comme autant de livres qui parlaient, criaient littéralement dans sa tête. La jeune fille

porta aussitôt les mains à ses oreilles et se laissa tomber à genoux. Jamais elle n'avait ressenti les émotions d'autrui avec autant d'intensité, jamais elle n'avait perçu autant de crainte et de haine dirigées vers elle.

« — Elle ment ! articula-t-elle péniblement. Ils veulent nous emprisonner et nous séparer, Kaï, je le vois !

« Kaï connaissait les talents de sa compagne et avait toute confiance en elle. Il n'avait jamais eu de raison de douter d'elle ni de qui que ce soit d'autre d'ailleurs. Il avait grandi dans un monde en paix, en harmonie avec la nature et en bonne intelligence avec les villageois. Il n'avait jamais eu de véritable raison de s'emporter ou d'éprouver des émotions négatives. C'est pourquoi on l'avait toujours assimilé à une heureuse nature. Mais traitez un enfant de monstre et il le deviendra. Cherchez à nuire à son aimée et le monstre vous dévorera…

« — Je ne les laisserai pas faire ! Aide-moi !

« — T'aider ? Mais à quoi ?

« — Je… ne sais pas. Prends mes mains.

« Au prix d'un effort surhumain, la jeune fille décolla les paumes de ses oreilles et les tendit à son compagnon. Elle sentit alors en lui un sentiment dont elle l'ignorait capable : de la colère. L'injustice de la situation et la terreur qu'on s'en prenne à elle avaient fait naître chez le jeune homme un besoin de protection incommensurable. Il ne se sentait pas à la hauteur et était mort de peur à l'idée de ne pas savoir la protéger.

« — Ne t'inquiète pas, le rassura-t-elle du mieux qu'elle le pouvait, on va s'en sortir, ils vont finir par comprendre…

« — Tu es bien naïve, Nala. Edda ne cédera pas. Il faudrait un miracle pour qu'on s'en sorte. Ou qu'on vienne nous sauver, parce qu'à nous deux on ne le pourra pas…

« — Mais nous sommes seuls ! Les sauveteurs, les dragons justiciers, ils n'existent que dans tes histoires...

« — Si seulement ils pouvaient prendre vie... Juste l'un d'entre eux, tu sais, le monstre des eaux, ce serpent géant capable de faire sortir les rivières de leur lit !

« — Ah oui ! Et il aurait des nageoires immenses pour projeter au loin nos ennemis !

« — Oui ! Et il cracherait du feu aussi et ses cris seraient si perçants qu'ils pourraient assourdir ses assaillants !

« — Son corps serait couvert d'écailles qui le rendraient invincible !

« — Et il saurait se rendre invisible aussi !

« De loin, le spectacle de ces deux gamins trempés se tenant la main au milieu d'une rivière et ne regardant plus rien autour d'eux avait quelque chose d'incongru, de déroutant.

« — Mais que font-ils ? demanda un des éclaireurs.

« — Je n'en ai pas la moindre idée, répondit Edda. On dirait... qu'ils se racontent une histoire.

« — Oui ! Ils rient, même ! Bon sang, ce ne sont que des enfants... On peut peut-être y aller en douceur, non ?

« — On verra...

« Désormais, les deux gamins étaient complètement déconnectés de la réalité. Ils se laissaient embarquer par leur évocation.

« — Tu le vois ? demanda Kaï.

« — Oui ! Je l'imagine si parfaitement !

« — Non, je veux dire, le vois-tu vraiment ?

« Joignant le geste à la parole, le jeune homme leva un doigt tremblant vers un point, dans le dos de son amie. Il semblait terrifié et fasciné en même temps. Elle se retourna, au ralenti, pressentant aux mouvements d'air alentour qu'un phénomène anormal était en train de se produire, et le vit. Elle n'eut pas

peur, non, parce qu'elle comprit immédiatement qu'il était là pour eux. Qu'il était le fruit de leurs dons combinés.

« — Que regardent-ils donc, maintenant ? pesta Edda alors qu'elle n'était plus qu'à quelques pas des jeunes gens.

« La réponse ne se fit pas attendre. La bête venait de se matérialiser devant ses yeux. C'était un serpent gigantesque, d'un vert vif, aux yeux sombres comme le désespoir. Edda eut juste le temps d'entendre ses hommes crier avant de les voir tous déguerpir. La créature fondit alors sur le groupe avec une étonnante célérité, balayant sa longue queue tous azimuts pour projeter ici et là les corps de cette armée aux mains nues, au gré de sa colère.

« Bien sûr, ce n'était qu'une illusion, la projection de la colère de l'un, de la peur de l'autre… Mais elle semblait si réelle ! L'autosuggestion accomplit parfois plus que la réalité…

« Kaï et Nala restaient figés, les pieds dans l'eau, main dans la main, les yeux rivés sur la créature qu'ils commandaient par la force de leur pensée. S'ils avaient eu au début quelque réticence en la voyant attaquer ces hommes, ils éprouvaient maintenant du plaisir à laisser éclater leur rage. Les deux adolescents avaient été soumis à bien trop d'émotions en peu de temps, avaient été irradiés trop fort par les émanations du volcan. Ils ne laisseraient rien ni personne se mettre en travers de leur route. Leur puissance nouvelle les grisait, leur amour était unique, ils étaient les maîtres du monde.

« Partout autour d'eux régnait le chaos. Le serpent se déchaînait contre les malheureux. Les hommes parvinrent à s'enfuir, mais Edda fut balancée par-dessus un arbre. Bientôt, il n'y eut plus personne pour menacer les deux amants.

« Pour autant, il ne leur venait pas à l'esprit de rappeler la bête.

« — Arrêtez ! Arrêtez !

« Hermeda et moi venions d'arriver sur place et tentions de ramener Kaï et Nala à la réalité.

« — Arrêtez ! Vous allez tuer tout le monde ! criait ma fille.

« Ils ne semblaient pas l'entendre. Je tentai alors de m'immiscer dans l'esprit de Nala, or ce que j'y découvris n'avait plus rien de commun avec la douce jeune fille que j'avais croisée quelques jours auparavant. Au terme d'efforts épuisants, je parvins néanmoins à l'atteindre et lui intimai doucement de laisser repartir la colère, ce qu'elle finit par faire… Elle dut à son tour convaincre Kaï de se relâcher, ce qui prit encore quelques minutes. Et, comme par enchantement, la bête disparut enfin.

« — Elle est partie ? demandai-je à Hermeda.

« — Elle n'est plus visible…

« Ma fille se précipita vers ses jeunes amis pour leur prêter assistance. Ils étaient épuisés.

« — Vous ne pouvez plus rester parmi nous, pas après ce que vous venez de faire, leur annonçai-je, amer.

« — Nous n'avons nulle part où aller ! protesta Nala en pleurant.

« — Si.

« Hermeda prit une grande inspiration et, sans me regarder, leur expliqua ce qu'ils devraient faire.

« — Allez chez les hommes blonds et tapez à la porte de la maison rouge. Là, il y a un garçon qui s'appelle Dagür. Il vit avec ses parents qui sont des personnes bonnes. Dites que vous venez de ma part et que vous devez quitter nos terres. Ils ne vous poseront pas de question et vous hébergeront en attendant le prochain navire. En moins d'une saison, vous atteindrez un pays qui saura vous accueillir. Mais, ajouta-t-elle d'une voix

curieuse, vous devrez alors vous mettre en quête d'une contrée qui abrite un grand lac pouvant contenir votre créature...

« — Elle n'est plus là ! protesta Kaï.

« — Elle sera toujours avec vous. Souvent invisible aux yeux des hommes, parfois elle apparaîtra et les terrorisera. Mais vous allez l'apprivoiser et elle n'attaquera plus personne, tant qu'elle pourra se cacher en eaux profondes. Elle vous survivra... jusqu'à la fin des temps. Vous avez créé une légende.

« — Comment sais-tu tout ça, ma fille ? risquai-je.

« Hermeda ne me répondit pas.

« — Vous n'avez pas de temps à perdre, foncez ! intima-t-elle aux deux jeunes gens.

« Kaï et Nala n'hésitèrent pas longtemps et serrèrent ma fille dans leurs bras.

« — Comment te remercier ?

« — En étant heureux. Pour certains, l'amour est une renaissance... Pour d'autres, c'est la mort. Profitez de votre chance et renaissez... pour moi.

« Nala lança un regard étrange à ma fille, comme si elle venait de comprendre quelque chose qui m'échappait encore. Mais j'y prêtai moins attention qu'à ses yeux : ses iris avaient perdu au moins trois teintes depuis la dernière fois que je l'avais aperçue. Un coup d'œil à Kaï et je constatai la même dépigmentation chez lui. De même, quelques-unes de ses mèches de cheveux avaient blanchi.

« Puis ils tournèrent les talons et je ne croisai plus jamais leur regard.

« Hermeda s'effondra alors et je songeai moins à l'interroger sur ses fréquentations qu'à l'aider à reprendre des forces. Je la soulevai de terre et la portai jusqu'à un arbre sous lequel je la déposai. Elle m'adressa un sourire las. Je sortis le parchemin

de ma poche, celui où elle avait dessiné le monstre avant même qu'il ne se matérialise, et le lui tendis.

« — Comment l'as-tu su ?

« — Je l'ai vu en rêve…

« — Pendant ta "transe" ?

« — Oui.

« — Je ne comprends pas comment les cendres ont pu avoir cet effet sur toi… Aucun autre villageois ou enfant du volcan ne semble avoir développé les mêmes symptômes…

« — Peut-être y suis-je plus sensible que les autres ?

« — À cause des conditions de ta conception ?

« Je n'avais jamais fait de mystère à ce sujet. Mais Hermeda ne me répondit pas. Elle se contenta de baisser la tête d'un air coupable, alors je fis ce que je m'étais toujours interdit : je sondai son cœur et laissai échapper un cri de surprise.

« — Tu es allée à la Montagne aux îles ?

« Elle ne chercha pas à nier.

« — Oui, c'est là-bas que je me réfugie, depuis l'enfance, quand j'ai besoin d'être seule.

« — Tu sais pourtant que c'est dangereux !

« — Oui, mais le volcan m'a toujours appelée et grâce à ce don qu'il m'a donné et renforce à chaque exposition, j'ai pu sauver Kaï et Nala aujourd'hui !

« — Je ne veux pas que tu y retournes, c'est trop risqué ! Tu m'entends ?

« — Cher père, bientôt je ne pourrai plus en sortir…

« Je m'apprêtai à lui demander des explications sur cette phrase sibylline quand un bruit me fit sursauter. Une voix familière s'éleva alors de derrière l'arbre.

« — Je le savais ! Tu es un monstre ! Je vais le dire aux autres !

« Edda, projetée sur le sol, avait rampé jusqu'à nous.

« — Edda… tu dois garder le secret, ta sœur serait en danger, tu le sais, répliquai-je aussitôt, paniqué.

« Mon aînée grimaça en essayant de se remettre debout et retomba piteusement sur le ventre.

« — Elle s'en soucie que je sois en danger, moi ?

« — De quoi parles-tu ?

« — Ne me dis pas que tu ne le savais pas ! Ne prétends pas que tu ne l'avais pas vu ! cracha-t-elle à Hermeda.

« — Pas vu quoi ? insistai-je.

« — Ce qui allait m'arriver ! Si elle m'avait aimée, elle me l'aurait dit !

« — Mais dit quoi ? De quoi parles-tu ?

« Edda s'effondra dans un sanglot.

« — Que je finirais comme ça ! Je ne sens plus mes jambes. Je n'arrive plus à les bouger…

4.

Le colonel Bergsson se tient debout face à son miroir. Il s'inspecte, il se jauge, il évalue son aspect physique, essaie de présumer de ses réserves, de ses forces, de sa santé. Il est fier de ce corps qu'il a sculpté au prix d'efforts et de renoncements, de douleur et de persévérance. Il est tout en muscles secs, nerveux, qu'il travaille consciencieusement, un faisceau après l'autre pour leur conférer force et tonicité. Lorsqu'il pince son ventre, là où les hommes de son âge ont souvent depuis longtemps une brioche annonciatrice du délabrement des grands-pères, il n'y a pas un poil de graisse. Juste de la peau, un peu moins ferme qu'avant certes, sur des abdominaux saillants à faire rougir un jeune mec de vingt ans. Pas sûr que Kaleb en ait autant ! Être en meilleure forme que le jeune homme, le supplanter dans ce domaine, voilà une idée qui lui plaît.

— Je pourrais bien t'en coller une ou deux, avant de te crever…, murmure-t-il d'un ton mauvais. Qu'est-ce t'as ? Qu'est-ce t'as ? Tu implores ma pitié ? Tu veux que je t'épargne ? Mais tu rêves, mon petit gars, je te conseille plutôt de faire ta prière parce que tu vas y passer... Eh ouais, tu vas passer l'arme à gauche, billet simple pour l'enfer !

L'homme ricane entre ses dents, prend des postures menaçantes, répète les formules qu'il trouve percutantes pour les mémoriser et les ressortir le moment venu. Quiconque le surprendrait lui trouverait l'air d'un fou furieux, d'ailleurs il l'est sûrement, mais il n'y a personne pour le constater et alerter le consortium. Le nouveau chef du réseau SENTINEL est seul face à ses obsessions et personne ne l'arrêtera. Il a beau ne parler qu'à son reflet, il ne le voit pas vraiment. Celui qu'il regarde, au-delà du corps d'un soldat vieillissant, c'est Kaleb Helgusson, son petit-fils. Celui qui a tout quand lui n'a rien, qui possède ce qu'il n'a jamais connu, qui l'a dépouillé de ce qu'il aurait pu espérer... Outre que Kaleb est jeune, beau et libre, on ne peut s'empêcher de l'aimer et ce n'est pas du seul fait de son don : le charme dont le garçon est doté, Bergsson s'en sait dénué. Il est pourtant ce qu'on appelle un bel homme, après avoir été un enfant ordinaire, ni laid ni mignon. Juste ordinaire.

Enfant unique, il aurait pu être l'objet de toutes les attentions mais chez lui on avait le culte du travail et le sens du devoir. Sa mère n'était jamais très présente : elle lui préférait une carrière qui l'avait conduite à la tête d'un célèbre cabinet d'avocats new-yorkais avant de la mener à la tombe à cinquante-cinq ans. Son père était un militaire qui parcourait le monde trois cent soixante-cinq jours par an. Ses parents étaient divorcés et, comme il voyait peu son papa, le petit s'imaginait qu'il n'était pas fier de lui, n'avait aucune envie de venir lui rendre visite parce qu'il était trop nul... Pourtant, celui-ci le surveillait, de loin, attendait que le don du gamin se manifeste. Et quand ce fut le cas, à l'adolescence, il lui envoya un billet d'avion pour l'Islande. Sa mère prit la nouvelle avec le détachement auquel elle l'avait habitué, même si elle protesta mollement, histoire de se donner bonne conscience.

— Tu es sûr que tu veux partir là-bas ? On ne se verra pas souvent !

— On ne se voit déjà pas beaucoup, maman, et puis j'ai l'opportunité de rentrer dans l'armée et de faire carrière, c'est une chance que je ne peux pas laisser passer !

Évoquer son envie d'avoir une bonne situation ne pouvait que faire mouche, pas besoin d'être empathe pour le comprendre ! La femme parut satisfaite de la réponse de son fils, soulagée même. Enfin elle pourrait se consacrer encore davantage à ses affaires et ses amants, sans culpabiliser à l'idée d'être une mauvaise mère. Et puis, il avait quinze ans, il était temps qu'il apprenne à se prendre en main, et aussi que son père s'occupe un peu de lui ! À cet âge-là, il vaut mieux avoir des hommes forts comme modèles.

— D'accord, mais tu me donneras des nouvelles, hein ?

Bergsson perçut une véritable pointe d'inquiétude chez elle. Elle avait beau être d'un égoïsme forcené, elle l'aimait... Peut-être était-ce d'ailleurs ce même égoïsme qui la ferait souffrir si soudain son fils ne se préoccupait plus d'elle. L'idée le fit sourire. Lui qui avait tenté, pendant toute son enfance, de se faire remarquer par cette mère distante et trop froide pour lui apporter le sentiment de sécurité après lequel il avait toujours couru, il avait désormais la possibilité de lui rendre la monnaie de sa pièce.

— Bien sûr..., mentit-il.

Il lui adressa un grand sourire et lui envoya des ondes contradictoires. Elle tiqua. Son visage s'affaissa un instant, en proie à l'angoisse, au pressentiment qu'elle ne le reverrait plus jamais et qu'il ne la contacterait pas... Mais le visage jovial de son garçon lui disait l'inverse, alors elle préféra se fier à ce qu'elle croyait être une évidence... On ne se méfie jamais assez des gens à l'aspect neutre, des « transparents », des passe-partout. Comme la grâce ne les touche pas et qu'aucun regard éperdu ne leur est accordé – pas plus que la défiance qu'on a pour les physiques ingrats et mesquins –, ils n'ont pas de garde-fou. Les « couleur tapisserie » ont toute latitude pour développer les sentiments les plus fourbes, les passions les plus viles, bien à l'abri derrière leur apparente banalité, leur cape d'invisibilité personnelle. Ainsi, les serial killers les plus redoutables, cruels, sadiques ont souvent l'apparence du gendre idéal, du gentil voisin ou de l'inoffensif représentant de commerce.

De la rancœur, le garçon avait eu le temps d'en accumuler, au fil des années. Personne n'avait jamais compris son malaise et ce sentiment d'injustice qui avait enflé en lui durant toute cette enfance qu'on lui avait gâchée. Si on lui avait donné les attentions qu'il méritait, si on avait pris la peine de voir en lui tout son potentiel... il aurait pu faire de grandes choses ! Mais on l'avait laissé se débrouiller seul, toujours. Jamais sa mère ne l'avait porté aux nues comme elle aurait dû. Jamais ses professeurs ne l'avaient encouragé alors qu'il était nettement au-dessus du lot. Jamais ses camarades n'avaient décelé en lui les qualités d'un leader alors qu'il était fin stratège. Oui, à cause des autres et de leur indifférence, il n'avait été que moyen et avait perdu un temps précieux. Heureusement pour lui, lorsque son don s'était manifesté, son père lui avait enfin montré de l'intérêt, comme sa lettre en témoignait :

Fils,

Je t'observe depuis bien longtemps déjà, de loin, malgré ce que tu as toujours pensé. J'ai compris tes désirs, ta frustration, tes possibilités. Aujourd'hui, tu es en train de devenir un être exceptionnel. Peut-être as-tu d'ailleurs déjà senti les subtils changements qui s'opèrent en toi ? Quoi qu'il en soit, il est temps pour moi de te révéler bien des choses à propos de tes origines et de t'offrir la chance de réaliser tous tes rêves de gloire et de pouvoir. Tu trouveras dans ce courrier un aller simple pour l'Islande. Si tu acceptes de m'y rejoindre, je te conduirai à ma base et tu y seras accueilli comme mon digne héritier, promis à de très hautes fonctions d'une importance encore bien supérieure à ce que tu as osé rêvé. Je te laisse le choix, mais je n'ai nul doute que tu feras le bon.

Ton père.

Évidemment, son empathe de père disait tout ce que le garçon rêvait d'entendre. Bergsson n'était pas encore conscient de l'importance de son don. Il s'était borné à convaincre une fille de coucher avec lui, histoire de ne pas être le dernier de sa classe à être dépucelé, et avait provoqué une légère émeute dans une boutique le premier jour des soldes : c'était toujours sa frustration qui trouvait le plus facilement un écho chez les autres. Le crêpage de chignons entre la quinzaine de clientes du magasin l'avait fait beaucoup rire, bien qu'il n'ait pas eu conscience d'en être à l'origine. Mais l'incident avait suffi à alerter son père.

Pourtant, une fois arrivé sur place en Islande, le gamin déchanta. Il n'y eut aucun comité d'accueil particulier pour célébrer la venue du jeune aspirant. Juste un bizutage de quarante-huit heures à crapahuter dans les bois sans provisions ni boussole. Puis des heures d'entraînement, de conditionnement à obéir, à penser en militaire. De la sueur et des larmes. Mais le jeune Bergsson était malléable et son corps de garçonnet un peu gras se développa rapidement : il gagna en force musculaire, en rapidité, en endurance. Aucune tâche ne le rebutait. Il accueillait chaque épreuve, chaque nouvelle difficulté avec une détermination sans faille. Il voulait que son père soit fier de lui, il aspirait aux honneurs. À force de persévérance, il gagna le respect de ses supérieurs et acquit, grâce à ses grades, le charisme dont son manque de charme l'avait privé. Il prit des initiatives, apprit à maîtriser son don, adhéra sans broncher aux idéaux de SENTINEL. Oui, il fallait juguler l'hémorragie des pouvoirs des EDV, les surveiller, les parquer, les contraindre à se mettre au service des nations. L'on ne pouvait naître avec de telles capacités et les garder pour soi, n'en faire profiter que son intérêt propre.

Les années passèrent et son père décéda d'un cancer. Bergsson n'eut pas de peine. Les deux hommes n'avaient jamais véritablement échangé quoi que ce soit, malgré leur don en commun. En outre, il venait de rencontrer celle qui serait son épouse : une jeune institutrice finlandaise pleine de vie et de poésie. Dépourvue de toute malice, elle avait la capacité de s'émerveiller de tout, contrairement à lui. Il se dit qu'ils formeraient un joli couple, un couple stable et uni... Ce qui aiderait à sa promotion. Elle était de bonne constitution et lui donnerait de beaux enfants qui hériteraient du don paternel. Il saurait les aimer et les guider comme il avait tant rêvé de l'être...

Évidemment les choses se passent rarement comme on les imagine... Sa femme donna naissance à une seule fille, avant de se lasser d'être mariée à un éternel absent, de toujours passer après son travail, sa « mission ».

Durant toute son enfance, la petite Helga – prénom qui signifiait « chance, bonheur » – combla tout de même le colonel, tant par l'amour et l'admiration qu'elle lui portait que par ses dons. Elle était encore plus douée que lui et, si elle le souhaitait, deviendrait une Sentinelle respectée. Mais la jeune fille préféra suivre sa mère et s'éloigner de lui et du réseau. Et s'il eut le cœur gros, quelque part, Bergsson en fut soulagé. On ne fait pas des enfants pour qu'ils vous ressemblent en tous points et vivent la vie que vous leur avez choisie.

Il aurait aimé qu'elle lui donne plus souvent de ses nouvelles, mais il continuait de la percevoir, grâce à son don, et la sentait heureuse : au final, c'était tout ce qui comptait.

Après le départ des deux femmes de sa vie, il se jeta à corps perdu dans le travail. Sans relâche, il insuffla chaque initiative importante du Conseil pendant des décennies. SENTINEL, c'était lui. Ça avait toujours été le colonel Bergsson. Et si jadis il œuvrait dans l'ombre, désormais il officiait enfin au poste dont il avait toujours rêvé. Powell mort, plus rien ne s'était opposé à ce qu'il prenne la tête des services. David et Mary Ann Armstrong, les jumeaux maléfiques, avaient beau prétendre qu'ils tiraient les ficelles et s'imaginer pouvoir le manipuler, Bergsson savait que seules ses décisions primeraient, lors du combat final contre Kaleb. Parce que c'était lui, l'Élu.

Viendra le jour où naîtra un empathe
Issu d'une grande dynastie.
Des cendres du volcan à plusieurs reprises il sera arrosé.
Pour sa mutation parfaite achever
Et au pouvoir ultime accéder
Du symbole des fils du volcan il devra se marquer,
Sa terre dans la peau s'injecter.
Les frontières entre le Bien et le Mal seront effacées
Alors la prophétie pourra se réaliser :
Sa première bataille contre le Mal perdue
C'est alors qu'il deviendra l'Élu
Et des innocents sera le Sauveur,
En transperçant le démon d'une dague en plein cœur.

Il deviendra arme absolue pour son ennemi
Le chef d'une nouvelle armée
Et la douleur de la perte apaisée
Libérera les innocents pour apurer la lignée.

Oui, la prophétie n'avait jamais parlé que de lui et à présent qu'il était enfin à sa place dans SENTINEL, il allait pouvoir achever sa métamorphose. Toute sa vie il avait travaillé dur pour être un guerrier, il était temps d'accomplir sa mission.

Le colonel saisit la précieuse dague avec laquelle il a prévu de poignarder Kaleb Helgusson, pour le renvoyer aux enfers auxquels il appartient. Comme à son habitude, il en éprouve le poids, passe le pouce sur le fil aiguisé de la lame et sourit en s'imaginant transpercer ce cœur qui n'aurait jamais dû battre. Puis il va chercher une petite boîte dans laquelle il a stocké un peu des cendres du volcan Eyjafjöll, se plante de nouveau face au miroir, dirige la lame contre lui, au niveau du sternum, et découpe sa chair. Il serre les dents mais ne laisse échapper aucun son, malgré les entailles profondes. Le symbole est simple et il l'a dessiné tant de fois en attendant ce moment qu'il l'exécute à la perfection en à peine quelques secondes. Le symbole du calice apparaît désormais sur son torse sanguinolent. Bergsson, satisfait, esquisse de nouveau un sourire, puis ouvre la boîte et asperge la plaie avec son contenu. Un nuage de poussière se forme autour de lui tandis que de fines particules viennent s'incruster au plus profond de sa chair et se laissent charrier par son sang vers le reste de son organisme…

Déjà, il croit sentir la puissance du volcan l'envahir. Ce qu'il vient de faire est irrémédiable. Il n'y a désormais plus de marche arrière possible.

— Je suis prêt, lance-t-il au miroir. Je vais te réduire en miettes, Kaleb ! Je vais te réduire à néant…

VIII

LE VIEIL HOMME A PERDU CONNAISSANCE. Cela fait presque une journée entière qu'il se bat contre la mort. Son teint est de plus en plus cireux, sa respiration sifflante. Mais sa lutte n'est pas terminée, il ne renoncera pas tant qu'il n'aura pas dit ce qui lui paraît essentiel... Sa poitrine se soulève de façon si irrégulière que son cœur semble parfois oublier de battre. Accroupie à côté de lui, la femme a fait couler de l'eau entre ses lèvres et lui a prodigué quelques caresses maladroites pour chasser les mauvais rêves qui l'agitent. Il est en nage, c'est une sueur glaciale, mais il a pourtant l'air de suffoquer de chaleur. Elle entreprend de défaire un peu ses vêtements, de les décoller doucement de la plaie qui coagule. Ses doigts effleurent sa poitrine et l'étrange dessin qui la décore. L'homme tressaille et lui attrape doucement le poignet. Bien qu'un peu brusque, le mouvement ne la fait pas fuir. Elle se contente de le questionner du regard

– Je me suis fait tatouer le monstre créé par Kaï et Nala quand Edda a brûlé le parchemin sur lequel avait dessiné sa *sœur, pour ne pas oublier... Nous n'avons plus jamais entendu parler des deux jeunes gens. Hermeda sut par son ami Dagür qu'ils avaient embarqué avec un équipage parti faire du commerce en des contrées lointaines. Elle les vit souvent dans ses rêves et m'assura qu'ils étaient heureux et prospères, et qu'ils avaient mis au monde de beaux enfants aux yeux bleus, des enfants qui seraient libres... Les deux amants ne parviendraient jamais à se débarrasser du monstre qu'ils avaient créé, mais tant qu'ils vivraient et s'ils mouraient en paix, la créature resterait à l'abri dans son lac. Elle vit la créature en rêve, aussi, et ajouta à son dessin quelques symboles que nous ne savions pas déchiffrer. Tu peux les voir : je les ai fait tatouer en dessous du monstre.*

L'homme bombe un peu le torse pour que la femme puisse constater par elle-même. Et alors même qu'elle n'est jamais sortie de cette île maudite, elle comprend les symboles et les lit :

— Lo... loch Ness, articule-t-elle.

— Tu sais ce que ça signifie ?

La femme se contente de hausser les épaules. Wothan est un peu déçu, mais après tout, ce n'est pas très important.

– À peine deux saisons après la fuite de Kaï et Nala, beaucoup de choses avaient changé dans notre belle communauté... Edda ne se remit pas de ses blessures. Nos savants déclarèrent qu'elle ne pourrait jamais remarcher. Elle se terra chez elle pendant plusieurs lunaisons, pour se laisser mourir, disait-on. Malgré nos différends, je me résolus à lui rendre visite. Je ne pouvais pas supporter l'idée que cette petite fille aux yeux graves que j'avais tant aimée et qui avait fait, de son vivant, le bonheur de sa mère puisse songer à se laisser partir ainsi.

« J'ouvris la porte de sa maison après avoir frappé quelques coups.

« — Va-t'en ! hurla-t-elle.

« — Edda, mon enfant...

« — Je ne suis pas ton enfant ! Laisse-moi tranquille, je ne veux voir personne !

« Son intérieur n'était pas négligé. Des amies venaient faire le ménage et lui apporter de quoi se nourrir quotidiennement. Mais elle semblait ne pas vouloir toucher à la nourriture et elle avait beaucoup maigri. Elle ne pouvait pas se lever de son lit et ses jambes étaient décharnées. Suivant mon regard, elle rabattit une couverture sur ses membres inertes. Elle détourna la tête vivement, pour cacher des larmes qu'elle n'était pas sûre de pouvoir retenir.

« — Pars d'ici tout de suite ou je hurle !

« — Tu hurles déjà. Et je ne partirai pas.

« Je m'assis au bord de son lit. Je la sentis en panique, au bord de la crise de nerfs. La veine de son front battait la chamade. Je ne dis rien et me contentai de la regarder avec toute la bienveillance dont j'étais capable. Quelles pensées se bousculaient dans sa tête ? Edda avait perdu l'usage de ses jambes parce que l'hallucination provoquée par deux adolescents lui avait paru si réelle qu'elle s'était projetée d'elle-même par-dessus un arbre, convaincue que c'était l'œuvre de leur créature. Comment se sentait-elle lorsque sa propre haine avait provoqué son plus grand malheur, quand, alors qu'elle se croyait immunisée contre les pouvoirs des enfants du volcan, elle n'avait été que leur marionnette sans volonté ?

« — Je comprends que c'est dur... Mais tu dois te ressaisir, tu es si forte !

« — Tu comprends ? Tu comprends quoi, toi ? Tu n'as jamais rien compris ! Tu ne m'as jamais comprise !

« — Alors explique-moi...

« — Non, c'est trop tard. Retourne auprès de ta vraie fille. Elle qui a tout ce que je n'aurai jamais…

« — Edda, tu auras beau dire, tu es aussi ma fille. Et j'en mourrais s'il t'arrivait quoi que ce soit. Je ne veux pas que tu te laisses couler.

« — Et moi, je ne veux pas que tu me voies comme ça, c'est insupportable…, lâcha-t-elle dans un sanglot.

« Et pour la première fois, je vis Edda craquer. Je la pris dans mes bras et la berçai longtemps, comme j'aurais dû le faire plus souvent quand elle était petite fille, mais j'étais moi-même si jeune ! Ce n'était que ça : elle avait juste besoin de trouver sa place dans mon cœur, besoin de savoir que je l'aimais et qu'elle manquait à Hermeda ! Une vague d'optimisme m'emplit soudain. Les choses allaient s'arranger, c'était certain.

« Il y eut un formidable élan de solidarité autour d'Edda, de la part de tous les membres du clan. Chacun semblait oublier le chaos des jours précédents, comme si tout cela n'avait été qu'un mauvais rêve. Aucun des hommes qui avaient assisté au réveil de la créature n'en parlait, doutant peut-être de ses souvenirs. Les cendres volcaniques avaient des effets magiques, nous le savions, et ils devaient s'imaginer qu'elles étaient à l'origine de leurs visions plutôt que d'en croire responsable la colère de deux adolescents dont personne n'avait retrouvé la trace.

« Nos menuisiers construisirent pour Edda un siège qu'elle pouvait faire avancer à la force de ses bras. Les femmes se relayèrent pour lui masser les jambes et l'aider à sa toilette. Nous étions un peuple soudé. Et cela faisait ma fierté.

« Mais un cœur haineux n'oublie pas facilement ses obsessions. J'étais sûrement trop naïf pour imaginer ce qui se tramait dans mon dos. J'aurais dû remarquer que les villageois qui se relayaient auprès de ma fille avaient tous les yeux marron quand *ils étaient jeunes et avaient contracté des unions stériles lorsqu'ils étaient plus âgés. Aucun d'entre eux n'était un enfant du volcan ou n'en avait mis un au monde. Edda avait réuni autour d'elle une véritable cour toute disposée à partager ses opinions et prête à servir sa cause…*

« La jalousie, l'aigreur et la haine d'Edda n'étaient pas paralysées, elles. Au contraire, l'immobilité forcée de la jeune femme leur avait fourni un terreau encore plus fertile. Ses malheurs avaient une cause évidente à ses yeux : les enfants du volcan. Elle prit donc le temps qu'il fallut – et qui coïncida parfaitement avec sa convalescence – pour convertir en nombre ses voisins proches ou lointains et les inciter à débarquer en force lors d'un Conseil des sages pour exiger un remaniement de notre système politique. Les arguments d'Edda et de ses partisans, qu'elle avait surnommés "les Sentinelles", firent mouche parmi certains membres du Conseil. Pourquoi ne pas donner la parole au peuple lui-même et lui proposer de voter les lois que nous proposerions ? Considérions-nous les membres du clan comme un bétail ignare que nous seuls pouvions gouverner ou avions-nous foi en leur discernement ? Edda fit si bien campagne auprès de la population qu'il apparut rapidement clair à tout le monde que nous devions adopter par équité un système plus démocratique.

« Au moment du vote, je pris tout de même soin de faire part de mes craintes aux autres membres du Conseil :

« — Ne vaut-il pas mieux une oligarchie éclairée qu'une démocratie populiste ?

« — Ça t'arrange de dire ça, protesta Edda. Tu as peur pour ton fauteuil de chef suprême !

« — Si nous adoptons ce système de vote du peuple, j'exige néanmoins que seuls les membres du Conseil soient autorisés à en élire le chef ! déclara Arker.

« Arker était un ami loyal et un membre éclairé du Conseil...

« — Si vous voulez, concéda la jeune femme en souriant.

« Quand Edda souriait, ça n'annonçait jamais rien de bon. Et je comprenais les raisons de sa joie : si les membres du Conseil commençaient à négocier des clauses, c'est qu'ils se faisaient à l'idée d'adopter ce projet de remaniement. De même, Edda savait bien que dans ces conditions le rôle de chef du Conseil serait aussi limité qu'honorifique.

« Ce fut le premier pion qu'elle avança dans la guerre qu'elle avait décidé de nous mener, aux enfants du volcan et moi... Nous étions ses ennemis désignés. Et à ses yeux, Hermeda en était l'ambassadrice.

« De tous les dons qui se manifestaient timidement chez les enfants du volcan, le don de clairvoyance était à l'évidence le plus rare, puisque seule Hermeda et une autre petite le possédaient. Mais les capacités de ma cadette s'avéraient spectaculaires, sûrement à cause de la double exposition de ses parents au moment de sa conception et de ses balades fréquentes près de la grotte de la Montagne aux îles. On venait la consulter l'air de rien, et solliciter ses conseils sur la conduite à tenir face à l'avenir, sur l'éventualité d'une rencontre ou d'une naissance, sur le risque de perdre des proches. Hermeda se prêtait de bonne grâce au jeu. Elle me disait qu'il n'y avait pas de raison de se cacher : elle préférait faire la preuve qu'elle était parfaitement normale et son don banal et sans danger pour qui que ce soit.

« — Plus nous nous montrerons, moins ils nous verront comme des monstres. Les gens n'ont peur que de ce qu'ils ne connaissent pas !

« — Fais attention, tout de même... répondais-je en me remémorant les paroles qu'elle avait prononcées alors qu'elle n'avait que huit saisons.

« — Faire attention ne changerait rien, papa. Je suis née pour être donnée en sacrifice, mais je n'irai pas la tête baissée, en me cachant pour des crimes que je n'ai pas commis !

« Je ne comprenais pas ce qu'elle voulait dire à ces moments-là. J'aurais pu le lui demander, je sais qu'elle m'aurait répondu. Mais je crois que je redoutais l'avenir plus que quiconque, car je sentais au fond de moi qu'il ne pouvait qu'être tragique.

« Hermeda était devenue une jeune fille d'une beauté spectaculaire. Ce n'est pas uniquement la fierté du père qui s'exprime : les hommes ne pouvaient s'empêcher de l'admirer et de se retourner sur son passage. Comme elle était la gentillesse incarnée, les femmes l'aimaient aussi. C'était une enfant vive, bienveillante, qui avait toujours ce sourire à vous faire fondre. On aurait pu penser qu'avec tous ces attributs elle allait trouver rapidement compagnon. Mais c'était sans compter sur le long travail de sape que sa sœur avait réalisé en amont. La plupart des habitants, même certains parents d'enfants du volcan, étaient convaincus qu'il fallait juguler les naissances d'êtres aux yeux bleus et qu'un enfant du volcan ne pouvait se voir autorisé à s'unir à un autre. Edda leur avait aussi soufflé que vu la puissance du don de sa sœur, il ne sortirait qu'un autre monstre de son ventre…

« Aucune mère n'avait alors pu se résoudre à laisser son fils s'unir à Hermeda, et ma belle enfant était désespérément seule. Edda lui préparait le même avenir que le sien, sans amour, sans que son ventre porte jamais la vie.

« Du moins, c'est ce qu'elle croyait…

IX

« — Tu dois les quitter. Ce n'est plus ton peuple : ils te désavouent chaque jour un peu plus.

« — Si, c'est mon peuple, Dagür, et je dois le servir…

« — C'est ridicule ! La situation est nauséabonde ! Je ne vois pas pourquoi tu te jetterais complaisamment en pâture à leur vindicte ! Et c'est ce qui t'attend, tu le sais. Ce n'est qu'une question de temps avant que ces primitifs ne fassent des enfants du volcan leurs esclaves, ou pire : une race à exterminer.

« — Je le sais, mais sans moi ils seraient d'autant plus perdus…

« Hermeda mettait Dagür en colère. Il ne comprenait pas son entêtement.

« Les deux se connaissaient depuis l'enfance et avaient développé une amitié sincère qui s'était muée, au fil du temps, en sentiments amoureux. Ils avaient bravé les interdits de nos deux peuples depuis l'enfance, juste pour se voir. Le souvenir de leur *première rencontre était gravé si fort dans la mémoire de ma fille que j'y eus accès très facilement.*

« Elle devait avoir alors sept saisons, peut-être huit. Il en avait une dizaine. Elle baladait sa peine d'être rejetée par sa propre sœur qui la tenait pour responsable du décès de leur mère, il souffrait d'être le benjamin d'une fratrie de douze…

« — Qui es-tu ? Que fais-tu là ? gronda Dagür en la voyant la première fois.

« — Je suis chez moi, sur mes terres !

« La petite avait du cran, cela lui plut. Presque autant que la petite lueur d'admiration qu'il crut déceler dans son regard.

« — Tu n'es qu'un vermisseau ! Je viens d'une grande lignée de voyageurs ! J'ai vu tous les pays du monde et celui-là n'est pas le plus beau !

« — Ah bon ? Comment sont les autres alors ?

« La gamine semblait si enthousiaste à l'idée qu'il ait voyagé que son orgueil un peu en berne s'en trouva regonflé. Il bomba alors le torse, prit sa voix la plus grave et tenta de l'impressionner davantage.

« — Il y en a des bleus, des rouges, d'autres perchés sur les nuages, certains enfouis dans la terre !

« — Oh ! Mais de quoi ont l'air les habitants ?

« — Ça dépend… Certains ont deux têtes, d'autres ont des ailes. Et il y a même des géants ! Des vrais, bien plus grands que vous !

« — Nous ne sommes pas des géants ! rigola la fillette.

« — Si, un peu quand même, répondit le garçon, soudain sur la réserve. Les femmes de mon clan ont peur de vous, elles disent que vous êtes trop malins, que rien de bon ne peut sortir d'un homme qui pense trop !

« — Ah bon, tu crois ?

« — Oui. Comment as-tu appris à parler ma langue ? Je ne connais pas la vôtre !

« — C'est mon père qui me l'a apprise. Il dit que tant qu'on peut parler, on peut raisonner... Je ne comprends pas trop ce que ça veut dire, mais j'aime bien discuter avec toi !

« Hermeda rougit alors jusqu'aux oreilles et s'enfuit en courant.

« Mais elle revint le lendemain, et presque chaque jour, une saison après l'autre.

« Lui aussi.

« Ils venaient de se "trouver" et même s'ils étaient encore trop jeunes pour le comprendre, ils n'auraient raté leurs petits rendez-vous pour rien au monde, mais ne l'auraient pas avoué sous la torture. Ainsi, la grotte du volcan qui avait été le théâtre de leur rencontre devint leur refuge secret. Ils y jouèrent, s'y disputèrent, partagèrent les mêmes rêves, les mêmes voyages imaginaires auxquels les invitait le volcan aux émanations magiques.

« En grandissant, Dagür devint un beau jeune homme aux épaules carrées et au rire franc. Il développa, au fil du temps, une capacité peu commune à sentir les objets : il savait percevoir de quoi ces derniers avaient été les témoins muets, et juste en les touchant pouvait raconter l'histoire de ceux qui les avaient utilisés.

De même, il aimait glisser quelques émotions dans des petits gris-gris qu'il offrait à Hermeda pour qu'une fois rentrée chez elle, elle pense encore à lui. Hermeda savait que cela lui venait des émanations de la boule de feu. Comme elle avait déjà compris que son propre don était trop fort pour ne pas la conduire à sa perte. Mais elle préférait ne pas en parler à Dagür. Il croyait encore qu'on pouvait lutter contre le destin et découvrirait son impuissance bien assez tôt. Dagür était pur, entier, passionné. Leur premier baiser fut un océan de douceur, leur première union une révélation. Une douloureuse révélation…

« Ils s'unirent pour la première fois à quelques mètres de l'endroit où elle avait été conçue. C'était comme un pèlerinage, un hommage à ses parents adorés. Elle n'eut pas mal, non. Son chéri était si tendre ! Elle baigna dans tout l'amour qu'il est possible de donner et de recevoir, fusionna littéralement avec lui lorsqu'il s'introduisit en elle, fondit son esprit dans le sien comme jamais elle ne s'était connectée à personne auparavant. Et elle vit.

« Elle eut cette vision épouvantable de l'inéluctabilité de la perte de ce qui est le plus cher. Elle vit son homme en sang, le visage déformé par la haine de sa sœur, et entendit ces mots qu'elle ne pourrait jamais oublier… Mais qu'elle refusait de prononcer, qu'elle ne dirait qu'à sa propre mort si on le lui permettait. Comme une malédiction, une promesse de revenir hanter ceux qui feraient couler le sang de son père et du père de son enfant…

« Mais ça, Dagür ne le savait pas.

« — Pourquoi te sacrifies-tu ainsi, Hermeda ? Crois-tu que tu aies à payer le départ de ta mère ? Ce n'est pas ta faute si elle est morte en couches…

« — Tais-toi, tu sais que je ne supporte pas qu'on en parle !

« — Mais il faut qu'on en parle ! Je ne pense pas qu'elle voudrait te savoir en danger.

« — Je ne suis pas en danger !

« — Bien sûr que si, et tu le sais ! Tout ton corps porte l'empreinte de ta peur !

« — C'est mon problème.

« — C'est aussi le mien ! Tu es ma femme, je dois te protéger.

« — Tu dois m'oublier…

« — Quoi ?

« — Oui, Dagür, si je veux que tu sois épargné, je ne dois jamais te revoir…

« Mais bien sûr, elle ne parvint pas à s'y résoudre. L'amour est égoïste quand on a trente-quatre saisons… Elle continua donc de le fréquenter et marcha tête baissée vers le destin qu'elle se connaissait, refusant d'évoquer de nouveau le sujet pendant les saisons qui suivirent.

« Le temps passa, Hermeda avait désormais trente-huit saisons et les choses s'étaient accélérées pour les enfants du volcan. Sitôt le nouveau système politique adopté, Edda avait fait voter des lois que l'ancien Conseil n'aurait jamais validées. Ainsi, par principe de précaution, on encourageait les unions mixtes plutôt qu'entre enfants du volcan. De même, les jeunes gens aux yeux bleus qui faisaient preuve de dispositions particulières étaient invités à les mettre au service de la communauté. Les enfants aux yeux bruns, imperméables aux dons de leurs conscrits, étaient extrêmement respectés et trouvèrent là une revanche sur leur frustration de ne pas être extraordinaires. C'étaient les plus virulents quand il s'agissait de critiquer les enfants du volcan, ce qu'ils étaient pourtant d'une certaine façon eux aussi… Ils eurent pour mission de surveiller la population et de démasquer les jeunes qui tentaient de dissimuler leur don ou de ne le mettre qu'à leur seul service. Les Sentinelles, étaient extrêmement zélées. Ce fut l'une d'elles, Iltus, qui découvrit les escapades de ma chère Hermeda…

« Oh, bien sûr, il n'était pas question de hasard. Edda, malgré sa dureté, n'en était pas moins femme. Elle remarqua bien avant moi les signes pourtant évidents de la métamorphose sa sœur. Les seins de la jeune femme étaient plus pleins, son visage plus rond, et elle s'accoutrait désormais toujours avec des robes un peu amples au niveau de la taille. Pour qu'elle cache ainsi sa grossesse, le père devait lui aussi avoir les yeux bleus, se dit Edda qui voulait connaître le nom de ce traître. Aussi, quand Iltus lui apprit que Hermeda s'était unie à un étranger qu'elle retrouvait dans la grotte interdite presque tous les jours, Edda sut exactement quoi faire.

« Avec le recul, je me demande si la mort du petit Witèh fut vraiment aussi accidentelle qu'on le prétendit, mais je préfère encore demeurer dans l'ignorance, tant les conséquences furent tragiques. On retrouva son corps sans vie dans l'eau de la rivière qui traversait notre vallée. Ses parents, effondrés, ne comprenaient pas comment il avait pu échapper à leur vigilance, ainsi qu'à celle des autres villageois. Un enfant d'à peine huit saisons ! Ah, comme ils s'en voulaient ! Ils racontaient à qui voulait bien l'entendre qu'ils auraient donné n'importe quoi pour que cet accident ne se soit pas produit ! C'est là que le talent de stratège et l'art du conte d'Edda trouvèrent tout leur sens. Elle les mit, bien sûr, au service de sa haine à l'égard de sa propre sœur. Il lui fut facile de distiller ici et là qu'une seule personne aurait pu empêcher pareille tragédie : celle-là même dont le don était si puissant qu'on allait la consulter en secret depuis des années, celle dont les rêves étaient réputés pour ne jamais trahir la vérité à venir, celle qui aurait forcément prévu la noyade et aurait pu l'empêcher si elle n'avait pas été distraite par l'étranger pour qui elle écartait les cuisses…

« Edda ne mâcha pas ses mots :

« — Oui ! Je déclare que Hermeda préfère se détourner de son peuple et laisser nos petits mourir en suffoquant pour le plaisir que lui donne un de ces hommes blonds qui nous méprisent à cause de nos bâtards !

« Quand la haine des gens est déjà à fleur de peau, il n'est plus besoin d'user de diplomatie.

« — Edda a raison, c'est scandaleux ! Comment a-t-elle pu faire ça ? Nous lui faisions confiance…

« Lorsque la douleur est trop intense, la culpabilité omniprésente, tout groupe humain se cherche un bouc émissaire, une personne sur qui se venger, à qui faire porter le poids de ses propres fautes, une personne qui devra expier pour la communauté. Et cette personne fut Hermeda. En l'espace de quelques jours, elle devint la femme la plus détestée du clan. Certains lui crachèrent au visage, d'autres tentèrent de la battre… Même ceux qui venaient encore chercher conseil auprès d'elle quelques jours auparavant. Ma fille eut beau se défendre, assurer qu'elle n'avait eu aucune vision concernant le petit, personne ne voulut la croire.

« — Je vous jure que je n'ai rien vu ! Et ce n'est pas à cause de l'homme que je fréquente, au contraire. Grâce à nos rendez-vous mon don est plus fort chaque jour…

« — Eh bien, dis-nous pourquoi tu es si clairvoyante, tant que nous y sommes !

« Edda avait fait irruption dans la dispute opposant sa sœur à une voisine qui venait de la prendre à partie. Tous les membres du clan, alertés par les cris et la rumeur qui enflait sur la place du village, finirent par se masser autour des trois femmes, en ce qui ressemblait à s'y méprendre à un tribunal improvisé.

« — Que croyez-vous faire ? m'écriai-je alors. Vous voulez juger ma fille pour un événement imprévisible ?

« — Il ne l'était pas pour elle !

« — Mais elle ne sait pas tout ce qui va se produire, c'est ridicule ! Si c'était le cas, elle ne serait pas passée par cette place, ne croyez-vous pas ?

« L'argument sembla faire mouche. Mais Edda tenait là une occasion en or pour se venger de sa sœur et elle ne lâcherait pas l'affaire.

« — On dirait qu'elle a trouvé un avocat… Comme tout coupable qui se sait incapable de justifier ses crimes.

« Edda jubilait. Elle reprit de plus belle :

« — Eh bien, soit, laissons l'opinion publique décider ou non de sa culpabilité, mais regardons les faits. Le petit Witèh avait les yeux bruns, comme trois nouveau-nés sur cinq depuis ces dernières saisons. Ce qui semble nous dire que la nature a décidé d'elle-même de corriger son erreur et de renouveler le sang de notre clan en le perpétuant, loin des aberrations que représentent les yeux-bleus.

« — Nous ne sommes pas des aberrations ! cria un jeune homme aux yeux azur.

« — Silence ! On n'interrompt pas un membre du Conseil, répondit Edda. Si la tendance continue, les enfants du volcan ne seront jamais en nombre supérieur et ils ne pourront pas nous dominer.

« — Mais personne ne veut dominer quiconque ici, à part toi, pauvre folle ! cracha Hermeda, consternée par la haine de sa propre sœur.

« — Folle ? Je ne crois pas, non. Moi je dis que si l'enfant avait été l'un des tiens, tu l'aurais sauvé…

« — C'est ridicule.

« — Réponds plutôt à la question que je t'ai posée tout à l'heure : pourquoi es-tu de plus en plus clairvoyante ? Vas-y, *dis aux autres ce que tu fais en cachette, cette chose interdite à tout villageois... Mais, bien sûr, tu te crois supérieure à tout le monde, au-dessus des lois ! Vas-y, dis-nous depuis combien de temps tu te caches dans la grotte, quotidiennement, pour gagner en puissance et nous détruire !*

« — La *grotte ?*

« *Quelques personnes, dans l'assemblée, poussèrent des cris outrés. Il était formellement interdit de s'y rendre.*

« — *Je n'y vais que pour y rencontrer Dagür... Et parce que je m'y sens bien ! Pas pour fomenter des plans machiavéliques ! Tu me connais quand même mieux que ça, Edda !*

« — *Je ne te connais pas. Je ne sais pas de quelle race tu es, fille du volcan. Et en t'unissant avec un étranger, tu prouves à quel point tu peux être déloyale.*

« — *Tu ne supportes simplement pas que je sois heureuse et tu cherches à me détruire par tous les moyens ! J'ai tout ce que tu n'auras jamais ! J'aime et je suis aimée. Et je marche !*

« *Stupeur dans l'assemblée. Edda fit mine d'être affectée par les paroles de Hermeda.*

« — *Seul un démon peut se réjouir de mon triste sort ! Tu montres là ta véritable nature, sorcière !*

« — *Je ne m'en réjouis pas, Edda, je pense que tu es aigrie et jalouse, et que c'est la raison pour laquelle tu me hais à ce point.*

« — *Oh, mais je ne te hais point, ma petite ! Je pense juste que tu t'es égarée et que tu as oublié tes devoirs vis-à-vis de la communauté. Nous devons te les rappeler de gré ou de force. En attendant de trouver comment, je propose qu'on la mette aux arrêts, histoire de l'empêcher de rejoindre son étranger...*, *déclara-t-elle aux Sentinelles.*

« — Mais tu n'as pas le droit ! hurla Hermeda. Je n'ai rien fait de mal ! Ce n'est pas moi qui ai tué cet enfant, tout de même !

« — En ne le sauvant pas, c'est comme si tu l'avais tué.

« — Papa !

« Ma fille m'appelait au secours mais je sentais trop de haine et de colère autour de nous pour pouvoir la sortir de ce piège dans l'immédiat. L'extraire à cette décision aurait provoqué une émeute, elle aurait risqué de se faire lyncher sur la place publique. Je lui fis signe que j'allais la tirer de là, et tandis que les Sentinelles la traînaient de force jusqu'à l'habitation qui servait de cachot, je me mis en quête d'arguments que tous sauraient entendre.

« Mais les choses empirèrent si rapidement… Et je me sentais si faible… Depuis le début de cette histoire, j'avais l'impression que mes forces m'abandonnaient, de terribles vertiges m'empêchaient de quitter ma couche, les mots s'entrechoquaient dans mon esprit, je passais mon temps en rêves éveillés et nuits agitées. Oh, je sais bien que les causes en sont évidentes : quelqu'un m'avait empoisonné sur l'ordre d'Edda… Mais j'avais beau le comprendre, je n'y pouvais rien, j'étais réduit à l'impuissance la plus totale.

« Hermeda était seule pour se défendre contre les accusations aussi stupides qu'implacables du parti des Sentinelles. Désespérée, elle attendait que je vienne la sauver mais je ne vins pas…

« En revanche, Dagür s'y résolut.

« Lorsque le jeune homme aux cheveux dorés pénétra dans notre village, le silence se fit si brusquement que je me crus propulsé des dizaines de saisons en arrière, quand la chute de la boule de feu avait détruit toute vie autour d'elle. Je parvins à me lever de ma couche pour me traîner péniblement jusqu'à la fenêtre. Bien que je ne l'aie jamais vu auparavant, je reconnus

tout de suite le jeune homme. Je sentis la force de son amour, la pureté de son âme et son inquiétude de ne plus voir sa compagne. Il lui en avait fallu du courage pour braver l'interdit de son peuple et venir sans arme parmi nous...

« — Je sais qui vous êtes, dit-il simplement en voyant Edda s'avancer vers lui dans son drôle de siège. Hermeda m'a parlé de vous.

« — Elle vous a enseigné notre langue. Elle n'aurait pas dû, répondit-elle sèchement.

« Edda n'était pas surprise de le voir, elle s'attendait à ce qu'il débarque et savait quoi faire.

« — Où est-elle ? Qu'avez-vous fait de ma femme ?

« — Votre femme ?

« Edda éclata d'un rire malsain et, avant même que Dagür ne comprenne ce qui se passait, sortit une lancette longue comme un bras de derrière son véhicule et la lui planta dans le cœur. Incrédule, il saisit le manche de l'arme qui venait de le transpercer, ouvrit une bouche ensanglantée et transféra toute la force de son amour à l'objet, avant que son âme ne s'envole.

« Je hurlai aussi fort que mon état me le permit.

« Edda se contenta de me sourire, de loin, et rebroussa chemin.

« Elle attendit encore quelque temps avant d'aller annoncer la nouvelle à sa sœur, mais les yeux rougis de cette dernière lui indiquèrent qu'elle était déjà au courant, ce qui lui gâcha quelque peu son plaisir.

« — L'arme..., articula Hermeda. Je veux conserver l'arme qui a servi à le tuer.

« — Pour que tu la retournes contre moi ?

« — Non, seul le manche m'intéresse, je ferai sculpter un cœur dedans. Mon aimé est mort, c'est tout ce que je pourrai

chérir désormais, car je sais que je ne retrouverai pas d'homme. S'il te reste un tant soit peu d'humanité, permets-le-moi.

« Bien sûr, Edda ignorait tout du don de Dagür. Aussi, contre toute attente, permit-elle à sa sœur de récupérer le bout de bois.

« — D'accord, mais tu devras aller le chercher toi-même.

« — Pardon ?

« — Tu as bien entendu ! Si tu le veux, tu le prends dans le corps de ton étranger !

« Les villageois qui me relatèrent cette scène affirmèrent ne jamais avoir rien vu de plus déchirant, ni observé autant de dignité chez une femme. Malgré les larmes qui coulaient abondamment et troublaient sa vision, malgré le désespoir, malgré l'horreur de voir son homme poignardé pour avoir voulu la sauver, Hermeda ne faillit pas. Ne sanglota pas. Elle se contenta de tirer doucement la lancette vers elle, d'esquisser un léger sourire au contact du bois, et de déposer un dernier baiser sur le front de son aimé avant de repartir d'elle-même dans sa geôle. L'un de nos ébénistes lui sculpta un petit cœur, comme elle l'avait demandé, qu'elle accrocha autour de son cou avec un cordon suffisamment long pour qu'il effleure le sien, à travers sa peau.

« Vint le jour du procès public. Les arguments d'Edda étaient simples : Hermeda avait un don précieux, mais en ne le consacrant pas exclusivement à la communauté, elle lui faisait courir des dangers.

« — Alors, soit tu acceptes de servir complètement le peuple de la vallée et tu nous prouves ainsi ta loyauté d'enfant du volcan, soit tu refuses et tu nous démontres que vous souhaitez vous démarquer de nous et complotez pour notre perte. Si tu choisis la deuxième option, nous devrons reconsidérer le sort de

chacun d'entre vous. Il pourra s'agir d'un simple bannissement, ou d'une sentence plus radicale...

« — Ne cède pas à ce chantage !

« — Nous ne nous laisserons pas faire !

« Les voix des enfants du volcan eurent beau s'élever, cela ne changea rien.

« — Que veux-tu ? demanda Hermeda.

« — Tu le sais déjà, voyons. Puisque la grotte accroît tes talents, tu vas y élire domicile et tu ne la quitteras jamais. Ainsi, tu sauras nous avertir des dangers, des décisions à prendre...

« — Mais les émanations sont puissantes, une exposition prolongée risque de me rendre très malade, de me faire perdre la tête... Que feras-tu lorsque mes propos seront devenus trop incohérents ?

« — Tu connais aussi la réponse, sourit Edda.

« Hermeda porta la main à son ventre, horrifiée. Son bébé viendrait au monde dans trois lunaisons.

« — Tu ne peux pas sacrifier un enfant. Tu ne peux pas me demander d'accepter ça !

« — Vos vies contre celles de tous les autres. Et contre le remède au poison qui circule dans les veines de ton père. Je te laisse la nuit pour y réfléchir. Prends la bonne décision.

« C'est ce qu'elle fit. Le lendemain, Hermeda accepta le sinistre marché. Ceux qui avaient voté contre la folie d'Edda mais qui se retrouvaient maintenant en minorité baissèrent les yeux, impuissants. Les enfants du volcan pleurèrent longuement. Ils n'avaient pas dormi de la nuit, s'étaient réunis pour essayer de trouver une solution, en vain. Alors, pour saluer le courage et l'abnégation de leur sœur, ils avaient décidé de se marquer du symbole du calice. Parce qu'ils avaient l'impression de n'être plus

que des réceptacles. Réceptacles de la haine et de la défiance, réceptacles du sang des yeux-bruns destinés à le laver de ses tares consanguines pour le fortifier... Cette nuit-là, tous sans exception s'étaient fait tatouer ce signe sur leur cœur. Tous avaient choisi de mélanger un peu de la terre de la grotte interdite à l'encre qui ne quitterait plus leur peau. Tous avaient fait le vœu que cette mixture les fortifierait suffisamment pour qu'un jour ils puissent se libérer de cette situation infecte. Et tous, lorsque Hermeda annonça sa décision, ouvrirent leur tunique pour exhiber fièrement cette marque d'appartenance, de fraternité, de solidarité qui serait le symbole de leurs liens et de leur combat.

« Hermeda porta la main à sa poitrine, puis la dirigea doucement vers eux, les larmes aux yeux, rassembla quelques affaires et partit, seule, rejoindre cette grotte qui serait son ultime demeure.

5.

— Colonel, par pitié réveillez-vous !

Un soldat tambourine à la porte de sa chambre. Bergson émerge difficilement d'un cauchemar duquel il ne parvenait pas à s'échapper. Toujours le même, celui qui le poursuit depuis qu'il a retrouvé la trace de Kaleb et décidé de faire d'Abigail un appât. Il y est question du combat final, d'explosion… Mais il n'a pas le temps d'y réfléchir. Le soldat insiste, il est stressé. Bergson pressent qu'un événement grave vient de se produire.

— Que se passe-t-il ? aboie-t-il en ouvrant la porte brusquement.

— C'est… c'est Abigail ! Il y a eu un problème…

— De quel ordre ?

L'homme essaie de répondre, mais la simple évocation de l'incident lui provoque une nausée si violente qu'il ne peut contenir le flot de bile qui s'échappe de ses lèvres et en arrose les chaussures de Bergson.

— Pardonnez-moi, colonel… Je suis vraiment désolé… C'est trop horrible, je ne peux…

— Laissez-moi passer.

Le soldat ne lui sera d'aucune aide. Il l'écarte de son passage et fonce vers la cellule de la jeune femme. Un attroupement s'est formé devant la porte métallique. Habituellement, il n'y a qu'un homme en faction devant la chambre devenue geôle. Abigail y est consignée quand il n'a pas besoin d'elle…

Immédiatement, Bergson comprend qu'un événement tragique s'est produit. Ça sent la peur, l'horreur… Et la viande rôtie. Le colonel craint le pire. À son arrivée, ses hommes s'écartent respectueusement en une haie d'honneur et se mettent au garde-à-vous. Une fumée épaisse s'échappe de la chambre de la succube.

— C'est irrespirable ici, apportez de quoi ventiler la pièce, ordonne-t-il !

Lorsqu'il franchit le seuil, la première chose qu'il voit est le drap qui recouvre ce qui semble être une forme humaine gisant à même le sol. Il interroge ses hommes du regard.

— C'est Hans… Je veux dire, le capitaine Gründ… Enfin… C'était…

Le soldat qui a pris la parole perd ses mots, traumatisé par le triste spectacle auquel il a assisté.

— C'est vous qui l'avez découvert, interroge le colonel ?

— C'est moi qui l'ai éteint… Avant qu'il ne crame tout sur son passage. Mais c'était déjà trop tard pour lui.

Bergson s'accroupit près du cadavre et soulève le drap qui le recouvre. Ce n'est pas beau à voir : l'homme est écarlate par endroits, carbonisé à d'autres…

La chair suintante dégage une odeur de cochon grillé. Malgré lui, il grimace un peu mais se ressaisit aussitôt et se tourne vers la jeune femme. Abigail est assise sur son lit, en tailleur, et a l'air étrangement calme. Elle soutient son regard sans dire un mot.

— Que s'est-il passé ? lui demande-t-il.

— Un coup de chaud ? ironise-t-elle.

Dans le couloir, les soldats s'indignent.

— Dégagez ! leur intime le colonel, puis se tournant vers Abigail : raconte !

La jeune femme se contente de hausser les épaules en le défiant du regard.

— Raconte ! crie-t-il en lui mettant une baffe.

— Salaud…

— Pas tant que toi, on dirait. Qu'est-ce que tu lui as fait ?

— J'avais… faim.

Bergson sait ce que cela signifie. Depuis qu'il a débridé ses dons de succube, l'appétit sexuel d'Abigail n'a jamais cessé de croître. C'est seulement lorsqu'elle était en compagnie de Kaleb qu'elle parvenait à le contenir. La puissance du jeune homme suffisait à la régénérer… Aujourd'hui, privée de sa source d'énergie et enceinte de jumeaux, la jeune femme a des besoins accrus. Si elle ne les comble pas, elle dépérira. Et il est hors de question qu'elle meure avant de les avoir mis au monde : Bergson veut être sûr que David Armstrong et sa sœur se soient incarnés en eux, afin de les supprimer définitivement ! S'ils restent à l'abri de la dépouille immortelle de celui qui apparaît aux enfants du volcan sous les traits d'un homme noir, leurs esprits diaboliques finiront par trouver un autre moyen de s'en échapper afin d'accomplir leur vengeance. C'est pourquoi le colonel permet à la succube de forniquer avec qui bon lui semble. Il lui demande simplement de ne pas les vider entièrement de leur substance… Et a les moyens de se faire obéir.

— Tu te nourris de l'énergie vitale des hommes, tu ne les fais pas brûler, habituellement.

— Il semblerait que mon don évolue…

Le ton de la jeune femme est étrangement calme, froid. Elle a peut-être raison. Les succubes sont rares et il a peu d'éléments de comparaison. Bien sûr, les tests qu'il a faits sur sa mère avant elle lui ont fourni quelques pistes quant au fonctionnement de ce don, mais Abigail est bien plus puissante… et résistante.

— Raconte-moi.

— Pourquoi le ferais-je ?

— Parce que si tu le fais, demain je te laisserai tranquille. Tu as ma parole.

Elle feint d'hésiter. Mais le choix est vite fait. Un jour de répit, sans torture ni peur ni douleur…

Ça n'a pas de prix quand on est le supplicié.

— Nous faisions l'amour et tout se passait normalement. Je prenais son énergie et lui redistribuais.

« Mais soudain, j'ai eu le sentiment de m'emplir d'autre chose, d'absorber une force bien supérieure à tout ce que je peux connaître. J'ai senti une chaleur intense monter en moi, une fièvre qui me donnait l'impression de bouillir de l'intérieur, d'avoir été placée dans un four à micro-ondes. Ma tête me faisait mal, comme si la pression était trop intense… Et j'ai paniqué. J'ai tout balancé sur lui, dit-elle en montrant le cadavre du menton. Là, sa température a augmenté instantanément. Il est devenu si bouillant que je l'ai poussé hors du lit pour ne pas être brûlée. Il a commencé à hurler. J'ai d'abord vu les cloques qui ont éclos un peu partout sur son corps, et puis il y a eu cette odeur de barbecue et il s'est mis à fumer. Sa tête cuisait littéralement ! Il gémissait, appelait au secours…

— Tu n'as pas réagi ? Pourquoi n'as-tu appelé personne ?

— Qui vient, quand moi je crie ? répond-elle toujours du même ton neutre. Et puis, d'un coup, il s'est mis à flamber tout seul. Une grande flamme est sortie de sa poitrine. Là, il a hurlé. Mais ça n'a pas duré longtemps. Il était tellement terrorisé qu'il en a perdu connaissance. Et puis il a continué de se consumer… Matt a déboulé dans la chambre avec un extincteur et l'a éteint. Fin de l'histoire.

— Cette énergie que tu as captée, elle venait d'autres soldats ? Tu as capté l'énergie d'autres hommes ?

— Non, je ne crois pas.

— C'était David et Mary-Ann ?

— Je ne crois pas non plus…

— Alors quoi ?

— Je n'en sais rien, s'agace la jeune femme, je ne suis pas spécialiste des combustions spontanées ! Vous n'avez qu'à regarder les vidéos de surveillance…

— Je le ferai…

Bergson tourne les talons et s'apprête à quitter la pièce quand Abigail le retient.

— Lâche-moi, succube.

La jeune fille esquisse un sourire amer en se rappelant le temps où il l'appelait « soldat » et obtempère.

— Vous avez promis pour demain, hein…

— Oui. Profites-en bien… Nous ne nous retrouverons qu'avec plus de plaisir le jour d'après, ricane-t-il !

— Vous êtes un fou dangereux, un sadique ! Pourquoi ne l'ai-je pas vu plus tôt, gémit-elle. Vous n'avez donc aucune pitié alors que vous m'avez élevée comme votre fille ?

— « Comme » est le mot clé. Il fallait bien que je te donne l'illusion d'être aimée pour que tu me sois loyale et serve mes plans…

— Vous n'êtes qu'un salopard, crache-t-elle !

— Garde ta salive pour nos séances… Tu aimes tellement gueuler quand on joue ensemble !

— Quand Kaleb saura ce que vous m'avez fait, il vous tuera ! Il sera fou de rage !

— J'espère bien qu'il sera fou de rage, répond le colonel en quittant la cellule.

Abigail continue de l'invectiver mais il ne l'entend pas. Il se nourrit de sa colère tout au plus.

Bergson rejoint sa chambre et se promet d'élucider le mystère de cette combustion spontanée. Mais il verra ça demain. Il ôte ses vêtements et jette un coup d'œil machinal à son reflet, dans le miroir. La blessure qu'il s'est infligée cicatrise et il ne voit pour l'instant aucune trace de la poudre de volcan dans les croûtes. Mais il est peut-être trop tôt pour cela. Il adresse un clin d'œil à l'homme scarifié et éteint la lumière, sans avoir remarqué que ses yeux avaient commencé à se dépigmenter…

X

LES YEUX DU VIEIL HOMME SONT BAIGNÉS DE LARMES. IL SANGLOTE. La femme le fixe d'un regard dur.

— Je sais quels tourments agitent ton cœur, mon enfant, lui dit-il. Mais ne juge pas Hermeda trop durement pour son sacrifice et celui de son bébé. Elle a fait pour le mieux, dans une situation désespérée... Tu sais, je crois qu'elle a toujours su que ça finirait comme cela. C'est pour cette raison qu'elle tenait tant à profiter de la vie pendant que c'était encore possible. C'était une enfant si gaie, si douce ! Une enfant faite pour l'amour... Et pourtant elle a renoncé à tout, juste pour sauver les siens. Parce qu'elle était convaincue que sa souffrance était un moindre mal. S'agissant de celle de son enfant, c'était différent. Elle tentait de se convaincre que cela n'avait aucune importance, que sa fille – parce qu'évidemment elle savait que ce serait une fille – comprendrait, elle aussi, la nécessité de son geste.

« J'allai la voir presque tous les jours, une fois ma santé recouvrée. Edda ne lui avait pas menti à ce sujet et m'avait apporté l'antidote le jour même du sacrifice de sa sœur. Je me dis alors qu'elle n'aurait de toute façon jamais pu se résigner à me tuer, car elle m'aimait encore, malgré tout...

« Hermeda ne pleurait jamais devant moi. Elle affichait une espèce de sourire nostalgique qui lui donnait un air absent. Au début, je crus que le chagrin en était la cause... Mais à bien y regarder, son sourire n'était pas nostalgique, il était extatique. Hermeda était droguée au dernier degré. Comment pouvait-elle se retrouver dans cet état en si peu de temps ?

« — Ma fille, que se passe-t-il ? Ne vas-tu jamais te promener hors de la grotte ? Rester confinée ici n'est bon ni pour toi ni pour le bébé !

« Elle haussa les épaules d'un air désabusé. Elle semblait dire : Qu'est-ce que ça changerait puisque nous sommes déjà condamnées ? Je compris alors que non seulement elle ne faisait rien pour échapper, ne serait-ce que quelques instants, aux émanations de la boule de feu, mais qu'elle s'en approchait sûrement le plus possible pour que l'ivresse et les hallucinations viennent anesthésier sa douleur.

« En l'espace d'une lunaison, elle n'était déjà plus que l'ombre de la jeune fille que j'avais connue, ce qui ne semblait déranger aucune des personnes qui venaient la consulter et ravissait très certainement Edda qui tenait enfin sa revanche. Comme elle avait du mal à parler, Hermeda dessinait ses prophéties sur des morceaux de parchemin qu'on lui apportait, à même la terre avec un bâton ou les doigts, ou encore sur les parois de sa terrible demeure. Elle ne manquait de rien. On la nourrissait comme un petit animal docile, entretenait son feu à l'entrée de la grotte, lui apportait de quoi boire et se vêtir. Comme c'était rassurant pour tout le monde d'avoir pu contrôler cet électron libre aux yeux bleus ! Sans parler du fait que cela servait d'avertissement *aux autres enfants du volcan qui auraient eu des envies d'ailleurs ou de rébellion !*

« Pendant toutes les saisons que dura son calvaire, il ne fut qu'une fois où je ne la vis pas dans cette maudite grotte. Presque quatre lunaisons avaient passé depuis sa condamnation et bien que son ventre soit énorme, et le bébé en parfaite santé selon nos savants, elle n'avait toujours pas accouché.

« Ce matin-là, je la découvris gisant loin de la grotte, et voir son corps reposer ainsi sur la terre me fit immédiatement penser à tous les animaux qui étaient tombés ici même à cause de la boule de feu. Hermeda était allongée sur un cimetière... Je me précipitai vers elle et entrepris de la secouer doucement pour la réveiller, mais elle avait les yeux grand ouverts. Pour une fois, ils n'étaient pas hagards et je ne décelai aucune confusion dans son esprit. Se sachant sur le point de mettre l'enfant au monde, elle s'était extraite des émanations pour ne pas intoxiquer le bébé. Le nouveau-né était lové contre elle et la tétait gentiment. Lorsque je m'approchai, les deux me dévisagèrent avec des prunelles du même bleu, bien que celles de Hermeda soient légèrement plus foncées.

« — Prends-la...

« — Tu ne veux pas la garder encore un peu ? Un enfant a besoin de sa mère pendant sa première saison au moins.

« — Trouve-lui une nourrice. Je ne veux pas qu'elle s'attache à moi... Ce serait trop cruel de lui retirer plus tard sa mère...

« — Mais c'est cruel de te l'arracher à toi !

« — J'ai eu le temps de m'y préparer, et c'est plus simple pour moi aussi si les choses se font vite. Pour l'instant, je ne suis qu'un animal qui a mis bas. Je vais retourner à ma grotte et tout oublier... Oublier qu'on lui fera la même chose qu'à moi...

« — Elle n'a peut-être pas ton don !

« — Oh si. Crois-moi, papa, elle l'a.

« Hermeda plaça la petite dans mes bras, nous enveloppa des siens et serra fort, si fort que je crus bien qu'elle allait étouffer l'enfant. Puis elle l'embrassa tendrement sur le front, les joues, le nez, les yeux…

« — Pardon, pardon, pardon…, articula-t-elle dans un sanglot avant de s'enfuir en courant, aussi vite que son état le lui permettait.

« Aussitôt, la petite se mit à pleurer.

« Ma fille disparut dans la grotte et je ne la vis plus jamais lucide.

« Les saisons passèrent, toutes plus sordides les unes que les autres. Ça ne sert à rien que je te raconte en détail les changements de politique, les tentatives pour me destituer de mes fonctions, les prédictions toujours plus justes de Hermeda… Elle nous permit de déjouer une attaque des hommes blonds venus venger Dagür, de nous protéger de tempêtes qui auraient dû nous décimer, de soigner des maladies inconnues… Jamais elle ne connut le prénom que j'avais choisi pour ma petite-fille. Je l'avais nommée Frigga, en hommage à sa grand-mère, dans l'espoir que ce prénom la protégerait du sort qu'on lui réservait. Mais la fillette s'avéra tout aussi douée que sa mère pour prédire l'avenir, et alors qu'elle n'avait pas sept saisons, Edda décida que ce n'était pas à moi de l'élever ; elle seule saurait lui transmettre le sens du devoir et du sacrifice dont il faudrait qu'elle fasse preuve quand serait venu le moment de remplacer sa mère dans la grotte. C'est ainsi qu'Edda éleva la fille de sa sœur. Un comble… La gamine affichait toujours un air si triste qu'elle ressemblait à un oiseau de mauvais augure capable uniquement de prédire la mort… Personne ne l'emmena jamais voir sa mère

qu'on n'appelait plus par son prénom, puisque de toute façon elle n'y répondait pas et qu'elle avait perdu tout libre arbitre, toute capacité de réflexion sensée en vivant dans cet endroit maudit… Alors on commença à la surnommer l'Oracle. C'était commode, ça lui enlevait une part d'humanité de plus aux yeux de ses tortionnaires et de leurs complices.

« Son état délabré aidait aussi à ne plus la considérer. En vingt saisons son corps s'était transformé de façon spectaculaire. Elle n'avait plus que la peau sur les os. Il semblait n'y avoir plus aucune graisse ni même d'eau dans son organisme. Sa chair était sèche et flétrie comme celle d'une très vieille femme. Des rides profondes brouillaient ses traits et les pattes-d'oie de ses yeux hallucinées venaient contraster avec le sillon amer qui creusait ses joues. Des cernes noirs et immenses avaient terni son beau regard et elle avait presque perdu tous ses cheveux. Ceux qui lui restaient étaient jaunâtres, gras et collés en paquets. Hermeda ne se lavait plus depuis bien longtemps et elle empestait. Ses ongles, noirs d'avoir trop dessiné dans la terre, ressemblaient à des griffes et ses jambes, qui ne lui servaient plus guère, seraient bientôt incapables de la porter.

« Elle survécut dans ces conditions immondes jusqu'à ses soixante-six saisons. Nul ne sait si elle a souffert en mourant. Mais je peux dire qu'elle a souffert en vivant, c'est sûr. Quand nous l'avons retrouvée dans la grotte, son petit cadavre recroquevillé sur lui-même comme pour s'excuser du dérangement, elle avait eu le temps d'écrire une dernière prophétie sur la paroi. En la lisant, j'eus l'impression de me noyer dans ses larmes.

La mort de la mère est la clé…
Plusieurs fois par le volcan arrosé

Du symbole du volcan il sera marqué
Sa première bataille contre le Mal perdu
C'est alors qu'il deviendra l'Élu
Et des innocents deviendra le sauveur
Agissant comme Dagür sur l'ordre de son cœur.

« Cette prophétie, Hermeda en avait eu connaissance bien avant d'être enfermée ici. Car, depuis son arrivée dans la grotte, elle n'avait plus jamais exprimé de pensée aussi claire ni en paroles ni par écrit, se contentant de dessiner ses prophéties. Elle avait appris cette formule par cœur et avait dû se la réciter chaque jour pour ne pas l'oublier. Je sentais soudain à quel point c'était la seule chose qui lui avait permis de tenir toutes ces années, loin de son enfant, en deuil de l'homme qu'elle aimait et offrant le spectacle de sa déchéance à son vieux père. Hermeda était convaincue qu'un sauveur de sa lignée viendrait pour libérer les enfants du volcan. Je me suis longtemps demandé quand cette prémonition lui était venue, depuis combien de temps elle savait qu'elle finirait dans cette grotte, que Dagür serait tué… Mais ça n'a guère d'importance à présent.

« La cérémonie d'adieu à Hermeda fut émouvante. Tous les enfants du volcan et les villageois qui l'avaient consultée s'étaient réunis autour d'elle en une marche silencieuse. Pas un ne garda les yeux secs ce jour-là. Même le ciel la pleura, en déversant sur nous une pluie de trois jours. Edda se recueillit un instant pendant le rite d'adieu, la main de sa nièce dans la sienne. La petite avait un air grave. Le même qu'Edda au même âge.

« Frigga avait vingt-huit saisons quand elle remplaça sa mère. Elle partit sans qu'aucune expression soit lisible sur son visage, *mais elle était pétrifiée de peur. Je le sentis, même si elle était très douée pour cacher ses émotions. Elle sembla percevoir mon incursion dans son esprit et tourna la tête vers moi en fronçant les sourcils. Après tout, c'est moi qui n'avais pas su empêcher cela…*

« On lui présenta un géniteur aux yeux bleus quand elle eut trente-deux saisons, alors qu'elle était déjà bien imprégnée des émanations et dépendante de leur effet euphorisant. C'était la garantie qu'elle ne chercherait pas à garder son enfant.

« À son tour elle mit au monde une fille. À son tour elle devint une vieillarde.

« Je ne me suis pas occupé de toi non plus. La seule chose que j'aie exigée, c'est que, comme ta mère et ta grand-mère avant toi, tu sois autorisée à porter le pendentif de Hermeda, celui qui continue de vous redistribuer de l'amour en dépit du temps qui passe.

La femme porte machinalement la main à son cou et attrape le petit cœur de bois. À force d'être touché et caressé par les femmes qui l'ont précédée dans la grotte, l'objet est devenu tout lisse, presque parfaitement sphérique, et ne ressemble plus vraiment à un cœur. Mais à peine l'a-t-elle effleuré que l'Oracle sourit. Wothan lui rend un sourire las.

— Tu te souviendras de cette histoire, n'est-ce pas ? Il est si important que tu comprennes tout cela…

Il aimerait tellement lui en dire plus, lui raconter son calvaire pendant toutes ces années, ses tentatives pour renverser la dictature établie par Edda, jusqu'à leur ultime dispute, quelques heures plus tôt… Il aimerait lui dire aussi que la vie est belle, qu'il est bon d'aimer, qu'elle ne doit pas perdre espoir, jamais, parce qu'il est convaincu que ce mystérieux sauveur finira par arriver. Il voudrait qu'elle sache qu'elle descend d'une lignée de belles personnes et que cela, nul ne peut le lui retirer. Qu'elle a en son sang toute l'intelligence, l'ingéniosité et l'esprit d'avant-garde des ancêtres qui les ont précédés sur cette terre, que le temps est une chose relative et que demain sera meilleur. Il aimerait lui confier tout cela et plus encore. Mais il ignore si elle a compris un traître mot de ce qu'il a raconté, si sa fuite à travers les terres, jusqu'à la grotte, aura servi à quelque chose… Il ne connaît pas son arrière-petite-fille. Il a entendu dire qu'elle était un peu attardée, qu'elle ne parlait pas beaucoup. Pourtant, les villageois continuent de venir la consulter et il semble que ses prophéties n'aient jamais trahi la vérité. Il aimerait tellement toucher son cœur à elle, arrière-petite-fille d'un empathe, petite-fille d'une puissante prophétesse et d'un médium capable d'interroger la mémoire d'objets inertes, enfant sacrifiée sur l'autel de la jalousie d'une seule femme.

L'Oracle ne répond pas. Elle semble perdue dans ses pensées. De quoi sont-elles peuplées ? Au prix d'un effort surhumain, le très vieil homme prend appui sur un coude et se penche vers elle. Il grimace de douleur. Sa blessure le fait atrocement souffrir et ses forces l'ont presque totalement abandonné. Malgré cela, il avance sa main osseuse vers la joue de sa descendante en y mettant toute la délicatesse du monde. Elle ne réagit pas immédiatement, mais soudain, semblant recevoir la foudre au contact de sa peau, elle roule des yeux exorbités par l'effroi, lui saisit la main et ne la lâche plus. Alors seulement elle voit. Alors seulement elle comprend ce qu'il vient de lui raconter. Les mots prennent enfin sens.

Edda, ce prénom qui résonne étrangement dans sa tête depuis le début du récit… Ce prénom qui a comme un arrière-goût d'enfance volée… Edda est la femme qu'elle a un jour appelée

« mère » et qui lui a décoché une gifle monumentale en retour. Edda est la femme qui l'empêchait de jouer avec les autres enfants, qui lui intimait de se taire alors qu'elle aimait tant parler ! C'est la femme qui lui a rendu le plus souvent visite quand, à vingt-huit saisons, elle est venue remplacer celle qu'on appelait l'Oracle, dans cette grotte. Oui, elle se rappelle tout, même sa dernière visite.

Edda s'annonçait toujours un peu avec son chariot qui grinçait à travers le chemin caillouteux. Conditionnée par presque trente saisons à lui obéir, la femme se raidissait systématiquement lorsqu'elle l'entendait arriver. Le rituel était immuablement le même : elle devait se taire et laisser Edda l'inspecter, à la recherche de la moindre ressemblance avec un visage détesté qu'elle n'avait elle-même pas connu. Celui de Hermeda. Puis la visiteuse posait ses questions, lui tendait un parchemin sur lequel dessiner et repartait sans la remercier. L'Oracle la craignait tant qu'elle se précipitait alors vers le cœur fumant de la montagne pour en respirer la fumée à pleins poumons, pour oublier sa peur. Lors de sa dernière visite, quelques jours auparavant, elle la sentit fatiguée, inquiète. À l'aube de ses cent quatre-vingts saisons, Edda se savait proche de la fin et voulait en connaître les circonstances pour s'y préparer au mieux. Elle voulait aussi savoir si son œuvre serait perpétuée au-delà de sa mort.

Elle tendit alors les mains à l'Oracle, qui les saisit docilement.

— Montre-moi l'avenir.

Il n'en fallait pas plus pour la mettre en transe, c'était une véritable machine à prédire les événements. Aussi prit-elle aussitôt le crayon et le parchemin que lui donna Edda… Sur le dessin qu'elle esquissa, on pouvait voir une femme assise dans le même drôle de siège qu'Edda. Elle était entourée d'une armée d'hommes et de femmes auxquels l'Oracle prit soin de faire les yeux bien noirs.

— Ce sont des Sentinelles ?

— Une armée, répondit timidement l'Oracle en continuant son dessin.

En face de celle qu'Edda avait reconnue comme la représentant, elle dessina un homme, debout, les mains serrées autour de son cou.

— Qui est cet homme qui veut la tuer ?

— …

— Dis-moi qui c'est ! hurla Edda.

Terrorisée, l'Oracle se trouvait incapable de prononcer le moindre son intelligible. Elle se contenta de désigner une paroi de la grotte de sa main tremblante. Edda fit rouler son siège jusque-là et tira sur le morceau de tissu qui masquait la pierre brute. Elle poussa un cri de stupeur en découvrant ce qui se cachait derrière : la prophétie qu'avait rédigée Hermeda était toujours là ! Évidemment, Edda ignorait que c'était sa sœur qui l'avait écrite et que les autres Oracles n'avaient fait que la compléter.

La mort de la mère est la clé…
Plusieurs fois par le volcan arrosé
Du symbole du volcan l'empathe sera marqué
Sa première bataille contre le Mal perdue
C'est alors qu'il deviendra l'Élu
Et des innocents sera le sauveur
Agissant comme Dagür sur l'ordre de son cœur.

Empathe : c'est le nom que l'on donnait à un enfant du volcan qui, à l'instar de Wothan, avait le don de ressentir les émotions des autres et de les redistribuer. Or, à la connaissance d'Edda, le seul qui pouvait souhaiter lui donner la mort était son père. Ainsi donc ce vieil égoïste voulait la supprimer… La vieille femme en ressentit une profonde tristesse. Car, oui, malgré toutes ces saisons passées à tenter de le détruire et à se venger du mal qu'il lui avait fait en la rejetant, Edda l'aimait encore, d'un amour infini qui l'avait consumée, qui l'avait réduite en cendres incapables de s'enflammer pour un autre. Mais Wothan la détestait. Non seulement il ne l'avait jamais aimée, mais à présent il la détestait. Oh, elle pouvait le comprendre ! Elle lui avait pris, génération après génération, ce qu'il avait de plus cher : ses enfants. Oui, qu'il la déteste était compréhensible. Mais c'était également insupportable. Elle préférait le savoir mort qu'imaginer qu'il puisse vouloir la tuer. Cette prophétie était fausse et l'Oracle une folle, une menteuse qui n'avait rien compris ! D'ailleurs, à bien la relire, cette prophétie pouvait être interprétée tout autrement. Il suffisait de changer un mot ici et là… Ce qu'elle fit.

Ainsi les mots peints sur la grotte devinrent-ils sensiblement différents :

La mort de la mère est la clé…
Plusieurs fois par le volcan arrosé
Du symbole du volcan l'empathe sera marqué
Sa première bataille contre le Mal perdue
C'est alors qu'il deviendra l'Élu
Et des innocents sera le sauveur
Transpercé comme Dagür d'une lance en plein cœur.

Oui. Wothan connaîtrait le même sort que Dagür et la boucle serait enfin bouclée…

6.

Le jeune homme ôte les écouteurs de son MP3 et stoppe sa lecture un instant.

— Je ne comprends pas, lance-t-il à la femme qui lui a confié le *Livre du Volcan*. Comment pouvons-nous savoir que la prophétie a été modifiée ? Comment connaissons-nous les mots initiaux puisque l'Oracle était à peine capable de parler et d'écrire en dehors de ses transes ?

— Parce que ceux que nous appelons les scribes, et qui ont au fil des siècles relaté l'histoire des enfants du volcan, ont plus que le don de clairvoyance. Ce sont tous les descendants de Dagür et Hermeda : ils ont appris à sentir la vérité des choses et à la retranscrire fidèlement…

— Je ne suis pas sûr de comprendre.

— Sois patient, Kaleb, ça viendra…

XI

L'ORACLE EST TOUJOURS CONNECTÉE À WOTHAN. Elle voit désormais comment Edda s'introduisit chez celui qu'elle haïssait trop pour ne pas l'aimer et remarque la surprise sur le visage du vieil homme. Elle devine qu'il comprit ce que la fille faisait là, pourtant elle l'entend lui demander les raisons de sa présence chez lui.

— Qu'est-ce que tu me veux, vieille femme ? Ne crois-tu pas que nous nous sommes assez déchirés ? Ne pouvons-nous pas nous ignorer gentiment jusqu'à ce que la mort nous unisse à ceux que nous avons chéris ?

— Non, je ne peux pas, Wothan. Je connais tes sombres desseins.

— Quels sombres desseins ?

— Tu veux venger la seule de tes filles que tu aies jamais aimée. Tu ne trouveras pas le repos tant que tu ne l'auras pas fait.

— Tu te trompes, il y a bien longtemps que je n'ai plus de haine à ton égard. Bien longtemps que je n'éprouve plus rien pour toi..

Edda aurait sans doute préféré la haine. Ils auraient pu se retrouver à mi-chemin dans ce noble sentiment qui aurait fini par les réunir, parce que la haine est si proche de l'amour avec les obsessions qu'elle provoque... Mais l'indifférence ! Voilà le véritable désaveu... Voilà une confession intolérable !

— Comment oses-tu ? Je sais que tu mens !

— Non, Edda. Tu n'es plus qu'une étrangère et ce depuis fort longtemps...

Edda vit qu'il ne mentait pas. Elle ne possédait pas son don, mais elle savait reconnaître un cœur sec. Alors elle sortit sa lancette de derrière son siège, comme elle l'avait fait pour Dagür, et transperça le poitrail de son père avec. Mais elle n'avait plus le geste aussi sûr que du temps de sa jeunesse et elle rata le cœur. Wothan ne mourut pas sur le coup.

— Démon ! hurla-t-il de toute la force qui lui restait. J'aurais dû t'empêcher de nuire, te tuer comme tu viens de m'assassiner, pour sauver les vies de celles qui méritaient de vivre plus que toi.

— Oh dieux, mais qu'ai-je fait ?

Edda sembla seulement réaliser qu'elle venait de poignarder l'homme qu'elle aimait. Le sang coulait abondamment de sa plaie, et à son âge il ne pourrait qu'y succomber.

Wothan ne lui laissa pas le loisir de regretter plus encore son geste ni même de lui demander pardon. Il se jeta sur elle et serra ses mains larges sur son cou si fin qu'elles se chevauchèrent. Il serra, serra, serra encore. Jusqu'à ce que le moindre souffle ne passe plus dans sa gorge, que ses yeux cherchent à s'échapper de leurs orbites et que sa langue double de volume. Jusqu'à ce qu'elle soit morte pour de bon, sans avoir pu dire un mot de plus. Pour qu'elle se taise à jamais.

Oui, l'Oracle voit tout cela... Et elle comprend.

Wothan en a finalement la confirmation, en croisant son regard une dernière fois et, soulagé, il rend son dernier souffle avec la certitude que son histoire ne mourra pas avec lui.

L'Oracle reste un long moment accroupie, à se balancer d'arrière en avant, la bave aux lèvres, chantant des mélopées incantatoires… Puis elle lui caresse le visage, sourit et se lève pour aller chercher un petit couteau bien aiguisé. Elle en apprécie le tranchant avec le pouce et le promène doucement sur le torse du défunt, fait une première entaille d'un coup sec, puis une autre et encore quelques-unes. Elle repose l'outil et glisse ses ongles sous la peau encore chaude et tire. Doucement d'abord, puis de toutes ses forces, car la peau ne vient pas.

— Joli ! Joli ! crie-t-elle en dansant de joie.

Le temps passe. Le corps se décompose et la peau sèche. Quand elle est tannée correctement, l'Oracle va la chercher, la passe doucement sur ses joues pour en éprouver toute la douceur et se baigner de ces histoires qu'elle raconte, puis va chercher du fil et une aiguille et la coud aux autres feuilles qu'elle possède déjà. Une fois son travail achevé, elle contemple son œuvre d'un air satisfait…

7

— Et vois-tu, Kaleb, en arrachant la peau du torse de Wothan, pour en conserver les tatouages et la joindre aux autres feuillets qu'elle avait hérité d'Hermeda, l'Oracle venait de donner chair au *Livre du Volcan*...

Comment Kaleb a-t-il réussi à rencontrer aussi facilement cette gardienne du *Livre*, pourquoi a-t-elle accepté de lui en révéler le secret ? Il ne le sait pas véritablement. Parfois il s'identifie totalement à ce rôle d'Élu auquel il semble promis, parfois il a le sentiment que c'est de la science-fiction... Mais il n'a pas à se poser de question, car son temps est précieux. Alors il tourne avec elle les pages de cet étrange manuscrit à la texture si particulière et il écoute, écoute encore à s'en faire saigner les oreilles, parce que de la connaissance naîtra le pouvoir...

Il a terminé de découvrir l'histoire de Wothan et Edda. Et comprend instinctivement qu'il descend de cet homme. Un homme comme les autres, qui avait fait de son mieux pour protéger les siens. Kaleb se sent si proche de cet ancêtre, si triste pour ces femmes sacrifiées du seul fait de leur don par une aigrie au cœur sec ! Plus que jamais il hait les Sentinelles et voudrait toutes les détruire...

— Ne perds pas ton temps ! le sermonne la libraire, comme si elle venait de lire dans ses pensées. Il est l'heure pour toi de découvrir la suite de ce récit...

— Je ne suis pas sûr de tout comprendre, répond Kaleb. Je croyais que seuls les empathes de niveau deux avaient la possibilité de sentir les objets, du moins c'est ce que m'avait dit Aaron... Et je découvre que non seulement Dagür avait développé ce don en s'exposant aux émanations, mais que l'Oracle, qui n'était que clairvoyante, avait aussi ce don ?

— Que clairvoyante ! reprend Myra dans un grand éclat de rire. Tu es d'une prétention, Kaleb ! Mais bon, c'est peut-être cet orgueil qui te sauvera... À moins qu'il ne cause ta perte comme il en aura perdu d'autres avant toi ! Tu crois que tu es l'être le plus puissant que la terre ait porté ?

— C'est bien ce qu'est supposé être l'Élu, non ? répond le jeune homme, piqué au vif.

— L'empathe le plus puissant n'est pas forcément l'enfant du volcan le plus puissant... Que sais-tu des différents stades de ton don, Kaleb ?

Le jeune homme fouille dans sa mémoire. Il se rappelle vaguement ce que lui en avait confié Aaron.

— Il y a quatre stades. Au premier, l'empathe ressent les émotions des autres et peut leur en insuffler. Au deuxième, il apprend par imprégnation et sent les objets et les lieux. Au troisième, il peut réduire le cerveau de quelqu'un en bouillie, en le court-circuitant. Et il existerait un quatrième stade où l'empathe serait capable d'aspirer les émotions de tout un groupe d'individus, pour créer une nouvelle entité qui lui obéirait… Mais la fusion avec tout ce qui l'entoure serait létale pour l'empathe en question…

— Tu es bien renseigné. Sais-tu précisément où tu en es, Kaleb ?

— Je crois… J'ai déjà ressenti des choses en touchant des objets, comme la carte de visite du colonel quand il est venu faire sa sale besogne chez moi…

Le jeune homme se renfrogne. L'évocation de la mort de son voisin, Robin Moreau – bien qu'il ait été un traître –, ainsi que du passage à tabac qui a laissé son père en fauteuil roulant le plonge dans des affres de culpabilité. Myra Eljundir se tortille un peu sur sa chaise, fronce les sourcils, sent les larmes lui monter aux yeux, les ferme alors et les rouvre sur son regard si particulier, soudain dénué des émotions qui le troublaient quelques secondes auparavant.

— Comment fais-tu ça ? interroge le jeune homme.

— Repousser les émotions que tu m'imposes ?

— Oui.

— Tu le comprendras en lisant le *Livre.* Mais continue… Quelles autres choses as-tu expérimentées ?

— J'ai aussi parlé spontanément le suédois, alors que je n'ai jamais appris, juste parce que j'étais en contact avec Magnus… Un autre traître, commente-t-il, amer.

Pas facile pour lui de faire confiance à qui que ce soit. On a beau être empathe, on a parfois tellement envie de croire que les choses peuvent être différentes qu'on s'aveugle soi-même. Myra comprend à quel point c'est difficile pour Kaleb de se confier. Elle aimerait le rassurer, lui dire qu'elle est de son côté. *Vraiment* de son côté. Mais elle sait bien que ça ne changerait rien à sa défiance. Alors, elle se contente de lui prendre la main pour l'encourager à poursuivre.

— J'ai… j'ai tué quelqu'un, avoue-t-il, d'un air sombre. Une fille qui était devenue trop dépendante de moi, qui me mettait en danger… Du moins, c'est ce que je croyais. Du coup j'ai laissé la colère me dominer et j'ai senti que j'en appelais à quelque chose, la force vitale, peut-être, des individus autour de moi. Cet égrégore en me pénétrant a décuplé ma force et… à cause de moi… Elle ne sera plus jamais libre et vivante. Elle est condamnée à rester folle et souffrante dans un hôpital où elle est enfermée par ma faute.

La voix de Kaleb s'est brisée. Il s'en veut sincèrement. Preuve qu'il est vraiment revenu du Mal. Pour l'instant.

— J'aurais dû écouter les conseils de ma mère… Sur la boîte à musique, elle avait fait graver une sorte d'avertissement. Cela disait, en substance : *« Mon fils, des âmes tu es le voleur. Préserve ton cœur ou bien celle qui t'aimera… »*

— *« … causera ton malheur »*, complète la libraire.

— Comment le sais-tu ? s'étonne Kaleb.

— C'est ma mère qui le lui avait soufflé… Mais ça ne faisait pas référence à Lucille.

— Comment connais-tu son prénom ?

— Tu sais, Kaleb, répond Myra sans se donner la peine de lui fournir plus d'explications, tu as la capacité de projeter son esprit ailleurs, dans un monde qu'elle croira réel et parfait, conforme à ses rêves les plus fous. Enfin, tu pourras bientôt le faire !

— Comment ? Quand ? ! s'écrie le jeune homme, plein d'espoir.

— Quand la prophétie sera accomplie. Si tu en réchappes..., se contente-t-elle d'ajouter, mystérieuse.

Comprenant qu'il n'en tirera rien de plus pour l'instant, Kaleb recadre la conversation dans son contexte initial.

— En tout cas, je ne vois pas le rapport avec ma question : comment Dagür et l'Oracle pouvaient-ils sentir les choses ?

— À l'origine, Dagür devait avoir les mêmes aptitudes que Wothan. Et il s'était exposé aux radiations pendant toute son enfance, presque quotidiennement ! Ça avait fait de lui un empathe... Quant aux Oracles, elles étaient les enfants du volcan les plus pures qui soient. Leur sang ne fut qu'en de rares occasions dilué par celui d'hommes sans don. Et ce sont les seules qui aient pu développer plusieurs dons à la naissance...

— Je ne suis donc pas si puissant que ça ? C'est ce que tu essaies de me faire comprendre ?

— Je te dis que ces gens dont tu lis l'histoire étaient parvenus à des stades que peu, voire aucun de nos contemporains, peuvent connaître. Et dans le lot, il y a eu un autre empathe...

— Il était allé jusqu'à quel niveau ?

— Ce n'est pas une compétition, tu sais. Je peux simplement te dire qu'il était allé suffisamment loin pour absorber la force vitale de dizaines d'enfants et leur sauver la vie…

— Mais il en est mort ?

— Il est mort après cela…, répond la femme, toujours aussi énigmatique.

— J'ai encore du mal à comprendre pourquoi je dois lire ce livre…

— Tu le dois pour t'enraciner dans la vie, Kaleb. Ces pages sont importantes parce qu'elles te parlent de tes origines. Tu n'as actuellement rien qui te relie à la terre, à ce monde. Pas d'ascendant suffisamment présent et ancré dans tes cellules, pas de lien, pas d'attache. Or ton âme aura besoin d'être solidement amarrée quand tu livreras ton ultime combat. Si ce n'est pas le cas, elle sera dissoute… J'essaie de t'inculquer ton passé, de te faire comprendre d'où tu viens, à quelle lignée tu appartiens, pour que tu saisisses quel est ton rôle aujourd'hui, comment tu t'inscris dans tout cela.

— Mais si je ne veux m'inscrire nulle part ? Je veux juste récupérer Abigail et notre enfant, le reste ne m'intéresse pas. Si Bergsson se met en travers de mon chemin…

— Il le fera.

— Eh bien, je m'occuperai de lui. Mais le combat des enfants du volcan et des Sentinelles date d'un autre temps, dont je ne suis pas.

— Le temps est une chose bien relative, Kaleb.

— Je sais ce que je pense de tout ça et je ne changerai pas d'avis !

— On ne choisit pas toujours d'entrer dans la légende...

— Quelle légende ? Personne ne connaît l'existence des enfants du volcan. Qui se soucie de notre histoire ?

— Tu te trompes lourdement, Kaleb... Mais je suppose qu'à ton âge, on ne peut pas tout savoir. Le nom de Wothan ne t'évoque vraiment rien ?

— Il devrait ?

— Oui, c'est un des noms qu'on donnait au dieu Odin, dans la mythologie nordique. Odin, les Géants... Tout cela est consigné dans ce qu'on appelle les *Eddas*... On parle de vous depuis la nuit des temps, et cela a continué bien au-delà de cette mythologie ! Le monstre du loch Ness, cette créature née de la combinaison des dons de Kaï et Nala fait toujours parler de lui ! Évoque le joueur de flûte de Hamelin avec William, la légende de Dracula avec Abigail... tu seras surpris !

— Mais je n'ai pas envie de l'être, ni de me sentir investi de je ne sais quelle mission ! s'écrie-t-il en retirant sa main de celle de Myra. Tout cela c'est du passé et moi je veux profiter de la vie, voilà tout ! se rebelle-t-il. Alors tu peux remballer tes histoires à deux balles, je n'en ai rien à foutre ! Demain, je me casse d'ici et je pars chercher Abi. Que ça te plaise ou non, c'est la dernière fois que tu me vois !

— Hé ! Quelle mouche te pique ? s'étonne Myra.

Le jeune homme ne prend pas la peine de répondre. Il s'en va en claquant la porte de la librairie, excédé.

Il sait bien que sa réaction est disproportionnée et que la femme n'a pas mérité qu'il s'emporte ainsi. Mais ce qu'elle n'a pas vu, pas compris, c'est qu'en évoquant Abigail, elle a soudain réveillé la connexion qu'il croyait avoir perdue avec la jeune fille… Et qu'il valait mieux pour Myra qu'il parte vite de sa boutique, tant ce qu'il vient de voir est en train de le mettre en colère, très en colère…

Deuxième époque

LA REINE

1.

— Hey, Kaleb !

— …

— KALEEEEB !!

Morrigan a beau crier, le jeune homme ne se retourne pas. Il marche d'un pas déterminé en direction d'un pub d'Akureyri, l'air furieux, prêt à en découdre avec le premier venu. Pas besoin d'être empathe pour comprendre qu'il est hors de lui. Mais quand c'est Kaleb qui se met en pétard, les conséquences sont toujours dramatiques, alors il est hors de question que Morrigan reste là sans rien faire. Elle lui emboîte le pas et pénètre à son tour dans le pub.

— *Kaleb, what do you think you're fucking doing ?!*

— Dégage, tu veux ?

Sombre, ténébreux… Au sens où les ténèbres semblent avoir élu domicile en lui. Ce sont les premiers mots qui lui viennent lorsque Morrigan croise son regard. Elle connaît cette impression pour l'avoir ressentie la première fois qu'elle l'a vue, à Sherkin Island. La jeune fille se dit qu'elle a intérêt à désamorcer le problème, quel qu'il soit, et rapidement, si elle ne veut pas avoir la mort des clients de ce bar sur la conscience.

— Hey, on ne parle pas comme ça aux dames, gamin ! Ta mère ne t'a donc rien appris ? l'interpelle un type accoudé au comptoir.

— Laisse ma mère en paix, connard ! gronde Kaleb.

— C'est quoi ton problème ? éructe l'homme en se levant brusquement.

Kaleb se redresse un peu. On dirait un serpent prêt à mordre sa proie.

— Ce n'est rien, je vous assure..., s'interpose la jeune fille. S'il vous plaît, monsieur, écoutez-moi. Mon ami est un peu perturbé en ce moment, mais il n'est pas comme ça d'habitude... Je vous en prie, laissez tomber... Pour moi, OK ?

L'homme hésite un instant et opine du chef, l'air de dire que c'est en effet juste pour elle qu'il obtempère. Avec ses cheveux blonds coiffés en un carré dynamique, son corps athlétique et ses yeux bruns, Morrigan est une belle fille : il se dégage d'elle quelque chose d'extrêmement volontaire et de maternel à la fois, de fort et de féminin. Sûre d'elle, la jeune Américaine sait quel effet elle produit sur les hommes et n'hésite pas à en user un peu, tout en prenant soin de ne pas se jouer d'eux pour autant. C'est une fille saine, respectueuse, cool. On a envie de la connaître, de s'en faire une amie, une maîtresse pour quelques nuits. Le problème, c'est qu'elle est tellement indépendante, forte, drôle... que rares sont ceux qui ont envie de voir en elle un peu plus, une petite amie avec qui faire un bout de route, se marier, avoir des enfants. Elle dit en riant qu'elle fait peur aux hommes mais elle n'y croit pas vraiment. Elle est convaincue qu'il lui manque ce je-ne-sais-quoi de grâce et de fragilité, de capacité à manipuler qu'ont les autres, naturellement, celles qu'on aime toute une vie et qu'on épouse. Morrigan a toujours pris ça d'un air détaché. Prétendu ne pas en souffrir car ça lui épargnait la vie à deux et ses vicissitudes... Mais elle cherche autant à en convaincre les autres qu'elle-même. En vérité, sa formidable liberté dissimule une solitude qu'elle s'escrime à sublimer. Elle se consacre aux autres, panse les blessures, écoute les problèmes de cœur de ses amis, répond toujours présente en cas de pépin. Et attend désespérément que quelqu'un la voie vraiment, pour ce qu'elle est, pour tout ce qu'elle a à offrir à qui saurait l'aimer. Mais on prête tant de force aux personnes comme elle qu'elle pourrait crever la bouche ouverte devant tous ses amis : au pire ils croiraient à une blague, au mieux ils se diraient qu'elle n'a pas besoin d'eux pour se relever...

— Vous avez de la chance d'avoir une petite amie comme elle, réplique l'homme, en écho aux pensées de la jeune fille.

Kaleb ne répond pas. Il commande un whisky au barman.

Morrigan est reconnaissante au type d'avoir dit cela. Déçue aussi que son ami ne réagisse pas à la remarque. Car si elle rêve qu'on la regarde vraiment, elle pensait qu'un empathe de la trempe de Kaleb saurait le faire. Elle aimerait qu'il ait le béguin pour elle, mais il ne lui prête pas plus attention que les autres. Son cœur est déjà pris. « Par lui-même », lui souffle une petite voix aigrie… « Non, par Abigail », se répond-elle dans un souci d'honnêteté. Parce qu'il a beau s'en défendre et jouer les durs, Morrigan sait bien que Kaleb ne pense qu'à elle, nuit et jour, et ronge son frein en attendant de pouvoir partir à sa recherche. C'est d'ailleurs un miracle qu'il ne soit pas déjà là-bas. Heureusement, les autres membres du clan ont su le convaincre qu'ils devaient se préparer à affronter les Sentinelles. Physiquement pour commencer, car ce sont des soldats surentraînés. Moralement ensuite, en essayant de pousser leurs dons à leur paroxysme. Et, chose surprenante, ils y arrivent ! Depuis qu'ils sont dans cette maison, Morrigan a pu remarquer que chacun avait progressé dans son domaine. Pour sa part, elle sent de loin quand un corps dysfonctionne, quand quelqu'un est malade. Si elle le peut, elle s'approche le plus possible de la personne et lui transfère de son énergie, aspire le Mal…

Aspirer le Mal, c'est d'ailleurs ce qu'elle a fait avec le beau Kaleb quand elle a neutralisé les effets du tatouage sur son organisme. S'il y avait bien des cendres de l'Eyjafjöll dans la terre qu'il s'était fait injecter, il y avait autre chose qui l'empoisonnait peu à peu, faisait de lui une espèce de zombie maléfique. Cette chose le dévorait, le consumait… Quand ils se sont rencontrés, le tatouage de Kaleb s'était étendu à presque tout son corps et s'y enroulait comme des ronces prêtes à l'étouffer. Elle n'a réussi à le sauver qu'au terme de plusieurs jours d'efforts et grâce à des décoctions qu'elle tenait de sa mère, guérisseuse elle aussi. Et dire que c'était cette garce d'Abigail qui l'avait convaincu de se faire ce tatouage ! Pendant les cinq jours du processus de guérison, Morrigan a touché du doigt ce lien invisible qui unissait les deux jeunes gens. C'est comme si Kaleb lui avait donné un peu de son empathie pour qu'elle puisse mieux le soigner. Elle a senti les intentions malveillantes de la succube, a compris comment elle avait poussé son amant à prendre le Mal dans sa chair pour mieux le manipuler. Et lorsque au terme d'une nuit à lutter contre l'infection Morrigan a enfin réussi à aspirer presque tout ce pus infect qui s'était infiltré en lui, au lieu de le rendre à la terre ainsi qu'elle le faisait toujours, elle a pensé très fort à Abigail et lui a souhaité de le prendre. La guérisseuse n'a eu aucune confirmation que la manœuvre ait marché, mais Kaleb a été sorti d'affaire. En contrepartie, le lien qui l'unissait à sa petite amie s'est affaibli et, depuis qu'elle est partie avec le colonel, l'empathe n'arrive que rarement à se connecter à elle, voire ne la sent plus du tout. Jusqu'ici Kaleb semblait relativement bien le vivre, surtout depuis qu'il voit Myra… Mais aujourd'hui, quelque chose a changé et Morrigan jurerait que sa rivale rousse en est la cause.

— Boire n'est pas la solution, dit-elle au jeune homme qui avale sa première gorgée. Dis-moi ce qui se passe, tu sais bien que je peux t'aider, que je suis toujours là pour toi…

— …

— C'est Abigail ? Tu as senti quelque chose ?

Kaleb pose son verre d'un geste brusque. Les muscles de sa mâchoire tressautent nerveusement. Dieu qu'il est beau ! Morrigan prend sur elle. Elle aimerait qu'il ne sache pas à quel point elle est tombée amoureuse de lui, mais il doit en avoir tellement l'habitude que même s'il l'a compris, ça n'a pas l'air de l'émouvoir plus que cela.

— Oui.

Morrigan est soulagée. S'il répond, c'est qu'il est encore ouvert au dialogue, pas tout à fait prêt à exploser comme elle le craignait.

— Tu as senti quelque chose ?

Il acquiesce, la gorge serrée, et commande un deuxième verre qu'il agrippe si fort que ses phalanges blanchissent.

— Il lui a fait du mal…

Sa voix est étranglée, il est au bord des larmes. Morrigan voudrait le prendre dans ses bras, le réconforter. Pourtant quelque chose en elle refuse de le consoler parce qu'Abigail souffre. C'est au-dessus de ses forces.

— Quoi ? lui demande-t-elle.

— Je ne sais pas… mais c'est inhumain. J'entends ses cris, sa douleur…

— Depuis quand ?

— Depuis ma dernière visite à Myra. Je veux partir d'ici demain et aller la chercher, il va la tuer sinon, j'en suis certain.

— Il ne la tuera pas. Bergsson a besoin d'elle en vie, pour servir d'appât.

— Mon enfant ne va pas survivre à ce qu'elle endure !

— Je suis sûre qu'elle le protège...

— Tu es conne ou quoi ? s'énerve-t-il. Que veux-tu qu'elle fasse contre un risque de fausse couche ?

— Tu n'es pas obligé de m'insulter, j'essaie de t'aider.

— Alors aide-moi à partir et à convaincre les autres de me suivre.

— On n'est pas prêts, tu le sais, on va se faire massacrer...

— Abigail se fait déjà massacrer.

— Oui, mais elle a choisi son camp, Kaleb. Ça te plaît peut-être de penser que Bergsson l'a contrainte à le suivre, mais je n'y crois pas un seul instant. Je n'achète pas la *fucking* histoire qu'elle a tenté de nous vendre ! Et je refuse de mettre tous les autres en danger pour elle !

— Si tu es contre elle, tu es contre moi !

— Non, Kaleb. Je suis avec toi, on l'est tous. Mais n'agissons pas n'importe comment, sinon on va droit à la mort et tu le sais. Alors tu nous laisses gagner en force, et tu finis la lecture de ce *Livre* qu'on aimerait tous avoir la chance de lire, et on peaufine notre plan pour partir dans un mois, comme on l'a prévu initialement. Abigail est forte, n'en doute pas ! Et elle a plus d'un tour dans son sac. Elle tiendra bon, je le sais.

— Putain, qu'est-ce que t'en sais, t'es pas voyante...

— Non. Mais allons voir Myra, elle nous en dira plus.

Le jeune homme a l'air de vouloir se laisser convaincre.

— Je ne suis pas sûre qu'elle ait encore vraiment envie de me voir !

— Tu paries ?

Les deux jeunes règlent les consommations et sortent du pub. Morrigan reprend son souffle : elle a eu chaud, mais il semblerait que l'orage qui menaçait d'éclater en Kaleb soit passé... Elle l'attrape alors par le bras et le dirige gentiment vers la librairie d'où s'échappe une odeur délicieuse. La femme les accueille avec un grand sourire.

— Ah ! C'est parfait, vraiment, vous arrivez à temps ! Je vous ai préparé des crêpes, je me suis dit que ça épongerait un peu le whisky !

1

JE M'APPELLE JÄRELL ET J'AURAI VINGT-HUIT SAISONS DEMAIN.

Je vis dans un pays aux mille et une couleurs, une contrée où le temps semble parfois s'arrêter pour étirer une infinité de nuances au-dessus de nos têtes de misérables mortels, juste pour nous faire rêver. C'est un pays de glace aux hivers implacables et dont le froid vous saisit jusqu'au cœur des os, fait geler votre peau, vos cheveux et plaque sur la terre un silence aussi dense que la neige est glacée. La saison sombre est si longue et si rude que nous allumons autant de feux que possible dans nos demeures, pour la contrecarrer. Même les chemins du village restent toujours éclairés. Le vent est semblable à des cris d'enfants. D'après les légendes, les âmes des malheureux mort-nés que les femmes, honteuses, vont enterrer loin des côtes, se mettent à hurler leur peur d'être dévorés par les dieux des Ténèbres. Oui, l'hiver est une épreuve qui nous revient toutes les six lunaisons, mais nous en sommes les survivants et nous en sortons plus forts à chaque fois, plus fiers, plus durs, parce que nous l'avons combattu.

Mon peuple n'est pas un peuple bavard et nous faisons peu la fête. Je crois que c'est notre histoire qui nous a faits ainsi, notre histoire et ce temps en deux phases, une chaude et claire, une sombre et froide, qui nous a forgés. Le peuple d'à côté, ceux qu'on appelle les Autres, n'est pas installé depuis suffisamment longtemps pour le porter comme nous, au cœur même de leur être. Ils ne sont pas comme nous.

Oh, certains qui ont les yeux bleus ont bien développé quelques facultés étranges... J'ignore si c'est à cause des émanations qui ont fini par les contaminer ou parce qu'ils se sont laissé aimer de ceux de mon espèce et ont conçu des enfants de notre sang... Enfin, dire que je l'ignore est faux, mais je préfère ne pas y penser, ça ne me regarde pas. Mon pays, mon île merveilleuse, se nomme la Terre de glace. L'Islande. Pourtant, elle sait aussi devenir bouillonnante. Quand vient la belle saison, elle se pare d'un manteau de mousse qui court sur les champs de lave, les cascades chantent leur ode à la vie et abreuvent de leur eau douce les animaux qui ont fini d'hiberner. Partout fleurissent des arcs-en-ciel et jaillissent des pousses colorées qui viennent chatouiller nos narines. C'est une saison pendant laquelle on s'aime et on danse, une saison où l'on n'a plus peur du cri du vent qui soudain devient musique, où l'on peut se reposer et préparer l'hiver suivant. Partout on découvre des solfatares, ces petits volcans plats à l'odeur un peu étrange qui arrosent le pays d'une fumée épaisse, ou encore des geysers qui amusent tant les enfants quand ils jaillissent de la terre !

Dans notre belle Islande, au cœur de la vallée de mon clan, les enfants sont beaux et grands. Rares sont les chétifs ou les malades. Nous sommes issus de générations d'hommes et de femmes sains et bien nourris. Notre peuple se divise en trois catégories : les neutres, les Sentinelles et les enfants du volcan.

La seule caractéristique physique qui nous distingue est la couleur de nos yeux. Les Sentinelles et les neutres ont les yeux bruns, les enfants du volcan les ont bleus. Un bleu qui se décline à l'infini et dont l'intensité varie en fonction de l'âge et des actes... Un bleu aussi pur que nos cœurs...

Les enfants du volcan ont développé toutes sortes d'aptitudes que les Sentinelles et les neutres n'ont pas. Nous pouvons lire dans l'avenir ou le passé, soigner les souffrants, voyager hors de notre enveloppe charnelle et bien d'autres choses encore. Tous les enfants du volcan ne sont pas au même niveau d'évolution de leur don. Certains se contentent de faire quelques tours toute leur vie, pour amuser leurs amis ou distraire le peuple. Ils sont magiciens, inventeurs ou conteurs. D'autres se révèlent bien plus puissants. Les sages ont remarqué, il y a longtemps, que les enfants du volcan les plus puissants avaient été arrosés dans leur jeunesse par la fumée de la Montagne aux îles, et étaient eux-mêmes issus de parents particulièrement exposés. Le don nous vient de l'Eyjafjöll et nous y sommes intimement liés. Bien sûr, quand les sages repèrent un enfant du volcan particulièrement prometteur, ils l'éduquent et l'aident à développer son don dans le cadre de nos lois, pour le mettre au service de la communauté.

Le rôle des Sentinelles est de réguler les comportements des enfants du volcan et de vérifier qu'ils n'abusent pas de leur pouvoir pour faire le Mal ou servir leurs seuls intérêts. Les Sentinelles n'ont pas de don actif, mais plutôt une capacité de résistance hors du commun qui les rend imperméables à nos tours. Ainsi, nous ne pouvons pas corrompre notre police : la nature est bien faite. Il paraît qu'aux origines, les Sentinelles et les enfants du volcan se sont livré combat. Les Sentinelles avaient peur de nos dons et nous jalousaient car elles n'avaient pas compris le rôle qu'ils avaient à jouer dans la société. Mais maintenant les choses sont apaisées. Peut-être grâce aux neutres, ces enfants nés sans aucune des deux aptitudes ? Pour trois neutres naissent un enfant du volcan et une Sentinelle. Ils s'unissent à nous, indifféremment, et le fruit de l'accouplement est à chaque fois une surprise.

Notre peuple est très avancé. Tant au niveau de notre science, que les prescients ont fait progresser, que dans notre spiritualité. Nous sommes très attachés à nos croyances et observons avec respect toutes les règles pour rendre hommage à nos dieux. Jamais nous ne nous offensons : la politesse est chose importante chez nous. Il faut sourire, toujours, et choisir avec soin ses paroles car nous savons depuis longtemps qu'un seul mot peut blesser pour toujours. Nous veillons à être agréables à regarder et adoptons de jolies manières. Tout cela nous donne une apparence un peu surprenante pour l'étranger qui vient nous observer, mais les Autres sont les seuls étrangers que nous pourrions choquer, et ils nous évitent comme le diable. Ce sont pourtant nos voisins mais ils nous appellent les Trolls, les Géants, les Elfes, et aiment nous inventer une vie mystérieuse dont nous n'oserions rêver ! Ils savent que nous possédons des aptitudes qu'ils n'auront jamais, ou alors au détour d'un adultère contre-nature, et préfèrent du coup les ignorer. Ils nous craignent suffisamment pour nous laisser en paix et ne pas s'aventurer sur nos terres. Comme nous ne sommes pas de nature belliqueuse, nous ne nous en préoccupons pas plus qu'en ces rares occasions où nous faisons commerce avec eux.

Que je sache tout cela en dépit de mon jeune âge peut paraître d'autant plus surprenant que je ne suis pas allée à l'école. Ici tous les enfants n'y vont pas. C'est le choix de leurs parents et parfois même le leur. Mais pour moi, la question ne s'est même pas posée, vu mon statut. Je n'en ai pas besoin pour ce que je *dois faire… Ce qui n'était pas prévu, c'est que je possède un double don. C'est extrêmement rare, mais cela fait de moi une fille du volcan extrêmement puissante et précieuse. Car je suis aussi ce qu'on appelle une scribe…*

— Eh, Järell, tu es là ? On te cherchait partout !

La jeune fille referme doucement son petit carnet et le cache dans la poche de sa robe.

— Qu'est-ce que vous voulez ?

— Eh bien, profiter de toi, espèce de noix ! la taquine un grand garçon aux yeux bruns.

— C'est moi que tu traites de noix ?

Järell se rue sur Östal et tente de le flanquer par terre. Mais le jeune homme a quatre saisons de plus qu'elle et la dépasse de trois bonnes têtes, ce serait peine perdue s'il ne l'aidait pas un peu. De bonne grâce, le garçon se laisse déséquilibrer et tombe sur le sol en riant. Järell le plaque sur l'herbe douce et fanfaronne.

— Alors ? C'est qui la noix maintenant ?

— C'est toi !

— Répète un peu pour voir !

La jeune fille resserre son étreinte et lui lance un regard de défi. Le jeune homme arrête soudain de rire pour la contempler. L'astre jaune est juste derrière elle et la nimbe d'une aura toute particulière. Ses cheveux ont des reflets de feu et ses yeux ont pris une teinte plus sombre qui met en valeur son teint doré. Elle est là, sur lui, le corps tendu, ses petits seins dressés sous une robe blanche que la lumière rend dangereusement transparente. Elle est là et elle est sa Reine, à cet instant précis. Une Reine à couronne de fleurs. Doucement, il dégage ses poignets des mains de la jeune fille et effleure les pâquerettes qui courent sur son front. Järell mord ses lèvres, un peu nerveusement. Elles *sont finement dessinées, parfaites même : quand elle les entrouvre, il aimerait presser sa bouche contre la sienne… Son cœur s'emballe, il prend ses hanches dans ses grandes mains d'adolescent et sent le trouble qui le gagne. Un trouble qu'il ne peut s'autoriser… Alors il resserre sa prise, bascule son bassin sur le côté et la renverse à son tour sur le sol. Järell rigole de bon cœur, loin de s'imaginer les émois qui agitent Östal, ou feignant ne pas l'avoir compris.*

— C'est toi la noix, répète-t-il d'une voix soudain enrouée.

Järell arrête de rire et le regarde, les yeux dans les yeux. Ils retiennent leur souffle un instant, puis le laissent revenir, le sentent accélérer. C'est comme si leurs respirations venaient de s'accorder. La jeune fille frôle la joue du jeune homme, prend son visage dans sa main, semble s'égarer un instant dans un monde lointain, puis lui donne un baiser, là, juste au coin des lèvres. Et soudain, il ne sait plus comment il s'appelle, ni où il est, ni qui est la précieuse petite fleur qu'il tient entre ses bras. Mais déjà elle se tortille, glisse, rampe et se dégage de son emprise. Elle est debout, lui sourit et s'en va en courant…

— Pourquoi as-tu fait ça ? s'écrie-t-il, paniqué.

— Tu le sauras bien assez tôt ! répond-elle sans s'arrêter.

Östal reste seul un instant, histoire de reprendre ses esprits. Il sent encore les lèvres de la jeune fille contre les siennes, revoit ses courbes voluptueuses se dessiner en transparence sous sa robe blanche, il respire encore le parfum des fleurs et de son haleine délicate. Que les dieux de la Lumière lui viennent en aide et écoutent sa prière ! Il veut, il doit être l'Élu. Il ne peut en être autrement, sa princesse ne peut être promise à un autre… Oh, il sait bien que ses chances sont maigres ! Qu'est-il, comparé à elle, si unique, si précieuse ? Il n'a pas souvenir qu'une Reine ait jamais choisi une Sentinelle comme compagnon. On ne lui a jamais raconté cela. En général, son choix se porte sur un homme neutre, pour éviter de donner naissance à une Sentinelle, ou à un enfant qui aurait un double don…

Pourtant, il lui a bien semblé que Järell éprouvait quelque chose pour lui tout à l'heure, alors qu'ils roulaient dans l'herbe en riant. Et puis ne l'a-t-elle pas embrassé ? Elle n'est pas fille à embrasser le premier venu, juste pour s'amuser. Son rang le lui interdit… Östal se prend à rêver. Si seulement elle le choisissait, lui, il serait le plus heureux des hommes, le plus fidèle des compagnons ! Il n'a jamais compris pourquoi l'Élu affichait toujours cette mine grave lorsqu'il rejoignait sa compagne… Lui, il serait fier, comblé !

Le jeune homme, transporté par ses élans amoureux, s'empare de son k'nda. C'est un petit instrument qu'il a créé lui-même : d'un côté il y a des cordes qu'il peut pincer ou faire vibrer sur des accords variés, de l'autre une petite caisse de résonance qui lui permet de battre le rythme. Östal est musicien. Il crée toutes sortes d'instruments, pour composer les musiques qui lui passent par la tête et le cœur. Il est extrêmement doué. Il ne sait jamais mieux exprimer ses émotions que lorsqu'il joue. En général, il est plutôt silencieux, mal à l'aise avec les mots. Il a trop de passion en lui pour qu'ils sortent sans souci, sans qu'il paraisse brutal. Il ne sait pas jouer ce jeu de la politesse que les siens aiment tant. C'est une forte tête qui ne mâche jamais ses mots et qui ne sait pas mentir. Il plaît et déplaît exactement pour les mêmes raisons. Il y en a qui apprécient sa franchise et sa droiture, sa générosité et sa loyauté en amitié. D'autres craignent ses coups de sang, quand il décide de vous dire vos quatre vérités sans se soucier des convenances… C'est un pur, un entier. Certains le croient torturé parce que c'est un artiste. Lui pense qu'il a simplement des émotions plus fortes parce qu'il sait se connec-

ter à ce qui l'entoure. Bien sûr, ça fait rire les membres du clan : une Sentinelle n'est pas supposée avoir de grands emballements. Mais une Sentinelle n'est pas supposée jouer de la musique non plus, alors peut-être est-il un nouveau genre de Sentinelle ? Et puis au diable ces considérations étriquées ! Östal a horreur qu'on essaie de le ranger dans une catégorie. Il sait bien qu'il est immunisé contre les dons des autres enfants du volcan, pourtant il s'en sent si proche, comme l'exact complément de ce qu'ils sont, eux.

Et alors qu'il rêve à Järell, le jeune homme commence à jouer de son instrument. Les notes sont profondes, joyeuses, le rythme lent et lourd. Puis, bien qu'il n'ait pas le talent de sa douce, les mots se détachent peu à peu, simples mais sincères…

Mais voilà, suffiront-ils à faire de lui le nouveau Roi ?

2.

— Kaleb ! Mon amour ! Viens me chercher, je t'en supplie !

Depuis qu'elle a compris que le colonel avait vu clair dans son jeu, Abigail n'a cessé d'appeler Kaleb à l'aide. Du moment où la porte de sa cellule s'est refermée sur elle jusqu'à maintenant, dans ses moments d'extase comme de souffrance aiguë, elle n'a jamais arrêté de croire qu'il pouvait l'entendre. Pourtant, elle sent bien que leur connexion n'est plus aussi forte qu'avant. Elle a perdu une partie de son amour quand elle l'a trahi, mais elle sait qu'il a envie de croire à sa rédemption, parce que lui en a été capable, parce qu'il ne veut pas renoncer à elle, et parce qu'il a compris qu'elle était enceinte. Sait-il seulement qu'il s'agit de jumeaux ? A-t-il deviné les sombres desseins de Mary Ann et David Armstrong ? Elle ne le pense pas… Elle est trop douée pour dissimuler ses pensées, même à un empathe.

— Tu peux crier ! Depuis le temps que tu es là, je ne crois pas qu'il t'ait jamais répondu, pour la bonne et simple raison qu'il ne t'entend pas, ma poulette. Tu croyais que votre lien était unique, indéfectible, mais il semblerait qu'entre vous ce soit « loin des yeux, loin du cœur », ironise le colonel Bergsson.

— Kaleb ! continue-t-elle d'appeler.

Abigail préfère ignorer les sarcasmes du colonel, elle est bien consciente qu'il cherche à la déstabiliser, la mettre en colère ou au désespoir. Et elle n'est pas loin d'y succomber tant elle a du mal à croire que ses appels servent à quelque chose, désormais. Pourtant, il lui semble que le jeune homme n'est pas loin, qu'elle le sent presque, comme lorsqu'on a un mot sur le bout de la langue. Alors elle insiste, se concentre, appelle de toutes ses forces en essayant d'occulter le contexte...

— Kaleb ! hurle-t-elle.

Le colonel a augmenté le voltage. Le corps de la jeune fille s'arc-boute, elle mord dans le morceau de caoutchouc qu'on lui a fourré dans la bouche et perd à moitié connaissance. Dans sa semi-inconscience, quelque chose de doux, de chaud... Un visage connu, un sourire en pensée, une mèche brune. Kaleb ! « *Kaleb, il me torture ! J'ai si mal ! Je t'en prie, viens me sauver, j'ai peur de mourir !* »

Mais déjà le visage de son amant s'évanouit.

— Kaleb..., murmure-t-elle.

Non, jamais elle ne renoncera ! Elle sait qu'il l'a entendue cette fois ! Elle est là, son corps pâle au ventre rond complètement dénudé, allongée sur une table métallique, bras en croix sanglés serré, totalement offerte aux expériences sadiques de celui qu'elle a un jour appelé « papa ». En fonction de ses humeurs, le colonel pratique la torture physique ou morale. Mais jamais elle n'a encore plié, lâché, cédé quoi que ce soit. Jamais elle n'a accepté de s'arracher une dent elle-même, pour lui faire allégeance. Jamais elle n'a supplié qu'il arrête.

Il doit dire qu'elle a du cran, et autant qu'il le peut, le colonel est assez fier d'elle. Fier comme d'un petit animal qu'on a bien dressé. Il sait que le jour viendra où elle suppliera. Mais il n'est pas pressé. Sur elle, il ne savait pas trop quoi tester, au début. Les succubes, il les connaît pour avoir vu passer la mère de la jeune fille sur cette même table. Alors il y est allé à tâtons, pour lui faire expier son arrogance de s'être crue plus maligne que lui en cherchant à le trahir, de s'être prise pour l'Élue, de lui avoir préféré Kaleb, puis Powell. Avec ses manigances, elle l'a, sans le savoir, ramené des années en arrière, quand il n'était que ce gosse transparent qui passait après la carrière de sa mère, puis quand il n'était que le petit ami qu'on choisit par dépit pour ne pas aller seule au bal de fin d'année... Tant pis pour elle, il faut bien que quelqu'un paie pour toute cette frustration qu'il a emmagasinée.

Depuis l'accident, qui a coûté la vie au soldat Gründ, ses motivations sont bien plus claires. Il doit comprendre comment ce pauvre type a pris feu. Jamais il n'avait entendu parler de combustion spontanée causée par un succube. Il aimerait que cela se reproduise, parce que ça le fascine, parce que ça peut à nouveau servir… Alors il expérimente, il lui fait mal, il lui fait peur, il fait tout pour la mettre en colère.

Abigail sourit. Malgré le choc électrique qu'elle vient de subir, elle sourit ! Intrigué, le colonel se connecte à elle quelques instants. Et il le sent, lui aussi. Kaleb ! Elle a réussi à se relier à lui l'espace d'un instant, mais voilà qu'il disparaît déjà. Abigail se décompose, hurle le nom du jeune homme, le supplie intérieurement de ne pas la laisser.

— Tu l'as sentie ? demande-t-il.

La jeune fille ne répond pas.

— Je ne parle pas de Kaleb, hein, poursuit-il. Je parle de la fille… La blonde qui était là le soir où tu m'as… rejoint. Tu l'as sentie à ses côtés ? Non ? Moi, si !

Abigail l'a sentie aussi, oui. Bergsson le sait pertinemment. Elle essaie de feindre l'indifférence mais il n'est pas dupe et ricane d'un air mauvais.

— Il t'a vite remplacée ! Remarque, elle est plutôt mignonne et sûrement plus expérimentée qu'une gamine de ton âge, toute succube que tu es, raille-t-il. Ah ça, ils ne doivent pas s'ennuyer au lit !

Abigail se tortille sur la table. Le spectacle est assez pitoyable. On dirait une baleine échouée qui ferait de tristes tentatives pour s'extraire de sables mouvants. Sa cicatrice, en négatif du tatouage de Kaleb, a pris beaucoup d'ampleur. Abigail est scarifiée sur toute la poitrine et le ventre. En dessous, on voit le réseau de veines qui tracent des chemins bleutés sous une peau si pâle qu'elle en est presque transparente. La cicatrice est d'autant plus visible, choquante qu'elle est plus foncée que le reste. Vraiment plus foncée que d'habitude même, elle semble se colorer de seconde en seconde... Bergsson essuie machinalement des gouttes de sueur qui perlent à son front. Les hommes autour de lui font de même.

— Vous ne devriez pas me parler comme ça ! menace la jeune fille.

— Ah non ? Et pourquoi cela ?

Pourquoi ? Parce que le dernier soir où elle a dormi avec Kaleb et qu'il lui a expliqué comment Morrigan avait réduit la taille de son tatouage et lui avait enlevé le Mal, Abigail a compris que la guérisseuse le lui avait redistribué. Au début, elle a cru que ses scarifications allaient juste grossir et s'infecter, mais peu à peu elle s'est rendu compte que cela allait bien au-delà d'une transformation physique : tout ce que Kaleb abritait de sombre était venu se réfugier *en elle*.

Et elle est convaincue que c'est ce transfert qui participera, le moment venu, à l'accomplissement de la prophétie.

— Parce que vous allez finir par me pousser à bout..., gémit-elle.

La cicatrice est écarlate, les joues d'Abigail se sont empourprées, les capteurs du rythme cardiaque s'affolent...

— Abigail, que se passe-t-il ? demande le colonel, soudain anxieux.

— Je crois que vous le savez déjà...

Elle articule avec peine, elle est en nage, comme toutes les personnes présentes dans la pièce.

— Vite ! Faites-lui une injection ! ordonne Bergsson au médecin. Elle va tous nous cramer sinon !

Abigail sourit. Il a compris ! Elle ignore comment tout cela marche et d'où lui vient cette énergie, mais elle sait que, désormais, elle a la possibilité de dégager suffisamment de chaleur pour mettre le feu à quelqu'un.

Oui, le colonel a compris : Abigail est une bombe à retardement et il vient d'en trouver le détonateur en évoquant la jeune Américaine. Il n'a pas été aussi excité depuis longtemps...

Abigail se sent partir. L'injection fait son effet, sa température retombe, son rythme cardiaque décélère... Kaleb n'est plus là, de toute façon. Il est reparti derrière le brouillard... Abigail se laisse porter par la douce léthargie qui l'entraîne loin de son corps supplicié, loin de SENTINEL, loin de tout...

— *Ne renonce pas à Kaleb*, lui intime Mary Ann, dans le secret de son esprit. *Tu dois continuer à l'appeler, il* doit *t'entendre et venir te chercher avant la naissance des jumeaux, sinon nous ne pourrons pas nous incarner !*

— Je sais... Mais il viendra et il fera ce que nous attendons de lui, répond-elle en pensée.

Abigail n'a pas véritablement ce que l'on appelle l'instinct maternel et n'hésitera pas à sacrifier ses bébés pour accéder à ce rang de Reine des enfants du volcan. Mais qui pourrait lui en vouloir, quand on connaît l'enfance qu'elle a eue ?

11

Être scribe, c'est posséder le don des mots. Et donc le savoir. Dans l'avenir, ce don sera d'une importance capitale pour les enfants du volcan, car seuls les scribes sauront transmettre notre mémoire et continuer d'écrire notre histoire. Leur don sera plus fort que le mien. Globalement, tous les dons seront appelés à évoluer, à gagner en puissance et en ramifications. Il n'y a guère eu que deux scribes avant moi, mais ils n'avaient pas mon talent. Ils se sont contentés de tenir à jour le journal de notre peuple et de nous informer des décisions du Conseil des sages.

La première fois que mon don s'est manifesté, je me baladais sur la place avec ma mère. Enfin, avec Güdra, la compagne de mon père… Je me souviens que nous passions devant l'échoppe du tanneur. Je levai la main vers son enseigne, demandant à Güdra ce que les signes peints en blanc signifiaient.

— C'est écrit « tanneur », me répondit-elle.

— Écrit ?

— Oui, c'est un mot, composé de lettres. Regarde : la première se prononce t…

Güdra me donna ainsi quelques indications sur les lettres et les prononciations, avant de reprendre son chemin en me tenant par la main. Mais alors une chose formidable se produisit pour la fillette d'à peine huit saisons que j'étais. Partout autour de moi et au-dessus de ma tête, je remarquai d'autres signes, des « lettres », reconnaissant celles du mot « tanneur », déduisant les autres de la fonction que je connaissais des propriétaires des lieux. Les mots s'imposaient à moi avec une évidence qui me parut si naturelle que sans imaginer ce que cela pouvait avoir de magique, je me mis à lire les autres enseignes à voix haute, comme s'il s'était agi d'un jeu.

— Forgeron ! Quincaillerie ! Docteur !

Güdra me regarda d'abord d'un air amusé, s'imaginant que j'inventais les mots, ou du moins faisais semblant de les lire. Mon regard tomba alors sur le bracelet qu'elle portait toujours au poignet gauche et, sans presque une hésitation, je décryptai de nouveau les lettres :

— « À celle qui me redonna foi en l'union. » Ça veut dire quoi ? demandai-je, candide.

Jamais ces mots n'avaient été prononcés devant moi, Güddra le savait pertinemment. Elle se raidit soudain et lâcha ma main, s'accroupit et me tint par les épaules en me demandant d'un air grave :

— Où as-tu entendu cela ?

— Nulle part ! C'est écrit sur ton bracelet !

Ma mère adoptive porta machinalement la main à son poignet. Son regard s'assombrit soudain.

— Tu es triste, Güddra ? Je t'ai fait de la peine ?

Bien sûr, j'étais trop jeune pour comprendre ce que signifiait cette phrase pour elle. Et aujourd'hui encore, je ne saisis pas tout…

— Non, ma belle, je ne suis pas triste... je suis surprise que tu saches lire, c'est tout. Quand as-tu appris ?

— Tout à l'heure, avec toi ! Tu ne te rappelles pas ?

— Tu es sûre qu'avant cela tu n'avais jamais essayé ?

Cette question-là, les membres du Conseil me la posèrent à leur tour, dès le lendemain. Une assemblée extraordinaire fut décrétée et je fus convoquée devant les sages. Je me souviens comme ils m'impressionnaient ! Ils me semblaient si grands, si vieux, si sévères ! Ils débattirent longtemps, pour s'assurer si oui ou non j'avais le don des scribes. Car, si tel était le cas, ma précocité laissait présager que je pourrais aller plus loin que mes prédécesseurs... Et c'était un atout non négligeable pour la communauté.

— Si c'est une scribe, elle peut nous être incroyablement utile ! Imaginez tout ce qu'elle pourrait accomplir ! Elle serait, pour commencer, une traductrice précieuse pour communiquer avec les Autres ! Tout le monde sait que les scribes ont le don des langues ! dit l'un.

— Absolument ! Elle a la capacité de comprendre non seulement leur langue et de la parler parfaitement, mais aussi d'assimiler leur mode de pensée et d'annihiler les malentendus que nos peuples entretiennent depuis trop longtemps ! enchérit l'autre.

— Tout cela est ridicule ! Vous savez bien qu'elle est appelée à d'autres fonctions, autrement plus importantes ! les coupa un troisième.

— Je ne suis pas d'accord ! reprit le premier. Cette tradition est d'un autre temps et ne repose sur aucun fait tangible. Pire, elle nous cantonne dans des rites dépassés ! Un scribe représente vraiment l'avenir ! C'est un don rare ! Nous n'avons qu'à choisir une autre princesse si vous y tenez tant, mais laissez Järell devenir scribe !

Les sages discutèrent longuement. Lorsqu'ils eurent fini de débattre, je vis mes « défenseurs » sortir de la salle l'air abattu. Je ne serais pas scribe. Il était trop tard pour avoir une autre princesse, la Reine ne pourrait être que moi. Je ne comprenais pas pourquoi cela les rendait aussi tristes : être princesse était le sort le plus envié de toutes les petites filles ! Ils obtinrent pourtant que je puisse développer mon don aussi longtemps que les traditions le permettraient, c'est-à-dire jusqu'à mes vingt-huit saisons.

J'ai donc appris les langues et créé un manuel pour aider les miens à comprendre celle des Autres. J'ai écrit les mémoires d'anciens qui n'avaient plus de souvenirs juste en leur prenant la main, et en me reliant à leur cerveau embrumé, j'ai compris notre histoire et l'importance du rôle que je devais jouer… Et puis mon autre don a pris de plus en plus de place, a gagné en force pour se mêler intimement à celui-ci. J'ai alors commencé à écrire sans même le vouloir, sans rien contrôler, comme possédée par les esprits du passé, comme guidée par les fantômes du futur… J'avais des réponses aux questions qu'on ne m'avait pas encore posées et je les écrivais sous forme de petits poèmes que je pouvais garder sur moi pendant plusieurs lunaisons ; puis, un jour, sans que je puisse me l'expliquer, j'en tendais un à une personne que je croisais et il répondait à ses préoccupations de l'instant, lui donnait les clés de son avenir…

Il n'y a bien que mon futur qui me soit difficile d'accès. Il m'arrive d'avoir toutefois quelques éclairs, de temps à autre, comme tout à l'heure avec Östal, mais globalement, je n'ai accès à rien me concernant. C'est un comble ! Tout ce que je sais de ce qui m'attend, je l'ai pioché dans ce qu'on m'en a présenté ainsi que dans la mémoire collective. Ma mère adoptive et mon père m'ont toujours encouragée à vivre au présent, à profiter de chaque instant avec intensité sans m'inquiéter de ce qui pouvait advenir. Ils sont tous deux membres du Conseil des sages et je me suis toujours rangée à leur avis, plein de bienveillance à mon égard. Quand ils me disent de vivre ma vie d'enfant, ils ont à chaque fois un air un peu triste, comme s'ils avaient peur que je sois malheureuse un jour... Je pense surtout qu'ils sont nostalgiques de leur propre insouciance pour vouloir préserver la mienne ainsi. Peut-être aussi sont-ils tristes de devoir bientôt me quitter. Pourtant je serai alors Reine et je ne manquerai de rien...

— Järell, ma chérie, que fais-tu ?

— Rien, mère, j'écris !

— C'est bien, mon enfant... Mais ne veux-tu pas aller courir dans les champs une dernière fois, toi qui aimes tant la nature ?

— Non, c'est bon ! Je ne veux pas prendre le risque de m'écorcher les genoux avant mon sacre !

Güddra sourit tristement à la jeune fille. Elle s'approche d'elle doucement et lui caresse la joue.

— Tu es si jeune !

— Oui, mais je serai à la hauteur, je te le promets !

— Je sais, ma belle, je sais.

Il semble à Järell que les yeux de sa mère adoptive brillent un peu trop, alors elle lui sourit, pour la rassurer.

— Je penserai toujours à toi, je ne t'oublierai jamais ! Tu es ma mère !

Güddra n'arrive plus à retenir ses larmes et la serre tout contre elle.

— Moi aussi, je t'aime tellement ! sanglote-t-elle.

Järell ne comprend pas son chagrin. Güddra la prépare à ce moment depuis sa tendre enfance... La jeune fille n'a jamais *connu sa vraie mère et personne ne lui en a jamais rien dit, pas même son père. Tout ce qu'elle sait, c'est que cette dernière est la Reine actuelle et que demain, sa fille devra prendre sa place. Korb, son père, le Roi, ne la fréquente plus depuis longtemps. Ils ont cessé d'être amants à sa naissance. Avant elle, la Reine avait mis au monde trois garçons mort-nés. C'est chose courante chez les Reines. Ce sont les épouses des dieux, avant d'être compagnes d'un mortel, et les dieux n'acceptent aucune descendance mâle. Järell se dit qu'elle aurait aimé avoir des frères, mais les dieux n'ont pas souhaité que Güddra soit fertile… Alors la jeune femme lui a donné tout son amour et l'a élevée comme son propre enfant, tout en prenant soin de lui inculquer le sens du devoir et les usages qui incombent à une future Reine…*

Son sacre aura lieu ce soir. Järell a hâte d'enfiler sa belle robe de cérémonie et de rejoindre la fête célébrée en son honneur. Toutes les filles du village l'envieront, tous les garçons rêveront qu'elle les choisisse pour époux. Mais il n'y aura qu'un Élu ! On posera une couronne sur leur tête et on les unira sous la lune, ce sera follement romantique !

— Oh, je suis si impatiente ! trépigne-t-elle.

— Alors commençons à te préparer, soupire sa belle-mère.

La porte de la maison s'ouvre. C'est Korb, le père de la jeune fille. Il a les yeux rougis, comme s'il avait pleuré. Güddra le regarde et, semblant partager son chagrin, détourne pudiquement la tête.

— Ça ne va pas, père ?

— Si, ma fille…

— Tu reviens de la cérémonie de destitution ?

— Oui.

L'ancienne Reine s'est vu retirer sa couronne. On lui a signifié que son travail s'arrêtait là. Elle va pouvoir retourner à une vie simple, parmi les villageois. Järell sait qu'elle va devoir la croiser, pour la passation de pouvoir. Croiser sa mère. La vraie. Bien qu'elle adore Güddra, ça lui fait un pincement, elle est heureuse et frustrée à la fois car elle sait que ce moment-là sera bien trop court. Elle aurait tant de questions à lui poser !

— « Mais la tradition en a décidé autrement. Et elle doit s'y soumettre... »

Kaleb vient de lire la dernière phrase à voix haute.

— Déjà ? s'étonne Myra.

— Déjà quoi ? répète le jeune homme.

— Tu as lu la fin par toi-même, on dirait...

Il ne s'en était pas rendu compte. Mais en effet, les signes du Livre du Volcan lui paraissent désormais évidents.

— On dirait, se contente-t-il de répéter, laconique.

Donc il n'a plus besoin d'elle. Kaleb hésite. Doit-il continuer passivement à se faire conter l'histoire de ses ancêtres ou bien peut-il à présent emporter l'ouvrage avec lui pour le lire au rythme qui lui convient ? Myra Eljundir ne le laissera jamais partir avec ! S'il le veut, il devra le lui prendre de force, le voler...

— N'y songe même pas, Kaleb..., lui répond-elle en pensée.

3.

— Je ne te vois jamais en kilt ! se plaint la jeune Américaine.

— Parce que nous sommes au XXIe siècle, non ? lui répond Glenn, du tac au tac.

— Quand même, ça a de la gueule, je trouve… C'est dommage que tu n'en mettes pas, ça t'irait très bien, j'en suis sûre !

— Si tu le dis…

— *Yep.* Au fait… C'est vrai ce qu'on raconte ?

— Qu'est-ce qu'on raconte ?

— Que vous autres, les Écossais, vous ne portez rien dessous ?

Glenn lève les yeux au ciel d'un air exaspéré.

— Tu n'es jamais à court de clichés, toi ! T'es bien une Américaine !

— Et c'est pas un cliché, ça, peut-être ? Oh, allez, tu peux bien me le dire à moi !

— Mieux que ça, *darling*, si j'en portais un à cet instant précis, je te laisserais vérifier par toi-même !

— Oh ! *Shocking !* Espèce de goujat, proteste-t-elle avant d'éclater de rire.

Morrigan aime bien Glenn. Il a cet humour pince-sans-rire qui la fait fondre, maintenant qu'elle commence à le comprendre.

— Tu parles, je suis sûr que ça te rend toute chose, ironise-t-il.

— Ah, moi, les Anglais m'ont toujours fait craquer ! le taquine-t-elle.

— Je ne suis pas anglais, mais é-co-ssais ! Ne confonds pas, s'il te plaît.

— Mouais, tu es quand même britannique !

— Politiquement peut-être… pour l'instant. Mais nous n'avons pas la même culture ni le même caractère !

— C'est ce que tu crois, pourtant il faut un flegme d'Anglais pour arriver à avaler du haggis[1] sans vomir !

— Un Anglais est bien trop délicat pour manger cela ! Nous sommes un peuple fier, des guerriers farouches et indépendants, déclame-t-il avec ferveur. Le monde entier nous envie notre force de caractère !

— Mmm… Mais votre gastronomie et votre musique laissent tout de même à désirer…

— Notre musique ?

— Oui… Pourquoi donc vous obstinez-vous à jouer de la cornemuse ? Cet instrument infâme me fait pen-

1. La panse de brebis farcie est l'un des plats traditionnels écossais.

ser à un cochon qui se serait coincé les couilles dans une porte !

Morrigan éclate de rire, ravie de l'image qu'elle vient de trouver.

— *My God,* cette fille me navre, répond le jeune homme en lui mettant un coup de coude dans les côtes.

C'est le sourire aux lèvres que les deux jeunes pénètrent dans la petite librairie.

— Salut, Myra ! s'écrie la petite Américaine. Qu'est-ce que tu nous as préparé de bon, aujourd'hui ?

— Tu devrais faire attention, tu vas devenir grasse comme ces cochons à qui l'on coince les couilles dans une porte ! la taquine Glenn.

— Elle a de la marge, répond gentiment Myra, qui leur montre du doigt un panier plein de cookies.

Morrigan se précipite sur un biscuit et l'engloutit avec appétit.

— Il est où, Kaleb ? demande-t-elle la bouche pleine.

— Dans l'arrière-boutique, je suppose ? demande Glenn.

— Non… Il est parti tôt aujourd'hui, répond Myra.

— Il ne voulait pas lire le *Livre du Volcan* ? interroge l'Écossais.

— Si… mais seul. Je le lui ai prêté pour qu'il avance plus vite. Il ne tiendra plus très longtemps avant de mettre les voiles, je le sens… Et je veux qu'il en sache un maximum avant de se lancer dans la bataille.

— Mais tu n'as pas peur qu'il le garde ? s'étonne Morrigan.

— Le *Livre* retrouve toujours son chemin vers son gardien… Il viendra à moi aussi sûrement que Kaleb ira vers son destin…

— … et vers Abigail, complète la jeune fille, agacée.

— Ne la juge pas trop sévèrement, Morrigan. Au fond, vous n'êtes pas si opposées, vous avez juste eu des parcours différents. Tu as eu la chance d'être aimée par tes parents, d'être née et d'avoir grandi libre…

— Avant que SENTINEL ne s'en prenne à moi…

— Oui, bien sûr. Mais l'enfance d'Abigail a été tout autre. Elle n'a jamais connu la liberté qui te semble normale, naturelle.

— Comment le savez-vous, Myra ? interroge Glenn, étonné. Vous l'avez déjà rencontrée ?

— Je n'ai pas besoin de la rencontrer pour connaître son histoire. Elle est en moi, comme chacun de vous. Je suis comme un écrivain convaincu de créer des mondes quand il n'écrit que l'histoire de personnes ayant vraiment vécu, ici ou dans des dimensions parallèles. Je suis la créatrice et la première spectatrice…

— Je ne suis pas sûre de bien comprendre, déclare Morrigan, mais je n'ai aucune envie de trouver des excuses à cette garce. C'est une personne malveillante qui ne pense qu'à sa gueule !

Et pourtant, se remémore Myra… Lorsqu'elle a consigné l'enfance de la jeune succube dans le *Livre du Volcan*, elle a eu plus d'une fois les larmes aux yeux. La scribe ne pense pas que Kaleb aura le temps de lire ce passage avant l'affrontement final, et cela ne lui serait de toute façon d'aucune utilité. Pourtant, ces quelques pages l'aideraient à comprendre pourquoi Abigail l'a trahi et pourquoi elle le trahira encore.

— Elle ignore qu'on doit être bon avec ceux qu'on aime, explique la libraire. Elle s'imagine même l'inverse, tant elle a été éduquée par un homme pervers…

— Comment ça ? demande Glenn.

— Connaissez-vous l'expérience des singes de Harlow ? demande la scribe.

— Non.

— Alors, laissez-moi vous l'expliquer. En 1965, un psychologue du nom de Harlow a voulu étudier le phénomène de l'attachement. Pour cela, il a travaillé avec des bébés singes, qu'il a séparés de leur mère et isolés dans une cage, leur interdisant tout contact avec leurs congénères.

— C'est cruel ! s'exclame Morrigan.

— Oui, mais c'est comme ça… Pour vérifier ses théories, Harlow a proposé des substituts maternels aux petits singes. Pour un groupe une poupée en fil de fer, nommée la mère fer, et pour l'autre une poupée en laine, la mère laine. Les bébés passaient plus de temps avec la mère de substitution si elle était en laine : ils y trouvaient le contact et la chaleur dont ils avaient besoin. Harlow décida alors d'introduire une nouvelle donnée et de mettre un distributeur de lait sur la mère fer. Les contacts étaient toujours plus fréquents entre les singes et la mère laine non nourrissante qu'avec la mère fer nourrissante, ce qui induit que l'attachement est un besoin primaire…

— Je ne vois pas le rapport avec Abigail ! proteste la jeune fille.

— Patience ! Harlow introduisit alors les bébés singes dans une cage contenant différents objets inconnus. En présence de la mère fer, ils paniquaient, alors qu'en présence d'une mère laine, ils se précipitaient vers elle, se calmaient et allaient peu à peu vers les objets. C'est donc l'attachement et le réconfort retirés du contact avec la mère laine qui leur permettaient de gagner en confiance et en indépendance.

— Vous voulez dire qu'Abigail a eu… une mère fer ? interroge Glenn, sceptique.

— Elle a été élevée par le colonel Bergsson, confirme la scribe. Et si elle n'a presque manqué de rien – en faisant exception des privations de nourriture et de la vie à la dure pour l'aguerrir… –, Abigail n'a jamais connu l'amour, la tendresse, les câlins dont a besoin un enfant pour s'épanouir. Karl Bergsson croit avoir manqué d'attention dans sa jeunesse et il le lui a fait payer en répétant ce schéma fantasmé d'une enfance négligée. La petite Abigail est née d'une succube que le réseau SENTINEL avait réussi à capturer. Bergsson a promis à la femme que si elle le laissait faire sur elle ses expériences dégueulasses, il épargnerait sa fille et l'élèverait comme la sienne. Mais la propre fille de Bergsson est morte et, avec elle, la capacité d'amour paternel du colonel. Alors il a élevé Abigail comme si elle n'était pas un être vivant, mais un objet à façonner. La gamine n'a jamais eu d'ami de son âge, jamais eu de fête d'anniversaire ou de dimanche à la campagne, elle sait nager mais n'a jamais mis un pied dans la mer, elle sait manipuler les gens mais n'a jamais rien ressenti, elle sait tuer et se battre mais ne sait pas vivre... Toute son existence n'a été que frustration et privation, sens du devoir et de l'abnégation. C'est inscrit profondément dans ses gènes, et malgré son désir d'indépendance, sa soif de revanche sur la vie, de pouvoir sur ceux qui lui ont volé son enfance, elle n'est conditionnée qu'à se sacrifier le moment venu... Très bientôt, elle aura un pouvoir incommensurable entre les mains, mais elle sera incapable d'en faire quoi que ce soit. Elle ne saura pas saisir sa chance...

— Je ne comprends pas. Ça veut dire que de toute façon elle va... mourir ? demande Morrigan, abasourdie.

— Oui et non...

— Comment ça, oui et non ? Ce n'est pas une réponse, ça !

— La réponse dépend de toi. De ce que tu feras au moment critique...

— Euh... mais encore ?

— Je ne peux pas t'en dire plus, mais souviens-toi de ce que je t'ai raconté d'elle. Et demande-toi, le moment venu, si un corps qui n'a jamais servi ne mérite pas de connaître encore la vie...

Morrigan est troublée, elle ne comprend décidément pas où veut en venir la femme, mais elle sait qu'il ne sert à rien d'insister. C'est Glenn qui met les pieds dans le plat :

— Cette bataille finale, vous en connaissez l'issue, Myra ?

— En partie, oui.

— Vous savez qui s'en sortira ou pas ?

— Oui.

— Nous n'en réchapperons pas tous, n'est-ce pas ?

— Non. Beaucoup d'entre vous mourront...

— Bien sûr, vous n'allez pas nous préciser qui ?

— Bien sûr... Mais vous avez déjà tous eu cette vision disant que la mort est la clé, n'est-ce pas...

— Faut-il encore être pressé d'ouvrir la porte ! Tout ça pour cette garce ! s'emporte de nouveau Morrigan. Et si nous refusons de suivre Kaleb dans sa mission suicide ?

— Vous n'aurez pas le choix, le moment venu. Il en va de votre destin à tous, et il n'est pas si facile de ne pas faire ce que l'on croit juste. Allez, reprenez donc des cookies, vous allez avoir besoin de forces dans les jours qui viennent. Kaleb ne va pas tarder à se mettre en route... Il va bientôt comprendre ce qu'il a à...

Mais soudain la scribe s'interrompt, ses yeux se révulsent dans leurs orbites. Elle s'effondre à terre, le corps agité de spasmes, en transe.

— Myra ! Myra ! Qu'est-ce qu'il se passe ? hurle Morrigan.

La femme bave et s'agite, pousse de longues plaintes suraiguës.

— Il faut appeler un médecin, vite ! lance Glenn en saisissant le téléphone.

— Non, attends !

Morrigan pose les mains sur le front de la scribe. La jeune fille est secouée de spasmes à son tour, qu'elle absorbe peu à peu… Les deux se calment ensemble. Morrigan ne dit rien, concentrée sur les soins qu'elle prodigue à Myra.

La libraire ouvre alors la bouche et articule, tout doucement :

— *La mort de la mère est la clé…*

III

SILENCE DANS L'ASSEMBLÉE ! Veuillez accueillir et vous incliner devant notre bienfaitrice, votre future Reine, Järell ! s'époumone le maître de cérémonie.

Une chorale accueille la jeune fille et chante ses louanges. C'est la première fois que Järell entend les paroles de cette chanson. Les mots ne sont pas de sa langue, mais son don de scribe lui chuchote que ce sont ceux des anciens, de ses ancêtres, et lui offre une traduction qui la fait trembler :

Ô Järell, fiancée des dieux au cœur pur,
Petite Reine consacrée,
Qui pour son peuple d'elle va tout oublier,
Nous prions pour que toujours tes conseils soient sûrs.
Sois certaine de notre reconnaissance,
Toi qui de par ta naissance
Fais office de sacrifiée,
Pour permettre à notre peuple de subsister.

Mais Järell n'a pas le temps de réfléchir à ce qu'elle croit avoir compris. Déjà les femmes du clan lancent sur elle des pétales de fleurs et dansent leur joie de la voir si belle. Certaines lui attrapent les mains pour les couvrir de baisers, d'autres envoient leurs enfants à leur place. Partout ce n'est que joie, liesse. Ce sacrement est symbole de renouveau et d'espoir…

La jeune fille gravit doucement les marches qui la conduisent à son trône et s'assied, bien droite et l'air grave comme on le lui a appris. La cérémonie peut commencer.

— Järell, tu étais princesse, ce soir tu deviendras Reine. Acceptes-tu ton destin ?

— Oui, je l'accepte.

Elle a la voix qui tremble. Elle savait que l'instant serait solennel, mais elle sent à présent les attentes de son peuple peser sur ses épaules et espère de tout son cœur ne pas les décevoir.

— Cette nuit, lorsque tu auras festoyé une dernière fois et choisi ton Roi, tu rejoindras ton palais, d'où tu ne pourras plus partir de ton plein gré. Tu appartiendras alors à ton peuple et devras le servir aveuglément. En échange de quoi tu ne manqueras de rien et seras vénérée par les sages qui viendront te consulter. Acceptes-tu ton destin ?

— Oui, je l'accepte.

Bien sûr, elle a un peu peur. Elle ne sait pas à quoi ressemble ce palais, ni ne comprend pourquoi elle ne pourra pas revenir au village pendant son règne. Elle craint un peu de s'ennuyer et redoute que la tâche ne soit plus difficile que ce qu'on lui en a dit. D'ailleurs, que lui en a-t-on vraiment dit ? Pas grand-chose. Il paraît que ça lui apparaîtra comme une évidence, puisqu'elle a le sang… L'angoisse monte. Elle ne sait pas à quoi s'attendre. Et si tout cela se révélait être un piège ? Et si ce n'était qu'un simulacre ? Pourquoi la chanson parle-t-elle de sacrifice ? Järell sent son cœur s'accélérer. Elle jette des regards anxieux autour d'elle et croise le regard de son père qui demeure indéchiffrable. Güddra le tient par le bras. On dirait qu'ils se soutiennent l'un l'autre pour ne pas tomber. Sa mère lui adresse un sourire piteux qui se veut rassurant.

— Qu'emportes-tu avec toi de ton ancienne vie, Järell ?

Les Reines sont autorisées à garder breloques et autres souvenirs les rattachant à leur passé, à condition que le Conseil valide ce choix. Järell a choisi d'emporter son carnet, celui dans lequel elle consigne tous ses souvenirs depuis plusieurs saisons, sur la recommandation de Güddra. Ses espoirs, ses amours, le plaisir qu'elle a à courir dans l'herbe folle, à se rouler dans la neige, à jouer et rire avec ses amis, à caresser les animaux qui se laissent apprivoiser ou encore les moments de tendresse qu'elle a partagés avec ses parents, tout y est !

La jeune fille scrute sa mère, qui semble terrifiée.

— Un carnet où j'ai écrit quelques poèmes...

— Fais voir.

Järell tend l'objet au maître de cérémonie, qui fronce les sourcils et le passe aux autres membres du Conseil.

— C'est illisible, ce n'est pas écrit dans notre langue ! On dirait celle des Autres ! Comment être sûr que ce ne sont que des poèmes ?

— Parce qu'elle me les a lus et traduits, les uns après les autres, intervient Korb.

Bien sûr, son père ment. Lui aussi est dans la confidence et les deux époux risquent gros si quelqu'un comprend la supercherie. Les Reines doivent laisser leur ancienne vie de côté quand elles quittent le village. Cela concerne aussi leurs souvenirs...

L'homme fait mine de réfléchir encore un peu. C'est une Sentinelle, il est de nature suspicieuse. Il pourrait très bien appeler *un traducteur mais, après tout, rien ne peut lui faire penser qu'il s'agit d'autre chose que de bluettes d'adolescente, alors il referme le carnet et le tend à la jeune fille.*

— C'est bon, tu peux le prendre.

Soulagement. Korb et Guddrä se détendent un peu et sourient à leur fille. Le maître de cérémonie fait un signe à un autre membre de s'approcher. Dans ses mains, une boîte. Dans la boîte, un pendentif et une couronne. Järell se penche légèrement pendant que l'homme passe le pendentif autour de son cou et place la couronne sur son crâne.

— Järell, tu es notre nouvelle Reine. Que le peuple s'incline !

La jeune fille se relève pendant que l'assemblée se courbe jusqu'au sol. Elle sourit et caresse le pendentif entre ses doigts. Le cordon est assez long pour qu'elle puisse regarder le petit bijou de bois. C'est un cœur. Elle sourit en pensant à son futur Roi.

— Vive Järell ! Vive notre nouvelle Reine ! s'exclame le peuple de la vallée.

La jeune Reine rayonne. Elle est si heureuse, si fière ! Toute sa vie, toute l'éducation qu'elle a reçue prennent enfin sens ! Elle fait signe à son peuple et lui envoie des baisers, assure à tous les villageois qu'elle fera de son mieux pour les servir et les conseiller, dit à ses parents de ne pas s'inquiéter, que le temps passera vite et qu'elle leur reviendra riche de son expérience de Reine, juste à temps pour les assister dans leurs vieux jours…

Ses parents ne répondent pas. Ils n'ont pas l'air d'y croire. Pourtant, le règne d'une Reine n'est pas bien long. Il ne dure que quarante saisons… Järell se demande à quoi peut bien ressembler sa vraie mère. Comme toutes les Reines déchues, elle a soixante-dix saisons. À cet âge, on est encore une femme séduisante, qui peut prendre époux et porter la vie en elle… L'idée d'avoir enfin un petit frère qu'elle découvrirait à son retour la fait sourire. Oui, la vie lui réserve de belles surprises, c'est sûr !

Mais elle n'a pas le temps de réfléchir à tout ça. La voilà déjà embarquée vers la demeure de la vieille accoucheuse pour passer le test de pureté. Järell sait en quoi cela consiste et pourquoi on le va lui faire subir, mais ça ne l'empêche pas d'avoir peur. C'est une étape nécessaire pour s'assurer qu'elle n'a pas connu d'homme. La Reine doit être pure quand elle prend ses fonctions et n'a le droit de connaître son mari physiquement que deux saisons après son sacre. Aussi, la vieille va regarder entre ses cuisses…

Järell pénètre seule dans la maison. La femme lui sourit et pose une tasse fumante sur un petit guéridon.

— Ôte tes dessous et allonge-toi sur la table.

Elle n'est pas là pour être gentille ou réconfortante. Encore moins pour lui proposer un peu de sa boisson chaude. Järell se couche sur le dos et écarte un peu les jambes.

— Ne laisse pas tes pieds pendre comme ça. Pose-les sur la table et détends-toi.

La femme prend un morceau de tissu clair et l'enroule autour de ses doigts qu'elle enfonce doucement dans l'intimité de la jeune fille.

— Détends-toi, je ne pourrai rien faire sinon !

— Je… je suis détendue.

— Non, tu ne l'es pas ! Tu as quelque chose à te reprocher ? Tu as déjà connu un garçon ?

— Mais non ! proteste la jeune fille, outrée.

La femme profite de sa colère pour passer en force. Järell bloque sa respiration. La vieille tourne un peu, écarte ses doigts. Ça fait mal, Järell serre les dents, elle refuse de gémir, refuse que les larmes qui montent à ses yeux coulent sur ses joues.

L'accoucheuse se retire enfin. Järell tremble de tout son corps, ses jambes s'entrechoquent. Elle ne dit rien.

— Tu vois, ce n'était pas si terrible. Allez, c'est bien, tu es une brave fille, ma petite.

Järell se relève et voit que le mouchoir est taché de sang. Elle se rhabille toujours sans un mot. C'est donc ça, être une Reine ? Devoir être humiliée pour prouver son dévouement à son peuple ?

La femme la raccompagne jusqu'au seuil et exhibe le morceau de tissu. Les villageois laissent exploser leur joie. Järell se demande pourquoi on lui a fait subir ça après le sacre. Ça aurait changé quoi, qu'elle ne soit pas vierge ? Ces traditions ont-elles seulement un sens ? Elle n'ose regarder personne, elle se sent mal, atteinte dans sa pudeur… Pour la première fois depuis le début de la fête, elle pense à Östal et ne sait pas si elle aurait aimé qu'il lui tienne la main à ce moment-là ou qu'il ne soit jamais au courant de son épreuve.

Les festivités à proprement parler peuvent commencer. Elles dureront une bonne partie de la nuit et Järell rejoindra ses quartiers au petit matin. De grands buffets ont été dressés, avec tout ce qu'on peut rêver de boire et de manger. Järell a le droit de goûter aux boissons fermentées, de danser, de rire, de sortir de table ! Des feux ont été allumés qui dansent dans les prunelles brillant dans la nuit claire. Soudain, les rires cessent, les discussions stoppent net, les gens arrêtent de danser. Un roulement de tambour annonce qu'il est temps pour la Reine de choisir un époux. Tous les hommes en âge de procréer peuvent postuler à la haute fonction de Roi. Pour cela, ils doivent séduire la Reine en faisant preuve de leurs talents et expliquer pourquoi ils devraient rejoindre les sages. En effet, devenir Roi ouvre un siège au Conseil. Des jeunes, des vieux, des veufs, des célibataires endurcis, chacun tente sa chance. Järell voit défiler toutes sortes d'hommes et se demande comment certains peuvent ne serait-ce qu'imaginer lui plaire. Les enfants du volcan usent de leurs dons pour la faire rire, les Sentinelles mettent en avant leur loyauté, les neutres leur fiabilité. Mais Järell n'a que faire de ces démonstrations de force.

Vient enfin le tour d'Östal. Les sages ne voient pas d'un bon œil qu'une Reine épouse une Sentinelle, car le risque qu'elle donne naissance à un enfant aux yeux bruns est alors plus important. Mais avec son double don, Järell est presque assurée de porter un enfant du volcan. Le jeune homme la regarde avec crainte et admiration. On sent bien que c'est l'amour qui le consume, et non l'envie de pouvoir. Bien sûr, il explique qu'en tant que Sentinelle il fera un très honorable membre du Conseil… Mais ce qui l'intéresse, c'est de plaire à la douce Järell. Elle est impressionnante dans sa robe dorée, tout aussi belle que dans sa tunique blanche avec sa couronne de fleurs… Il déglutit péniblement et lui sourit. Elle ne l'a jamais vu si sérieux, elle ne l'a jamais trouvé aussi beau. Le jeune homme serre son k'nda contre lui, et commence à jouer le morceau qu'il a composé pour elle. Il n'a pas l'éloquence de celle qu'il aime, mais ses mots lui vont pourtant droit au cœur, chevauchant les notes enchanteresses. Östal loue son rire toujours si franc et communicatif, son appétit de vivre, sa douceur, le rose de ses joues et ses lèvres délicates, elle est sa famille, sa demeure, sa moitié, il ne souhaite rien d'autre que la rendre heureuse et l'entourer de sa tendresse… Il pleure et il semble à Järell que les larmes viennent changer la partition, ajouter leur musique à celle de l'instrument aux notes mélancoliques. Elle lui sourit. Les autres prétendants se succèdent mais elle ne les voit pas.

— J'ai choisi mon Roi, déclare-t-elle lorsque le dernier s'est présenté. Östal sera mon époux, la Reine a parlé.

— La Reine a parlé, répète le maître de cérémonie joyeusement.

Car le Roi sera une Sentinelle, comme lui. Il sera donc loyal aux membres du Conseil, plus qu'à une Reine de pacotille…

— Il est temps de sceller votre union, reprend-il.

Les parents de la jeune Reine lui lancent un regard plein d'amour. Ils savent depuis longtemps les sentiments qui l'unissent au garçon…

Les deux jeunes se prennent par les mains, s'embrassent d'un chaste baiser sur les lèvres et défont leur tunique jusqu'au milieu de la poitrine. Östal a du mal à quitter le décolleté de Järell des yeux. Ça la fait rire. Ils se retournent enfin, s'asseyent dos à dos à même le sol, ferment les yeux et subissent sans broncher le rituel d'union…

Il s'agit de leur tatouer un même symbole sur le cœur. Un calice. Le choix de ce signe remonte à leurs ancêtres. Pour ce faire, l'encre est mélangée aux cendres de l'Eyjafjöll. Et si elle ignore pourquoi ce dessin, Järell sait que le contact des cendres avec son propre sang va renforcer ses dons. Elle ignore cependant ce que cela fera à Östal qui n'en a pas…

Ça pique, ça chauffe, ça démange et ça saigne. L'opération ne dure pas longtemps, heureusement. On éponge les plaies sanguinolentes. Järell effleure sa peau boursouflée, puis celle de son époux. Ils se sourient.

— Nous sommes donc liés.

— Oui.

— Tu sauras attendre deux saisons pour me voir ?

— Tu es ma Reine, j'attendrai toute la vie s'il le faut.

— Et si j'ai trop changé ?

— *Pourquoi veux-tu changer ?*

— *Je ne sais pas..., se rembrunit la jeune fille. Un pressentiment.*

— *Tu as juste peur, et c'est normal. Mais même si tu changeais, je t'aimerais toujours. Je n'aimerai jamais que toi, Järell.*

— *Moi aussi...*

Déjà une main s'abat sur son épaule et la tire doucement loin de son amoureux.

— *Il est temps de te mettre en route, lui dit gentiment le maître de cérémonie.*

Les deux époux se prennent les mains et se jurent amour et fidélité. Puis Järell tourne le dos à Östal et suit le cortège qui l'attend pour l'escorter à sa nouvelle demeure. Ses parents viennent la prendre dans leurs bras et la couvrent de baisers.

— *Je vous aime !*

Ils ne répondent pas, tant leur gorge est serrée. Alors la jeune fille se laisse conduire vers ce palais mystérieux dont aucun villageois ne connaît l'emplacement exact.

La marche dure longtemps, ses pieds sont écorchés et la font souffrir, mais une Reine n'a pas le droit de se plaindre. Puis, le cortège ralentit. Ils sont au pied de l'Eyjafjöll. Järell comprend enfin pourquoi personne n'a jamais vu le palais : il est de l'autre côté du volcan qui le cache ! Le maître de cérémonie se dirige vers une grotte. Järell a soudain une drôle d'impression. Elle ressent une chaleur inhabituelle, une chaleur vibrante... Et surtout une présence troublante...

— *C'est ici, lâche l'homme.*

— *Nous allons dormir là et repartir demain ?*

— *Non, Järell. C'est ici que la route s'arrête pour toi.*

— *Mais où est le palais ? Je ne comprends pas.*

— Cet endroit est ton palais. Tu n'y manqueras jamais de rien, viens voir…

Le maître de cérémonie pénètre dans la grotte et fait signe à Järell de le suivre. Elle s'y aventure prudemment. Décidément il y a quelque chose ici qui la met très mal à l'aise. Deux hommes sont déjà dans la cavité rocheuse. Accroupis, ils s'affairent sur une masse informe que la jeune fille ne parvient pas à distinguer : ses yeux ne se sont pas encore accommodés à l'obscurité. La masse se met alors à bouger, à grogner, à s'agiter.

— Reste tranquille ! s'agace un des hommes.

Mais la masse informe se lève d'un bond en voyant Järell. Au même moment, cette dernière entend un clic. Elle baisse d'abord les yeux en direction du bruit et remarque une chaîne au bout de laquelle il y a un bracelet ouvert. Stupéfaite, elle comprend que ce bracelet était autour de la cheville de cette… femme, qui se précipite maintenant vers elle. Elle a l'air d'une folle. C'est une vieillarde au visage qui dégouline sous les rides. Ses cheveux gris sont hirsutes et elle empeste le bouc. La femme étire les lèvres sur un sourire édenté et tente de parler, ne parvenant qu'à postillonner des sons grossiers. Horrifiée, Järell a un mouvement de recul mais elle est retenue par le maître de cérémonie.

— Prends-lui les mains, Järell.

— Pourquoi ? Qui est-elle ?

— Voyons, ne me dis pas que tu n'as pas compris !

Mais non, Järell ne comprend pas. Que fait-elle dans cet endroit sordide, loin du palais qu'on lui a promis ? Qui est cette sorcière qui a essayé de se jeter sur elle alors qu'elle a rendez-vous avec sa…

Le regard de la jeune fille change. Incrédule, elle se tourne vers l'homme qui opine du chef pour lui confirmer son intuition.

— Oui, c'est bien ta mère.

— Ce n'est pas possible, bafouille la jeune fille, la voix étranglée de sanglots.

— Prends-lui les mains.

— Non !

— Prends-les-lui, Järell. Elle ne vit plus que pour ça…

La jeune Reine regarde la femme qui se tient en face d'elle, dos voûté, regard dément ! Elle a l'air d'un cadavre debout, d'un cadavre animé du seul désir de serrer sa fille dans ses bras avant d'accepter la mort… Car Järell en est convaincue : demain cette femme sera morte. Alors, malgré le dégoût qu'elle lui inspire et la peur de comprendre que tout cela n'était qu'un piège, elle ouvre ses bras sur la vieillarde, qui s'y réfugie aussitôt. Quand Järell les referme, elle ne sent que des os et un cœur qui ne battra plus bien longtemps, en même temps qu'elle perçoit une âme soulagée d'avoir retrouvé son enfant. Les deux femmes pleurent, longtemps. Le temps que la vieille transmette ce qu'elle sait à la jeune par une forme d'imprégnation dont Järell ne se savait pas capable. Le temps qu'elle comprenne quel est vraiment son destin.

Clic ! *Contact froid sur sa cheville. Et déjà on lui retire cette mère qui va mourir. Järell voudrait hurler car elle a tout vu du passé de cette femme qu'on ose appeler Reine et de celles qui l'ont précédée. Sachant désormais ce qu'il va advenir d'elle, elle voudrait mourir sur-le-champ. Elle voudrait maudire le Conseil qui l'a ainsi leurrée et son peuple qui se laisse berner par des fêtes et des belles manières. Mais elle est frappée de stupeur. Elle ne peut ni bouger ni parler. Encore moins s'enfuir, le bracelet refermé autour de sa cheville. Alors elle lance un regard désespéré à l'homme qui l'a conduite ici.*

— Ne t'inquiète pas. Bientôt tu auras tout oublié de ton passé. Järell est morte ce soir et tu ne seras plus jamais cette jeune fille. Désormais ton nom est Oracle. Et tu ne t'appartiens plus.

4.

Est-elle folle ? L'a-t-elle toujours été ? Il faut être complètement tarée pour supporter la vie qu'elle a vécue jusque-là. Une existence de souffrances, de privations, une enfance coupée de tout ce qui rend la vie belle. Malgré ça, elle n'est pas devenue autiste, ni psychotique, ni même névrosée. Elle est affreusement équilibrée, c'en est effrayant. Du moins le croit-elle, mais ne dit-on pas qu'un des premiers signes de la folie est justement de se croire sain d'esprit ?

Abigail ne sait plus quoi penser. Qui est-elle ? Est-elle seulement humaine ou bien une espèce de robot qui se contente d'exécuter les programmes qu'on lui a implantés dans le crâne ? Parfait soldat, parfait appât, parfaite maîtresse. Tout ce qu'elle fait, elle le réussit haut la main, comme un automate docile. Même survivre aux tortures, elle y arrive. Il lui suffit de se déconnecter de son corps, de laisser son esprit vagabonder…

Son instinct de survie est toujours plus fort et lui souffle comment agir. Même quand elle doit flirter avec la folie…

Parce qu'entendre ces voix dans sa tête, c'est complètement irrationnel. Parce que croire qu'elle pourra accéder un jour à autre chose que sa vie d'esclave, qu'elle sera la Reine des enfants du volcan, mère d'une nouvelle génération symbolisée par des jumeaux réincarnés, c'est purement insensé. Et pourtant elle en est convaincue. Elle a lu le journal de David Armstrong, elle sait qu'elle n'est pas la seule à les entendre, ces voix, et si les empathes et les succubes existent, alors pourquoi ne serait-il pas possible d'offrir un corps neuf à des âmes centenaires ?

Les succubes ont donné lieu à de nombreuses légendes, dans le passé. Qu'on les désigne sous le terme générique de Lilith, première femme d'Adam qui refusa de se soumettre à lui, devint épouse de Satan et tueuse de bébés humains, ou qu'on les appelle vampires et les soupçonne de se nourrir de sang, les succubes ont toujours fasciné et sont plus que présentes dans l'histoire et le folklore de l'humanité. De tous les enfants du volcan, ce sont peut-être les plus célèbres, ceux qui inspirent le plus de crainte. Même leurs rejetons sont maudits, si on en croit les légendes.

Abigail caresse son ventre d'un air songeur… Enfants des succubes, les cambions sont des démons d'apparence humaine qui naîtraient sans cœur, ni pouls. La jeune fille ne ressent aucun attachement particulier pour les jumeaux qu'elle porte… En revanche, elle a peur. Et si elle donnait naissance à des monstres ? Elle ne les sent jamais bouger : qui dit que la légende n'est pas vraie ? Ne risquent-ils pas de la dévorer quand ils viendront au monde ?

— *Nous les en empêcherons…*, lui souffle Mary Ann. *Nous nous glisserons en eux juste avant la naissance et nous aurons besoin que tu t'occupes de nous…*

Cela rassure un peu la future mère. Abigail se couche sur le côté, toujours la main sur le ventre. Soudain, une contraction brève mais violente. Puis une autre, et encore une autre !

— Non ! Pas déjà ! C'est beaucoup trop tôt !

Elle a chaud, très chaud. Trop chaud. Abigail a l'impression de bouillir. Sa température est en train d'augmenter dangereusement : si elle ne se calme pas, elle va s'embraser, c'est sûr !

Une autre contraction vient la tordre en deux. La chaleur enfle en elle, sa cicatrice se propage et craquelle sa peau, elle mord son oreiller pour étouffer un cri : elle refuse que le colonel la voie souffrir. Ça tape, ça cogne dans son ventre, dans sa tête ! Elle se retrouve projetée dans les flammes avec Mary Ann, dans l'acide avec Magnus, dans une tempête de lave qui menace de la faire exploser si personne n'y fait rien !

— Non ! Pas si près du but ! Je refuse de mourir !

Abigail a l'impression que son corps va se déchirer, que les bébés vont lui éclater un organe après l'autre…

— Mais pourquoi vous faites ça ?! hurle-t-elle. Qu'est-ce qui vous prend ? Mary Ann, David, c'est vous qui faites ça ? Arrêtez ! Ce n'est pas le moment !

— *Non, ce n'est pas nous !*

— *Je ne comprends pas ce qu'il se passe !*

Les jumeaux Armstrong ont l'air tout aussi surpris qu'elle. Si même les voix dans sa tête paniquent, qu'elle soit folle ou non, ça ne lui dit rien de bon. Son corps s'agite, s'électrise... Elle est secouée de spasmes violents, claque des dents, bave... Et perd connaissance.

À des kilomètres de là, au même moment, Myra Eljundir s'écroule de sa chaise, agitée des mêmes spasmes. Elle ne sortira de sa transe qu'en répétant, comme une litanie :

— *La mort de la mère est la clé...*

IV

ÖSTAL A DÛ ATTENDRE QUE TOUT LE VILLAGE SOIT ENDORMI POUR PARTIR. Sur son dos, un sac plein de vivres et quelques vêtements de rechange pour elle. Alourdi de ce fardeau autant que de sa peur, il lui semble qu'il marche depuis plus d'une lunaison. Pourtant, il n'en est rien, il connaît par cœur le chemin pour se rendre au volcan, comme s'il était gravé en lui depuis toujours. Pour ne pas se faire remarquer par un villageois qui n'aurait pas réussi à s'endormir et scruterait l'horizon, il a emprunté des chemins de traverse. Ses mollets sont couverts de griffures de ronces et il s'est tordu les chevilles une bonne dizaine de fois. Mais cela n'a aucune importance face à la mission qu'il s'est fixée. Ce n'est que broutille à côté de ce qu'on a fait à Järell. Trois lunaisons ont passé depuis qu'elle a été sacrée Reine. Il serait bien allé la rejoindre plus tôt, mais il ne pouvait pas se permettre d'éveiller les soupçons. D'autant qu'on le surveillait à chaque instant, au début de son sacre…

Östal se repasse en boucle son intronisation au Conseil des sages. Il a besoin de revivre ce choc, encore et encore… Comme pour l'exorciser.

Le lendemain du sacre de Järell, le jeune Roi fut présenté au reste des membres du Conseil. Il n'avait jamais imaginé que cela puisse être aussi solennel et fut fortement impressionné par le rituel d'entrée parmi les sages. Être Roi ne suffisait pas, il fallut qu'il expose ses qualités, avoue ses faiblesses, s'engage à renoncer à l'être ignare qu'il était jadis pour cultiver toujours la voie de la raison dans l'intérêt de la communauté. Il répéta des mots qu'il ne comprenait pas, singea des gestes qui le dépassaient, se mit à nu devant les sages. Jugeant de sa probité, ces derniers l'accueillirent alors parmi eux et le baptisèrent en quelque sorte, d'une manière qu'il ne pourrait jamais révéler aux profanes. Au terme de cette autre cérémonie, Östal put se joindre au banquet de ses pairs et se détendre un peu. Il était officiellement un sage, doublé d'un Roi, bien qu'il ne comprenne pas vraiment la portée d'un titre qui lui semblait quelque peu symbolique. La fête battait son plein, chaque sage semblant soulagé que tout se soit déroulé sans anicroche.

Seul Korb paraissait renfrogné et ne souhaitait pas se mêler aux autres. Le cœur plein d'allégresse et de boisson fermentée, Östal s'approcha de son beau-père, l'ancien Roi.

— Korb, je te trouve l'air bien sombre…

L'homme, qui ne l'avait pas entendu venir, sursauta violemment.

— Östal… Je ne serai pas de bonne compagnie ce soir. Va festoyer avec les autres.

— Es-tu nostalgique de ton ancienne fonction ? Tu sais, j'ai tout à apprendre de l'ancien Roi, père de mon aimée.

— Non, je ne suis pas nostalgique de ça, Östal. Roi, ce n'est qu'un titre pour le peuple qui aime nous imaginer un pouvoir supplémentaire. Mais notre fonction ne s'en trouve pas changée. Les Rois sont des membres du Conseil comme les autres...

— Alors pourquoi cet air triste ? Tu vas revoir la Reine, bientôt !

— Non, Östal, je ne la reverrai pas...

— Mais les Reines reviennent toujours à la fin de leur règne, non ?

— C'est ce que tu imagines, parce que tu es trop jeune pour en avoir connu d'autres. Cette histoire de retour, on la raconte aux enfants pour qu'ils croient en un beau dénouement, et qu'ils encouragent la future Reine à accepter son statut... Mais tous les anciens qui ont connu d'autres souverains mentent à ce sujet, Östal. Les Reines ne reviennent pas. Jamais.

— Qu'est-ce que tu racontes ? s'écria Östal. Es-tu devenu fou ? As-tu trop bu ?

Alertés par les cris du jeune hommes, les sages s'avancèrent vers lui. Migvar, le maître de cérémonie qui avait conduit Järell à son « palais », prit la parole.

— Korb, tu aurais pu attendre demain pour le lui dire...

— Je n'ai encore rien dit, répliqua le Roi déchu. Du moins, pas tout...

— Korb prétend que les Reines ne reviennent jamais, jure-moi qu'il ment, Migvar !

Celui-ci soupira. Il aurait préféré ne pas avoir à accomplir cette tâche pendant cette soirée, mais puisque les choses étaient entamées, autant les terminer.

— Ce qu'il avance est exact, Östal.

— Mais vous avez dit le contraire à Järell ! Où vont-elles alors ?

Un silence gêné se fit dans l'assemblée. Il n'est pas si facile d'assumer ses actes. Devant la lâcheté de ses pairs, Korb reprit la parole.

— Elles meurent d'épuisement, Östal…

— Quoi ? Mais c'est impossible ! On ne meurt pas d'épuisement à soixante-dix saisons !

— Les Reines, si. Parce qu'à soixante-dix saisons, ce sont des vieillardes.

— Je ne comprends rien à ce que tu racontes !

La voix du musicien était montée d'un ton. Il ne comprenait vraiment pas, il avait peur… Alors Korb entreprit de lui expliquer la cruelle réalité.

— Il y a bien longtemps de cela, une boule de feu s'est écrasée sur notre terre…

— Oui, je sais, c'est elle qui a donné naissance aux enfants du volcan ! Mais je ne vois pas le rapport entre les Reines et le volcan !

— Les anciens ont remarqué que les émanations directes de la boule de feu avaient pour effet d'accroître les dons des enfants du volcan, continua Migvar, plus pragmatique. Il a donc été décidé que la jeune fille la plus douée en termes de clairvoyance élirait domicile dans la grotte du volcan, pour s'imprégner de sa fumée bienfaitrice et guider notre peuple vers la prospérité.

— Une… grotte ? Mais ne me dites pas que…

— Oui, c'est là qu'est Järell, mon petit. Là que vont toutes celles que nous nommons Reines pour faire plaisir au peuple…, poursuivit Korb. Mais ces titres honorifiques ne sont qu'un leurre. Les Reines sont enchaînées à la roche et ne peuvent jamais quitter la grotte. Les émanations décuplent leur don, c'est

vrai, elles les rendent folles aussi, en proie à des hallucinations tantôt plus douces que le miel, tantôt tout droit sorties du monde des Ténèbres. Leur esprit ne connaît jamais le repos et leur corps subit de cruelles transformations provoquées par les émanations. Certaines développent des tumeurs monstrueuses, d'autres deviennent démentes. Mais toutes vieillissent de façon accélérée, si bien qu'à soixante-dix saisons, elles en paraissent le double.

— Soixante-dix, c'est la limite, enchérit Migvar. Au-delà de cet âge, leurs prédictions deviennent moins précises et elles finissent par dépérir. La passation de pouvoir doit donc se faire avant le déclin, pour être sûr que toutes les informations soient transmises à la nouvelle Reine.

— Quelles informations ? Qu'est-ce que la passation de pouvoir ?

— Le pendentif que nous remettons à la Reine, lors de son sacre, a des pouvoirs mystérieux. Il lui transmet les informations du passé emmagasinées par les précédentes souveraines, dès qu'elle touche sa mère…

— Vous voulez dire que Järell a vu sa mère dans l'état que vous me décrivez et a compris que c'est ce qui l'attendait ? ! s'indigne le jeune homme.

— Oui, mon petit, répondit Korb, sinistre. Oui.

— Mais où est sa mère à présent ? Qu'en faites-vous puisque vous n'osez pas montrer ce qu'elle est devenue ? Vous l'avez tuée ?

C'en était trop pour Korb. Il éclata en sanglots. Oui, Kliina, sa première épouse, était morte. Et c'est lui qui l'avait tuée, parce que la tradition l'exigeait. Après qu'elle eut transmis ses souvenirs à leur fille, Kliina, ou du moins ce qu'il restait d'elle, avait été conduite dans un lieu tenu secret au reste du peuple, un endroit de désolation au plus près du centre de l'île…

Là, le Roi déchu avait deux options. Soit il lui faisait ses adieux et la laissait à son triste sort : la pauvre femme étant bien incapable de se repérer ou de subvenir à ses besoins toute seule, elle mourrait de faim et de soif... Soit il pouvait abréger ses souffrances et lui trancher la gorge, en un crime qui resterait à sa seule discrétion et pour lequel il ne serait jamais puni...

— Qu'as-tu fait ? demanda Östal, dans un tel état de tension que ses veines semblaient vouloir jaillir de son cou.

— Je l'ai tuée le jour où j'ai accepté mon rôle au sein du Conseil. Où j'ai sacrifié une jeune fille innocente pour le bien de mon peuple. Où je suis allé lui faire un enfant qui deviendrait à son tour une Reine de fumée dont le prénom deviendrait superflu au-delà de ses vingt-huit saisons pour céder la place au terme d'Oracle. Mais si tu cherches à savoir si je l'ai tuée de mes mains ou me suis résigné à laisser faire la nature, tu n'en sauras rien. Cela ne te regarde pas. La Reine Kliina est morte. Vive la nouvelle Reine Järell.

— Vive la nouvelle Reine Järell ! reprirent les autres en chœur.

Abasourdi, Östal n'arrivait pas à penser clairement. Tout se bousculait dans sa tête.

— Mais qu'attendez-vous de moi dans ces conditions ? Vous ne pensez quand même pas que je vais rester là sans rien faire ? Je...

Le jeune homme stoppa sa phrase tout net. Quelque chose dans le regard de son beau-père venait de le dissuader de continuer. Il avait beau être une Sentinelle et n'avoir aucun talent pour l'empathie ou la lecture des pensées, il y avait des regards suffisamment éloquents pour qu'ils se passent de mots.

— C'est normal que tu te révoltes, Östal, intervint Migvar. Tous les Rois sont passés par là et le contraire serait surprenant,

crois-moi. Maintenant tu dois changer de perspective. Tout ce que tu vois, c'est qu'une jolie petite jeune fille a été sacrifiée. Jeune fille dont tu es amoureux. Mais ce n'est pas l'exacte réalité. Son sort était décidé avant même qu'elle et toi ne naissiez ou vous connaissiez. Son destin était celui-là et tu as été une jolie parenthèse dans sa vie. Elle a toujours été appelée à faire de grandes choses pour le bien de tous… C'est l'Oracle. Son rôle nous dépasse et nous est nécessaire. Et, tu verras, quand tu la retrouveras d'ici deux saisons pour lui donner descendance, elle te dira elle-même combien elle est fière de ce rôle, que tu dois vivre ta vie… et reprendre femme, comme l'a fait son père avant toi.

— Jamais je ne l'abandonnerai, moi. Jamais !

— Tu dis ça parce que tu la vois encore comme l'ancienne Järell… Mais ta vision des choses changera. Fais-nous confiance, apprends de nous. Et le moment venu, tu comprendras par toi-même !

— Bien sûr ! Elle sera complètement droguée et ne saura plus ce qui est bon pour elle !

— Et au nom de quoi crois-tu le savoir ?

— Je ne veux que son bonheur !

— Et nous, celui de la communauté tout entière. Vois comme nos desseins n'ont rien en commun !

Non, Östal n'avait rien en commun avec Migvar, pourtant Sentinelle et membre du Conseil, comme lui. Il était hors de question qu'il sacrifie une jeune fille à une pratique barbare et ancestrale. Le lendemain, il alla trouver son beau-père pour lui faire part de son intention de la sauver de la grotte… Korb ne tenta pas de l'en dissuader car s'il se sentait incapable, lui-même, de sauver sa propre fille, l'idée même de son calvaire lui était pourtant insupportable. Il admirait la force de caractère du jeune homme qui n'hésiterait pas à tout risquer, même sa vie, pour sauver celle qu'il aimait. Parce qu'Östal avait été prévenu : s'il tentait d'arracher l'Oracle à son destin, il serait banni du clan de la vallée et on trouverait un nouvel époux à Järell, qui viendrait la violer pour lui donner une fille dans deux saisons. Mais Östal n'avait aucune intention d'échouer, d'autant qu'il possédait un avantage que Korb n'avait pas : il était une Sentinelle, donc hermétique aux dons des enfants du volcan. Il s'appliqua donc à donner de lui l'image d'un jeune en proie au doute et dont le souvenir de son amoureuse s'effaçait progressivement au profit de ses nouvelles fonctions… Migvar lui avait fait miroiter qu'en échange de son silence, il pourrait prendre qui il voudrait comme nouvelle épouse, faire prospérer sa fortune et même accéder à des pouvoirs toujours accrus au sein du Conseil. Les yeux du jeune homme avaient alors brillé d'un éclat que Migvar avait interprété comme de l'ambition et il en avait conclu que la faiblesse d'Östal résidait dans sa soif de pouvoir. Il avait souri, persuadé que la conversion du jeune Roi aux traditions, qui aujourd'hui le révoltaient, n'était qu'affaire de temps… Il le fit surveiller pendant deux lunaisons et le vit se soumettre comme Korb avant lui. Migvar connaissait toutes les étapes par lesquelles le Roi allait passer : l'envie de s'en prendre au système, les tentatives de négociation, la déprime… Puis finalement la résignation. Östal aussi les connaissait, grâce à Korb. L'homme lui avait expliqué à quel point il s'était senti démuni face au Conseil, terrassé par leurs arguments si logiques et froids. Il lui avait raconté comment les membres du Conseil aux yeux bleus utilisaient leur don pour sonder son cœur et l'empêcher de faire une bêtise le cas échéant…

— Mais comment se fait-il qu'aucun enfant du volcan extérieur au Conseil ne se soit jamais douté de rien ? avait demandé Östal.

— Quand cela arrive, ils vont spontanément voir le Conseil pour obtenir des explications, et finissent très riches… ou manipulés à leur tour par plus forts qu'eux…

Korb n'avait pas un don très développé. Il avait juste un lien particulier avec les animaux, qu'il comprenait et aimait de tout son cœur. Mais ce don-là n'était pas très utile à la communauté, et c'est en le pervertissant qu'il avait acquis le respect de ses pairs : il était devenu un chasseur émérite, capable de nourrir son peuple même au cœur du plus rude des hivers. Il ne s'était jamais pardonné cette trahison à la nature, pas plus qu'il n'aurait pu retrouver un minimum de sérénité sans Güddra. Elle avait su lui redonner foi en l'amour, d'où les quelques mots qu'il avait fait graver pour elle sur un bracelet – les premiers qu'avait lus Järell –, et avait embrassé son destin de seconde épouse et nourrice de la jeune princesse avec une ferveur qui ne s'était jamais démentie. Pour autant, Korb n'avait jamais pu oublier sa première épouse, ni les nuits d'horreur dans la grotte où il avait dû la prendre pour perpétuer la race des Oracles… Mais de ça, il avait refusé de parler et s'était contenté de souhaiter à Östal de ne jamais connaître le même sort.

Östal feignit donc la résignation à la perfection, jusqu'à ce que la surveillance se relâche. Là, il attendit encore une lunaison, afin d'être bien sûr qu'aucun membre du Conseil ne se méfiait plus de lui. Il accepta les projets même les plus ingrats qu'on lui confia en lui faisant miroiter une promotion. Il joua son rôle de jeune loup ambitieux en virtuose. Quiconque le connaissait bien pouvait cependant s'étonner qu'il ne touche plus à ses chers instruments, mais il prétendait qu'il n'en avait plus le temps et que ses nouvelles attributions étaient autrement plus importantes, quand en réalité son cœur était bien trop en peine pour pouvoir se déverser en une musique.

Enfin il arrive. La grotte est là. Malgré la fatigue, malgré la peur et la honte d'avoir dû attendre aussi longtemps, Östal court. Il s'élance vers Järell et va bientôt briser ses chaînes : il a prévu des outils pour cela.

— Järell ! Järell !

Il crie, il pleure, il n'en peut plus. Pourvu qu'elle aille bien, pourvu que tout soit encore possible ! La jeune fille sort doucement de sa grotte, dans un bruit de ferraille. Horrifié, le jeune homme constate que des croûtes constellent la cheville délicate de la jeune fille.

— Östal ! Tu es venu !

— Oui, je vais te délivrer !

Il se jette dans ses bras, la soulève de terre, la couvre de baisers. Elle l'a reconnu ! Elle n'est pas folle ! Les émanations délétères n'ont pas encore fait leur effet.

— Comme tu es belle ! Viens par là que je te regarde !

Il la conduit au grand jour, aussi loin que les chaînes le permettent. Elle est un peu amaigrie et son regard est fébrile. Mais c'est bien elle : elle a toujours cette petite flamme au fond des yeux qui le réchauffe. Il l'embrasse de nouveau, lui sourit.

— J'ai apporté de quoi te libérer.

Östal pose son sac à terre et en extirpe des outils volés au forgeron. Il va pulvériser ces affreuses chaînes en un rien de temps.

— Tu ne peux pas !

— Si ! Et on va faire éclater la vérité ! Dire aux gens de la vallée ce qu'est la Reine, exactement, et mettre fin à cette pratique barbare.

— Ils ne te croiront pas ! Ou alors ils décideront que mon sacrifice n'est rien comparé au bien-être de la communauté !

— Alors nous nous enfuirons !

— C'est impossible ! Ils nous retrouveraient avant, je l'ai vu !

— Eh bien, tu as mal vu ! Je te dis qu'on va s'enfuir…

— Et moi que c'est peine perdue ! Nous vivons sur une île : ils nous rattraperaient.

— On construira un bateau, on ira demander de l'aide aux Autres !

— Non, ça ne marche pas comme ça ! Crois-moi, je l'ai vu…

— Vu ?

— Oui. Je vois tellement de choses depuis que je suis ici… Les émanations, comme ils disent… ça me transperce, ça me chauffe, ça me change ! Je gagne en puissance, tu sais…

— Et tu vas y perdre ta santé et ta raison, comme toutes les autres avant toi.

— Je sais… Mais c'est tellement bon de se laisser aller à cette sensation, quand les pensées se dissolvent et que la peur disparaît… Je me sens tellement bien…

— Bien ? Tu es droguée ! Tu ne peux pas trouver ça bien, Järell !

— Mon nom est l'Oracle… C'est comme ça que m'appellent les sages qui me consultent et je leur dis toujours ce que je vois… Ils ont l'air contents de moi. Ne trouves-tu pas qu'il est beau, mon royaume ?

La jeune fille ouvre les bras sur sa grotte et s'écarte d'Östal. Il ne sait qu'en penser. Il croyait qu'elle serait folle de joie à l'idée qu'il vienne la chercher mais elle se comporte comme si elle voulait rester.

— Tu n'as pas toute ta tête, ma douce. Ça passera quand tu auras quitté cet endroit maudit !

— Non. Je refuse de partir. Je suis bien ici ! Tu n'as qu'à revenir dans une saison et demie, pour me donner une héritière, mais d'ici là je ne tiens pas à te voir, tu es trop bête ! Tu n'as rien compris à mon rôle. Tu me déçois…

— Tu ne peux pas penser ça ! Je suis venu jusqu'à toi en courant, j'ai préparé des provisions, je sais exactement où nous pouvons aller !

— Non, tu ne sais rien ! crache-t-elle soudain. Tu n'es qu'un gamin imbécile tout juste bon à engrosser la Reine. Avant, peut-être aurais-tu pu me sauver, mais maintenant c'est trop tard, je t'ai oublié et je ne veux plus te voir !

Les yeux de Järell brillent intensément. Le jeune homme reste planté là, interdit. Il s'attendait à tout sauf à ce genre d'accueil. Il a envie de pleurer, de crier… Il est blessé dans son orgueil.

— Comment peux-tu me parler comme ça, femme ?

— Femme ? Non, Oracle. Toute-puissante Oracle ! Et je te parle comme je veux parce que j'ai tous les droits, alors maintenant laisse-moi tranquille et va-t'en ! Je retourne à ma grotte qui est infiniment plus intéressante que toi.

— Je… je…

Il tremble de tout son corps, il pleure de tout son cœur.

— Je te déteste ! hurle-t-il en tournant les talons.

Et alors qu'il court aussi vite qu'il le peut, loin de celle qui lui déchire l'âme, il l'entend l'invectiver, au loin :

— Moi aussi je te déteste, pauvre noix !

5.

Quel sombre crétin ! Östal n'était qu'une mauviette, un soi-disant artiste aux indignations de pacotille ! Mais une fois sur le terrain, face à ses responsabilités d'homme, il n'y avait plus personne ! Kaleb ressent un profond mépris pour cet aïeul infoutu de sauver la femme qu'il aimait. N'avait-il pas compris que Järell était sous l'emprise des émanations ? Sous la coupe de ces barbares qui avaient le culot de se faire appeler sages ? Östal aurait dû la sauver d'elle-même, malgré ses protestations, et l'emmener loin de cette folie. Au lieu de quoi il s'était satisfait de l'explication qu'elle lui avait donnée, s'était vexé bêtement et l'avait abandonnée à son triste sort, à devoir endurer une vie de misère et de désespoir. Et il avait laissé ce peuple de sauvages perpétuer une tradition cruelle et entretenir cette diabolisation des enfants du volcan. C'est à Östal que revient la faute originelle, pas à Wothan. Maudit soit cet égoïste, cet idiot, cet être veule ! Kaleb ignore s'il lui est possible d'insuffler des émotions à un homme du passé, mort depuis des siècles, mais il lui souhaite de souffrir mille martyres, de porter toute sa vie le poids de sa lâcheté et d'être rongé par la culpabilité comme par une gangrène.

Une gangrène : c'est ainsi que Kaleb perçoit l'effet du *Livre* sur son esprit. *Livre du Volcan* envoûtant, qu'il ne parvient pas à lâcher, comme captif de cette histoire qui le hantait sans qu'il le sache. *Livre du Volcan* imbibé de cendres et de sang, qui hurle la souffrance de ces êtres persécutés.

Oui, le *Livre* crie, le *Livre* hurle et vocifère.

Personne ne l'entend-il donc à part lui ?

Tant qu'il se contentait d'écouter cette histoire, quand c'est Myra qui lisait, Kaleb n'avait pas cette impression… Mais ici, à l'abri, dans sa chambre, les choses sont différentes.

Il doit être dans les trois-quatre heures de l'après-midi. La maison est calme, chacun de ses habitants vaquant à ses occupations préférées. Ils se détendent et profitent du temps qu'il leur reste pour se fortifier et se livrer à des loisirs qu'ils ne connaîtront peut-être plus avant longtemps. Glenn, sur un coup de tête qu'il ne s'explique toujours pas, a acheté une toile et de la peinture afin de s'adonner à son art pour la première fois depuis des années. Hannah rêvasse dans le jardin et laisse son esprit divaguer au gré de son imagination, bercée par la rumeur assourdie de la télévision. Faroudja, affalée sur le canapé, zappe sans relâche. Elle qui prétendait ne plus pouvoir regarder le petit écran à cause de son don qui la mettait à fleur de peau !

Samuel s'amuse à immortaliser l'instant « pour la prospérité » et mitraille tous ses amis de photos, sans se laisser distraire par ce qu'il pourrait percevoir au-delà du masque…

— Morrigan n'est pas là ? interroge William.

— Elle est partie se balader…, répond Hannah, à moitié endormie.

Un truc humide vient soudain lui chatouiller la main et la fait sursauter.

— C'est quoi ce truc ? J'ai eu peur !

— Le chien des voisins, répond William en riant. Il ne va pas te manger, t'inquiète ! Il est sous mon contrôle.

Dans la maison, personne ne se doute des tourments qui agitent Kaleb. De la colère qu'il sent monter en lui au fur et à mesure qu'avance sa lecture. Est-il éveillé ? Semi-inconscient ? Lit-il seulement encore ou bien l'histoire n'est-elle pas en train de se raconter à lui, chevauchant son don comme un cheval fou pour lui imposer des images d'une autre ère ? Il est là, allongé sur son lit, et pourtant il ne le sent pas sous son corps. Il se croit étendu sur un sol dur et poussiéreux, entouré de parois rocheuses. Partout autour de lui, une violente odeur de soufre, comme celle qu'il a sentie à Hverir. La grotte de Järell ! Il est dans la grotte de Järell, c'est certain. Il la reconnaît pour en avoir lu la description. Un peu sonné, il se lève, observe la demeure troglodyte au confort plus que sommaire, longe les parois en les touchant du doigt. Solitude, tristesse… Espoir. Les émotions se bousculent et lui donnent envie de crier. Et puis des aspérités plus prononcées : la roche qui a été entaillée, gravée. La prophétie ! Il la voit de ses yeux ! C'est incroyable, c'est miraculeux ! Mais Kaleb n'est pas au bout de ses surprises. Des doigts le frôlent soudain, fins et graciles, des doigts de femme… Ceux de Järell. Elle a de longs cheveux aux reflets roux, de grands yeux tristes et elle est si menue qu'il a peur qu'elle se casse. Elle ne dit rien, se contente de le contempler en souriant comme si elle était en train de voir la plus belle chose que cette terre ait portée, comme si elle savait qui il était : son descendant… Ses doigts frôlent une de ses épaules, son torse… et suivent le dessin du tatouage. Kaleb lui attrape la main et lui sourit. Elle ne sait pas comment répondre à ce sourire, ignore si elle doit être rassurée ou se méfier de lui. Alors il plonge ses yeux dans les siens et la sent bientôt se détendre.

— *Tu es l'Élu*, dit-elle doucement. *Le père d'une nouvelle race d'enfants du volcan…*

Elle le projette alors dans le temps… Il la voit en train d'écrire la prophétie dans le *Livre*.

La mort de la mère est la clé…
Plusieurs fois par le volcan arrosé
Du symbole du volcan l'empathe sera marqué
Sa première bataille contre le Mal perdue
C'est alors qu'il deviendra l'Élu
Et des innocents sera le sauveur
Agissant comme Dagür sur l'ordre de son cœur.

Soudain leur parvient une autre voix féminine, celle d'Abigail ! La jeune fille hurle, supplie qu'on l'aide, qu'on la sauve, prétend que ses enfants sont en train de la dévorer. Alors Kaleb se projette auprès d'elle. Elle est d'une pâleur à faire peur, sa cicatrice a pris de l'ampleur, son ventre a gonflé. Partout autour de son corps, une lumière noire qu'elle dégage et absorbe à la fois… Il fait chaud, très chaud autour d'elle, en elle, partout. Dans son ventre, les bébés s'agitent. *Les* bébés ? Ce sont des jumeaux ? Sans bien comprendre comment il fait, Kaleb regarde à travers le ventre de la jeune fille et les voit. Ils se battent, ils luttent pour leur vie, parce qu'on veut la leur voler… Mais qui ? Les deux fœtus tournent lentement leur visage inachevé vers leur père, qui bondit d'horreur : l'un présente le faciès calciné d'une femme, l'autre a la peau noire et les yeux vitreux de l'homme qui le guide depuis le début. C'est alors que Kaleb comprend, s'imprègne, ressent chacune des émotions et des intentions des jumeaux diaboliques : ils veulent lui voler ses enfants, s'incarner dans leur corps et étouffer leur âme !

Jamais il ne les laissera faire ! Jamais ! La colère grimpe d'un cran, il a de plus en plus chaud… Mais d'où vient cette chaleur ? Une violente douleur au niveau de son ventre le plie en deux, il s'effondre, il tombe, il se retrouve sur son lit qu'il n'a jamais quitté. Le spasme dure de longues secondes et lui coupe la respiration. Un poids empêche sa poitrine de se soulever, il se sent écrasé par une force invisible, n'a pas assez d'air pour crier… Et alors, comme en écho à sa souffrance, il entend ses amis hurler dans la maison.

Le poids disparaît soudain comme par magie, ainsi que la douleur qui le terrassait il y a encore quelques secondes.

Kaleb rassemble ses forces et se précipite dans le salon.

Stupeur.

Tous ses amis gisent sans connaissance.

V

MIGVAR ET PIRËLLU ONT PARCOURU TOUT LE VILLAGE À LA RECHERCHE D'ÖSTAL. Où peut-il bien être ? La nuit n'est pas terminée, il aurait dû se trouver dans son lit. D'un pas énergique, les deux hommes se rendent chez Korb et frappent lourdement à la porte du Roi déchu. Rien. Migvar insiste, de plus en plus nerveux. Il se retient pour ne pas défoncer la porte. Enfin, Güddra apparaît sur le seuil.

— Où est ton mari, femme ?

— Où sont tes manières, sage ?

— Excuse-moi. Tu as raison. Je te salue et te respecte, se reprend-il en s'inclinant. Mais l'heure est grave, j'ai besoin de voir Östal pour une urgence et il demeure introuvable…

— Qui va là ? l'interrompt Korb, bourru comme un ours au réveil.

— Sais-tu où est passé Östal ? répète Migvar.

— Comment le saurais-je, je ne suis pas sa nounou !

L'homme se gratte légèrement le nez. Migvar se tourne vers son acolyte qui penche la tête et plisse les yeux, pour mieux se concentrer sur leur interlocuteur. Pirëllu est un empathe…

— Il ment, assène-t-il froidement.

— Tu sais où est ton gendre ? Pourquoi le cacher ? Il a fait quelque chose de répréhensible ?

Korb se tait un instant et contemple le ciel, l'astre de lumière et le vol des oiseaux… Il semble réfléchir, hésiter. Puis se décide enfin.

— Non. C'est un homme après tout !

— Tu veux dire qu'il est avec…

— …une femme, pardi ! Mais il ne tient pas à ce que cela se sache… Il préfère officialiser la relation lui-même.

Migvar accueille la nouvelle avec un large sourire. Si Östal voit une autre femme, c'est qu'il a définitivement renoncé à Järell, ce qui est une bonne chose pour lui… Mais le temps presse, il doit savoir de qui il s'agit.

— Écoute, reprend-il, il y a une urgence… à la grotte. Lui seul peut nous aider et j'ai besoin de savoir chez qui Östal a dormi. Nous resterons discrets…

Lorsque le jeune homme est tiré du lit par les deux sages, ses yeux sont bouffis de sommeil. Migvar trouve qu'il a l'air d'un enfant et se dit qu'il a presque oublié le jeune âge du Roi, ces derniers temps. Il faut avouer que ses traits constamment tirés et son air soucieux tendent à le vieillir. Devenir Roi est une épreuve difficile quand on n'a qu'une trentaine de saisons…

— Östal, je suis désolé de te déranger en charmante compagnie…, chuchote-t-il.

Klemÿr, petite blondinette et fille du forgeron, dort profondément. Le bruit des poings sur sa porte et des pas lourds sur le plancher n'ont pas réussi à l'extirper de ses rêves... Douce et obéissante, elle sera une bonne épouse pour le Roi, même si son père, qui semble avoir découvert leur liaison à l'instant, ne semble pas des plus favorables à leur union. Mais il finira par se ranger aux conseils des sages...

— Il y a un problème ? demande le jeune homme d'une voix cassée.

Il a l'air exténué. Migvar se rappelle avec nostalgie la fougue de sa jeunesse et se dit que les deux tourtereaux n'ont pas dû beaucoup dormir.

— Oui. Il faut que tu nous suives, nous t'expliquerons en chemin. Prends des chaussures de marche.

Östal comprend aussitôt qu'ils vont se rendre au « palais » de la Reine et obtempère sans discuter.

Le trajet s'effectue en silence, sans que Migvar rentre plus dans les détails. Manifestement, il estime que le problème est suffisamment grave puisqu'il fait appel à lui. Östal n'est plus autorisé à voir l'Oracle depuis une saison, date à laquelle elle a annoncé être enceinte. Si l'enfant est une fille, alors il ne la verra plus jamais et élèvera leur rejeton en attendant ses vingt-huit saisons. Si c'est un garçon viable, il sera rendu aux dieux. C'est ainsi que le prévoit la tradition.

Leurs « retrouvailles » d'alors n'ont pas été des plus très intimes, ni des plus tendres. Östal a été escorté jusqu'à la grotte, où il avait rendez-vous avec une Järell béate à cause des émanations. Là, on lui a laissé toute latitude pour s'accoupler avec elle, et quand son affaire a été terminée, il est reparti sans se retourner. Il ne supportait plus son regard vide... En rentrant, il s'est appliqué à plus de travail que jamais. De même qu'il le fait depuis le sacre de l'Oracle, il y a trois saisons. Tous les membres du Conseil l'ont clairement identifié comme un ambitieux. Il accepte toutes les tâches, même les plus ingrates, comme le commerce avec les Autres dont il apprend la langue. Il ne cache pas son intention d'avoir toujours de plus hautes fonctions et étudie jour et nuit pour combler ses lacunes. Bien qu'il ait encore parfois l'air d'un gamin, le jeune Roi est devenu un homme et il y a fort à parier qu'il sera une des figures qui comptent dans un avenir proche... Migvar en est d'autant plus persuadé que l'Oracle lui a prédit que « grâce au musicien dont le cœur ne chante plus, l'histoire pourra s'écrire ». *Savait-elle seulement de qui elle parlait ? Migvar en doute. La jeune fille n'est déjà plus elle-même. Désormais complètement dépendante des émanations, elle pourrait se voir libérée de ses chaînes qu'elle ne songerait même pas à partir. La conversion aura été fulgurante chez elle, mais il faut dire qu'avec ses deux dons, elle devait être tout particulièrement sensible à l'influence du volcan... Depuis qu'elle est Oracle, chacune de ses prédictions s'est réalisée et c'est un tel bonheur d'aller la consulter tant qu'elle n'est pas difforme et laide comme la précédente ! Elle vous accueille toujours avec le sourire et vous prend les mains comme si vous étiez une divinité. À l'exception de ce matin...*

Migvar se rembrunit et jette un regard anxieux au jeune Roi. Seul lui peut les aider...

Au terme d'une marche interminable, les voilà devant la grotte. Tous les membres du Conseil sont déjà sur place. Östal les dévisage d'un air inquiet et attend qu'on lui explique.

— L'Oracle a accouché cette nuit.

— Mais c'est beaucoup trop tôt ! s'exclame le jeune homme.

— En effet. L'enfant est né trois lunaisons avant terme, confirme un sage.

— Nous suspectons qu'il soit mort-né, mais nous devons le vérifier par nous-mêmes, ajoute un autre.

— Comment ça ? Je ne comprends pas, répond Östal.

— L'enfant est… introuvable…, lui annonce Migvar.

À ce moment précis, l'Oracle sort de sa tanière, l'air halluciné. Elle tient quelque chose dans ses bras, qu'elle berce et à qui elle chante une comptine. Sa voix, un peu voilée, émeut aussitôt le jeune homme, qui sent les larmes lui monter aux yeux.

— N'est-ce pas le bébé qu'elle tient ? demande-t-il.

En disant ces mots, il se rapproche mais constate bientôt, horrifié, qu'en lieu et place d'un nourrisson l'Oracle berce son propre placenta. La masse sanguinolente empeste le sang ranci et a taché les vêtements de la jeune fille.

— Tu dois lui demander où est l'enfant, ordonne Migvar. Elle refuse de nous le dire. Elle ne parlera qu'à toi !

— Qu'à toi, peut-être, espèce de noix ! répète la jeune fille, le regard ailleurs.

— Jä… Oracle, dis-moi ce que tu as fait de notre enfant, s'il te plaît.

— Non !

— Il le faut, je t'en prie !

— Non !

— Elle ne veut pas ! s'écrie-t-il en direction des autres sages, qui ne sont pourtant pas bien loin.

— Insiste ! lui répondent-ils.

— Écoute, tu dois me le dire, tente une nouvelle fois Östal….

— Pas avant que toi tu m'aies dit ce que j'attends !

La jeune fille se penche un peu vers le Roi et tend son oreille vers ses lèvres. L'odeur que dégage la masse visqueuse lui soulève le cœur. Il hésite un instant, comme s'il avait des réticences à lui dire des mots doux devant les autres sages. Les hommes comprennent et reculent un peu tandis qu'il s'incline à son tour et lui chuchote quelques mots à l'oreille. Elle passe une main derrière la nuque de celui qui fut un jour son amoureux et le regarde droit dans les yeux. Les siens semblent soudain s'emplir de larmes mais elle refuse de battre des paupières pour les laisser couler. Ses larmes sont peut-être son dernier bien, le plus précieux. Sa main se déplace le long de la mâchoire d'Östal, effleure sa joue barbue... Järell sourit.

— Tu piques !

Ses longs doigts graciles tremblent comme ceux d'une vieille femme. À bien y regarder, elle tremble de tout son corps. Il semble y avoir en elle une intensité difficile à contenir. Va-t-elle éclater en sanglots ou partir dans un rire insane ? La course de ses doigts se poursuit sur le visage d'Östal.

Sur celui de l'Oracle, on peut déceler mille émotions.

— Alors ? s'impatientent les membres du Conseil.

— Dis-moi ce que tu dois me dire, enchérit le jeune homme.

— Il... il..., articule l'Oracle, la voix brisée. J'aimerais qu'il sache que je l'aime...

Les larmes qu'elle s'efforçait de retenir commencent à couler.

— Que je l'aimais, se corrige-t-elle. Il... C'était un garçon, dit-elle soudain d'une voix plus assurée, en direction des autres. Un joli petit garçon, mais c'était trop tôt, il était trop petit. J'ai donné la mort cette nuit, pas la vie. Il n'a jamais respiré...

Sa voix se brise à nouveau. Elle prend une grande inspiration comme les enfants qui sanglotent. Östal est tendu de tout son être.

— Qu'as-tu fait de son corps, Oracle ? interroge un Migvar pas plus ému que ça.

Il se doutait bien que, naissant à une saison de gestation seulement, l'enfant ne serait pas viable.

— Je l'ai rendu au volcan !

— Co… comment ça ?

— Je suis allée au cœur du volcan, là où la boule de feu a élu résidence, et je l'y ai jeté.

— Jeté ?

— Oui, il appartient au volcan, comme moi. Et les Dieux voulaient qu'il en soit ainsi, j'en ai eu la vision quand il est sorti de mon ventre.

— Comment as-tu pu faire cela ?! s'écrie le jeune Roi. C'était mon fils, tu n'en avais pas le droit !

— Les dieux me l'ont demandé !

— Il avait droit à une sépulture digne ! Nous devons le récupérer ! lance-t-il aux autres membres du Conseil.

— C'est impossible, personne ne peut s'aventurer si près de la boule de feu, c'est trop dangereux !

— L'Oracle le peut ! Va le chercher ! lui ordonne-t-il.

— Je ne peux pas ! répond-elle. Il n'est pas possible de descendre si bas ou alors je ne pourrais pas remonter ! Et son corps n'est même plus visible à l'œil nu, il s'est encastré derrière la boule !

— Elle ne peut pas courir ce risque ! confirme Migvar. L'Oracle nous est nécessaire, tu le sais !

— Alors j'irai moi-même !

— Je te l'interdis, jeune Roi. Ton destin est de réaliser des choses plus grandioses que de courir après un bébé mort. Des enfants, tu en auras d'autres. Une fille qui deviendra Reine, et d'autres rejetons peut-être…

— Oui, sa fille sera la messagère ! Sa fille sera la messagère de l'histoire… La passeuse !

L'Oracle a changé de voix. Elle parle comme une absente, comme une démente. Elle vient de livrer une nouvelle prophétie. Semblant avoir déjà oublié le drame qu'elle vient de vivre, elle regarde le morceau de chair flasque qu'elle tient dans ses bras et le laisse tomber. Soudain il n'a plus d'intérêt. Elle adresse un étrange sourire à Östal.

— Le prochain enfant sera une fille.

Puis Järell tourne les talons pour regagner sa grotte. Östal sait qu'elle va aller au plus près du cœur du volcan, là où les émanations sont les plus fortes. Et qu'elle va s'efforcer de tout oublier à présent. Il ne peut s'empêcher de vouloir la retenir, a une impulsion aussitôt contrariée par ses frères les sages qui le maintiennent par la taille et les épaules.

— Ton fils est mort, Östal. Tu ne peux plus rien faire.

Alors le jeune homme renonce à combattre les siens et se contente de regarder celle qu'il appela jadis Järell s'enfoncer dans la bouche de ténèbres, et lorsqu'il est sûr qu'elle est en train de dissoudre sa conscience dans la fumée toxique, il ne peut s'empêcher de hurler son nom…

6.

Lorsque Morrigan arrive à la maison, elle a déjà préparé une histoire à raconter pour justifier la tête qu'elle fait. Elle revient de la librairie, et n'a aucune envie de révéler ce que lui a dit Myra. Comme elle regrette d'être allée la voir ! Tout ça à cause d'une histoire de gourmandise ridicule, parce qu'elle avait envie d'un gâteau et que la scribe a toujours de quoi la régaler.

— Si j'avais su qu'on aurait cette discussion, je ne serais pas venue, s'est plainte la jeune fille.

— C'est ce que tu crois..., a répondu son hôtesse.

— Ce que tu me demandes de faire est inhumain ! Jamais je ne pourrai !

— C'est ce que tu crois..., a répété la femme.

Morrigan n'a pas pu rentrer immédiatement. Elle a préféré prendre l'air, se balader sur le port, le temps de se composer un visage plus jovial. Bien sûr, Kaleb et Faroudja ne seraient pas dupes et percevraient bien ses émotions, mais elle inventerait une autre raison que celle qui la mettait dans cet état.

Elle est désormais prête à affronter ses amis, se force à sourire et pénètre en trombe, comme à son habitude, dans leur grande maison.

Pourtant, aucun comité d'accueil ne vient scruter son visage, comme elle le craignait.

— Hé ho ! Y a quelqu'un ? s'écrie-t-elle aussi joyeusement que possible.

— Dans le salon, répond Kaleb d'une voix lugubre.

La jeune fille se dirige vers la pièce où règne un silence de plomb. Faroudja et Samuel sont assis par terre, en tailleur. Hannah et Glenn sont blottis dans le canapé. William est devant la baie vitrée, les genoux entre ses bras. Tous se sont enveloppés d'une couverture. Seul Kaleb, en nage, est resté torse nu. Il est debout, au milieu de ses amis. Morrigan remarque tout de suite son tatouage, qui semble avoir pris un peu d'ampleur et palpiter. Non, ce n'est pas possible, se reprend-elle, ça doit être une illusion d'optique !

— Que se passe-t-il ? C'est soirée pyjama et personne ne m'avait prévenue ? plaisante-t-elle pour détendre l'atmosphère.

Mais personne ne rigole ou ne répond. Ça ne lui dit vraiment rien qui vaille. Sont-ils au courant de ce que lui a révélé Myra Eljundir ?

— Kaleb, tu m'expliques ? demande-t-elle, angoissée.

— J'sais pas ce qui s'est passé…

— Si, tu le sais ! s'exclame William en relevant la tête. Tu le sais pertinemment !

— Non, répond l'empathe, je t'assure que je ne comprends pas… J'étais en train de lire le *Livre du Volcan* et l'histoire a littéralement pris vie…

— Et tu as tué ce chien ! s'écrie le musicien.

— Non ! Je n'ai tué personne ! proteste Kaleb.

Faroudja se couvre autant qu'elle peut. Son corps est continuellement parcouru de frissons.

— J'ai froid, putain, j'ai tellement froid…

— Moi aussi ! reprennent les autres.

— Oui, je sens votre énergie au plus bas, confirme Morrigan, très inquiète. Glenn, que disent leurs auras ?

— Je n'en sais rien…, répond l'Écossais d'un air las.

— Tu ne les vois pas ? s'étonne la jeune fille.

— Si… Je recommence à les voir, mais c'est encore difficile…

— Comment ça, tu *recommences* à les voir ? Quelqu'un veut bien m'expliquer ? Vous me foutez les jetons ! *Fuck !*

C'est Glenn qui, le premier, essaie de reconstituer les événements. Il se rappelle avoir eu cette envie irrésistible de peindre, puis de s'être installé devant son chevalet… Bien sûr au départ son don le gênait, mais au fur et à mesure qu'il recouvrait la toile, les couleurs se faisaient moins bruyantes, pour devenir complètement silencieuses…

— J'ai cru que je passais à une étape supérieure, que mon don évoluait et que j'étais désormais capable de maîtriser ce que je perçois… J'étais tellement heureux !

— Ça m'a fait pareil…, précise Hannah. Je rêvais éveillée sans que l'histoire vienne polluer personne ! Je n'en revenais pas, ça faisait si longtemps que je n'avais pu me détendre ainsi !

— Et moi, je ne voyais aucun autre visage que celui que vous croyez être le vôtre…, enchérit Samuel.

— Je regardais la télévision sans rien ressentir…, déclare Faroudja.

— Et moi, je n'ai plus compris le chien avec qui je jouais, dit William, effondré. J'ai perdu la connexion et il m'a attaqué, poursuit-il en montrant sa main blessée. Jamais un animal ne m'avait fait ça. Il est devenu fou… Il voulait me sauter à la gorge, me tuer. Je l'ai vu dans ses yeux, alors j'ai dû…

Le jeune homme ne peut terminer sa phrase tant il se fait horreur. Il montre le cadavre du chien et la pelle ensanglantée qu'il a utilisée pour se défendre et l'achever.

Morrigan reste interdite, elle ne sait pas quoi penser.

— Mais pourquoi prétends-tu que c'est de la faute de Kaleb ?

— Je crois qu'il a raison…, intervient l'empathe. Si je décortique ce que j'ai vécu, là-haut dans ma chambre, l'histoire que je lisais s'est matérialisée, j'ai communiqué avec des fœtus, vu l'aura d'Abigail et le vrai visage de l'homme noir… Ma seule empathie ne suffit pas pour accomplir tout cela. Je crois que j'ai *emprunté* leurs dons. Je… j'ignore comment cela est possible.

Glenn se lève alors, titube un peu comme un homme qui aurait couru le marathon, et scrute son ami.

— Oui… Je vois des choses vaporeuses s'échapper de toi et revenir jusqu'à nous… Nos dons. Ton empathie ne se contente plus d'absorber les émotions, elle capte aussi les aptitudes des autres enfants du volcan…

— Il s'est arrêté juste à temps, on dirait, confirme Morrigan. Votre force vitale est au plus bas. Un peu plus et vous étiez dans le coma, voire pire...

— Morts, complète William.

— Oui, réplique simplement la guérisseuse.

— Une chance pour nous que tu n'aies pas été là, Morrigan, reprend Glenn. En cas de gros pépin, tu aurais pu nous sauver.

L'Écossais essaie de relativiser, de dédramatiser l'incident. Il sent bien que ses amis ont été fortement ébranlés par cette expérience. Tous se sentent violés, pillés, dépossédés de leur essence. Et ils ont si froid ! Certains se font violence pour ne pas claquer des dents, d'autres sont à deux doigts de se laisser glisser dans un sommeil réparateur. Le jeune homme se dirige vers la cuisine pour aller faire chauffer de l'eau. Un bon thé peut tout arranger, il en est convaincu... Ou, du moins, il essaie de l'être !

— Je n'en suis pas si sûre, lui répond avec retard la guérisseuse. Tu sais, je peux ranimer une personne en coma léger, mais pas deux à la fois. Encore moins cinq !

— Je suis désolé, je ne...

Kaleb se sent morveux. Il n'a pas cherché à voler quoi que ce soit à ses amis. Il ignore comment cela s'est produit. Est-ce effectivement son don qui évolue, comme semble le penser Glenn ? Possible.

— J'en ai rien à foutre que tu sois désolé ! s'excite William. Tu as tué ce chien par mes mains ! J'ai tué ce chien à cause de *toi* ! Je ne te le pardonnerai jamais !

— Je n'ai pas voulu ça, William, je te le jure ! se défend l'empathe.

— Ah, mais tu ne veux jamais rien de ce qui arrive de mal à ton entourage, pourtant tu sèmes la désolation partout où tu passes !

Glenn revient avec la bouilloire fumante. Est-ce la vapeur qui s'en échappe ou bien autre chose qui lui donne soudain envie de laisser tomber la couverture qui l'emmaillotait ? Il sent que son don est en train de revenir en force et une chose stupéfiante se produit : non seulement il revoit l'aura de ses amis, mais il peut aussi les observer de l'intérieur, percevoir leurs organes et leur fonctionnement, comme s'il s'était transformé en scanner humain. Immédiatement, il est alerté par le cœur de Kaleb qui bat beaucoup plus vite que celui des autres, son sang d'un rouge sombre encombré de cendres, et la chaleur qu'il dégage ! Il doit bien avoir deux ou trois degrés de plus que les autres ! À ce rythme-là, il va se cramer le cerveau !

— Kaleb, ça ne va pas ? demande-t-il.

— J'ai chaud, répond le jeune homme.

— Morrigan, y a un problème ! l'alerte Glenn.

La guérisseuse, comprenant instantanément l'urgence, se précipite vers Kaleb et lui prend gentiment les mains pour le coucher sur le sofa. Il se laisse faire et tandis qu'elle l'aide à abaisser sa température corporelle, il sombre dans une semi-inconscience…

— Qu'est-ce qu'il a ? risque Hannah.

— Je ne sais pas. Son don évolue, c'est sûr… Mais cette fièvre, c'est autre chose.

— C'est peut-être parce qu'il a emmagasiné trop d'énergie en captant nos dons ? suggère Samuel.

— Peut-être, répond la guérisseuse.

Elle n'y croit pas. Il y a autre chose, comme quand il portait l'empreinte du Mal en lui. La même chaleur, les mêmes vibrations, comme s'il avait été soumis à de fortes radiations…

— Il va finir par nous tuer ! crache William d'un air mauvais.

— Mais non, tu vois bien que l'incident est clos, essaie de le raisonner Glenn.

Morrigan se décompose soudain et baisse la tête. Faroudja, qui a récupéré son don, et le sent plus fort qu'il n'a jamais été, capte aussitôt son désarroi.

— Qu'est-ce que tu nous caches, Morrigan ? demande la jeune empathe.

— Rien du tout ! Pourquoi dis-tu ça ?

— Parce que ta conscience te travaille, tu culpabilises de nous taire quelque chose. De quoi s'agit-il ?

La jeune fille se retrouve avec cinq paires d'yeux braqués sur elle. Elle se mord la lèvre, hésite… Mais elle n'a jamais été très douée pour dissimuler quoi que ce soit. Alors elle décide de leur raconter sa visite à Myra Eljundir.

— Elle m'a confié que tous les enfants du volcan présents le jour où Kaleb ira chercher Abigail seront vidés de leur force vitale…

— Comme aujourd'hui ? demande Samuel.

— Oui… mais en pire. Tous seront promis à la mort, sauf un.

— Lequel ?

— Celui que je déciderai de sauver…

VI

— J'EN AI ASSEZ !

— Ne fais pas l'enfant, Östal, tu as passé l'âge, le sermonne Migvar.

— Justement… j'ai passé l'âge de ces choses-là !

Huit saisons se sont écoulées depuis le premier accouchement de l'Oracle. Depuis, aucun de leurs accouplements ne s'est révélé fécond. Pourtant, l'Oracle est formelle, elle continue d'affirmer qu'elle donnera bientôt naissance à une fille. Seulement, il est de plus en plus difficile pour Östal de supporter sa présence. La chevelure de Järell s'est déjà parsemée de fils blancs qui poussent dru sur son crâne quand ses cheveux de jeune femme tombent par poignées, sa peau s'est épaissie et des sillons amers sont venus creuser le coin de ses lèvres jusqu'à ses narines, sans parler de ses yeux de folle, des yeux absents qui le terrifient. Pour l'instant son corps reste à peu près intact. Peut-être a-t-elle un peu maigri ? Sa peau claire ne semble jamais rencontrer l'astre jaune et il lui manque deux dents. Elles étaient tombées toutes *seules, elle n'avait pas eu mal, a-t-elle expliqué à Östal lors d'une de ses visites.*

Car le Roi est obligé de lui rendre visite tous les mois, quand elle est fertile, et ce depuis huit longues saisons. Il n'a plus envie d'elle, pas envie de faire l'amour à une femme qui n'a pas sa raison. Il a autant l'impression de la violer que de l'être lui-même. Parfois elle semble présente et le regarde avec bienveillance. Le reconnaît-elle pour autant ? Parfois elle s'effarouche en le voyant arriver et pleure pendant qu'il lui fait l'amour, avec le plus de précautions possible pourtant... Mais rien ne semble vouloir ressortir de cette union et chacune de ces visites est une torture.

— Et si notre stérilité était un message des dieux, Migvar ? S'ils nous disaient qu'ils ne veulent plus de ces sacrifices ? risque-t-il.

— Je n'y crois pas, l'Oracle a prédit la naissance de sa fille et nous a même indiqué qu'elle serait extrêmement puissante puisqu'elle sera « messagère de l'histoire ». Cela ne m'étonne pas d'ailleurs, vu le nombre de saisons où sa mère aura été soumise aux émanations avant de la concevoir !

Devant l'air abattu du jeune Roi pour lequel il s'est pris d'affection au fil du temps, et dont il se sent le mentor, Migvar se radoucit un peu. Il a appris à mettre de l'eau dans son vin grâce au jeune homme, qui semble être né pour être diplomate tant il sait régler les conflits les plus tendus. Sûrement grâce à sa sensibilité de musicien qui lui donne accès à la musique des âmes, bien qu'il soit une Sentinelle...

— Je sais que ces rendez-vous te sont pénibles, Östal, jamais aucun Roi n'a dû subir ça si longtemps. Mais n'oublie pas que c'est pour le bien de notre peuple.

— Je m'en souviens. Malgré tout je n'aime pas être cet homme qui profane le corps d'une femme pour qui il n'est qu'un inconnu… Je ne veux pas que mon enfant soit conçue dans un viol.

— Tu n'as pas d'autre choix, mon ami. Et je te sais suffisamment doux pour ne pas brusquer l'Oracle plus que nécessaire. Tu es un homme bon et droit, il ne manque plus que cette enfant pour que tu accèdes aux prochaines étapes…

— Quelles prochaines étapes ?

— Je souhaite te confier l'entière responsabilité du commerce avec les Autres. Tu parles désormais couramment leur langue et ton sens de la négociation n'a fait que s'accroître au fil des saisons. Il est temps pour notre communauté de s'ouvrir à ce peuple, et c'est toi qui bâtiras les passerelles entre nous.

— C'est l'Oracle qui t'a dit ça ?

— Oui.

— En quels termes exactement ?

— « Ce qui est en dedans va parfois au-dehors et les Autres nous ressemblent plus que nous croyons. Celui qui chante dissoudra les frontières, plus de limites, plus de peau qui sépare, plus de défiance pour un autre similaire. Celui qui chante fera tout ça et bien plus encore. Celui qui chante créera l'outil de notre salut en passant d'un monde à l'autre. Béni soit celui qui chante ! »

— Je ne chante pas.

— Tu joues de la musique !

— J'en jouais.

— Tu fabriques de merveilleux instruments !

C'est vrai. Si Östal n'a plus jamais eu le cœur à composer, il a gardé sa passion pour la fabrication d'instruments de toutes sortes. Flûtiaux, tambours, instruments à cordes… Son art s'est affiné au fil du temps et il en fait volontiers profiter les villageois qui le sollicitent, allant même jusqu'à leur donner quelques cours. Il a toujours un morceau de bois et un couteau sur lui, pour sculpter de petits pipeaux qu'il aime distribuer aux jeunes enfants.

Bien qu'il ne semble pas convaincu pour autant par cette prophétie, Östal est intéressé par cette idée de commercer davantage avec les Autres.

— En tout cas, j'aimerais beaucoup faire cela ! Mais je ne vois pas pourquoi je dois attendre d'avoir donné une fille à la Reine…

Östal a toujours ce petit ton ironique qui a le don d'agacer Migvar quand il prononce « Reine », comme s'il le mettait au défi, comme pour lui rappeler leur supercherie. Östal a le cœur noble et, bien qu'il ait accepté son sort, il n'a jamais vraiment pardonné le mal qu'on fait aux Oracles.

— Le peuple a besoin de cette enfant. Grâce à elle tu paraîtras enfin un Roi légitime. Tu seras reconnu. Pour l'instant, certains doutent de ta capacité à engrosser la Reine. Autrement dit, de tes qualités d'homme.

— J'ai déjà donné un enfant à la Reine !

— Un mort-né ! Peut-être tes rejetons sont-ils tous voués à la mort ? Peut-être es-tu devenu stérile ? Peut-être…

— … suis-je impuissant ?

— Je n'ai pas voulu dire cela !

— Oh, mais tu ne serais pas le seul à le penser !

Peu de temps après la fausse couche de l'Oracle, Östal a pris Klemïjr comme compagne. Son père, le forgeron, n'y a finalement opposé aucune résistance et leur union s'est passée comme le reste de leur relation : sans vague. Klemïjr est une gentille épouse, douce et attentionnée, mais ils ne partagent pas grand-

chose, hormis leur couche. Ce n'est pas avec elle qu'il peut rire, avoir de grandes discussions au coin du feu, ou même se reposer et déposer enfin les armes, son masque… Non. Elle est une compagne discrète et peu pénible, mais elle est sans relief. Pour autant, il s'est appliqué à essayer de lui donner des enfants, convaincu qu'elle s'épanouirait dans son rôle de mère et que des bambins sauraient lui redonner un peu de joie à lui, dont le cœur ne battait plus guère. Mais le ventre de la jeune femme ne s'arrondissait pas plus que celui de la Reine, et les villageois ont commencé à s'interroger, à le montrer du doigt. Un jour, Klemÿr est revenue en larmes, lasse d'avoir dû subir les moqueries de prétendues amies qui avaient tâché de savoir si son époux l'« honorait » comme un homme doit le faire. Östal est alors rentré dans une colère noire, mais il s'est mis à se demander lui-même s'il n'avait pas un problème de fertilité… Il faut bien dire tout de même que le sexe n'a rien de réjouissant pour lui, depuis des saisons. Il est loin le temps où il avait envie, tout naturellement, juste parce qu'il croisait une jolie fille sur la place ou que Järell le frôlait. À cette époque, les choses sensuelles lui paraissaient simples, saines, joyeuses. Aujourd'hui il n'est plus qu'un violeur, violé, géniteur avec obligation de résultat… Comment dès lors le fluide de la vie pourrait-il jaillir de lui ? Car, oui, Östal a bien un problème, qu'il ne parvient à avouer à quiconque, pas même à Migvar : son corps semble retenir la précieuse semence au moment où elle doit être donnée. Il ne jouit jamais. Klemÿr, qui était pure avant de le connaître et ne pouvait donc pas le comparer à d'autres, ne s'est jamais rendu compte de rien. Un homme est censé être toujours opérationnel, mais si ce n'est pas le cas ? Östal soupire, soulagé d'être une Sentinelle à l'esprit insondable par quiconque.

— Ça viendra, répond soudain Migvar, comme s'il semblait comprendre les tourments qui l'agitent. Le nouveau cycle de fécondité débute aujourd'hui. Prépare-toi à rejoindre sa couche.

Résigné, Östal hausse les épaules. Il sait bien que, quoi qu'il dise, il devra retourner voir l'Oracle... Et l'honorer cinq jours par cycle, en espérant que les dieux soient enfin avec lui.

En chemin, Östal se remémore tout ce qu'il a accompli depuis ces huit saisons. Il n'a pas de quoi rougir...

Au fur et à mesure qu'il approche de la grotte, un sentiment de bien-être l'envahit. Comme s'il arrivait chez lui, dans son véritable foyer. Depuis quelques lunaisons, il peut percevoir les vibrations qu'émet la boule de feu bien avant d'entrer dans la gueule de la montagne, il perçoit sa chaleur, il se sent étonnamment libre et puissant. Est-il heureux de retrouver Järell ? Non, bien sûr que non, cela fait longtemps que sa bien-aimée est morte, qu'elle a cédé la place à une folle en haillons et aux cheveux pleins de nœuds crasseux. Pourtant, à chaque fois qu'il la voit, son cœur fait un bond. Léger, de plus en plus léger certes... mais un bond tout de même. Car il ne l'a jamais oubliée, la jeune fille en robe blanche pour qui il a écrit sa dernière chanson. Elle a peut-être déserté son propre corps mais elle habite toujours là, dans un coin de son esprit, bien cachée et chérie comme un souvenir fatigué qui ne veut pas mourir...

Est-ce le malheur ? Est-ce l'exposition régulière aux émanations ? Est-ce seulement possible qu'une Sentinelle développe aussi des dons, à l'instar des enfants du volcan ? Östal n'en sait rien et il préfère ne pas mettre de mots sur ce qui lui arrive, d'autant qu'il est convaincu que les dons n'apportent que désolation. Pourtant, il a changé et il changera encore, il le sait. Il devient de plus en plus sensible aux pensées des autres, arrive à lire en eux leurs changements d'humeur, a parfois des intuitions… Et celle qui est en train de s'immiscer en lui l'intrigue, lui fait presser le pas. Cette fois, il a soudain le sentiment que Järell sera là. Pas l'Oracle. Järell. Sa Järell. Sa petite Reine sacrifiée. Est-il en train de devenir fou ? Il sait bien qu'elle n'est plus là. Qu'il ne l'a plus revue depuis qu'elle a mis au monde leur fils. Que pour endormir la douleur d'avoir perdu son enfant elle a préféré s'abrutir toujours au plus près des émanations. Pourtant, il jurerait qu'il la sent vivre, vibrer à deux pas de lui, comme une chanson d'autrefois qu'on croyait avoir oubliée et qu'on se met soudain à chanter… Et, bien malgré lui, Östal accélère sa cadence, presse le pas. Plus que quelques enjambées et il sera devant le lieu maudit. Et il devra pénétrer dans l'antre de l'Oracle pour la violer.

Mais un mouvement, furtif, l'arrête net dans sa course. Là, à quelques pas de lui, aussi proche que la longueur de la chaîne le permet, se trouve la jeune fille aux cheveux blancs. C'est la première fois depuis huit saisons qu'il la voit en dehors de sa grotte. Il s'arrête, ose à peine respirer comme lorsqu'on croise un animal sauvage et qu'on craint de l'effaroucher. C'est Järell. C'est bien elle. Elle est telle qu'elle devrait ressembler à soixante-dix saisons alors qu'elle n'en a que trente-six, mais c'est encore une belle fille aux yeux cernés et au regard triste. Une belle fille parce qu'il y a en elle cette petite…

— Lumière ?

Östal a parlé d'une voix étranglée d'émotion.

— Salut, espèce de noix, lui répond la jeune fille.

— Järell ?

— Qui d'autre ?

— Tu me reconnais ?

— Oui.

— Mais comment est-ce possible ?

— Je ne vais plus dans la grotte depuis la dernière lunaison.

Vu le degré de dépendance aux émanations que la jeune fille semblait avoir atteint, c'est de l'ordre du tour de force.

— C'est vraiment toi ?

Il a du mal à y croire. Il a envie d'y croire. Et peur d'une hallucination. Est-il déjà dans la grotte, drogué par la boule de feu au point de prendre ses désirs pour des réalités ?

— Oui, Östal, c'est bien moi. Qui d'autre te traite de noix ?

— C'est vrai…

Le jeune homme se met à trembler. De peur, de chagrin, de joie, il ne sait pas. Il se souvient de la dernière fois qu'il l'a vue lucide. Il se souvient du temps où il voulait la sauver de son sort. Tout cela lui revient comme si c'était de nouveau possible. Il n'a que faire du Conseil, que faire de Klemÿr, il est prêt à renoncer à tout pour la sauver. L'espoir, fou, vient de renaître. Quelque chose change en lui. Ses lèvres s'étirent malgré lui, son cœur s'accélère… il est heureux ! Pour la première fois depuis huit saisons, il est heureux ! Son cœur va exploser, c'est sûr, mais avant cela il doit la serrer dans ses bras. Sa beauté, sa douce, sa bien-aimée !

Contrairement aux autres fois où il est venu lui rendre visite, le corps de la jeune fille ne se raidit pas à son contact. Au contraire, elle l'accueille avec ferveur, l'embrasse, prend sa tête dans ses mains. Elle rigole, elle pleure autant que lui, lui dit qu'elle l'aime et n'aimera jamais que lui, qu'elle l'attendait, qu'elle veut être sienne ! Alors, fou d'amour et de désir, il la déshabille tout doucement, la caresse, l'embrasse comme il ne l'a pas fait depuis bien longtemps… Et ne se contente pas de l'honorer, mais lui fait l'amour, lui fait la vie, se donne à elle comme il ne se croyait plus capable de se donner à une femme, dans le bonheur et le plaisir, dans la jouissance absolue des âmes et des corps. Il se fond en elle, il explose, l'inonde de sa semence et lui insuffle la force de vivre. Puis se repose et recommence, encore et encore. Ils finissent par aller dans la grotte, sans qu'ils s'en aperçoivent seulement, et se prennent et se reprennent encore. Il perd la notion du temps, s'endort, lui fait l'amour, mange frugalement et sombre, heureux, repu, dans les plus doux des rêves.

À son réveil, il ne la trouve pas tout de suite. Il se dresse sur ses coudes, terrorisé, mais la découvre bientôt qui dort un peu plus loin, un peu trop près de la boule de feu dont la chaleur est plus intense par là-bas. Il va la réveiller d'un baiser, l'exhorter à s'éloigner de cette chose maudite, lui faire l'amour encore et briser ses chaînes pour la libérer.

Un morceau de papier retient soudain son attention. Il a été posé juste à côté de lui, là où Järell aurait dû se trouver. Intrigué, le jeune homme le saisit et commence à lire :

Mon amour, mon unique, mon tout,

Quand que tu liras ces lignes, je serai déjà repartie. Tu me vois sans doute en train de dormir, loin de toi, et tu as songé à venir me réveiller. Mais sache que je ne dors pas. Enfin, si, je suis en sommeil, à nouveau, comme je l'ai été durant toutes ces longues saisons où je ne te reconnaissais de loin en loin qu'au travers d'un épais brouillard dont je ne voulais pas m'extirper. Sache que ce soir, je suis de nouveau au-delà de cette brume. Mais j'ai encore une fois fait le chemin de mon propre gré. Ne m'en veux pas, je t'en supplie, mon amour. Ne t'en veux pas, je t'en conjure. Tu es l'être le plus beau, le plus noble, le plus digne d'amour que j'aie jamais rencontré et j'aurais tant aimé que notre destin soit juste de nous aimer... Mais la vie en a décidé autrement et si cela me déchire parfois le cœur, quand je m'autorise à naviguer dans la vie en toute lucidité, je sais me satisfaire du souvenir de ces moments volés à la fatalité, je m'enveloppe de cet amour qui nous unit, hors du temps, hors de tout et à l'intérieur de nous-mêmes, et je me sens bien.

Je sais comme tout cela doit te paraître injuste. Je sais aussi que me revoir avec toutes mes facultés t'aura de nouveau donné l'envie de me sauver. Mais souviens-toi de ce que je t'ai dit il y a déjà longtemps : je vois tout et bien au-delà, et il n'y a pas d'issue pour moi qui n'impliquerait pas que tu meures. Cela, je ne le supporterais pas. Et tu n'en as plus le droit, tu le sais.

J'aurais très bien pu te laisser venir à moi, cette fois-ci comme les autres, et t'offrir le spectacle d'une pauvre folle que tu dois contraindre à t'aimer pour lui donner une héritière. Ça n'aurait été que ton interprétation, car sache qu'aucune de tes visites, aussi réticente ou absente que j'aie pu paraître, ne m'a laissée indifférente. J'ai toujours senti ton amour et ton respect. Tes mains sur ma peau ont toujours été douces et chaudes comme une promesse de bonheur. J'ai apprécié chacun de ces instants... Seulement cette fois-ci était la dernière que nous nous voyions car cette union nous donnera enfin l'héritière tant attendue, je l'ai vu. Alors je ne voulais pas que nos adieux aient l'air d'une bataille. Je souhaitais aussi que tu gardes de moi un beau souvenir à transmettre à notre fille et surtout que tu ne la voies *pas comme le fruit d'un viol mais bien comme une enfant de l'amour, ce qu'elle est...*

Si je t'écris ces quelques mots, c'est aussi par égoïsme, parce que je ne veux pas que tu me détestes d'être repartie respirer les émanations. Que tu comprennes que ce n'est pas parce que j'aime ça, ou que je suis trop lâche pour fuir avec toi. Nous avons fait ce qu'il faut pour mettre un terme à cette tradition cruelle... Tu verras, tu vivras assez vieux pour le voir. Moi je vais vivre le temps imparti aux Oracles, peut-être même un peu plus, mais je n'oublierai jamais ceux à qui j'ai donné la vie, ni celui que j'ai aimé. Je t'aimerai toujours, quand bien même nous ne nous verrons plus avant longtemps... Quand bien même nous ne nous verrons plus jamais.

Surtout n'aie pas de chagrin, mon amour. Mon sacrifice en vaut la peine et je suis la plus heureuse des femmes de t'avoir rencontré. Ces quelques moments volés hors de la grotte continueront de m'accompagner pendant toutes les saisons à venir. Sois heureux comme je le suis de te connaître. Aime notre fille et aide-la à devenir forte et fière. Elle sera scribe comme moi, et surtout elle sera un parfait mélange de toi et de moi... Elle donnera naissance à d'autres scribes, d'un nouveau genre... Elle doit aussi aimer les hommes et avoir confiance en elle, être libre et farouche... Élève-la comme un garçon. C'est grâce à ce tempérament qu'elle rencontrera son destin ! Et il ne sera pas comme le mien, fais-moi confiance. Répète-lui tous les jours à quel point je l'aime et à quel point je t'ai aimé. Elle doit avoir foi en l'amour... Et n'en jamais manquer.

Voilà, tout est dit. Pars maintenant, mon amour. Je ne veux pas te trouver là à mon réveil et que tu me voies de nouveau folle et laide. Tu ne peux pas me sauver, je ne te suivrai de toute façon jamais. Alors vis ta vie, et accomplis de grandes choses. Continue de voir les Autres. Fais-leur connaître la musique... Et dis-toi qu'ici je ne vis aucun calvaire, que d'une certaine façon, même, je suis heureuse. Parce que tu as éclairé mon ombre, parce que tous mes rêves te ressemblent, tu dois te libérer de moi et de nos songes d'enfants...

Je t'embrasse de toute mon âme.

À toi pour toujours,

Järell.

Östal pleure, il sanglote, il hoquette. Il voudrait se précipiter vers elle et la secouer, la réveiller, la sauver malgré elle, mais il ne le fera pas. Parce qu'elle ne le veut pas. Parce qu'elle a raison : mourir, il n'en a pas le droit… Alors il se frotte les yeux, se lève et va déposer un dernier baiser sur son front, puis fait demi-tour pour quitter ces lieux où il ne reviendra pas, quand quelque chose l'arrête et l'attire malgré lui. Le carnet de Järell, celui qu'elle avait emporté avec elle le soir de son sacre, gît sur le sol, ouvert, comme une invitation à le lire. Il est bien épais à présent. Östal le ramasse, découvre qu'il peut en déchiffrer les mots car il est écrit dans la langue des Autres, et commence à le lire…

VII

Mon nom est Järell. Ou du moins il le fut pendant vingt-huit saisons. Aujourd'hui, je ne suis plus que l'Oracle, en tout cas c'est ce qu'on veut me faire croire. Hier encore invitée à la table des Rois, j'étais portée aux nues, j'incarnais le pouvoir, j'avais toute la vie devant moi pour régner sur mon peuple et lui donner une héritière, quand aujourd'hui je me découvre à son service, en esclavage au nom de traditions barbares auxquelles personne ne m'a préparée... Hier encore j'aimais un homme qui était fou de moi, quand aujourd'hui je ne suis plus vraiment sienne, je ne suis que la putain du peuple...

Comment peut-on faire cela à une jeune fille à peine sortie de l'enfance ? Comment peut-on l'utiliser au nom du bien-être d'une communauté d'ignorants qui se satisfont des histoires rocambolesques qu'on leur sert, pourvu que leur vie ne soit pas chamboulée ? Je hais ce peuple, mon peuple, qui se contente de fables ridicules parlant d'une Reine qu'ils ne voient jamais. Je me déteste encore plus de n'avoir pas compris que c'était une histoire montée de toutes pièces, moi, la scribe... Oh, je sais bien à quel point mon autre don est précieux, celui de voir l'avenir des hommes et de la communauté, de pouvoir prédire les grands cataclysmes et nous aider à nous en protéger. Mais pourquoi me condamner au nom de cette particularité ? Pourquoi plutôt que me laisser vivre heureuse et faire part de mes prophéties quand elles viennent me forcer à ne faire que ça, à n'être qu'Oracle, à user trop vite ma santé et ma vie pour fournir toujours plus de prédictions ? Quel peuple est donc le mien ? Un peuple si souriant, si poli, qui s'outre devant les manières un peu rustres des Autres quand nous-mêmes restons toujours courtois et soucieux de trouver des compromis. Tout cela n'est que façade, hypocrisie. Et c'est moi qui en paye le prix aujourd'hui...

Cela fait une lunaison que je suis maintenue prisonnière ici. Une prisonnière bien traitée, j'en conviens... Enfin si on exclut les chaînes à ma cheville et le fait que ma demeure, mon « palais », est une vulgaire grotte à l'air vicié par les émanations d'une pierre venue d'ailleurs. Pour autant je ne crève pas de faim, même si mon appétit n'est pas le même que dans ma vie d'avant. On m'apporte à manger tous les deux jours. Ils appellent ça des offrandes et me demandent une prophétie en échange. Que se passera-t-il quand je ne verrai plus rien ? Me laisseront-ils mourir de faim et de soif ? Je n'ai pas le cœur de refuser de me prêter à leur *jeu. J'ai trop peur des conséquences, peur qu'ils ne viennent plus et me laissent toute seule dans cette pénombre que j'habite désormais.*

Je ne sais ce qui me manque le plus. Ma vie passée sur laquelle il faut tirer un trait, ma liberté, mes rêves de jeune fille, l'amour de mes parents et celui d'Östal qu'il me faut oublier ? Ou cet avenir que je n'aurai jamais ? Oui, le pire, c'est sûrement la certitude que demain sera toujours pire. Je n'ai aucun espoir, nulle douce histoire à me raconter pour me bercer d'illusions. J'ai vu ma mère. J'ai vu ce qu'ils avaient fait d'elle. J'ai senti son désespoir et toute cette souffrance qu'elle avait accumulée depuis qu'ils l'avaient enfermée, et qui n'avait fait que décupler à ma naissance, quand on m'avait arrachée à son sein. Elle s'appelait Kliina. Son nom figure sur une des parois de la grotte, gravé au couteau comme le nom de toutes celles qui m'ont précédée et comme y figurera le mien dès demain... Parce que la seule trace que nous pouvons laisser, c'est cela. C'est joli, Kliina, c'est doux. Doux comme elle, d'après ce que j'en ai perçu quand nous nous sommes tenu les mains. Je sais qu'à ce moment précis, elle a lâché quelque chose. Un rempart en elle a cédé. J'ai d'abord cru que c'était le flot des souvenirs qu'elle retenait depuis toujours et avait sûrement emmagasinés à son insu... Il faut dire que c'était la première fois que je me livrais à une transmission de connaissances. Avant ce soir-là, j'ignorais que c'était possible. Je me souviens de ma terreur quand j'ai compris que cette créature sans âge était ma mère, la Reine, une femme d'à peine soixante-dix saisons et qui ressemblait pourtant à la Mort ! J'ai voulu crier, hurler, m'enfuir... Mais je suis restée là et j'ai pris ses mains dans les miennes, son corps dans mes bras, malgré l'horreur, malgré la puanteur. Je suis restée là. Pas à cause des chaînes. Pas à cause des hommes autour de moi qui auraient eu vite fait de me rattraper. Pour elle. Parce que j'ai senti que j'étais la seule chose qui l'avait fait tenir jusque-là. J'étais sa raison de vivre et de tenir bon malgré le corps qui se déforme et fait souffrir, malgré la honte de vivre dans ses déjections et de sentir si mauvais que n'importe qui d'autre que la chair de sa chair aurait vomi en se tenant aussi près... Parce qu'il lui restait l'amour et l'espoir que je lui pardonne de m'avoir mise au monde pour subir la folie des hommes. Parce que son cœur sanglotait et que j'étais la seule à l'entendre, à pouvoir l'apaiser. Alors, oui, je l'ai prise dans mes bras et j'ai senti son soulagement de savoir que je lui pardonnais, j'ai compris qu'elle pourrait partir en paix et qu'elle n'avait jamais cessé de penser à moi et de m'aimer, même abrutie par ces émanations qui l'avaient transformée en monstre. Le Conseil s'était approprié son don, le volcan lui avait pris son corps, mais son cœur n'avait jamais cessé de lui appartenir... Ni de battre pour moi.

Je me souviens de l'avoir embrassée, d'avoir chuchoté quelques mots à son oreille, parce que ça ne regardait que nous, que ce moment était nôtre...

— Maman, je t'aime !

Elle m'a alors regardée dans les yeux et les siens se sont mouillés de larmes. Elle a bien essayé de me répondre. Oh oui, elle a essayé ! Mais sa bouche ne lui obéissait plus, alors elle a gémi quelques sons incompréhensibles. Consciente que ce n'étaient pas des mots et du spectacle désolant qu'elle m'offrait, ses larmes se sont mises à couler si fort que ses joues en furent partiellement rincées. Elle m'a caressé la joue de ses doigts déformés... C'étaient les doigts les plus doux du monde. Les plus jolis, les plus parfumés. Les doigts de ma mère pour me dire « je t'aime », pour rétablir ce lien physique qu'on nous avait refusé...

Et puis soudain le flot de souvenirs est arrivé. Flous, brouillons, dans le désordre. Hermeda, Dagür, Edda, Kaï, Nala... Wothan et la promesse qu'il avait exigée de son arrière-petite-fille avant de mourir des mains de celle qui fonda les Sentinelles : « Souviens-toi... » Et elle s'était souvenue. Pas comme un être normal l'aurait fait, dans son esprit, mais plutôt dans sa chair, dans chacune des particules de son être, et elle l'avait transmis à son tour à sa fille, qui l'avait transmis à la sienne. Le souvenir des origines des dons n'était jamais mort. Il avait toujours survécu à tout, à toutes, qu'il avait vues se succéder, sautant de l'une à l'autre quand le moment l'exigeait. C'était un souvenir vivant, étrange, lié intimement à cette grotte, au pendentif en forme de cœur et à la lignée des Oracles. Un souvenir qui me tient compagnie pendant mes longues journées solitaires. Un souvenir qui attire mon attention sur une roche un peu sombre où mon aïeul a versé son dernier sang, sur un morceau de paroi gravé, sur un cahier caché près de l'abîme où loge ce qu'on appelle la boule de feu.

Le cahier contient des dessins, des mots, des prophéties pour la plupart. De la peau parfois, celle de Wothan, je crois. Je vais tout lire, tout étudier tant que je le peux encore, avant que mon esprit ne s'égare trop dans les voies de la démence. Et je vais plonger dans le passé et le relater le plus justement possible, écrire l'histoire des Oracles et la naissance des enfants du volcan pour qu'il reste une trace de nous, et qu'un jour quelqu'un nous comprenne et nous sauve... Je le raconterai dans mon carnet, et je le relierai à celui que j'ai trouvé... Ce sera le Livre du Volcan*.*

Östal reconnaît bien là l'énergie et la force de caractère de celle qu'il a aimée. Il jette un rapide coup d'œil à la Reine endormie : elle semble profondément enfoncée dans ses rêves. Il ne résiste pas et poursuit sa lecture. Il a un peu les mains qui tremblent, le cœur qui bat à toute vitesse. Ce livre est inespéré ! C'est un lien entre lui et Järell ! Il va enfin savoir ce qu'elle endure depuis qu'elle est ici... Fébrile, il parcourt en diagonale l'histoire de ces inconnus qui appartiennent au passé. Il voit passer les noms qu'elle a déjà cités, mais se soucie peu de ce Wothan ou encore de Hermeda. Il lira cela plus tard, s'il lui reste du temps. Ce qui l'intéresse, c'est ce qui parle de Järell, et seulement de Järell.

Autour de moi virevoltent des âmes folles qui m'habitent et me parlent, elles m'ouvrent les portes du passé quand je ne sais plus voir que l'avenir, elles m'incitent à me laisser aller, maintenant que j'ai tout raconté. Mais je ne veux pas, je ne peux pas lâcher la vie comme cela ! Pas tant que j'ai encore l'espoir que mon Roi vienne me sauver ! Je dois m'affranchir de cette grotte, vivre au-dehors autant que je peux, tant que le climat me le permet. Aussi douces que soient les émanations, elles me font perdre la tête, je le sais. Quand je reste trop longtemps à les respirer, mon esprit se délite et se dissout dans un monde d'où j'ai de moins en moins envie de revenir mais auquel je refuse pourtant d'appartenir... Les sages me consultent souvent. Je crois qu'ils sont contents de moi. Enfin, du nouvel Oracle... Je suis la seule à leur livrer des prophéties aussi bien tournées. La précédente, ma mère, dessinait à la fin car elle ne pouvait plus parler... Je suppose que pour ma part, le moment venu j'écrirai... Même si alors je ne comprends plus moi-même les signes qui naîtront sous mes doigts...

Mais Järell n'a pas perdu la raison, pas encore ! Et tant qu'il viendra la voir et lui tiendra compagnie, il saura l'en empêcher.

La nuit dernière, j'ai fait un rêve étrange qui m'a portée bien au-delà des temps où j'ai l'habitude de naviguer. J'étais à la fois très loin dans le passé, à l'époque où la première Reine grava dans la grotte : « La mort de la mère est la clé », et j'ai vu la prophétie initiale, celle qui existait avant même que cette affreuse Edda ne la modifie pour justifier son parricide. Et tandis que je tendais la main vers la paroi et touchais la prophétie, j'ai été projetée à une époque qui n'existe pas. Et je l'ai vu. Un jeune homme aux cheveux bruns et aux yeux bleus. D'une beauté à couper le souffle, il est aussi séduisant que le serait notre fils si Östal et moi étions autorisés à en avoir un. Son corps était tatoué de partout et le désignait par le symbole du calice comme enfant du volcan. Il m'a vue, lui aussi, j'en suis convaincue ! Il m'a vue et il m'a souri ! Son sourire, mi-angélique mi-démoniaque, laissait planer un doute sur sa nature profonde, mais quand mes yeux ont plongé dans les siens, j'ai compris. C'était lui ! Des voix que jusqu'alors je n'avais jamais entendues m'ont chuchoté que c'est par lui qu'arriverait un nouvel ordre. Qu'il serait le père d'une génération d'enfants surdoués qui pourraient décider de mettre le monde à feu et à sang, d'asservir les autres humains, ou au contraire de se mélanger avec eux pour vivre enfin en paix... C'était lui l'Élu dont parlait la prophétie, la vraie ! Quand je me suis réveillée, je connaissais la totalité des mots prémonitoires. En voici la vraie version :

La mort de la mère est la clé...
Viendra le jour où naîtra un empathe
Issu d'une grande dynastie
Des cendres du volcan à plusieurs reprises il sera arrosé
Pour sa mutation parfaite achever
Et au pouvoir ultime accéder
Du symbole des fils du volcan il devra se marquer
Les frontières entre le Bien et le Mal seront effacées
Alors la prophétie pourra se réaliser
Sa première bataille contre le Mal perdue
C'est alors qu'il deviendra l'Élu
Et des innocents sera le sauveur
Agissant comme Dagür sur l'ordre de son cœur

Il deviendra arme absolue pour son ennemi
Le chef d'une nouvelle armée
Et la douleur de la perte apaisée
Libérera les innocents pour apurer la lignée.

Par souci d'atténuer la violence des corrections d'Edda sur les mots gravés dans la paroi, j'ai complété comme j'ai pu... Mais je n'ai pu modifier son mensonge selon lequel l'empathe doit être transpercé d'une lance en plein cœur. Je me demande juste quelles en seront les conséquences. Parce que ce Livre du Volcan, personne d'autre que mes descendants ne le verra. Les Sentinelles et autres membres du Conseil feront ce qu'ils pourront de cette version erronée...

Pendant que je gravais la suite au-dessous de la première strophe, sur les murs de ma cage, une nouvelle voix m'est parvenue. Celle d'une jeune fille qui est apparue à son tour dans mon rêve. Ses cheveux de feu m'ont rappelé ceux de mon père et ses yeux d'un vert intense avaient quelque chose de familier. Elle était enceinte et me suppliait de l'aider, me hurlait que ses bébés allaient la dévorer... Alors, sous le coup de l'impulsion provoquée par cette voix et le souvenir de la jeune fille, j'ai aussi effacé « La mort de la mère est la clé » en insistant bien sur le mot « mère » de sorte qu'il soit vraiment illisible. J'espère que cela suffira à stopper la folie autour d'elle, ainsi que celle des enfants qu'elle portait dans mon rêve et qui n'étaient en vérité que des vieillards assoiffés de violence...

La prophétie du mur ressemble donc désormais à ceci :

Plusieurs fois par le volcan arrosé
Du symbole du volcan l'empathe sera marqué
Sa première bataille contre le Mal perdue
C'est alors qu'il deviendra l'Élu
Et des innocents sera le sauveur
Transpercé comme Dagûr d'une lance en plein cœur.

Viendra le jour où naîtra un empathe
Issu d'une grande dynastie
Des cendres du volcan à plusieurs reprises il sera arrosé
Pour sa mutation parfaite achever
Et au pouvoir ultime accéder
Du symbole des fils du volcan il devra se marquer
Sa terre dans la peau s'injecter

Les frontières entre le Bien et le Mal seront effacées
Alors la prophétie pourra se réaliser
Sa première bataille contre le Mal perdue
C'est alors qu'il deviendra l'Élu
Et des innocents sera le sauveur
En transperçant le démon d'une dague en plein cœur
Il deviendra arme absolue pour son ennemi
Le chef d'une nouvelle armée
Et la douleur de la perte apaisée
Libérera les innocents pour apurer la lignée.

Voilà de quoi intriguer ces barbares qu'on appelle les sages...

Curieusement, ce rêve m'a redonné de l'espoir. Aussi fou que cela puisse paraître, j'ai la certitude que ce jeune homme, cet Élu, est de mon sang. Et je crois en lui plus qu'il n'a confiance en lui-même...

Un garçon ? Un descendant qui lui serait apparu en rêve ? C'est aussi impossible que les propos de la jeune fille sont confus. Östal fronce les sourcils. Järell était sans doute en proie à des hallucinations quand elle a écrit cela. Ce que les sages appellent clairvoyance n'est que folie...

Je comprends de mieux en mieux comment fonctionne mon don. Mes dons devrais-je dire puisque c'est leur combinaison qui m'a fait accéder à une écriture médiumnique. Je comprends le passé qui m'explique le futur. Je sais le futur et ses conséquences sur le présent. Le temps est si élastique ! Je navigue au gré de mes écritures, je lis dans la pierre et dans le bâton. Ma vie est assez simple, je n'ai aucun choix à faire... Pourtant, mes descendants devront faire celui de l'Obscur ou de la Lumière... Les Ténèbres se nourriront des Ténèbres et les cheveux bruns deviendront blancs, les yeux foncés deviendront clairs. Dans le futur, je sais que les dons évolueront. Que nous ne sommes qu'aux balbutiements de ce que nous pouvons accomplir. Que nous serons plus que des hommes... Peut-être des dieux, nous-mêmes. Et nous serons toujours liés au volcan. Ses cendres sont notre sève. C'est pourquoi celui qui sera trois fois exposé et qui portera des cendres en lui deviendra si puissant... Mais nous n'en sommes pas encore là et ma propre tâche me semble bien simple, petite Reine de pacotille qui doit juste donner naissance à une héritière...

Östal saute quelques pages qui ne sont que nouveaux délires de l'Oracle sous l'emprise de la boule de feu. Il prie de tout son cœur, de toute sa ferveur pour que le ventre de Järell ne produise qu'un avorton. Il refuse d'être le père d'un enfant qui ne serait qu'agneau à sacrifier sur l'autel de la soif de pouvoir d'une poignée d'imbéciles.

Pourtant ma fille sera différente. Elle sera libre ! Je le sais, je le sens dans chaque parcelle de mon corps. Il y a autre chose que je sens aussi : Östal... Il n'a pas renoncé à moi. Chaque nuit je le vois se rapprocher dans ses rêves. Il a réussi à cacher sa peine. Il se prépare à venir me sauver... Mais j'ai vu que l'évasion ne serait qu'éphémère. Au mieux, les sages le banniront et il se laissera dépérir. Au pire, ils le tueront. Dans tous les cas, je le perds. Et je perds la possibilité qu'il soit le père de ma fille alors que mes visions sont formelles : elle doit être enfant de Sentinelle pour s'en sortir. Mais il approche, il va venir. Alors je vais devoir lui briser le cœur...

Östal se remémore cette entreprise folle. Il se rappelle sa course dans les ronces, son impatience à la retrouver... Puis sa déception.

Je crois que mon calvaire n'est rien à côté de celui que j'ai fait endurer à l'homme que j'aime et de la culpabilité que j'en ressens. Comme je l'avais prévu, Östal est venu me chercher. Il était si beau, si innocent, si plein de ferveur et d'espoir ! J'ai bien failli succomber et le suivre...

Lui non plus n'a oublié aucun des mots qu'ils échangèrent ce jour-là :

— Laisse-moi tranquille et va-t'en, Östal ! Je retourne à ma grotte qui est infiniment plus intéressante que toi.

Il tremblait de tout son corps, il pleurait de tout son cœur.

— Je te déteste ! hurla-t-il en tournant les talons.

Et alors qu'il courait aussi vite qu'il le pouvait, loin de celle qui lui déchirait l'âme, il l'entendit l'invectiver, au loin :

— Moi aussi je te déteste, pauvre noix !...

J'ai bien cru mourir de chagrin quand il est parti. Mais j'étais soulagée d'avoir si bien joué la comédie, joué la folle, la droguée, la détachée, quand je ne rêvais que de m'enfuir avec lui... Il le fallait pourtant, je n'avais pas le choix. Je sais que l'amour se moque bien des sacrifices et que seule une blessure d'amour-propre est plus forte que tout. Je ne pouvais faire courir aucun risque à mon cher Östal. Je préfère qu'il me déteste, comme il l'a dit... Même si ses mots m'ont déchiré le cœur. Pour la première fois depuis que je suis ici, je suis allée respirer les émanations de ma propre volonté pour soulager ma peine. Pour être un peu dans le brouillard et oublier combien j'ai mal d'avoir rejeté mon aimé... J'essaie de ne pas trop souvent y succomber, mais je dois bien avouer que j'y prends goût, que j'en ressens si ce n'est encore le besoin, du moins parfois l'envie... Alors je m'évade en pensée, je vole, je suis libre et légère. Et mon enfer prend un goût de paradis.

Östal n'attendit pas une saison et demie pour revenir, comme elle le lui avait intimé. Il lui fallut six lunaisons pour digérer l'affront et s'apercevoir qu'il l'aimait encore comme un fou. Mais sa fierté l'empêchait de retourner la voir, même s'il ne lui en voulait plus d'avoir été aussi dure. Pourtant, un jour, tout lui parut évident.

— Elle m'a traité de noix !?

— Qui ça ? lui répondit Korb avec qui il dînait souvent.

— Ta fille. Quand je suis allé la voir…

Korb savait que la tentative de libérer Järell avait échoué. Il ne comprenait pas les raisons de sa fille mais supposait qu'elles devaient être d'importance pour qu'elle se comporte ainsi.

— Et alors ?

— Et alors ? « Noix ! », c'est un mot doux pour nous !

— Je ne te suis…

— On ne donne pas un mot doux à quelqu'un qu'on n'aime pas !

— Certes…

— Donc elle m'aime encore !

— Peut-être, mais son choix…

— Je me fiche de son choix, il est sûrement dicté par de mauvaises raisons ! le coupa encore le jeune homme, surexcité.

Et sans attendre la réponse de Korb, il s'élança hors du village et courut jusque chez l'Oracle. Là, elle n'eut d'autre possibilité que de lui avouer qu'elle l'aimait encore et n'avait souhaité que le protéger en le repoussant, afin de lui éviter une mort certaine. Elle ne partirait jamais de la grotte, c'était sûr… Alors il décida qu'il s'en accommoderait, et que son cœur lui resterait fidèle toute sa vie, même si d'aventure il devait prendre une autre épouse pour n'éveiller aucun soupçon. En contrepartie, il la supplia de s'exposer le moins possible aux émanations, afin de *préserver sa santé, ce qu'elle accepta. Hélas, une promesse de droguée n'est guère fiable et, il l'ignorait, la jeune fille avait déjà pris goût à ses hallucinations… Mais il ne le comprit pas. Pas plus qu'il ne pouvait saisir à quel point elle avait besoin de cela pour rendre son quotidien supportable. Et combien cela deviendrait de plus en plus nécessaire. Comme un gamin insouciant, tout à son amour et son désir, il se contenta de l'aimer en secret, de lui faire l'amour et de rire avec elle. Jusqu'à ce jour…*

Quand Östal est revenu et qu'il a compris mes raisons, les a acceptées, j'ai bien cru que mon cœur allait exploser de joie et d'amour ! Il fallait vraiment qu'il tienne à moi pour passer outre mes mots si durs, et pour tolérer la situation. Pourtant il l'a fait. Et je chéris chacun des moments que nous passons ensemble. Ce sont des instants volés, des moments que personne ne soupçonne. Dans trois lunaisons, il devra venir me rendre visite à chaque cycle. Dès que je donnerai naissance à une fille, il ne sera plus officiellement autorisé à venir me voir… Mais ce n'est pas pour tout de suite, je le sais. Et nous avons un autre problème. Je lui en ai parlé aujourd'hui, il avait l'air bouleversé.

— Östal, il faut que je te parle.

— Qu'y a-t-il, ma douce ?

— Je porte ton enfant.

— Qu.. quoi ?

— Oui. Je le sens.

— Comment allons-nous faire ? Tu n'es pas censée tomber enceinte avant au moins trois lunaisons !

— Ce n'est pas tout… Je porte un fils.

— Un fils, a-t-il répété en souriant, comme pour mieux saisir la portée de ces mots. Je vais être papa ?

— Oui. Il est viable. Il a le désir de vivre et il naîtra.

— Mais comment ? Les garçons sont tués à la naissance, tu le sais !

— Je ne laisserai personne tuer mon fils. Je vais cacher mon ventre pendant ces trois lunaisons et un peu plus, de sorte qu'on croira que tu m'as engrossée à la date prévue...

— Et après ?

— On verra...

Pour l'instant je ne sais pas quoi penser, ni que faire de mes visions concernant cet enfant. Elles sont floues, contradictoires. J'ai le sentiment qu'il est destiné à de grandes choses, et en même temps je ne vois que haine et mort quand j'essaie de lire son avenir... Tout ce que je sais, c'est que je l'aime déjà. Si fort ! Je comprends tellement mieux ce qu'a pu ressentir ma propre mère quand on m'a enlevée à elle... Je pense que je ne le supporterais pas. Si d'aventure je n'arrivais pas à le sauver de la mort infligée par les sages, je crois que je préférerais le tuer moi-même...

7.

— Et si on refuse de suivre Kaleb ? Rien ne nous y oblige, après tout !

— William a raison ! enchérit Faroudja. Je ne vois pas pourquoi on irait au casse-pipe !

— Peut-être parce que c'est notre destin ? suggère Hannah.

— Ou parce que le sacrifice d'une poignée d'individus pour sauver des milliers d'autres a du sens ? poursuit Samuel.

— Qui nous dit que ça va vraiment changer quoi que ce soit à la situation des enfants du volcan ? demande William. Pour ce que j'en sais, Kaleb est parti sauver sa petite amie, pas le monde !

— Il arrive qu'un simple petit geste se révèle bien plus lourd de conséquences que ce qu'on imaginait au départ…, commente Glenn. La prophétie est claire : l'Élu va mettre un terme à la traque des enfants du volcan.

— Je n'y crois pas ! proteste Morrigan. Les gouvernements sont impliqués dans le commerce de nos dons, ils ne nous lâcheront pas comme ça !

— Sans le réseau SENTINEL, ils ne nous retrouveront jamais ! Et Kaleb va le démanteler en s'attaquant à Bergsson, argumente Glenn en pesant ses mots. Si nous avons la moindre chance de vivre un jour en paix, c'est cette opportunité qu'il faut saisir.

— « Vivre », c'est le mot clé, commente William, amer. Tu as entendu ce qu'a dit Morrigan : un seul d'entre nous pourra survivre.

— Je sais..., répond le synesthète. Mais je préfère mourir debout que vivre à genoux...

Kaleb, s'il n'entend pas leurs paroles depuis sa chambre, perçoit chacune des émotions de ses amis. Il sait la colère de William, la peur de Faroudja, la résignation de Samuel et Hannah, la détermination de Glenn et Morrigan. Il ne peut pas leur en vouloir d'hésiter ni d'avoir peur. Pourtant, il sait en effet que de cet affrontement avec Bergsson naîtront tous les espoirs. Que la prophétie s'accomplira quand il fera couler son sang, que grâce à lui une nouvelle race d'enfants du volcan verra le jour. Et désormais, il a compris que ça ne pourrait se faire qu'en présence de ses acolytes... Du moins, grâce à leur don. Et, qu'ils le veuillent ou non, ils le suivront tous jusqu'à l'Eyjafjöll et ils lui prêteront leurs aptitudes, le temps de la bataille. Si certains d'entre eux refusent, Kaleb saura les convaincre... Insuffler l'envie de se sacrifier, c'est un jeu d'enfant pour lui !

Depuis qu'il leur a emprunté leur don, malgré lui, Kaleb comprend à quel point tout est lié, le passé, le futur : Järell et lui ne se sont-ils pas rencontrés dans la grotte ? N'a-t-elle pas voyagé dans le temps pour y voir aussi Abigail ? Il sait également que son propre don ne fait que se fortifier depuis qu'il lit le *Livre du Volcan.* Il perçoit les choses bien au-delà de ce qu'il devrait. Il sent Abigail dépérir dans sa prison, il sent Mary Ann et David Armstrong ronger l'âme de ses enfants… Et il les sent, eux, se débattre et l'appeler au secours. Mais ses bébés sont des êtres d'exception, fils d'un empathe et d'une succube. Certainement les enfants du volcan les plus purs que cette terre ait portés depuis bien longtemps. Ils sont la vie, ils sont la résurrection… Ils sont les nouveaux prophètes de ce monde ! Et c'est lui qui les a conçus ! Il est hors de question qu'il laisse qui que ce soit leur faire du mal, qu'il s'agisse de Bergsson ou des Armstrong. Mais ce que ses ennemis n'ont pas compris, c'est que les enfants combattront à ses côtés en lui insufflant cette énergie qu'ils ont commencé à distribuer à leurs parents. Cette chaleur qui se propage en eux n'est rien d'autre que l'arme qu'ils devront utiliser, ensemble, le moment venu.

Oui, ce sera une véritable arme, car lorsque Abigail et lui entreront de nouveau en contact, il y aura fission et explosion. Une explosion spectaculaire et irréversible…

Depuis son incursion dans le passé, un mot le hante et ne lâche plus son esprit. C'est obsédant comme une chanson dont on n'arrive pas à se défaire, ça le poursuit et ne lui laisse aucun répit.

Aussi sûrement que la mort est la clé, Kaleb sait que la solution réside dans la *fusion.*

VIII

— Comment se porte Arÿm, mon cher Östal ?

— Elle est en pleine santé.

— Des signes de clairvoyance ?

— Toujours pas.

Migvar soupire. Östal serre les poings dans ses poches. Il lui est difficile de cacher sa colère, mais c'est important qu'il reste calme.

— Elle n'a que six saisons…

— Certes, mais sa mère avait déjà manifesté quelques aptitudes au même âge.

— Il faut croire qu'elle sera moins précoce…

Six saisons déjà que Järell a mis au monde leur fille. Östal n'a pas été autorisé à lui rendre visite ce jour-là et n'est plus le bienvenu dans sa grotte. Il feint de s'être désintéressé de la reine et de ne pas songer à lui rendre visite. Il prétend même que ça lui serait pénible puisqu'elle lui rappellerait ces moments où il devait se forcer à lui faire l'amour. Bien sûr, c'est faux. Il continue d'ailleurs à lui rendre visite, de temps en temps, *pour voir si elle ne manque de rien. Mais ce n'est plus comme avant. Depuis qu'elle lui a fait ses adieux dans cette lettre qu'il a précieusement rangée dans le* Livre du Volcan, *elle s'est détournée du monde réel. Les émanations auront été plus fortes que leur amour et à chaque visite il constate qu'elle s'éloigne un peu plus de lui, comme d'elle-même, de ce qu'elle a été. Malgré tout les volontés de Järell, avant sa mort psychique, ont été respectées. Il n'a pas cherché à la sauver et élève leur fille comme si c'était un garçon, comme il aurait élevé celui que le destin lui avait volé…*

Quand il eut terminé la lecture rapide du manuscrit, ce jour-là, il lui est apparu comme une évidence qu'il devait le garder avec lui. Järell ne lui avait donné aucune indication à ce sujet, mais pour quelle autre raison l'aurait-elle laissé bien en vue ? Et puis, à bien y regarder, ce qu'elle y avait consigné par la suite ne l'était manifestement que sous l'emprise des émanations. Elle avait inscrit des phrases absconses et griffonné des croquis mystérieux et effrayants à la fois. L'Oracle était comme obsédée par des visions d'hommes s'arrachant la peau et écrivait le même mot à la suite, page après page. Un mot signant la folie qui s'emparait peu à peu de la sacrifiée en se mêlant à des passages de la prophétie évoquée quelques pages auparavant.

Fusion Fusion Fusion Fusion Fusion Fusion Fusion Fusion
Fusion Fusion Fusion Fusion Fusion Fusion Fusion Fusion
Fusion Fusion Fusion Fusion Fusion Fusion Fusion Fusion
La mort de la mère est la clé
Fusion Fusion Fusion Fusion Fusion Fusion Fusion Fusion
Fusion Fusion Fusion Fusion Fusion Fusion Fusion Fusion
Fusion Fusion Fusion Fusion Fusion Fusion Fusion Fusion

Et si Järell perdait progressivement la tête, s'est dit Östal, il ne pouvait prendre le risque qu'elle oublie ne serait-ce qu'une fois de cacher ce précieux ouvrage qui retraçait si bien l'histoire de leurs ancêtres. Un jour, il le transmettrait à sa fille, pour qu'elle comprenne et refuse de se plier aux traditions qui ont tué sa mère…

— Tu sembles bien songeur, remarque Migvar.

— Oui, je prépare ce que je vais dire durant la tenue exceptionnelle, ment le Roi. Cette audience du chef des Autres est importante : elle aura beaucoup de retombées, j'en suis certain.

— Tu seras très bien, comme d'habitude, le rassure son mentor, loin de se douter du double jeu que mène Östal depuis des saisons. D'ailleurs l'Oracle me l'a confirmé ce matin.

— Ah oui ? s'étonne le jeune homme. Que t'a-t-elle dit ?

Migvar sourit et déplie le petit morceau de papier qu'il gardait soigneusement dans sa poche pour le lire au Roi.

L'heure est venue pour le Roi de voir son semblable
chez les Autres
Afin de lui transmettre l'outil qui le fera apôtre
De notre race exilée
Sauveur des âmes menacées.

— Tu vois ! Seul toi pouvais te faire du chef Fárbeth un allié ! Et enfin, grâce à ton projet de liaison entre nos peuples, ce que l'Oracle nomme « outil *», il deviendra ambassadeur de notre communauté et acceptera que nos sangs se mêlent enfin !*

— Si tu le dis…

Le jeune Roi est livide, il semble pris de vertiges.

— Östal, ça va ?

— Oui, juste un étourdissement…

— Tu dois te ménager un peu, entre tes fonctions et le bébé que Klemÿr ne va pas tarder à mettre au monde, tu dois être en forme !

— Oui, bien sûr !

— Allez, ne te fais pas de souci, la prophétie a parlé : tout va bien se passer !

Mais on fait dire tant de choses aux prophéties ! Ce que l'on désire, au final… Parce qu'Östal n'est pas sûr de l'interprétation de Migvar et c'est bien ce qui le chagrine. Il est nerveux ces temps-ci, de toute façon. Il sent bien que les choses ne vont pas pouvoir rester indéfiniment telles qu'elles sont. Un jour ou l'autre il se fera pincer en allant rendre visite à Järell, un jour ou l'autre on voudra lui prendre sa fille… Un jour ou l'autre tout cela finira mal.

Il lui reste un peu de temps avant de devoir rejoindre l'assemblée. Il en profite pour prendre congé de Migvar et se dégourdir les jambes, laisser son esprit divaguer. Et aujourd'hui, sa mémoire décide de le ramener quatorze saisons plus tôt… Il se souvient de sa joie et de sa peur quand Järell lui annonça qu'elle attendait un fils. Au début, ce fut pourtant très abstrait.

C'est à peine si elle avait grossi pendant les premières lunaisons, comme si son corps et l'enfant qu'il portait avaient décidé de se faire complices de la supercherie. Personne n'avait remarqué qu'elle s'était arrondie… Aussi, quand elle dit qu'elle attendait un enfant, une lunaison après leur première rencontre officielle dans la grotte, personne ne comprit que le bébé vivait en son sein depuis plus longtemps. Son ventre finit par beaucoup grossir, comme pour rattraper le temps perdu, mais comme c'était la saison sombre, elle se camouflait sous les couches de vêtements.

— Il sera extraordinaire, je l'ai vu ! C'est le fils du volcan le plus pur, le plus puissant que cette terre ait jamais porté !

— Que les dieux de la Lumière nous viennent en aide ! Qu'allons-nous faire de ce petit ? Je ne peux pas le ramener comme ça au village, et je refuse qu'on nous le prenne…

Östal était désemparé, mais Järell ne semblait pas en faire cas et se contentait de sourire d'un air triste, comme si elle connaissait déjà l'issue de tout cela et refusait de le lui révéler, ce qui avait le don de le mettre hors de lui, moins toutefois que son attitude plus que légère à l'égard des émanations. En effet, la jeune fille s'exposait beaucoup trop à son goût.

— C'est bon pour le petit ! Ça va renforcer son don !

— Ou le tuer. Tu devrais faire attention, grondait-il gentiment.

Mais au mieux elle le faisait taire d'un baiser, au pire elle s'enfonçait plus loin dans la grotte, au plus près des émanations, là où il ne pouvait pas la suivre…

Ce fut d'ailleurs en revenant de l'un de ses replis stratégiques qu'elle lui avoua enfin ce qu'elle avait prévu pour le bébé…

— Je refuse ! protesta-t-il.

— Tu n'auras pas le choix…, répondit-elle simplement, les yeux dans le vague.

Il est temps de rejoindre l'assemblée. Ses pairs sont déjà installés, les Autres sont aussi arrivés. Tous se lèvent pour le saluer respectueusement. Le jeune Roi leur fait signe de s'asseoir et les salue à son tour. Il donne une accolade à Fárbeth, le chef du clan des Autres.

— Comment vas-tu, mon ami ?

— Bien, bien… Et toi ? Ta chevelure sera bientôt aussi blanche que la mienne, semble-t-il.

En effet, si Östal a toujours la silhouette d'un garçon ayant poussé trop vite, de nombreux fils blancs courent et se multiplient dans sa chevelure. Il y a toujours quelque chose de poupin dans son visage, et pourtant, à bien y regarder, sa peau est déjà creusée de nombreux sillons. Il fait beaucoup plus vieux que son âge. D'aucuns disent que c'est à cause de ses nombreuses responsabilités, mais lui pense simplement que son cœur et son corps se calquent sur celle qu'il aime et le font vieillir à la même vitesse... À moins que ce ne soit dû aux émanations auxquelles il s'expose en secret, trop souvent...

— Je fais alors le vœu d'avoir aussi ta sagesse, Fárbeth, s'incline-t-il respectueusement.

L'homme sourit. Il apprécie les manières de ce jeune Roi. Ce dernier est doux et intelligent, aux antipodes des préjugés qu'il avait jadis sur ce peuple étrange dont certains ont les yeux bleus. Mais les choses changent et aujourd'hui, ceux qu'on appelle les Géants de son côté ne l'impressionnent pas plus que les yeux bleus ne le dérangent. Et pour cause : certains des enfants de son peuple sont nés, eux aussi, avec cette particularité. Ce volcan que vénèrent et redoutent tant les Géants a donc bien le pouvoir de transformer les hommes...

Un mouvement vif dans la salle fait violemment sursauter Östal, ce qui fait partir Fárbeth dans un grand éclat de rire.

— Allons, ce n'est que mon fils, Loki ! Cela fait très longtemps qu'il me supplie de m'accompagner quand je viens vous voir et aujourd'hui j'ai estimé qu'il était assez grand pour faire le voyage. Mais voici qu'il joue les timides et se cache !

En entendant son nom, le gamin s'est en effet retranché sous la table, ce qui a le mérite de faire rire tout le monde et de détendre l'atmosphère.

— Mais tu sais, fils, si tu es bien sage, le Roi Östal te fera peut-être cadeau d'un de ces instruments qu'il fabrique et dont je t'ai parlé... Si tu le veux bien, précise-t-il en regardant le jeune homme.

— Bien sûr. Et je serai content de te connaître, Loki ! lance Östal en direction de l'enfant.

— Moi aussi..., répond timidement le garçon.

Il a une jolie voix, douce et malicieuse... Östal sourit malgré lui et décide qu'il est temps d'ouvrir la séance. La réunion dure longtemps. Il est question du rapprochement des deux peuples à long terme, pour fortifier leurs sangs respectifs. D'ici là, leurs accords commerciaux devront être renforcés et ils envisagent d'enseigner une langue commune à leurs enfants pour faciliter la communication. Tout se passe plutôt bien, chacun donne son avis, ses conseils, avoue ses craintes. Östal aime que toutes les personnes présentes puissent exprimer leur opinion. Il les laisse faire, secoue la tête de temps en temps et son esprit divague de nouveau sans qu'il parvienne vraiment à s'expliquer pourquoi. Tout ce qu'il sait c'est qu'il se sent bien, sûr de lui et fort comme à l'époque où Järell portait leur fils.

Le jour de sa venue au monde, il fit comme elle lui avait demandé. Elle ne voulait pas accoucher seule, elle ne pouvait pas accomplir elle-même ce qu'elle avait décidé pour l'enfant, alors il était venu et l'avait trouvée en plein travail, dans la grotte près de l'entrée. Jamais il n'avait vu souffrir quelqu'un comme cela et il dut se mettre en apnée des dizaines de fois, juste par solidarité avec sa bien-aimée. Järell transpirait, gémissait, criait... Cela dura des heures avant qu'elle parvienne à expulser l'enfant. S'il avait pu prendre sa douleur en lui et souffrir à sa place il l'aurait fait, il voulait la rassurer, la couvrir de baisers, trouver les mots qui apaisent mais il ne sut que tenir sa main et la regarder pousser. À plusieurs reprises, il crut bien qu'il allait défaillir. Tout ce sang ! Ces odeurs ! C'était plus qu'il ne pouvait en supporter, pourtant il resta là et, lorsqu'elle finit de sortir le bébé à deux mains de son corps et lui tendit, il le prit sans sourciller.

Mais l'enfant ne bougeait pas. L'enfant ne respirait pas…

Un bruit vient extirper le Roi de sa rêverie.

— Loki ! Tiens-toi tranquille, veux-tu ? gronde Fárbeth en se penchant sous la table.

Il s'excuse auprès des autres membres et reprend son argumentation. Pendant qu'Östal repart en pensée dans la grotte.

— Il ne respire pas ! paniqua-t-il.

— Non !

— Il ne respire pas, oh grands dieux, il ne respire pas ! Il est…

— Je t'interdis de dire ça !

— Il ne bouge pas, je n'entends pas son cœur !

— Écoute mieux !

Mais il entendait surtout le bruit de son propre cœur en train de s'emballer. Järell s'était trompée, elle avait donné naissance à un enfant mort-né !

— C'est affreux, c'est affreux, oh c'est tellement affreux ! se contenta-t-il de répéter.

— Donne-le-moi !

— Quelle horreur, il est mort !

— Donne-le-moi !

Mais il était incapable de revenir à la réalité. À genoux, il serrait le petit corps contre lui comme on essaie de rattraper ses espoirs défunts. Alors, avec une énergie époustouflante pour une jeune accouchée, Järell rampa jusqu'à lui, lui arracha l'enfant des mains et, forte d'un savoir animal qu'elle ignorait sans doute détenir, elle claqua les fesses du nouveau-né de toutes ses forces.

Rien.

Elle recommença, une fois, deux fois, quand soudain…

L'enfant se mit à pleurer, enfin. Et à respirer.

Järell s'autorisa alors à relâcher la tension et pleura à son tour tout en lui donnant le sein. Hébété, fasciné, Östal se laissa tomber sur le sol.

Il était si beau ! Il serait brun avec de grands yeux bleus ! Il était déjà très grand pour son âge et tétait avidement sa mère. Quand le nouveau-né eut terminé sa tétée, Östal demanda timidement s'il pouvait le prendre dans ses bras.

— Bien sûr…

Il le prit délicatement et le couvrit de baisers, puis alla s'asseoir contre une roche. L'enfant se mit aussitôt à hurler et devint écarlate, cramoisi, ses petits poings serrés prêts à en découdre avec le monstre qui semblait lui être apparu. Östal tourna la tête vers sa compagne, en recherche d'une aide de sa part, mais elle avait les yeux révulsés et une expression d'horreur sur le visage. Sa respiration s'était faite aussi courte que durant l'accouchement !

— *Qu'est-ce qui se passe, par tous les dieux !*

— *La… la roche… C'est celle où Wothan est mort… Il le sent, il sent sa mort ! articula-t-elle, éloigne-le tout de suite. C'est un empathe… Il est extrêmement sensible !*

Le jeune homme obtempéra et l'enfant finit par se calmer. Ils s'assoupirent tous les trois, jusqu'à ce que Järell le réveille brusquement.

— *Östal ! Vite, tu dois y aller !*

— *Où ça ? demanda-t-il encore ensommeillé.*

— Tu le sais très bien, tu te souviens de la discussion qu'on a eue ? C'est la seule solution ! Notre fils est trop précieux pour qu'on risque de le perdre.

— Mais qu'est-ce qui te dit que nous ne le perdrons pas de toute façon ?

— Fais confiance à mes visions, je t'en conjure, nous n'avons que peu de temps…

La jeune mère serra fort son bébé contre elle et l'embrassa doucement sur le front, puis elle le tendit à Östal, les larmes aux yeux.

Il se résolut donc à faire ce qu'elle avait décidé. Il n'avait pas trouvé d'autre solution, de toute façon. Ainsi qu'elle le lui avait indiqué, il n'emprunta pas le chemin habituel pour aller dans sa vallée, mais prit la direction du village des Autres. Conformément à ce qu'elle avait prédit personne ne le vit se faufiler, dans la nuit, entre les demeures. Il s'arrêta devant la maison au toit biscornu, comme elle lui avait demandé, frappa trois coups à la porte, posa le bébé emmailloté au sol, attendit qu'il y ait de la lumière aux fenêtres et partit en courant, aussi vite qu'il le put, sans se retourner, de peur de ne pouvoir résister à l'envie de reprendre son fils, la chair de sa chair, désormais voué à vivre parmi les Autres…

Östal pleura sur le chemin du retour, il sanglota sur son amour et son enfant sacrifiés au nom des traditions. Cependant, il n'oublia rien du plan. La veille, il avait fait boire à son insu une décoction à la fille du forgeron. Elle devait dormir d'un sommeil profond… Au cas où quelqu'un serait venu le chercher dans la nuit, il devait se trouver un alibi pour avoir découché et se rendre difficile à trouver. Seul Korb, le père de Järell, avait été mis dans la confidence pour orienter les Sentinelles vers la demeure de Klemÿr. Il fallut que l'ancien Roi sollicite tous ses talents pour cacher une partie de ses émotions à l'empathe qui accompagnait Migvar, ce jour-là… Heureusement pour lui, un vol de corbeaux passa à portée de cœur et il put se raccrocher à leur présence réconfortante pour mieux mentir. Ainsi, Migvar alla chercher le jeune Roi chez celle qu'il croyait être sa nouvelle compagne, pour le conduire jusqu'à l'Oracle qui avait accouché dans la nuit, mais refusait de montrer son bébé…

— Tu dois lui demander où est l'enfant ! ordonna Migvar. Elle refuse de nous le dire. Elle ne parlera qu'à toi !

— Qu'à toi, peut-être, espèce de noix ! répéta la jeune fille, le regard ailleurs.

— Jä… Oracle, dis-moi ce que tu as fait de notre enfant, s'il te plaît.

Qu'il était dur de prétendre qu'elle n'était que l'Oracle, quand tout en lui avait envie de hurler son amour et sa colère.

— Non !

— Il le faut, je t'en prie !

— Non !

— Elle ne veut pas ! s'écria-t-il en direction des autres sages, qui n'étaient pourtant pas bien loin.

— Insiste ! lui répondirent-ils.

— Écoute, tu dois me le dire…, tenta une nouvelle fois Östal.

— Pas avant que toi tu m'aies dit ce que j'attends !

La jeune fille se pencha un peu vers le Roi et tendit son oreille vers ses lèvres. L'odeur que dégageait la masse visqueuse lui souleva le cœur. Il hésita un instant, comme s'il avait des réticences à lui dire des mots doux devant les autres sages. Les hommes comprirent et reculèrent un peu tandis qu'il s'inclinait à son tour et lui chuchotait quelques mots à l'oreille. Mais ce n'étaient pas des mots d'amour qu'elle attendait. C'était la confirmation que leur plan avait marché...

— Je l'ai déposé devant la maison au toit biscornu, murmura-t-il. La lumière s'est allumée quand j'ai frappé et ce matin on m'a retrouvé dans le lit d'une autre...

Elle passa alors une main derrière sa nuque et le regarda droit dans les yeux. Les siens semblèrent soudain s'emplir de larmes. Sa main se déplaça le long de la mâchoire d'Östal, effleura sa joue barbue... Järell sourit.

— Tu piques !

Ses longs doigts graciles tremblaient comme ceux d'une vieille femme. À bien y regarder, elle tremblait de tout son corps.

— Alors ? s'impatientèrent les membres du Conseil.

— Dis-moi ce que tu dois me dire, enchérit le jeune homme.

Il devait feindre de n'être au courant de rien... Pour son bien et celui de leur enfant.

— Il... il..., articula l'Oracle, la voix brisée. J'aimerais qu'il sache que je l'aime...

Les larmes qu'elle s'efforçait de retenir commencèrent à couler.

— Que je l'aimais, se corrigea-t-elle. Il... C'était un garçon, dit-elle soudain d'une voix plus assurée, en direction des autres. Un joli petit garçon, mais c'était trop tôt, il était trop petit. J'ai donné la mort cette nuit, pas la vie. Il n'a jamais respiré...

— Qu'as-tu fait de son corps, Oracle ? interrogea un Migvar pas plus ému que ça.

— Je l'ai rendu au volcan !

— Co... comment ça ?

— Je suis allée au cœur du volcan, là où la boule de feu a élu résidence, et je l'y ai jeté.

— Jeté ?

— Oui, il appartient au volcan, comme moi. Et les dieux voulaient qu'il en soit ainsi, j'en ai eu la vision quand il est sorti de mon ventre.

— Comment as-tu pu faire cela ? s'écria le jeune Roi. C'était mon fils, tu n'en avais pas le droit !

Cette comédie lui était insupportable, mais il devait tenir bon et jouer son rôle de sorte qu'on ne doute jamais de lui.

— Les dieux me l'ont demandé !

— Il avait droit à une sépulture digne ! Nous devons le récupérer ! lança-t-il aux autres membres du Conseil.

— C'est impossible, personne ne peut s'aventurer si près de la boule de feu, c'est trop dangereux !

— L'Oracle le peut ! Va le chercher ! lui ordonna-t-il.

— Je ne peux pas ! répondit-elle. Il n'est pas possible de descendre si bas ou alors je ne pourrais pas remonter ! Et son corps n'est même plus visible à l'œil nu, il s'est encastré derrière la boule !

— Elle ne peut pas courir ce risque ! confirma Migvar. L'Oracle nous est nécessaire, tu le sais !

— Alors j'irai moi-même !

— Je te l'interdis, jeune Roi. Ton destin est de réaliser des choses plus grandioses que de courir après un bébé mort. Des enfants, tu en auras d'autres. Une fille qui deviendra Reine, et d'autres rejetons peut-être…

— Oui, sa fille sera la messagère ! Sa fille sera la messagère de l'histoire… La passeuse !

La jeune femme adressa un sourire à Östal.

— Le prochain enfant sera une fille.

Puis Järell tourna les talons pour repartir dans sa grotte. Östal *savait qu'elle irait au plus près du cœur du volcan, là où les émanations étaient les plus fortes. Elle allait s'efforcer de tout oublier à présent. Car la douleur d'avoir dû abandonner son enfant la dévorerait et l'inciterait à se plonger dans les rêves que lui donnait la boule de feu, à s'y noyer jusqu'à la déraison… Il ne put s'empêcher de vouloir la retenir, eut une impulsion aussitôt contrariée par ses frères les sages qui le maintinrent par la taille et les épaules.*

— Ton fils est mort, Östal. Tu ne peux plus rien faire.

Alors le jeune homme renonça à combattre les siens et se contenta de regarder Järell s'enfoncer dans la bouche de ténèbres, et lorsqu'il fut sûr qu'elle était en train de dissoudre sa conscience dans la fumée toxique, il ne put s'empêcher de hurler son nom…

Celui de son fils, il ne l'a jamais su. Il s'est juré de ne jamais rien faire pour le revoir, lors de ses visites au village des Autres. Pour le bien du petit, il vaut mieux que personne ne sache qui il est. Le savoir vivant lui suffit, et Järell lui a assuré qu'elle le sentait vivre. Il paraît aussi qu'il sera destiné à faire de grandes choses, un « écorché vif capable de transcender les sentiments dans sa musique et avec ses mots, un être capable de fusion ». Östal ignore toujours ce que signifie ce mot, mais il y croit. Parce qu'il a envie de le croire. Même s'il sait qu'on fait dire tant de choses à une prophétie. Ce qu'on veut, peut-être bien ? Il n'y a qu'à repenser à celle que lui a révélée Migvar, un peu plus tôt. L'homme y a vu un signe du bon déroulement des négociations, lui y a vu tout autre chose…

L'heure est venue pour le Roi de voir son semblable
chez les Autres
Afin de lui transmettre l'outil qui le fera apôtre
De notre race exilée
Sauveur des âmes menacées.

— Le Roi rêve, on dirait ! plaisante Fárbeth qui le sort de ses pensées.

Les sages et les Autres partent d'un grand éclat de rire, auquel se joint volontiers l'homme pris sur le fait.

— J'avoue, sourit-il, la perspective du rapprochement de nos peuples me laisse en effet songeur !

— Tiens, c'est curieux, répond Fárbeth en coupant court à sa jovialité. Je n'avais jamais remarqué…

— Remarqué quoi ? s'inquiète Östal devant l'air soudain très grave du chef de clan.

— Ces fossettes que tu as quand tu souris…

— Eh bien ?

Fárbeth déglutit péniblement, comme s'il avait vu un revenant. Il se lève soudain et sans autre explication décide de prendre congé.

— Bon, ce sera tout pour aujourd'hui. Je crois que nous avons les grandes lignes et j'ai beaucoup de chemin à faire…

— Vous ne voulez pas manger avec nous ?

— Non. Le petit est fatigué, ce n'était pas une bonne idée de l'emmener. Loki, sors de sous cette table, nous partons !

Le gamin rampe et se relève, l'air un peu piteux des gamins malicieux qui se font surprendre en train de faire une bêtise. Il sourit et tout le monde sourit. Il flotte une ambiance bon enfant dans la salle. Mais soudain le gamin regarde son père et son visage se rembrunit aussitôt. Il semble effrayé et détourne le visage vers le Roi qui ne voyait de lui que le dos. Ses grandes prunelles bleues plongent dans celles d'Östal, des larmes montent à ses paupières. Le Roi est tétanisé. Il échange un regard grave avec le père de l'enfant…

— Nous allons partir, c'est mieux comme ça ! reprend Fárbeth.

Östal opine du chef, incapable de dire un mot.

— Et mon flûtiau ? demande soudain le garçon de sa voix fluette.

Il étire les lèvres en un large sourire qui a le mérite de détendre un peu Fárbeth. Östal fouille fébrilement dans sa poche, là où il range toujours un instrument à distribuer aux gamins qui en voudraient et en extirpe en tremblant l'objet qu'il a sculpté de ses mains.

— Tu… tu sais en jouer ? risque-t-il presque timidement.

— Non, mais j'apprendrai, répond l'enfant avec une assurance déconcertante.

— Alors tiens… Fais-en bon usage, Loki, bégaie Östal.

Il doit se faire violence pour ne pas pleurer… Mais le visage du gamin, ravi du cadeau, s'illumine soudain. Östal se sent défaillir, c'en est trop : son sourire est une torture atroce. Parce que, quand Loki sourit, s'il a en effet les mêmes fossettes que lui, il est le portrait craché de sa mère… Järell.

Troisième époque

LOKI

1

UN GLOUSSEMENT VIENT INTERROMPRE LE COURS QUE DONNE MÖTLAH. L'homme soupire, se tourne vers sa classe, et sans même avoir vérifié qu'il est bien l'instigateur de l'agitation, il sermonne l'enfant.

— Loki, tiens-toi tranquille !

— Comment pouvez-vous m'accuser alors que vous nous tourniez le dos ?

— Parce que dès qu'il y a une distraction, elle vient de toi !

— C'est injuste, c'est un préjugé ! proteste le gamin.

— Exact. Mais fondé sur l'expérience. Dis-moi que tu n'es pour rien dans les rires que j'ai surpris et je te croirai.

S'il est turbulent et doté d'un sens de la repartie frisant parfois l'insolence, Loki n'est pas malhonnête. Alors il se contente de baisser la tête d'un air penaud et adresse un sourire timide au professeur. Et c'est plus fort que lui, l'homme ne peut s'empêcher de lui rendre son sourire. Ce gosse le fait fondre. C'est un gentil garçon, un peu fantasque, peut-être aussi un peu trop gâté par ses parents, mais un gentil garçon quand même…

— Bien, se reprend-il. Qu'as-tu inventé cette fois ?

— Rien, m'sieur…

— Déjà, qui est la jeune fille qui a ri ? Je parie que c'est Psÿlé, je me trompe ? interroge-t-il en lançant un regard appuyé à la petite demoiselle.

— Oui, c'est moi, répond-elle, cramoisie.

— Bien. Et puis-je connaître la raison de cette bonne humeur ? Vous pouvez la partager avec vos camarades de classe, peut-être ?

De mauvaise grâce, la fillette tend un morceau de papier au professeur. Loki soupire et prend sa tête dans ses mains. Le billet n'était destiné qu'à elle seule ! Mötlah le lit rapidement et sourit : pour à peine vingt-quatre saisons, le gamin se débrouille plutôt pas mal.

— Eh bien, il ne faut pas faire rater à vos amis l'expression d'un tel talent ! Loki, viens donc lire ta prose à haute voix !

— Oh non, monsieur, pas ça, s'il vous plaît !

Hilares, Gruval et Kandu, les deux meilleurs amis de Loki, l'encouragent, en sifflant entre leurs doigts, ce qui fait rire le garçon, et froncer les sourcils du professeur.

— Silence ! Loki, c'est à toi.

Joignant le geste à la parole, il tend le papier à l'enfant. Grillé pour grillé, Loki décide d'y aller au culot.

— J'ai besoin de m'accompagner…

— Non, je ne t'autorise pas à sortir d'ici pour chercher un instrument, je ne te reverrais pas sinon !

— Alors je vais devoir taper le rythme, au moins…

— Fais comme bon te semble.

Loki pose le papier sur le bureau du professeur et se place derrière. Il se racle la gorge, rit un peu bêtement, en proie à une sorte de trac, et décide de se lancer. D'abord, il commence par taper sur la table en bois, de ses deux mains, puis ses pieds viennent frapper le sol pour donner un bruit plus profond, plus grave. De temps à autre ses mains quittent le meuble pour aller cogner sa poitrine. Et comme par magie, son corps commence à faire de la musique. Les garçons qui ricanaient gentiment de voir leur copain ainsi puni oublient de se moquer et écoutent maintenant, bouche bée, le rythme entraînant. Les filles écarquillent les yeux, sous le charme du jeune musicien. Tous sont conquis avant même qu'il ne se mette à chanter.

Tout seul dans ma cabane
Moi le Roi du volcan
J'veux gravir la montagne
Puis prendre mon élan
Pour sauter dans les airs
De mon île chérie
Rejoindre la lumière
Et toucher l'infini,
Devenir un oiseau
Qui survole la fumée
Bien par-delà les eaux
Et le cratère sacré !
Pour rencontrer enfin des peuples étrangers
Des enfants, des Géants, leur apprendre à jouer
De tous les instruments, mais surtout du tambour
Celui que je préfère pour chanter mon amour !
Mon amour de la vie, des rêves et des sourires
Des filles aux yeux dorés à qui vouer mon empire
Contre un petit baiser, ma belle, ma douce Psÿlé
C'est le Roi du volcan qui sera ton amant !

Loki s'est complètement laissé entraîner par sa chanson. Il continue de tambouriner, part dans des envolées vocales et danse au même rythme que son public. Certains secouent la tête, sourire jusqu'aux oreilles, d'autres, debout, tapent dans leurs mains. Les filles chantent avec lui et ne le quittent pas des yeux, toutes un peu jalouse de la jolie Psÿlé qui a les faveurs du jeune chanteur. Même Mötlah a les pieds qui le démangent ! La chanson se termine sous les applaudissements de la classe. Le professeur se racle nerveusement la gorge, plus très sûr de la nature dissuasive de cette punition. Il ne sait que faire avec Loki. Rien ni personne ne semble avoir de prise sur ce gamin dont la voix se met si bien au service des mots. C'est un poète, un artiste, un musicien ! Un charmant garnement qui plaît déjà aux filles et ne songe qu'à passer du bon temps. Il aura du mal à trouver sa place dans leur société rigide, dont les codes lui semblent à lui-même particulièrement sévères. Oh, le vieux professeur sait bien qu'un peuple qui a survécu à la traversée des mers, un peuple qui commerce avec tous les pays qu'elles abritent, un peuple enfin qui a réussi à s'installer sur cette terre de feu et de glace, l'Islande, et a suffisamment su se faire respecter par ses autochtones pour ne pas avoir à les combattre, ce peuple-là a besoin d'un code de conduite et d'une discipline à toute épreuve. Mais comment demander à un esprit aussi libre que celui de Loki de s'y conformer ? Pourtant, il devra bien s'y plier. Il serait simple villageois, on l'aurait peut-être laissé chanter en paix, mais il est le fils de Fárbeth, le chef du clan, et à ce titre il sera appelé à siéger au Conseil comme son père, pour le remplacer un jour… S'il sait gagner la confiance de ses administrés.

À la fin du cours, le professeur se contente de rendre le papier au garçon et de lui rappeler qu'il doit faire ce genre de choses en dehors de son temps d'éducation. Loki lui promet d'être plus attentif la prochaine fois et se rue jusque chez lui, pour y déposer ses affaires, grignoter un morceau et partir jouer avec ses copains ou voler un baiser à Psÿlé.

Lorsque Fárbeth rentre, Loki n'est toujours pas là.

— Il est passé en coup de vent, lui précise son épouse.

— A-t-il fait ses corvées, au moins ?

— Pas encore…

— Tu aurais dû lui interdire de repartir alors !

— Tu devrais être plus indulgent, ce n'est encore qu'un enfant !

— Tu lui passes trop de choses, Löfê. Il doit apprendre à se plier aux règles, il est appelé à…

— … siéger au Conseil avec toi, complète sa femme, je sais. Et il le sait ! Mais qu'en sera-t-il s'il n'est pas fait pour cela ?

— Il n'aura pas le choix, évidemment !

Löfê lève les yeux au ciel. Le père et le fils sont tellement différents… Et c'est bien normal…

— Tu sais, on devrait peut-être lui dire la vérité. Ça l'apaiserait…

— L'apaiser ? Il ne me semble pas bien soucieux ! ironise Fárbeth.

— Tu sais très bien ce que je veux dire. Cet enfant ne tient pas en place, comme un arbre sans racines… Je suis sûre qu'il sent quelque chose, que c'est la raison pour laquelle il est tellement insaisissable. Lui avouer la vérité serait une preuve de confiance et de respect…

— Il n'a qu'à les gagner par lui-même, avant de nous en demander la preuve !

— Il ne demande rien, c'est juste moi qui…

— La discussion est close.

Lorsque Fárbeth prend ce ton catégorique, il n'y a plus de discussion possible. Löfè soupire. Il faudra bien dire la vérité à leur fils, un jour. Lui dire que s'il a grandi dans leur cœur, il n'est pas issu de leur chair. Il comprendra, c'est certain ! Cela lui permettra aussi de réaliser pourquoi ses parents ont été si permissifs avec lui, l'ont toujours traité comme un petit miracle…

Cette nuit d'hiver, Löfè ne pourrait jamais l'oublier. Fárbeth et elle dormaient depuis bien longtemps déjà quand trois coups furent frappés à leur porte. Son homme se leva d'un bond et alla ouvrir. Tout d'abord, il ne vit rien ni personne, et s'apprêtait à rentrer se mettre au chaud lorsque des gémissements attirèrent son attention. Il baissa les yeux et vit un amas de linge. Intrigué, il s'accroupit et découvrit, blotti à l'intérieur de ce berceau de fortune, un tout petit bébé qui gazouillait tranquillement, loin de se douter de ce qu'il était en train de se produire.

— Qui va là ? s'écria l'homme. Montrez-vous !

Mais personne ne se manifesta. Il prit alors délicatement l'enfant dans ses bras, referma la porte et alla rejoindre son épouse qui l'attendait, assise au bord du lit. Il ne put rien dire tant l'émotion lui étranglait la gorge. Sa femme ouvrit la bouche mais il n'en sortit pas plus de son. Des larmes montèrent alors à ses yeux et elle put articuler quelques mots.

— À qui est cet enfant ?

— Je l'ignore, on l'a déposé devant notre porte.

— Il est tout petit ! C'est un nouveau-né !

— Sûrement une jeune fille qui aura fauté et réussi à cacher sa grossesse jusqu'au terme !

— Mais pourquoi le déposer chez nous ?

— Parce que tout le monde sait combien nous désirons un enfant, Löfè.

En effet, le couple souhaitait plus que tout concevoir sans y parvenir. Toutes les grossesses de Löfè s'étaient soldées par des fausses couches qui lui avaient entamé le cœur.

— On peut le garder !

— Tu sais bien que ce ne sont pas les couples qui décident les adoptions, c'est le Conseil, et vu notre âge, il risque de conclure que nous ferions de mauvais parents…

— Nous sommes encore en âge de concevoir !

— Certes, mais nous avons quatre-vingts saisons ! C'est beaucoup… Je ne sais d'ailleurs pas si nous saurons encore…

— Bien sûr que si, nous saurons ! Je veux tant un enfant, tu le sais ! Je… je l'aime déjà, pas toi ?

Fárbeth jeta un œil sur le bébé, qui plongea son regard dans le sien et sembla lui envoyer tout ce qu'il pouvait d'amour en retour. L'homme se sentit gagné par un sentiment si puissant qu'il dut détourner la tête un instant.

— Il a les yeux bleus.

— Comme d'autres nouveau-nés… Un enfant de l'île… C'est peut-être à cause de ça que sa mère l'a abandonné, parce que sa famille n'aurait pas toléré qu'il ait les yeux clairs…

— Il est grand pour un nouveau-né. Regarde la taille de ses mains…

— C'est qu'il est en bonne santé ! Je pense que c'est la fille de Lotjar qui a mis cette merveille au monde. Son père est un homme sévère…

— C'est vrai qu'il y a comme une ressemblance…

— Bien sûr ! C'est évident !

Tout plutôt que d'envisager qu'il pouvait venir de la communauté des Géants…

— Je ne veux pas qu'on discute cette adoption, je suis sa mère, j'ai été choisie !

— Ça va être compliqué…

— Pas tant que ça ! On n'a qu'à dire que je l'ai mis au monde moi-même ! J'ai très bien pu cacher ma grossesse de peur d'une nouvelle fausse couche. Les nombreuses épaisseurs de vêtements sont commodes pour cela, en hiver. Et puis ça ne surprendra personne : il est évident que j'ai engraissé cet hiver, grâce aux bonnes chasses de nos hommes, et l'autre jour, Römy me trouvait l'air fatiguée… Il me suffira de lui avouer que c'était ma grossesse et la crainte de ne pas la mener à terme qui me minaient…

C'est ainsi que l'affaire fut menée. Personne ne douta de la version de Fárbeth et Löfè. Loki fut élevé comme un enfant miraculeux par ses parents et rien ne les aurait plus peinés que de le savoir malheureux. C'est pourquoi ils n'ont toujours pas réussi à lui avouer comment il est entré dans la famille.

Pourtant, cela fait belle lurette que l'enfant aux yeux bleus connaît la vérité. Dix saisons, précisément. Il sait aussi que son père se doute qu'il est au courant, et qu'il refuse de lui en parler pour éviter de devoir répondre aux questions qu'il pourrait lui poser devant sa mère.

Loki avait quatorze saisons quand il a découvert qu'il n'était pas le fils de Fárbeth. Parfois, il lui avait bien semblé sentir des espèces de vibrations, d'émanations d'inquiétude qui filtraient du cœur de son père, ou de sa mère, mais rien de bien précis sur quoi il soit capable de mettre des mots. Il avait toujours eu cette capacité de sentir les émotions des gens et croyait que tout le monde était comme lui, au village. Un jour, à force de tanner son père pour le suivre dans un de ses rendez-vous chez les Géants, il découvrit que c'était faux. Leur monde l'attirait terriblement. Il ne s'expliquait pas l'attraction que l'évocation de ces hommes qui dépassaient les siens d'une tête et dont les yeux étaient parfois translucides, ainsi que les décrivaient ceux qui les avaient vus, provoquait chez lui. Il aimait les imaginer comme des êtres hors du commun avec des pouvoirs extraordinaires, s'endormait en rêvant à leur première rencontre, se fantasmait Roi des Géants... Il insista tant auprès de son père qu'il obtint de l'accompagner le jour de ses quatorze saisons. En chemin personne ne marchait assez vite à son goût. Et malgré les remontrances de son père qui voulait qu'il reste à côté de lui, Loki dut bien faire le double du trajet à force de prendre de l'avance, revenir sur ses pas, reprendre de l'avance... Aussi, quand il pénétra enfin dans le village des Géants, une émotion le saisit immédiatement. Partout autour de lui, il y avait des gens dotés de la même capacité que lui de lire dans les cœurs, ou d'autres aptitudes qu'il ne parvenait pas à identifier mais repérait très clairement. Il comprit à cet instant qu'il était différent des gens de son propre peuple et qu'aucun d'entre eux ne possédait son habileté à ressentir les autres. Il ne se posa pas plus de question quant aux raisons pour lesquelles il partageait certaines facultés avec ce clan et suivit son père dans la salle du Conseil des sages. Fortement impressionné par la présence de tous ces étrangers, il se réfugia sous la table. Il se souvient que son père lui avait promis que le Roi des Géants lui ferait un cadeau s'il était sage, mais le reste de la conversation demeurait dans le flou. Il était occupé à jouer... Quand soudain il sentit l'atmosphère se charger comme avant un orage, sauf que l'orage qui menaçait d'exploser était dans le cœur de son père. Loki prêta un peu plus l'oreille...

— ... curieux. Je n'avais jamais remarqué..., dit Fárbeth, l'air grave.

— Remarqué quoi ? s'inquiéta le Roi des Géants.

— Ces fossettes que tu as quand tu souris…

— Eh bien ?

Fárbeth déglutit péniblement, comme s'il avait vu un revenant, puis il se leva pour prendre congé, sans autre explication. Loki se demanda s'il était grave d'avoir des fossettes, puisque lui aussi en avait…

— Vous ne voulez pas manger avec nous ? insista le Roi.

— Non. Le petit est fatigué, ce n'était pas une bonne idée de l'emmener. Loki, sors de sous cette table, nous partons !

Le gamin se releva, l'air un peu piteux. Puis il sourit et souhaita de toutes ses forces que tout le monde soit joyeux autour de cette table, et tout le monde le devint. Mais quand Loki tourna la tête vers son père, son visage se rembrunit aussitôt. Il regarda alors le Roi à qui il tournait le dos jusqu'alors. Le Géant le dévisagea et plongea les yeux dans les siens, avant d'échanger un long regard avec Fárbeth. Des larmes montèrent aussitôt à ses paupières.

— Nous allons partir, c'est mieux comme ça, reprit son père.

Le Roi opina du chef, incapable de dire un mot.

— Et mon flûtiau ? demanda soudain Loki en souriant.

Comme à chaque fois que son fils souriait, Fárbeth se détendit un peu. Le Géant fouilla fébrilement dans sa poche, et en extirpa l'instrument.

— Tu… tu sais en jouer ? risqua-t-il presque timidement.

— Non, mais j'apprendrai, répondit l'enfant avec une assurance déconcertante.

— Alors tiens… Fais-en bon usage, Loki, bégaya l'homme.

Fárbeth saisit la main de son fils fermement et l'entraîna loin de ce village. Sur le chemin du retour, Fárbeth ne prononça pas un seul mot, or Loki savait lire son cœur… Et s'il n'avait pas su fouiller celui du Géant, qui était resté muet, il avait compris que ce Roi était son vrai père… Mais n'osa pas en parler à Fárbeth, de peur de lui faire du mal. Pas plus que Fárbeth ne relata cet épisode à son épouse qui avait préféré se convaincre que Loki était le fils de voisins plutôt que de Géants…

Pour autant, jamais le regard que Fárbeth porte sur son fils n'a changé. Il l'aime toujours autant, et un peu plus chaque jour, comme un père fier de voir son garçon grandir. Fárbeth est un homme sage au grand cœur, et même s'il a abandonné le projet de renforcer les liens avec les Géants, car c'est au-dessus de ses forces maintenant qu'il sait de qui Loki est l'enfant, il n'a jamais rien tenté de belliqueux à leur égard.

Loki a composé sa première chanson ce soir-là, a posé des mots de douleur sur le son du flûtiau. Il y est question de peur et d'abandon, mais il l'a gardée pour lui seul.

Un jour, c'est sûr, il ira parler à cet homme qui aime aussi la musique et il lui demandera pourquoi il l'a abandonné, comment il a pu faire ça à son propre enfant. Et puis surtout, il lui demandera qui est cette horrible mère qu'il voit derrière la brume de ses songes, parfois, quand il erre dans les terres des cauchemars.

Cette horrible femme qui ne l'a pas aimé…

1.

— *Tu es mon fils spirituel, Kaleb, je suis là pour te guider, parce que tu es l'Élu...*

Depuis quelques jours, l'homme noir qui lui apparaît depuis que son don a éclos a refait surface. Il a toujours ce ton bienveillant et moralisateur à la fois, qui rassurait autant Kaleb qu'il l'agaçait quand il ne comprenait pas ce qu'il lui arrivait. Longtemps, il a cru que cette apparition, cette espèce de gourou, était de son côté, lui voulait du bien. Il exhortait Kaleb à mieux se comporter, lui a expliqué comment se protéger du colonel... Mais maintenant, le jeune homme sait qui il est.

L'empathe a lu une grande partie du *Livre du Volcan*, y compris les pages où sont relatées les vies de David et Mary Ann Armstrong. Il a vu aussi son visage et celui de sa jumelle maléfique plaqués sur ceux de ses enfants, dans le ventre de leur mère, Abigail. Il a deviné leurs noirs desseins de réincarnation... Oui, Kaleb sait tout cela et pourtant quelque chose en lui ne peut résister à l'appel de cet homme, à ses mots envoûtants… Comment fait-il cela alors qu'il n'est pas empathe mais guérisseur, à l'origine ?

— Oui, répond-il, comme hypnotisé, tu vas me guider…

Du fond de leur tombeau, les frère et sœur sourient, forts de la puissance de leur don. Ils sont les plus vieux enfants du volcan que la terre ait jamais portés, les plus déterminés. Ils ne sont pas nés à la bonne époque, mais dans des temps trop durs pour que la nature fantasque de Mary Ann ou le besoin de reconnaissance de David puissent être comblés. Ils ont été privés de leur jeunesse par la peste londonienne, d'amour quand l'un des deux nourrissait des sentiments contre-nature à l'égard d'une autre dont le bien-aimé était parti trop tôt… Ils ne sont que frustration et jalousie. Ils ont passé les siècles qui ont suivi, dans leur prison de terre, à envier leurs successeurs nés en des temps plus cléments. Ils ont été désespérés, se sont crus condamnés à connaître la mort, l'exil, loin de tout et de tous…

Pour autant, les jumeaux se sont rendu compte très rapidement qu'ils pouvaient sentir les autres enfants du volcan et entrer en contact avec eux. Quand Mary Ann a fusionné avec son frère, c'est la force de mort qui a rejoint la force de vie, le Mal se mariant avec le Bien. À eux deux, ils sont devenus l'universalité, capables de fusionner avec leur moitié, leur double, leur opposé. De se fondre dans le grand Tout pour toucher leurs semblables…

Mais quand on est en symbiose avec le grand Tout, on n'est rien ou pas grand-chose. Et dès lors qu'ils eurent réalisé l'étendue de leurs potentialités, ils n'ont eu de cesse, chacun de son côté, de vouloir s'évader du tombeau pour régner enfin sur ce monde qui leur avait tout volé.

Or, pour cela, leur esprit doit sauter dans un autre corps que celui, momifié, de l'homme noir que tous les enfants du volcan prennent pour leur allié. Mary Ann sait depuis longtemps que c'est possible. Il faut dire qu'elle a eu connaissance plus tôt que son frère de l'existence du *Livre du Volcan* et de la prophétie à laquelle croient aussi les Sentinelles. C'est à elle qu'une apprentie scribe est venue raconter le fin mot de l'histoire…

C'était quelques années après la Révolution française. Encore une autre catastrophe provoquée indirectement par le volcan Eyjafjöll. Quand il entra en éruption le 8 juin 1783, les fumées charriant des millions de tonnes de dioxyde de soufre furent balayées vers l'Europe, couvrant les deux tiers de la France et déposant des cendres au sol, ce qui eut pour effet, associé à des conditions climatiques désastreuses, d'accroître pendant des années la misère et la famine en tuant le bétail et ruinant les récoltes. Dans ces conditions, la monarchie en place devint plus que jamais intolérable et le peuple français se révolta… Mais cela est un détail pour Mary Ann. Ce qu'elle retient de cette époque, c'est que les cendres de ce cher volcan arrosèrent et fortifièrent la terre où reposait son frère – et elle, par conséquent – et que Marie-Antonine, jeune scribe française, vint la trouver peu de temps avant les émeutes.

Marie-Antonine était l'aînée d'une fratrie de cinq sœurs et portait sur elle, comme deux de ses cadettes, la marque des scribes. Elle avait été longuement arrosée par les cendres du volcan et son don était particulièrement fort. Marie-Antonine avait alors quatorze ans et autant de colère en elle que Mary Ann. La jeune fille ne supportait pas la façon dont on traitait les femmes et refusait d'être reléguée aux tâches domestiques ou de n'avoir pour avenir que la maternité. C'était une féministe avant l'heure, une révoltée qui voulait renverser l'ordre établi et libérer les femmes de leurs chaînes. C'était elle qui avait eu l'intuition que la prophétie avait été détournée, vidée de son contenu initial par des scribes bien trop timorés pour oser rêver que l'Élu puisse être une femme.

— Voici la prophétie telle qu'elle doit être révélée, déclara la jeune fille.

Viendra le jour où naîtra un empathe
Issu d'une grande dynastie
Des cendres du volcan à plusieurs reprises il sera arrosé
Pour sa mutation parfaite achever
Et au pouvoir ultime accéder
Du symbole des fils du volcan il devra se marquer
Sa terre dans la peau s'injecter

Les frontières entre le Bien et le Mal seront effacées
Alors la prophétie pourra se réaliser
Sa première bataille contre le Mal perdue

C'est alors qu'*elle* deviendra l'*Élue*
Et des innocents sera le Sauveur
En transperçant le démon d'une dague
en plein cœur
Elle deviendra arme absolue pour son ennemi
Le chef d'une nouvelle armée
Et la douleur de la perte apaisée
Libérera les innocents pour apurer la lignée.

Mary Ann a compris que la première partie situait dans le temps la période où la prophétie se réaliserait. Ainsi Kaleb était né, avait été exposé, s'était fait injecter un peu de la terre qui entourait le caveau des Armstrong et les frontières entre le Bien et le Mal s'étaient effacées quand ils avaient fusionné, des siècles plus tôt… Mais la suite parlait d'Abigail. Elle seule était l'Élue, celle qui, en tuant Kaleb, en absorberait toute l'énergie pour leur permettre de s'incarner à nouveau et créer une nouvelle lignée ! Les choses paraissaient si claires à Mary Ann qu'elle se demandait comment elle pouvait être la seule à l'avoir compris !

Ce que Mary Ann ne savait pas, c'est que Marie-Antonine avait menti…

Lasse de l'oppression dont elle était victime du seul fait de son sexe, elle avait volontairement répandu cette fausse rumeur disant que l'Élue serait en fait une femme. Marie-Antonine avait toujours eu foi en la capacité des gens à changer leur propre destin, à condition d'y croire très fort et de s'en donner les moyens… C'est pourquoi elle était allée trouver Mary Ann, une autre victime de la cruauté des hommes, pour qu'elle transmette à son tour cette nouvelle légende qui changerait peut-être un jour le destin des femmes de sa race. La mère de la jeune scribe n'avait pas eu le temps de découvrir la supercherie de sa fille avant que cette dernière ne meure, des suites de blessures graves infligées par une rivale dont elle avait volé l'amant…

C'est Annette, la petite sœur de Marie-Antonine, qui en prenant le relais de leur mère en eut la vision.

Si Mary Ann ignore ce détail d'importance, Kaleb, lui, le connaît. Annette l'a consigné dans le *Livre du Volcan.* Et il sait aussi combien il est aisé de duper un esprit qui se croit supérieur… Alors le jeune homme joue le jeu des jumeaux, prétend faire confiance à l'homme noir et lui promet obéissance.

Car si les jumeaux Armstrong sont l'incarnation du Mal, Kaleb est bien pire encore !

L'empathe ferme son sac à dos et descend dans le salon. Tous les autres l'y attendent, l'air grave.

— Vous êtes sûrs de vouloir me suivre ? interroge-t-il ses amis.

— Oui ! répondent-ils de conserve.

Le doute et la peur d'y laisser leur peau ont cédé au courage et à la détermination. Kaleb les mènera peut-être à la mort, mais il les conduira la tête haute vers un combat qui changera ce monde. William a libéré son raven, lui a demandé de partir vivre sa vie, loin de lui. L'oiseau ne voulait pas le laisser, il a dû insister… Les cris, les pleurs de l'animal lui ont crevé le cœur mais le musicien ne voulait pas prendre le risque que son ami soit blessé, tué en essayant de le sauver…

Hannah et Samuel se tiennent par la main et se sont juré de ne se lâcher que si l'un d'entre eux mourait. Faroudja pense qu'elle va enfin pouvoir se venger du mal qu'on lui a fait, ainsi qu'aux autres enfants du volcan… Glenn se dit qu'il devra sûrement se sacrifier, mais il ne faillira pas… Morrigan sait qu'elle devra faire un choix…

Tous le suivent sans la moindre réticence, de leur plein gré. Du moins le croient-ils. Pourtant, c'est Kaleb qui tire les ficelles de leur libre arbitre, qui les a embobinés… Parce que sinon, jamais ils ne l'auraient tous suivi alors qu'il a tant besoin de chacun d'eux !

Tous les enfants du volcan sont dupes, sauf l'une d'entre eux. Derrière ce brouillard qu'il a projeté dans ses pensées, Morrigan résiste autant qu'elle peut.

— *Tu es bien arrogant de te croire si fort, Kaleb,* lui dit-elle en elle-même. *C'est peut-être cette arrogance qui te sauvera, à moins qu'elle ne te perde… Mais moi, je ne te suis pas parce que tu le veux, je te suis parce que j'ai quelque chose à accomplir, là-bas.*

Et cette chose, il ne va pas l'apprécier, pourtant la jeune fille ne voit pas d'autre solution pour arrêter le carnage qui se prépare et mettre fin au désir de vengeance de Kaleb. Pour la première fois de sa vie, Morrigan songe à utiliser son don pour aspirer la vie de quelqu'un.

11

DANS LA TAVERNE RÈGNE UNE AMBIANCE SI TENDUE que personne n'ose déglutir, parler, respirer, intervenir. Vistii y est entré avec des yeux de fou, veines saillantes au niveau du cou. Sa peau est aussi rouge que ses cheveux, ses poings serrés, il est prêt à en découdre et à tout casser. Il n'y a pas un bruit dans la salle, à l'exception de celui d'un liquide qu'on verse dans un verre. La bouteille se vide, l'homme qui s'est servi boit lentement et montre combien il apprécie avec force mimiques de contentement. Tout le monde ici aime le vin, ce délicieux breuvage que les navigateurs aiment rapporter de leurs voyages, mais on s'en méfie tant son ivresse est traître. Le jeune homme vide son gobelet et se ressert en poussant un soupir de satisfaction.

— Loki, lâche ce verre, je veux te parler ! éructe Vistii.

— Je peux t'écouter sans le lâcher, répond le jeune homme avec morgue.

Décontenancé, Vistii serre un peu plus les poings.

— Pour la discussion qu'on va avoir, tu auras besoin de tes mains, répond-il, menaçant.

— Tu veux qu'on parle en langage des signes ? C'est donc vrai que la masturbation rend sourd ? Remarque, ce serait différent si tu avais une copine, c'est sûr… Mais, ajoute-t-il, provocateur, tu n'en avais pas une, d'ailleurs ? Oh, comment s'appelait-elle ? Ah oui, Magda, c'est vrai, excuse-moi… J'oublie si vite le prénom des filles une fois que je les ai culbutées !

— Espèce de salopard ! fulmine Vistii. C'est donc vrai ce qu'on raconte ! Sors dehors immédiatement, on va s'expliquer entre hommes !

— En même temps, je ne vois pas comment on pourrait sortir dedans…, soupire le jeune homme. Allez, viens plutôt boire un verre avec moi à la santé des putains !

— Magda n'est pas une putain ! hurle le rouquin.

— Certes, je ne l'ai pas payée, elle m'a tout offert ! insiste Loki d'un air amusé.

C'en est trop pour le cocu. Il se jette sur Loki, l'attrape par ses vêtements et le projette sur le sol. Le jeune homme se cogne la tête mais ne se départ pas de son sourire moqueur. Un sourire qui vous fait passer pour un idiot et vous encourage à taper encore. Loki se relève, ou du moins essaie, mais titube un peu. Il est saoul.

— Je ne comprends pas pourquoi tu te mets dans cet état, Vistii ! Je t'ai rendu service : ce n'est pas un bon coup !

Le roux jure qu'il va le tuer sur-le-champ et se rue de nouveau sur son rival, qui éclate de rire tandis qu'il reçoit des coups et en donne. Les hommes s'attrapent à bras-le-corps et semblent danser une valse virile au milieu de la taverne qu'ils saccagent consciencieusement, renversant une chaise après l'autre et brisant des verres au passage. Soudain, une voix de stentor retentit dans la pièce.

— *Arrêtez ça immédiatement, c'est un ordre !*

Quelqu'un est allé appeler Fárbeth qui, comme à chaque fois que Loki cherche les ennuis, a accouru pour sauver son fils, quitte à faire valoir son statut.

Les deux jeunes stoppent aussi net leur bagarre, se regardent d'un air mauvais, puis scrutent le visage sévère du chef de clan : il n'a pas l'air de vouloir plaisanter. Pourtant, l'incongruité de leurs positions respectives, quasi enlacés comme des amoureux, fait soudain sourire Loki. Il attrape le regard de son adversaire, qui semble aussitôt captif de ses yeux bleus et étire un peu plus son sourire. Le corps de Vistii se fait alors plus souple sous ses doigts et il esquisse à son tour un léger rictus qui se transforme rapidement en un deuxième sourire, puis en un irrépressible éclat de rire. Loki laisse aussi éclater son hilarité et, comme soulagés d'être passés au travers d'un drame potentiel, tous les hommes présents font de même. Le fou rire dure de longues minutes sans que rien semble pouvoir le réfréner. Même Fárbeth n'a pu se contenir. Pourtant, c'est lui qui reprend ses esprits le premier.

— *Loki, lâche Vistii ! ordonne-t-il d'un ton sec.*

Le jeune homme aurait bien rétorqué que c'est son rival qui le tient mais il sent que son père n'est pas d'humeur à la rhétorique. Il s'éloigne un peu de l'autre et soupire.

— *Tout ça pour une fille ? demande le père.*

— *Y a-t-il meilleur motif ? répond le fils.*

— *Ton élocution est hasardeuse. Tu as bu ?*

— *Y a-t-il meilleur poison ? le provoque Loki.*

— *Quand cesseras-tu d'agir en enfant, fils ? Tu as trente-quatre saisons et il serait temps que tu te conformes à nos règles si tu veux t'intégrer correctement dans notre communauté.*

— *Et si je préfère rester en marge ?*

— Ne sois pas insolent.

— C'est une vraie question.

— Tu n'es qu'un jeune crétin sans cervelle. Rangez cette salle, je veux que plus rien de votre bagarre ridicule ne paraisse ! Ensuite, va te préparer pour la fête de ce soir. Tu as intérêt à m'y faire honneur !

— Ça va être difficile pour un « jeune crétin sans cervelle », Votre Majesté !

Mais Fárbeth, las des provocations de son fils, a déjà tourné les talons. Bien sûr, Loki sait qu'il valait mieux pour lui que son père batte en retraite, parce que l'envie qu'il avait de lui mettre une baffe était si forte qu'il en sent presque l'impact sur sa joue ! De mauvaise grâce, le jeune homme commence à redresser les chaises.

— Désolé, vieux ! lance-t-il à l'autre garçon qui ramasse les chopes tombées sur le sol. Je ne savais pas que tu tenais vraiment à elle, sinon je n'aurais pas…

— Bien sûr que si, tu l'aurais fait ! Il te les faut toutes… et aucune ne te résiste. Même pas Magda…

— Ne sois pas trop dur avec elle, je crois qu'elle t'aime sincèrement.

— Elle a une drôle de façon de le montrer…

— Je sais que c'est la vérité… Ce n'est pas de sa faute si je suis irrésistible !

Loki adresse un clin d'œil à son vieil ami. Les deux jeunes gens se donnent une accolade et se remettent au travail. Loki a dessoûlé en un rien de temps. Se faire traiter de « jeune crétin sans cervelle » vous remet les pieds sur terre, il n'y a pas à dire. Ce n'est pas tant qu'il soit vexé, il est surtout déçu et triste que son père ait cette opinion de lui. Depuis l'adolescence, le fossé qui les sépare n'a cessé de se creuser, un peu comme le grand rift qui lézarde leur île. Fárbeth ne le comprend pas : lui, si carré, si rigoureux, si soucieux de respecter les règles, se heurte régulièrement à ce fils rêveur et fantaisiste qu'il a élevé. Pourtant, il lui a inculqué ses valeurs et Loki est travailleur et n'a pas une once de malice en lui. Mais le jeune homme n'arrive pas à rentrer dans le moule et à se conformer à ce qu'on attend d'un futur chef de clan. D'ailleurs, il devrait être bientôt intronisé et la fête de ce soir a pour but de lui permettre de discuter avec les autres membres du Conseil, de prouver qu'il a de l'esprit et des idées, l'envie d'aider son peuple et l'énergie pour le faire... Mais Loki se contrefiche de cette soirée. Il préfère aller courir les filles et leur chanter ses chansons...

— Tu es tellement beau, mon fils !

— Merci, maman... Mais tu n'es pas très objective, je crois ! la taquine-t-il.

— Bien sûr que si ! Ce n'est pas parce que je t'ai mis au monde que je ne saurais pas voir que tu es laid, mais ce n'est pas le cas.

Le jeune homme ne laisse rien paraître, comme à chaque fois que Löfe prétend l'avoir « mis au monde ». Il ne veut pas lui faire de la peine en lui révélant qu'il est au courant de son adoption. Tout cela n'a aucune importance. Il a été aimé par cette femme et son mari comme s'il était leur vrai enfant, et c'est ça qui compte.

La femme ébouriffe les cheveux du jeune homme. Il les porte assez courts, si bien qu'ils se dressent un peu sur sa tête. Il a un grand front, un front bombé d'intellectuel, de rêveur. Son nez, droit et de belle longueur, lui donne l'air fier et arrogant, ses lèvres sont sensuelles et appellent les baisers. Ses joues encore poupines s'ombrent souvent d'une barbe de quelques jours, et ses yeux un peu ronds semblent toujours porter un regard étonné sur le monde. Mais ils sont d'une intensité rare. Ils ont la couleur de l'océan et changent selon le temps, limpides comme une eau de source ou sombres comme un ciel d'orage, bordés de cils interminables sous d'épais sourcils qui structurent son visage. Il a le cou fin et les épaules déjà carrées, des mains de musicien et l'esprit d'un révolté. Oui, son fils est beau, Löfë ne se lassera jamais de le répéter.

— Je dois filer, maman. Père souhaite que j'arrive tôt à sa fête, dit-il d'un ton ironique.

— Je vous rejoins là-bas, alors…

Lorsque Loki arrive à la taverne, son père constate, satisfait, qu'il a fait un effort quant à sa tenue. Il s'est rasé et ressemble à un jeune propre sur lui, un gendre idéal, un aspirant au Conseil tout à fait convenable. Fárbeth se détend un peu et va l'accueillir pour le mettre en contact avec ses confrères.

— Les amis, vous connaissez tous mon fils, Loki !

— Oui, nous suivons ses frasques depuis un moment, en effet ! répond quelqu'un.

— « Frasques »… le mot est fort ! le défend Fárbeth. Il faut bien que jeunesse se passe, mais à présent il est prêt à prendre ses responsabilités et à se comporter en homme, n'est-ce pas ?

Loki ne répond pas et se contente de sourire. Le confrère de son père prend ça pour un consentement et lui donne une tape dans le dos, lui pose quelques questions auxquelles il répond parfaitement. Oui, il a conscience de l'importance de gouverner avec sagesse, bien sûr il sait à quel point le peuple est fragile et a besoin d'être guidé. Loki sait exactement quoi répondre, c'est instinctif…

— Fils, je suis fier de toi, ce soir…

— Oui, parce que d'habitude, je ne suis qu'un « jeune crétin sans cervelle »…

— Ne place pas ton orgueil dans des disputes sans conséquence. Je…

Mais Fárbeth n'a pas terminé sa phrase que Loki se dirige vers le centre de la salle. Il prend la guitare qui trône dans la pièce pour ceux qui se piquent de musique, saisit un tabouret, s'y assied, puis commence à jouer quelques accords. Il attend que l'assemblée se taise, intriguée, et entonne les paroles de la chanson qu'il a composée avant de venir.

Jeune, jeune, jeune et crétin
Il paraît que je n'ai pas de cervelle
Qu'il faudrait que je me lève le matin
Que j'arrête de courir les belles…

Il marque une courte pause et lance un regard de défi à son père qui blêmit. Médusé, le public attend la suite.

Jeune, jeune, jeune et crétin
Moi je m'demande à quoi bon
Lâcher mon verre de vin
Pour adhérer à la grande manipulation
Opérée par tous ces vieux cons, ces vauriens
Qui font notre politique
Et nous gouvernent, pauvres innocents
À grands coups de trique
En reniant leurs beaux serments
Pour mieux se faire du fric !

Jeune, jeune, jeune et crétin
Moi je le revendique !
Je n'ai pas de sang sur les mains

Juste mes rêves et ma musique.

Et si, vieux con, tu me rejettes
Moi sans regret je m'exilerai
Mais prends garde à ce que tu souhaites
Aux autres crétins l'envie d'exil je transmettrai !
Vieux, vieux, vieux et con
Tout seul tu te retrouveras
Entouré d'une nation de vieux cons
De cons qui comme toi
N'auront pas su voir la vigueur
Su reconnaître la beauté
De leur jeunesse en pleurs
Et qui l'auront chassée.

Silence.

Le jeune homme se lève, puis repose la guitare sans lâcher son père du regard, semblant le défier d'intervenir, et tandis qu'il le croise, il perçoit toute la déception et la tristesse du chef de clan. Pas de la colère ou du mépris, non, juste une profonde amertume qui s'apparente vaguement à du désamour. Mais l'homme en a lui-même à peine conscience et se ressaisit aussitôt, si vite que Loki a presque le sentiment d'avoir imaginé tout cela. D'ailleurs il l'a imaginé. Personne n'a le pouvoir de lire dans les cœurs…

Il quitte la salle sans saluer quiconque. Il n'a que faire de ce qu'on pourra bien dire de lui : loin de le peiner, ça le stimule, ça nourrit son art et sa révolte. L'air de la nuit lui fait du bien, le rafraîchit. Il hésite à partir en balade, solitaire au milieu de la nature, mais pour aller où ? Alors il se dirige vers la demeure de Lakta, une jeune femme aux mains douces et à la *voix claire. Lakta a toujours du vin chez elle et sa couche offerte à qui en a besoin. Il va la rejoindre, oui, et s'évader dans ses bras et les vapeurs de boisson fermentée, dans le plaisir de la chair, celui qui fait tout oublier : son père, son peuple, cette grotte et cette vieille femme qui hantent son esprit dès qu'il n'est pas embrumé…*

2.

— Ils arrivent ! Enfin ils se sont mis en route… Ils seront bientôt là. Ouais, je le sens qui vient, ce sale petit enfoiré arrogant ! grince-t-il entre ses dents.

Bergsson jubile. L'heure du dénouement approche. L'affrontement final aura bientôt lieu, il est prêt. La dague qui transpercera le cœur de son petit-fils est affûtée et sa main ne tremblera pas, ça non ! Quelque chose en lui tressaute, comme un saphir sur un vinyle rayé. Une voix, au loin, lui parvient. Une voix qu'il s'efforce de faire taire mais qui n'obéit pas… Une voix qui n'en a que faire de ses plans, s'imaginant qu'il n'est qu'un pion à manipuler. C'est la voix de David Armstrong, combinée à celle de sa sœur. Mais qu'ils rient donc ! Qu'ils se moquent ! Ils croient le manipuler et s'imaginent que la prophétie annonce leur renaissance quand elle ne fait que prédire la chute des enfants du volcan. Et c'est lui qui sera le bras vengeur de toutes les victimes de ces dégénérés. Chercher à discuter avec eux ou les utiliser pour le bien des nations est peine perdue. Ils sont trop nombreux à porter le Mal en eux, à faire le choix de le servir. Non, il faut les détruire, c'est ce que dit la prophétie. Et il le fera. Il transpercera Kaleb d'une dague en plein cœur…

— Tu le sens, toi aussi ? demande-t-il à la jeune fille.

Abigail ne répond pas. Ça le fait rire.

— Il vient se jeter dans la gueule du loup, juste pour sauver son engeance maudite… Mais il n'y arrivera pas.

Le cœur de la jeune fille s'accélère. Elle a peur.

— Tu ne croyais quand même pas qu'il allait venir pour toi, après ce que tu lui as fait, si ? Oh, comme c'est charmant autant de crédulité chez une aussi fine stratège ! Mais ne t'inquiète pas, il n'aura pas l'occasion de choisir entre les bébés et toi. Non. Je vous tuerai devant ses yeux avant de lui planter une lame dans le cœur ! Te voilà rassurée, j'espère !

Bergsson éclate de rire… Le cœur de la jeune fille cogne de plus en plus. Elle ne dit toujours rien, petite chose recroquevillée dans une chaise roulante, ses mains veinées de bleu reposant sur un ventre énorme. Abigail ne parle plus depuis plusieurs jours, ne réagit à aucune stimulation. Pour autant, elle s'alimente correctement et marche autant que ses forces le lui permettent. Les tortures qu'elle a subies ainsi que les transformations qui s'opèrent dans son corps l'épuisent tellement qu'elle ne se déplace plus qu'en fauteuil. Mais son esprit est toujours alerte, en communication directe avec les deux fantômes qui croient pouvoir élire résidence dans le corps des bébés. S'ils savaient la surprise qu'il leur réserve ! Bergsson rit de plus belle. Ce rire-là, pour la jeune fille terrorisée, est celui d'un fou à lier.

— Je te fais peur, ma douce ? lui demande-t-il.

— …

— Il n'y a pas de quoi ! En revanche, si tu pouvais te voir ! Attends…

Le colonel va chercher un miroir et le tend à Abigail. C'est vrai qu'elle fait peur à voir. Ses cheveux sont ternes et collés, et de grands cernes noirs lui mangent la moitié des joues. La jeune succube incline un peu l'objet pour inspecter le reste de son corps. Elle est très maigre pour une femme enceinte, ce qui fait ressortir encore plus son ventre énorme qui semble menacer d'exploser. Sa peau est extrêmement pâle, et pas seulement parce qu'elle manque de fer… Sur sa poitrine, la scarification a pris des teintes violacées et contraste violemment sur sa peau fripée. On dirait la peau d'une petite vieille. C'est à cause des bains prolongés qu'on lui fait prendre plusieurs heures par jour… C'est le seul moyen qu'ait trouvé Bergsson d'abaisser sa température et de l'empêcher de mettre le feu au premier venu. Il fait préparer des baignoires qu'il remplit d'eau et de glace et l'oblige à s'y immerger. La glace la saisit, la brûle, à chaque fois elle craint pour la vie de ses bébés. Elle y a même perdu connaissance à plusieurs reprises, mais le colonel s'en moque bien ! Il est plus que jamais obsédé par Kaleb et par son désir de vengeance. Oui, il est devenu complètement fou. Abigail se demande à quel moment il a basculé. Est-ce lorsqu'il a compris le plan des jumeaux

Armstrong ? Qu'il a réalisé qu'il n'était peut-être pas l'Élu ? Qu'il a enfin pris la tête de SENTINEL et que tout ce pouvoir lui est monté à la tête ? Elle n'en sait rien, mais bien qu'elle ne soit pas empathe, elle le connaît suffisamment pour deviner que quelque chose en lui a lâché…

La jeune fille lance un regard triste à l'homme qui lui a fait croire qu'il l'aimait comme un père. Plus jamais elle n'aura foi en qui que ce soit ! Quand toute cette histoire sera terminée, que les jumeaux se seront incarnés en elle, elle partira d'ici et trouvera un endroit isolé de tout où elle les élèvera en paix et fondera une nouvelle communauté dont elle sera la Reine. Une Reine sans Roi, une Reine libre et insoumise… Et terriblement puissante. Car si aujourd'hui son corps est affaibli, son esprit, lui, se renforce, s'aguerrit pour se préparer au pouvoir qu'il devra gérer. La chaleur qui monte en elle en est l'annonce. Le moment venu, cette énergie se mettra au service de la prophétie…

Abigail peut bien rêver qu'elle sortira indemne et triomphante de tout cela, ça ne dérange pas Bergsson, au contraire, ça l'amuse terriblement. Il lui réserve une petite surprise ainsi qu'à ses amis, les jumeaux Armstrong.

Les locaux de SENTINEL ont été extrêmement bien pensés et conçus. S'il est difficile d'y pénétrer sans se faire repérer, il est aussi compliqué d'en sortir sans y être invité. Ainsi, lorsque Kaleb et ses petits copains seront à l'intérieur, il fera bloquer les issues. Alors il déclenchera le compte à rebours. Car ce qu'Abigail et les jumeaux ignorent, c'est que les Sentinelles ont toujours redouté de tomber entre les mains des enfants du volcan, au point qu'elles préfèrent la mort à la capitulation. C'est pourquoi sont cachés, un peu partout dans les fondations, plusieurs kilos de plastic. Oui, dès que Kaleb sera prisonnier de SENTINEL, le colonel actionnera la bombe, il ne leur restera alors qu'une heure avant qu'elle n'explose.

Mary Ann et David Armstrong sont bien trop occupés à charmer Kaleb et Abigail pour aller lire dans l'esprit de Bergsson et découvrir ce qu'il fomente. Ils l'ont pris pour un simple pion sans intérêt ? Ils vont être très surpris !

En attendant ce moment, le colonel doit s'isoler un peu, pour se préparer à la bataille, comme tout bon guerrier qui se respecte. Il se retire dans ses appartements, où il ne peut s'empêcher de jouer un peu avec sa dague, de prendre des poses devant son miroir. Dans le reflet, un objet attire soudain son attention. Il se retourne et saisit la boîte à musique qu'il a volée à Kaleb… Celle que Helga lui avait léguée.

— Je fais tout ça pour te venger, ma chérie, pour que cela ne se reproduise jamais…

Il remonte le mécanisme de l'engin et regarde la petite danseuse tournoyer, encore et encore. Elle s'arrête, il tourne de nouveau la mollette… mais se trompe de sens. Au lieu de buter contre le mécanisme, la clé semble aussi bien vouloir aller à contresens. Curieux, il décide de continuer de l'actionner dans le sens inverse des aiguilles d'une montre. Il tourne, tourne… et un petit compartiment secret s'ouvre alors !

Intrigué, il le tire un peu à lui et découvre, niché à l'intérieur, un morceau de papier… Le cœur battant, Bergsson le déplie précautionneusement, comme s'il pressentait que l'auteur du message n'était autre que sa propre fille, Helga !

Et c'est les mains tremblantes qu'il commence à lire…

Mon cher Kaleb, mon fils, mon amour…

III.

IL A QUARANTE SAISONS ET LE MONDE À SES PIEDS. *Son monde, avec les femmes du clan toutes prêtes à tomber dans ses bras, un travail qu'on respecte et ses chansons. Loki ne s'est pas assagi, il a appris à cloisonner. Il a compris que la révolte était mieux acceptée comme passe-temps que travail à temps complet, alors il est entré dans le système, dans le moule, et s'applique à les dénoncer et les briser lors de ses représentations. Il a l'excuse d'être un artiste, l'excuse d'être un politique. Son père a réussi à le faire entrer au Conseil, malgré tout, en arguant que ses indignations étaient à l'image de celles de la jeunesse dont il saurait être le porte-parole autant que le berger. Car Loki est charismatique. Ses discours enflamment autant que sa musique, et ce même ses plus farouches détracteurs : personne ne peut lui résister. C'est d'ailleurs pour cela que le Conseil a accepté. Mais Loki n'est pas un indigné, non, c'est un révolté. La différence est de taille, pour lui. L'indignation sert à se donner bonne conscience tout en permettant de continuer à s'en mettre plein la panse, aussi repu de ses principes rigides que de son illusion de comprendre la douleur des autres. Sa révolte à lui est bien plus profonde que cela. Parce que la souffrance des hommes et des femmes autour de lui, les espoirs de la jeunesse, la peur et l'amour, il les ressent au plus profond de lui-même, comme s'ils étaient siens.*

Il a toujours eu cette sensibilité à fleur de peau, dont il savait qu'il ne pouvait parler dans une société-carcan qui aurait eu vite fait de l'étouffer. Il est d'un peuple de commerçants, de pionniers, d'hommes durs qui ont dû s'adapter à des climats rudes, survivre à des famines, n'apprendre à compter que sur leur force. Alors les sentiments, ce n'est pas quelque chose qui importe et dont on parle. Pourtant, les jeunes générations étouffent dans ce cadre trop strict, où les plaisirs sont secondaires, où tout n'est que devoir et fonction du bien de la communauté. Ils veulent du sexe, ils veulent du sang, de l'amour et de la haine. Ils veulent laisser libre cours à leurs sentiments, prendre possession de leur terre, partir à la découverte des Géants, peut-être leur faire la guerre, ou bien leur faire des enfants... Mais le système oligarchique du clan ne leur laisse aucune latitude et a vite fait d'étouffer dans l'œuf toute velléité d'originalité, par toujours plus de travail et de culpabilisation. Alors cette jeunesse n'a que Loki comme ambassadeur, et si les vieux et les membres du Conseil se sont depuis longtemps désintéressés de ce qu'ils croient être des gesticulations ridicules, les gens de son âge écoutent attentivement ses paroles et, au son de sa musique, se prennent à rêver de renverser ce monde d'un autre temps. Le jeune homme sait bien qu'à ce rythme-là, il réussira à les soulever en un élan aussi violent que la houle en hiver. Et que ce jour-là il ne sera plus un simple membre du Conseil mais le nouveau chef de clan. Chef d'un nouvel ordre, plus juste, plus équitable, plus acceptable.

— La solution est dans la révolution ! chante-t-il dans la taverne ou autour d'un feu. Nous serons l'aurore multicolore, tempête de couleur inondant ciel obscur, nous ouvrirons nos cœurs, à l'amour, à la mort, et sortirons vainqueurs car nos âmes sont pures.

Oui, le moment viendra bientôt où il pourra dénoncer les malversations de ses pairs ailleurs que dans ses chansons. Où il prendra sa place de Roi…

Loki se dépêche. Il doit se rendre à une réunion du Conseil, mais son concert improvisé a duré plus longtemps que prévu. Pas le temps de mieux se vêtir s'il veut arriver à l'heure. En six saisons, il a un peu changé. Il porte les cheveux plus longs, mais toujours suffisamment courts pour les hérisser sur sa tête, ce qui lui donne un air irrésistible de mauvais garçon aux yeux des filles. Ses joues se sont un peu creusées, ses yeux sont plus expressifs, tantôt voilés de mélancolie ou brûlants de colère, tantôt doux et rêveurs lorsqu'il parle d'amour ou de jours meilleurs. De fines ridules commencent à se nicher au coin de ses paupières, comme pour témoigner de toutes ces émotions qu'il a ressenties en vrai comme en rêve. Ses épaules se sont élargies, sa voix est devenue plus grave et il aime porter des tuniques qui s'ouvrent largement sur un torse légèrement velu où les filles aiment faire courir leurs doigts fins.

— Tiens, le fils de Fárbeth est encore en retard, à ce qu'on dirait !

C'est Yüncöblen, un membre du Conseil de cinquante saisons son aîné, qui le harangue ironiquement.

— Si j'étais en retard, tu y serais déjà, à faire bonne figure et lécher les culs des plus anciens et des puissants, il me semble, rétorque sèchement le jeune homme.

Loki a stoppé sa course. Il fait face à l'homme qui semblait l'attendre, sur la place. Yüncöblen est un homme aux doigts boudinés et aux manières affables. Il a toujours le mot pour rire, pour flatter et sait amuser la galerie comme personne. En sa compagnie, on a l'impression d'être une merveille, un dieu, un géant. Mais lorsqu'il s'éloigne, c'est pour mieux vous planter des couteaux dans le dos et propager sur votre compte les pires rumeurs. Rien ne le réjouit autant que monter les gens les uns contre les autres, de condamner au mépris quiconque n'abonde pas dans son sens et de se croire dans les petits papiers des plus féroces que lui.

— Surveille tes propos, Loki, ce n'est pas parce que tu es le fils de Fárbeth que tu es intouchable. Ni indétrônable.

— De nous deux, ce n'est pas à moi de craindre le plus une destitution, gronde Loki.

Il sent la haine de Yüncöblen. Elle est presque palpable. Et, sous la haine, la peur. Car Yüncöblen sait très bien que le jeune homme pourrait le faire tomber, le dénoncer.

— Tu es trop jeune pour comprendre tout ce que tu as pu découvrir, ne te trompe pas de réponse à donner à tout cela…

Oui, Yüncöblen a peur depuis que Loki a découvert ses malversations. Oh, celui-ci n'a pas grand mérite, c'est à sa capacité à lire le cœur des gens qu'il le doit. Cela faisait un moment qu'il percevait des choses étranges, fourbes et détournées émanant de l'homme. Il s'est contenté de se laisser guider par ces sensations, puis a fini par le suivre, lors de son commerce avec les navigateurs en transit, pour s'apercevoir qu'il s'arrosait toujours au passage d'une rémunération occulte pour le reste du Conseil. Les règles sont pourtant strictes ; ici, on œuvre pour la communauté et non pour son intérêt personnel. Un manquement à cette règle pour son propre profit peut conduire un membre *à sa radiation définitive. Yüncöblen a compris que Loki était au courant. De la manière la plus simple qui soit : le jeune homme ne manquait jamais l'occasion d'évoquer son commerce parallèle dès qu'il était en sa présence. Et les allusions sont de plus en plus fréquentes, de moins en moins subtiles, souvent devant d'autres membres du Conseil qui vont finir par se douter de quelque chose.*

— Oh, mais je sais parfaitement comment réagir, répond Loki en souriant. J'attends juste le bon moment.

— Je ne crois pas. Je crois que tu veux ta part du gâteau, parce que si tu étais juste mû par le besoin de faire justice, tu m'aurais déjà dénoncé. Or je peux te donner ce que tu veux. Il n'y a aucune raison pour qu'on ne s'entende pas et ta perspicacité peut même m'être utile. Tu es le seul à avoir compris ce que je faisais. Comment, je l'ignore encore. Mais tu es malin et j'aime ça, petit.

— Me flatter est vain, Yüncöblen. Et je n'ai que faire de ta proposition. Ce que je veux est simple : ta démission du Conseil. Tu expliques que tu es fatigué de ton rôle et ça te permet de choisir ton successeur. Tu nommes Vistii à ta place.

— Et puis quoi encore ? Renoncer à ma position au sein du Conseil serait faire une croix sur mes activités parallèles. C'est hors de question ! Je n'ai rien à gagner dans cette affaire !

— Si, répond Loki. Tu conserves ta réputation et ton honneur. Parce que si tu ne le fais pas de toi-même, je te dénoncerai.

— Le Conseil ne choisira jamais ton ami pour me succéder !

— Je sais être convaincant. Mais quand bien même, tu serais remplacé par un vieux con de plus, ça fera toujours une ordure en moins.

— Fais attention, petit, je vais finir par perdre patience !

— Tu n'es pas en mesure de me menacer, ni de me toiser de tout ton gras en m'appelant « petit ». Je pourrais t'envoyer au sol d'un seul coup de poing. Alors tu réfléchis à ma proposition et tu me laisses passer, j'ai tes futurs ex-collègues à aller voir.

Le jeune homme reprend son chemin. Il bouscule le membre du Conseil au passage, d'un coup d'épaule sec. Il ne voit pas ses traits se déformer sous le coup de la colère mais la sent intensément. Loki bouillonne de l'intérieur, lui aussi. Il sent venir la haine, mais ça, il ne l'accepte pas et la rejette de toutes ses forces. Il est trop pur pour se laisser envahir par cette émotion obscure. Il a toujours su se protéger de la noirceur des autres. Il a beau absorber toutes les émotions qui passent, sans jamais être parvenu à s'en expliquer les raisons, il a aussi une capacité de résistance et de dissimulation hors du commun. Depuis quarante saisons personne ne se doute de sa particularité, car il a toujours eu le sentiment que la montrer le mettrait en danger, qu'il deviendrait alors l'homme à abattre, le mouton noir qu'il convient de sacrifier. Il est né avec le sentiment d'être en danger de mort, lui semble-t-il. Il a un instinct de conservation sans égal et ne se laisse pas envahir par des émotions qui pourraient déborder de lui et révéler qui il est, pas plus qu'il n'a jamais fait la moindre confidence à qui que ce soit sur son don. Mais refouler une émotion aussi forte que la haine de Yüncöblen lui demande un effort de concentration intense. Tout à ce combat intérieur, il ne remarque pas que la haine de l'homme s'accompagne désormais d'une joie mauvaise.

Yüncöblen a fait un signe à ses deux neveux, qui se tenaient non loin de là. Un signe qui veut dire : « Allez-y. » Les deux garçons ont compris le message et emboîtent le pas à Loki. Pour se rendre à la salle du Conseil, le jeune homme passe toujours devant la maison verte, celle que personne n'habite depuis bien longtemps parce qu'il semblerait qu'elle soit maudite. C'est là qu'ils l'attrapent chacun par un bras, pour le conduire à l'intérieur et « discuter » loin du regard des villageois.

— Qu'est-ce que vous voulez ? C'est votre oncle qui vous envoie ?

Loki n'a pas peur. Deux contre un, ce n'est rien. Il a déjà survécu à pire !

— On ne peut rien te cacher.

— Et vous allez faire quoi ? Me casser la gueule ?

— On ne peut rien te cacher.

Ces deux abrutis ne croient pas si bien dire. Loki sent leur malice, leur rage, leur jalousie. Comme beaucoup de garçons de sa génération, ils ont vu passer sous leurs yeux des filles qu'ils convoitaient mais qui leur ont préféré le jeune chanteur. Ils tiennent une occasion en or de se venger et en jubilent par avance. Or leur assurance a quelque chose de louche. La réputation de bagarreur de Loki n'est plus à faire et ils ne devraient pas être aussi sûrs de l'issue du combat. C'est alors que le jeune homme comprend les raisons de leur certitude. Ils sont armés de lames qu'ils viennent de dégainer en riant d'un air mauvais. Loki pourrait essayer de s'enfuir, mais c'est plus fort que lui, son orgueil n'y survivrait pas. Alors il se jette sur eux, comme un fauve qui se sait condamné…

3.

Je sais que je suis condamnée...

C'est en ces termes que Helga a commencé sa lettre à Kaleb. Elle n'a pas écrit un mot pour son propre père, non, elle s'est adressée à celui qui l'a tuée... À celui qu'elle savait être son assassin. Ça, ça démonte Bergsson, ça le fout en l'air. Malgré tout l'amour qu'il a encore pour sa fille décédée, il ne peut s'empêcher de lui en vouloir, de la détester de lui avoir préféré son fils. Il sait bien, au fond de lui, que cette jalousie est irrecevable, que rien n'est plus fort que l'amour d'une mère pour son enfant... La sienne mise à part : lui n'a jamais connu cette tendresse inconditionnelle à laquelle ont droit les autres enfants. De rage, il froisse le morceau de papier et le jette par terre. Il se lève brusquement et fonce devant son miroir.

— Mon cher petit Kaleb..., articule-t-il du ton le plus niais possible. Connard ! crache-t-il hors de lui.

Mais la curiosité est trop forte et l'emporte sur la colère, le colonel se penche et ramasse le papier, se décide à lire le message.

… et j'espère que ces quelques mots que je couche sur le papier t'aideront à supporter la douleur d'avoir perdu ta mère trop jeune. J'imagine le sentiment d'injustice que tu ressentiras sans doute, je le sens presque déjà en moi, comme si, blotti en mon sein, tu avais déjà compris que je ne survivrais pas à ta naissance. Je devine la honte aussi et la culpabilité qui seront tiennes parce que tu croiras que tu n'aurais jamais dû naître. Oh oui, Kaleb, je sais que tu vas éprouver cela et j'en suis tellement désolée ! J'aimerais tant pouvoir te prendre dans mes bras et t'assurer de tout mon amour, te dire que rien de tout cela n'est vraiment grave…

J'ignore quel âge tu auras quand tu liras cette lettre, mais si tu es encore petit, laisse-moi utiliser une image qui devrait te parler et te faire comprendre ce que je pense de tout cela. Il y a quelques jours, je suis allée voir une des nôtres, une femme dotée d'un talent merveilleux : celui de deviner ton histoire, aussi bien dans ses détails passés que dans ceux à venir. Quand je suis arrivée chez elle, elle était en train de préparer un gâteau au chocolat avec sa fille. La petite a insisté pour verser la préparation dans un moule en forme de cœur qu'elle est allée chercher elle-même, tout en haut d'un placard. Hélas, elle a fait tomber le moule qui s'est brisé en deux. La petite Myra s'est alors mise à pleurer, parce qu'elle ne pourrait plus jamais avoir de gâteau en forme de cœur et qu'elle se sentait triste pour ce moule ! Alors sa mère lui a répondu : « Tu te trompes, ma chérie, ce moule a eu l'existence qu'il devait avoir, il a été conçu pour faire des gâteaux en forme de cœur et, grâce à toi, il a pu accomplir sa mission à de nombreuses reprises. Il a eu une belle vie de moule à gâteaux » !

Ça va peut-être te paraître un peu simpliste, si tu es déjà un homme en lisant cette lettre... Mais cette anecdote est restée gravée dans ma mémoire. Elle me fait penser à nous. Tu vois, je pense que pour les êtres humains, c'est la même chose : il y a les moules et les gâteaux. Des personnes dont le destin est d'aider les autres à venir au monde pour accomplir de grandes choses. Je suis le moule et toi la plus belle pâtisserie que cette terre ait jamais portée, et quand bien même je dois me briser une fois que je t'aurai donné la vie, tu porteras tout de même mon empreinte...

Je sais ce qui m'attend, le jour de l'accouchement. Je sais que je devrai absorber ta peur et ta colère, parce qu'en naissant tu porteras déjà le poids des vies de tes ancêtres et que les souvenirs qui t'assailliront alors te terrifieront. Mais c'est normal, mon amour, quel enfant supporterait les visions de leur supplice sans être terrorisé ? Tu es Wothan, tu es Järell, tu es Loki... Chacun d'eux vit en toi et t'inspirera le moment venu, tu apprendras à les apprivoiser en lisant le *Livre du Volcan*, tu passeras par les mêmes affres qu'eux, pour finalement t'en détacher et accomplir ton destin, mon fils. Il te réserve bien des surprises car rien ne sera jamais figé pour toi. Tous les possibles te seront ouverts et je sais que tu feras le bon choix, toujours. La scribe me l'a promis.

C'est ton grand-père qui t'élèvera, je pense. Il t'apportera discipline et sens moral. Tu lui offriras l'amour dont il a toujours manqué. Tu es le seul qui pourra l'apaiser enfin et lui faire abandonner ce stupide acharnement contre nos congénères. Ce n'est pas un homme mauvais, tu sais. C'est juste un empathe pour qui personne n'a jamais eu d'empathie en retour… Et c'est ce qui le tue à petit feu.

La scribe n'a pas voulu me livrer tous les détails mais je sais que vos destins sont liés et s'imbriqueront pour réaliser la prophétie. Je veux croire qu'à vous deux vous saurez lui donner du sens et nous libérer enfin de cette malédiction qui nous poursuit depuis trop longtemps, celle d'être incompris et traqués.

Alors tu vois, mon amour, je ne peux pas être triste ni accepter que tu le sois quand je sais toutes les belles choses que tu vas accomplir parce que je t'aurai donné la vie.

Sois libre et fier, Kaleb. Écoute toujours ton cœur… Et garde inscrit dans ta mémoire le message gravé sur cette boîte à musique. Il paraît qu'il pourra te sauver la vie, un jour.

Je t'aime pour toujours, Kaleb Helgusson.

Ta maman.

Bergsson reste de longues minutes à contempler les derniers mots de sa fille. Il lit et relit le courrier, comme pour en mémoriser chaque lettre. Pourquoi ne lui a-t-elle pas dit tout cela, à lui ? Les choses auraient alors peut-être été différentes... Kaleb et lui s'aimant et s'apportant mutuellement ce qui leur manquait ? Accomplissant de grandes choses ? Et si... et s'il était passé à côté du bonheur ? Et si Kaleb n'avait jamais été son ennemi ? Karl Bergsson n'a jamais eu le *Livre du Volcan* entre les mains ni jamais entendu parler de scribe... Si l'on en croit cette lettre, Kaleb l'a lu. Encore une chose qu'il lui a volée. L'homme tremble un peu, sent les larmes lui monter aux yeux...

— Kaleb, dit-il d'une voix étranglée.

Il se lève lentement, se dirige d'un air abattu vers son miroir, regarde longuement son reflet et balance son poing à travers.

— Je te HAIS !

Le miroir est en mille morceaux mais il n'a que faire des sept ans de malheur censés en découler. Non, Helga avait tort, ce papier n'est qu'un ramassis de conneries, d'élucubrations de femme enceinte à qui une autre enfant du volcan, cette soi-disant scribe, avait bourré le mou. La seule grande chose que puisse accomplir Kaleb pour l'humanité, c'est mourir.

Mais Helga avait raison sur une chose : le message gravé sur la boîte à musique a en effet quelque chose de prémonitoire. Car s'il dit : « Mon fils, des âmes tu es le voleur, préserve ton cœur, ou bien celle qui t'aimera causera ton malheur », il parle bien d'Abigail qui va le conduire tout droit à la mort !

IV

Quand on le retrouva, Loki était dans un sale état. Le visage boursouflé de partout, des côtes cassées, les lèvres et les arcades sourcilières éclatées, du sang derrière le crâne et une entaille profonde dans le dos. Bien sûr, les neveux de Yüncöblen avaient pris soin de se tricoter un alibi parfait et personne ne fut arrêté pour l'agression. Il faut dire que quand Loki reprit enfin connaissance, après plusieurs jours passés entre la vie et la mort, les recherches avaient cessé. Pas de guerre lasse ou faute d'indices, non, mais on se soucie guère de faire justice à un délinquant. Et c'était ce qu'il était devenu, ce jour-là. Lors de l'inspection du corps du jeune homme et de la fouille de ses vêtements, le médecin du village avait trouvé des feuilles séchées d'herbe-à-rêves. Or toute consommation de cette drogue était prohibée : elle donnait des hallucinations et rendait les gens si dépendants qu'ils étaient prêts à tout pour se la procurer, au mépris des lois et de la sécurité de tous, y compris la leur. La plante, importée par des navigateurs sans scrupule, était très onéreuse : Loki n'aurait pas en les moyens de se la payer sans entretenir des activités occultes… De plus, s'il se droguait, ses idées ne pouvaient être suffisamment claires pour guider son peuple.

Deux bonnes raisons de le renvoyer du Conseil par contumace.

Deux bonnes excuses pour ne pas enquêter sur ce qui lui était arrivé.

C'est à peine si son médecin lui adressait encore la parole et, lorsqu'il put enfin marcher dehors, même ses amis lui tournèrent le dos, l'ignorèrent comme s'il n'existait pas. Il eut bien envie de hurler à la face de cette communauté qui le mettait au ban de sortir de sa léthargie, que tout cela n'était qu'un vaste complot contre lui. Ou encore de les reconquérir grâce à son charme si particulier qui savait trouver le chemin de n'importe quel cœur. Mais à quoi bon ? Les gens trop prompts à vous aimer le sont encore plus à vous haïr et il payait aujourd'hui l'engouement qu'il suscitait depuis l'enfance, sans avoir jamais rien eu à faire de noble pour le gagner.

Il avait espéré les siens solidaires, il se retrouvait solitaire au milieu d'une horde de chiens. Il était si facile de le juger et le condamner sur des faits trop évidents pour être remis en question. Les artistes sont toujours tellement dangereux et subversifs ! Loki ne pouvait tirer son inspiration que de transes hallucinatoires… Pas de son seul talent. Ah, ils étaient bien rassurés, tous ces esprits étriqués, de se dire qu'il n'était pas aussi génial qu'il en avait l'air…

Loki ressentait un profond dégoût pour tous ces lâches qui l'abandonnaient. Une tristesse infinie aussi, car il n'arrivait pas à se détacher de ce besoin d'être aimé, accepté, adopté qu'il traînait en lui depuis sa naissance. Mais il était trop fier pour les supplier de reconsidérer son cas, pour leur demander de lui accorder une seconde chance, ou du moins le bénéfice du doute.

Alors, puisque plus rien ne le retenait ici, il allait tout quitter et laisser ces traîtres derrière lui, redevenir libre, redevenir l'enfant qui espère, cesser d'être conforme aux attentes des uns ou des autres et chercher son air. Il trouverait son île, sa montagne, son étoile et rencontrerait des gens vrais, des gens qui aiment et vibrent sans arrière-pensée.

Bien sûr, l'idée de quitter ses parents et de leur briser le cœur le torturait plus qu'il ne pouvait se l'avouer. Car son départ serait définitif, il en était certain. Il monterait à bord d'un de ces navires en partance pour l'Irlande, ce pays où rien ne semble impossible, où la lumière est plus forte que la nuit et gagne le combat contre les ténèbres un matin après l'autre.

Mais avant de se mettre en chemin, il avait deux choses à accomplir.

La première ne fut pas simple : le meilleur moyen de faire en sorte que ses parents ne le regrettent pas était qu'ils le haïssent. Alors Loki s'appliqua à leur faire du mal, à leur dire leurs quatre vérités, à commencer par cette histoire d'adoption qu'ils ne lui avaient jamais racontée.

— Moi ? Votre fils ? Mais comme c'est grotesque ! Regardez-vous un instant ! Comment pourrais-je être issu d'une femme si ordinaire quand mes traits sont tellement fins ? Comment pourrais-je être le descendant d'un homme rigide aux reins secs quand je suis un artiste fait pour ensemencer la terre entière ?

Sa mère s'effondra en larmes, implorant son pardon pour lui avoir caché la vérité, jurant qu'elle l'aimait plus que tout et l'aimerait toujours, s'accrochant à ses bras comme un noyé à un bout de bois. Son père ne dit rien mais ses traits s'affaissèrent et il prit vingt saisons en quelques instants. Son fils, sa fierté, le trahissait et insultait Löfè mais Fárbeth ne parvenait pas à le haïr non plus, sa tristesse était juste infinie. À eux deux, les parents de Loki étaient un puits de douleur, sans fond et sans lumière. Ils perdaient leur enfant : Loki mourait à eux de sa propre volonté.

— Va-t'en, se contenta de dire Fárbeth, la gorge serrée.

Loki prit son paquetage et sortit sans se retourner, laissant derrière lui sa mère éplorée et un chef de clan impuissant.

Avant de quitter le village, il croisa nombre de gens. Certains se mirent soudainement à pleurer, à caresser des envies de suicide, à son seul contact. Loin de le perturber, cela lui plut qu'on partage sa peine. Mais il lui en faudrait bien davantage pour apaiser sa colère. Car, oui, au-delà de cette tristesse qu'il ressentait mais n'était pas tout à fait sienne puisqu'il avait aussi absorbé celle de ses parents, c'était la colère qui animait son être à cet instant précis. Il en voulait à son peuple, à ses amis, à ses ennemis. À la terre entière. Dire qu'il avait cru qu'on l'aimait, qu'on le respectait ! Son amour-propre avait été bafoué. Il ne pouvait concevoir qu'on le traite en paria, en drogué, qu'on se permette de le bannir sans procès. Oui, la colère montait, montait... Il fallait qu'il l'évacue, que quelqu'un paie pour ce qu'on lui faisait. Qu'ils paient tous !

— À moi la rage ! invoqua-t-il doucement avant de s'immobiliser.

Il attendit que les badauds, médusés, s'agglutinent autour de lui avec leur air réprobateur. Quand il y eut suffisamment de monde, Loki commença à les invectiver.

— Bande de cons, vous ne comprenez donc rien ?

— C'est toi le con ! répondit l'un.

— Drogué ! accusèrent d'autres.

Mais loin de le prendre comme des attaques, Loki accueillit ces réponses avec une joie féroce.

— Haïssez-moi, ça me nourrit ! gueula-t-il bien fort.

Sans vraiment comprendre ce qu'il faisait, il sortit alors un tambourin de son sac et se mit à en jouer. À un rythme d'abord très lent, puis de plus en plus rapide mais toujours d'une régularité à laquelle il était impossible d'échapper. Les pupilles se dilatèrent, les hommes, les femmes, les enfants, tous penchèrent un peu la tête sur le côté, comme charmés par la musique de l'instrument, comme s'ils étaient en phase avec l'esprit du musicien. Quand il fut certain d'avoir capté l'attention de tout le monde, Loki se projeta dans les souvenirs de son agression et les leur fit partager. Chaque coup de poing sur le visage, les pieds qui s'enfoncent dans les côtes, l'acharnement, les os qui craquent, la douleur, le désespoir que personne ne vienne le sauver, et enfin le coup de couteau dans le dos qui vous fait croire que vous allez mourir… il ne leur épargna rien. Et par un miracle que lui-même avait du mal à s'expliquer, les villageois qui l'avaient montré du doigt se tordirent de douleur, se mirent à hurler, à supplier que ça s'arrête. Mais pas question de leur accorder le moindre répit : leur souffrance était son remède ! Alors il continua d'insuffler dans leur esprit la torture qu'il avait subie, il leur fit goûter à leur tour le sang dans la bouche, la tristesse et la trahison, le mal qu'il venait de faire à ses parents en les reniant. Des femmes se griffèrent le visage, des enfants se tapèrent la tête contre le sol, des gaillards se pissèrent dessus. Et plus l'hystérie collective devenait intense, plus Loki souriait. Sa colère avait trouvé un moyen de s'extérioriser, d'atténuer sa culpabilité d'abandonner ses parents et de ne pas avoir été à la hauteur de leurs attentes.

Loki ignore combien de temps cela dura. Lorsqu'il se ressaisit, il venait de reprendre son baluchon dans ses mains. Une femme croisa son regard et hurla :

— Oh mon Dieu ! Ses yeux : ce sont les yeux du démon !

Mais Loki se contenta de hausser les épaules et de quitter ce village maudit…

La deuxième chose qu'il souhaitait faire, avant de partir d'Islande, était d'aller voir ces Géants qui le fascinaient depuis toujours. Et surtout de parler au Roi, ce musicien, son père. Le chemin pour se rendre dans leur village était resté gravé dans sa mémoire depuis sa première et unique visite. Aussi n'eut-il pas besoin de réfléchir pour rejoindre ce campement mystérieux et put-il relâcher un peu de la pression, laisser ses pensées vagabonder. Étrangement, sa colère et sa peine avaient disparu au profit d'une espèce d'état neutre qu'aucune émotion, bonne ou mauvaise, ne venait parasiter. Il avançait dans un état second, comme dans un rêve éveillé où il était question de sacrifice et d'une grotte si chaude qu'elle vous donnait l'impression de vous coller à la peau si vous y pénétriez.

Il marche depuis un bon moment avec, toujours plus présente, cette sensation de chaleur qui vous accable et vous transperce comme un vent brûlant vous enjoignant de fuir, vous signifie que vous arrivez en enfer. Loki porte machinalement une main à son front trempé de sueur. Il est surpris. A-t-il jamais connu pareilles températures en dehors des feux de cheminée qui réchauffent en hiver ? Et que sont ces bruits étouffés, ces éclats de voix étranges qui lui parviennent de derrière ce tas de pierres, au loin ? Il tend l'oreille et reconnaît la langue des Géants. Son cœur se met à battre un peu plus vite. Ainsi, il va enfin rencontrer ces hommes grands et fiers, comme lui ! Il presse le pas. La chaleur devient si intense qu'elle en semble presque solide, comme un mur invisible qu'il lui faut pourtant traverser. Son pas ralentit, il est en nage, désorienté. De partout les voix affluent jusqu'à lui, des dizaines, des centaines, des voix de femmes hurlant leur désespoir, des voix d'hommes honteux de leur propre violence. Partout la douleur et la haine, la mort et le sang. Son cœur bat à présent la chamade. Quelque chose cloche par ici et va lui faire exploser le crâne, le rendre fou. Il faut qu'il sorte de la chaleur, qu'il se dégage de son étreinte brûlante et de ces émotions qu'elle charrie. Loki tente de courir mais il manque d'air, reste incapable de s'échapper de cet enfer.

Enfin, il voit deux hommes, à quelques pas de lui. Il est surpris qu'ils soient si peu nombreux : les voix lui ont faire croire à un rassemblement d'importance ! Loki leur fait signe, crie dans leur langue :

— Aidez-moi !

Les Géants sont encore trop loin pour distinguer ses mots mais ils entendent son cri. Ils se retournent et paraissent étonnés de le voir mais le saluent sans animosité, sans avoir l'air de percevoir à quel point la chaleur l'affecte. Il se rapproche, franchit enfin la distance qui les sépare et, au prix d'un effort surhumain, leur adresse son sourire le plus charmeur. Un des hommes reste étrangement hermétique quand l'autre semble lui renvoyer son propre charme comme un écho. C'est bien la première fois que cela arrive à Loki, mais ce n'est pas ce qui le surprend le plus. Embrassant les lieux du regard, il a un sentiment de familiarité si prononcé qu'il en demeure sans voix. Ce chemin, cette végétation, cette odeur… il les a vus en rêve mille fois. Et si l'endroit est bien celui auquel il pense, alors à quelques pas de là se trouve… la grotte ! Abasourdi, sans plus se soucier des Géants qui le laissent faire, il se dirige tout naturellement vers l'entrée de la cavité. Tout y est, même cette fumée qui l'a tant intrigué toutes ces années. Tout, y compris…

— Vous… vous existez ? articule-t-il, sous le choc.

La femme qui hante ses pires cauchemars, ce monstre au visage déformé, à la bouche tordue qui écume de bave, cette femme, elle aussi le regarde et se met à lui hurler des sons incompréhensibles, à le menacer et lui jeter des pierres pour le chasser. Cette femme qui l'a abandonné et ne l'a, croit-il, jamais aimé. Cette femme qui pourtant lui envoie en secret les plus douces, les plus aimantes des pensées.

— Mon fils, va-t'en ! Tu es en danger ici ! Fuis ! Je t'aime !

Et toujours cette sensation que ses émotions trouvent un écho dans un autre esprit que le sien et lui sont retournées amplifiées. C'en est trop, il ne comprend pas. Tout se bouscule dans sa tête, la chaleur a raison de lui.

Loki s'écroule.

Il a perdu connaissance.

Les deux hommes se précipitent bientôt vers lui. Alors l'empathe regarde Migvar et lui dit :

— Tu ne devineras pas qui est ce jeune homme…

4.

L'Eyjafjöll, enfin.

Glenn, Morrigan, Hannah, Samuel, William, Faroudja et Kaleb.

Ils sont tous là.

Kaleb coupe le contact de la voiture qu'il a « empruntée » pour se rendre au quartier général de SENTINEL. Il en ignorait l'adresse exacte mais s'est laissé guider par les émotions d'Abigail et de Bergsson, ainsi que par les appels de Mary Ann et David. Le jeune homme sort du véhicule marche jusqu'à un portail métallique surmonté de barbelés. Pas de doute, ils sont au bon endroit.

— Qu'est-ce qu'on fait ? lui demande William, en baissant sa vitre.

L'inquiétude du jeune musicien a complètement disparu. Il s'exprime d'une voix claire et dénuée de la moindre trace d'angoisse. C'est sur lui que Kaleb maintient le plus de pression car c'était le plus réticent du groupe à le suivre dans son périple.

— On va entrer, décrète Kaleb.

— Je… On n'a aucune chance contre eux, tu es sûr que c'est une bonne idée ? demande Faroudja.

Si la jeune empathe commence à douter, elle aura vite fait de contaminer les autres. Kaleb leur envoie une onde de courage et de détermination, histoire de les motiver. Seuls Morrigan et Glenn y échappent : ils sont volontaires pour l'accompagner, alors autant s'épargner de la peine avec eux.

Morrigan lance un regard nerveux à l'Écossais.

— Tu sais depuis combien de temps nous sommes partis ? lui demande-t-elle.

— Non, *darling*, j'ai perdu la notion du temps…

— Moi aussi.

— Il nous utilise, nous ne sommes pas tout à fait venus de notre plein gré, chuchote-t-il à l'oreille de l'Américaine.

— Alors pourquoi restons-nous ?

— Parce que nous n'avions rien de mieux à faire aujourd'hui, plaisante son ami. Et puis parce que si nous sommes le jouet de Kaleb, lui est sous l'emprise de quelque chose qui nous dépasse tous…

— Cette chose n'est pas forcément bonne…

— Je sais. Mais je crois que nous sommes tous là où nous devions être…

Kaleb se penche dans la voiture.

— Qu'est-ce que vous complotez, tous les deux ? crache-t-il.

— Rien, on est avec toi…, dit la jeune femme avant de s'interrompre tout net.

Morrigan essaie de rester calme, pourtant ce qu'elle voit l'inquiète et lui donnerait plutôt envie de fuir le plus loin possible. Les yeux de Kaleb ! Ils ont de nouveau changé : la zone foncée a presque totalement disparu et ils sont injectés de sang. Elle lance un rapide coup d'œil à la base de son cou et voit qu'une partie du tatouage a de nouveau poussé sur la peau du jeune homme. Comment est-ce possible ? Elle essaie de se remémorer leur voyage mais ne se souvient de rien. Au prix d'un effort surhumain lui reviennent pourtant des bribes de ce périple. Le propriétaire de la voiture qui détalait en hurlait qu'il prenait feu, la vitesse, l'alcool… Kaleb qui se battait au hasard des bars qu'ils croisaient… Et cette haine, cette colère qui emplit l'atmosphère depuis qu'ils sont partis… Que s'est-il passé ? Comment a-t-il pu rebasculer aussi vite ? A-t-il déjà oublié ce qu'ils ont partagé, à Sherkin Island, comme après leur dernière visite à Myra ?…

Myra venait de les accueillir avec des crêpes, pour éponger le whisky que Kaleb avait bu. Ils discutèrent longuement de la responsabilité et du rôle de chacun dans cette histoire, sans vraiment entrer dans les détails pour autant. Il était plus question de l'illusion qu'on a du libre arbitre, de choix dictés par ses principes moraux. Myra prenait parfois un ton un peu docte et condescendant, ce qui avait le don d'agacer la jeune Américaine dont la nature impatiente n'appréciait pas les longues démonstrations. Mais la scribe tenait à ce qu'ils comprennent à quel point ils étaient liés, tous les deux, depuis que la jeune guérisseuse avait posé les mains sur l'Élu.

— Kaleb restera toujours tributaire des caprices de cette terre qu'on lui a injectée… Il ne pourra jamais être libre, ni tout à fait bon, tant qu'il aura cette chose dans le corps, expliqua la femme.

— Mais je ne peux pas tout ôter ! protesta la guérisseuse. J'ai essayé, je te le jure !

— Je sais, Morrigan… Pourtant, le moment venu, tu sauras l'aider à vivre loin de cette chose, tu verras… Mais tu dois lui faire entièrement confiance, pour cela. Est-ce le cas ?

« Vivre loin de cette chose ». Morrigan ne comprenait pas trop où la scribe voulait en venir. Tout cela était si mystérieux ! Pourquoi ne pas parler simplement plutôt que de s'exprimer par énigmes ? Elle répondit cependant que ça ne lui était pas si facile de faire confiance à quelqu'un.

— Pourquoi ? demanda Kaleb.

— Ça t'intéresse, vraiment ? ironisa-t-elle.

— Oui.

Un ton franc et sans appel. Un mot, trois lettres. « Oui ». Et l'homme qui vous fait vibrer comme une midinette prend vos mains dans les siennes, vous oblige à le regarder dans les yeux. Des yeux étranges, marine et turquoise à la fois, des yeux profonds qui semblent abriter mille âmes… Des yeux dans lesquels Morrigan avait envie de se perdre à chaque fois qu'elle les croisait. Dieu que Kaleb était beau ! Grand, musclé, des épaules larges sur lesquelles on avait envie de se laisser aller, une mâchoire carrée, des sourcils arqués qui lui donnaient toujours un air un peu moqueur, coquin, diablement séduisant. Et surtout ce charme fou. C'est dingue ce que ça peut provoquer, le charme ! Un sourire et on oublie tout, on devient victime volontaire, on a juste envie de plaire aussi en retour…

Morrigan lui sourit.

Conscient de l'effet qu'il produisait, il en profita pour pénétrer un peu plus son cœur… et pour lui montrer le sien. Pourquoi faisait-il ça ? Sûrement parce que Myra l'y avait encouragé. Ils devaient se faire confiance, la scribe était formelle, mais pour cela ils devaient se connaître mieux, se voir vraiment, sans masque, sans fard, sans tous ces parasites censés nous protéger quand ils ne font que nous travestir. Et si Kaleb vit la bienveillance de la jeune femme, ses espoirs, son besoin d'aimer… elle vit aussi à quel point il pouvait être beau, bon. Elle avait toujours su qu'il oscillait entre le Bien et le Mal, deux tendances également présentes chez lui, mais si elle n'avait jamais douté qu'il puisse devenir la pire des ordures, un psychopathe sans scrupule, elle n'avait jamais deviné à quel point la profondeur de son âme pourrait l'entraîner vers le Bien et l'abnégation. Sous ses aspects un peu voyous et frondeurs, Kaleb était magnifique ! Il fallait juste qu'on le laisse explorer cette facette de sa personnalité, qu'on cesse de le faire souffrir.

Car il n'était que tourments…

— Kaleb, je te vois, murmura-t-elle, émue.

C'est à peine si elle osait parler, de peur de l'effaroucher…

— Moi aussi je te vois, Morrigan…

Il était tout aussi troublé qu'elle. Il avait face à lui la fille la plus forte qu'il ait jamais rencontrée, la plus pure, la plus douce sous ses aspects bourrus, la plus seule aussi. La solitude de la jeune guérisseuse lui donna des frissons, peut-être parce qu'elle faisait écho à la sienne, et il sentit les larmes rouler sur ses joues. Elle resserra son étreinte et posa ses mains de guérisseuse sur son torse.

— Tu as le pouvoir de me guérir de tout, Morrigan. Je le sens…

— Et je le veux, répondit-elle comme dans un rêve.

S'il est possible de faire l'amour et communier par la pensée, par le cœur, alors c'est ce qu'ils firent ce jour-là. Ils restèrent connectés pendant plus d'une heure et se montrèrent tout, se dirent tout. Lorsqu'ils revinrent à la maison, ils n'étaient plus les mêmes. Un lien pur les unissait, fort et durable. Comme lorsque deux âmes sœurs viennent de se retrouver après des siècles d'errance. Kaleb en fut profondément perturbé, car il avait toujours des sentiments pour Abigail. Morrigan, pour la première fois, nourrit des envies de faire du mal à quelqu'un : sa rivale. Était-ce de la pure jalousie ou bien l'empathe avait-il commencé à la contaminer ? Aimer un enfant du volcan qui s'est voué au Mal suffit à faire changer de bord… Pourtant, Morrigan doutait que Myra ait souhaité cela en les aidant à se rapprocher. Mais qu'avait-elle voulu au juste ?

La jeune fille, hélas, n'eut guère le temps de s'interroger davantage sur les motivations de la scribe ! Elle retourna la voir une seule fois après cet étrange épisode, puis les choses basculèrent très vite : Kaleb absorba le pouvoir de ses amis et ils durent se mettre en route…

Morrigan suivit le groupe sans broncher. Parce qu'elle ne pouvait pas laisser ses amis partir au casse-pipe sans elle et son don de guérisseuse, parce que Glenn aussi semblait croire que c'était la seule chose à faire… Parce que Myra lui avait confirmé qu'elle devrait jouer un rôle décisif, le moment venu.

À présent, Morrigan doute. De Kaleb, pour commencer, et de la folie de cette entreprise. Elle s'extirpe de la voiture et le rejoint, a besoin de lui parler seule à seul.

— Kaleb… tu es sûr de ce que tu fais ?

Le jeune homme plonge ses yeux dans les siens, mais elle n'y voit aucune émotion, rien qui laisse penser qu'il se soucie d'elle, se souvient du lien qui les unit. Ses yeux clairs sont glaçants, son âme est noyée dans une mare de sang.

— Oui, répond-il laconiquement.

— Je… je ne te reconnais pas. J'ai l'impression que ce n'est pas toi… Tu es si froid, Kaleb !

— Je suis pourtant tel que j'ai toujours été, que j'ai toujours dû être. Je le suis plus que jamais, Morrigan.

— Je ne comprends pas ce que tu veux dire… Je sais que tu peux être bon, mais je ne vois que ta noirceur, aujourd'hui. Ton tatouage, regarde-le, putain ! Tu vois bien que tu n'es plus toi-même !

Le jeune homme pose sa main sur son torse et sourit d'un air énigmatique.

— Et ces choses que tu as faites en chemin ! Tu y as pris du plaisir, je m'en souviens.

— Oui, j'ai fait du mal, j'en conviens… Mais tu sais, ça peut être bon d'être mauvais !

— Tu dis n'importe quoi ! C'est l'encre de ton tatouage qui te rend fou !

— L'encre ou la peau… Tout n'est qu'une question de peau.

— Je ne comprends pas ce que tu dis, gémit-elle. Laisse-moi t'aider, Kaleb…

L'empathe la fixe sans rien dire. Elle croit déceler mille et une pensées, le voir devenir mille et une personnes différentes, pas une ne ressemble à ce qu'elle connaît de lui. Il se perd, il se dissout. Il va disparaître à jamais ! C'est intolérable, elle ne veut pas le perdre alors qu'elle vient de le rencontrer ! Morrigan en pleurerait, elle se sent tellement impuissante… C'est alors qu'il pose une main sur sa joue toujours en la fixant de ce regard glacial qui la transperce. Elle aime ce contact, sa peau. Elle ne sait soudain plus pourquoi elle était angoissée la seconde d'avant, ne se rappelle même plus l'avoir été. Morrigan se sent incroyablement détendue, confiante et déterminée…

Kaleb sourit.

— Suivez-moi ! lance-t-il à la cantonade.

Il se place devant le portail, fixe la caméra de surveillance et sourit en attendant qu'on lui ouvre.

— Je t'attendais.

Dans l'interphone, la voix de Bergsson.

Le portail s'ouvre, Kaleb s'y engouffre, suivi de ses compagnons.

— Tu es sûr de ce que tu fais ? demande Glenn, stressé. Nous sommes sept, nous ne sommes pas armés et…

Un regard de Kaleb suffit pour le dissuader de poursuivre sa phrase.

Tous le suivent donc, sans dire un mot, sans avoir conscience de la peur qui les ronge en sourdine, comme de bons petits soldats, parfaite chair à canon qui s'ignore.

Ils progressent dans les couloirs et ne rencontrent personne, ne sont gênés par aucun obstacle. Morrigan et Glenn ne peuvent s'empêcher de trouver cela louche, de lancer des coups d'œil inquiets, s'attendant à l'attaque fatale à chacun de leurs pas. Mais Kaleb ne s'en soucie guère : il se laisse guider par ce qu'il perçoit de Bergsson. Les jumeaux Armstrong l'encouragent…

— *Il est là.*

— *Il veut te détruire !*

— *Il se prend pour l'Élu…*

— *Il veut te voler ta place* !

Au bout du couloir, une porte grand ouverte sur une pièce qui semble être un bureau. Kaleb entre sans peur, suivi de ses amis, et lui fait enfin face.

— Te voilà ! lance le colonel d'un ton menaçant.

Les deux hommes s'observent, se reniflent, se jaugent. Bergsson a changé. Ses yeux ont éclairci, presque autant que ceux de Kaleb, et sa peau semble moins hâlée. Il porte un pantalon de treillis et un débardeur qui laisse entrevoir ses scarifications. Suivant le regard du jeune homme, Bergsson confirme.

— J'avais envie qu'on se batte à armes égales.

Depuis qu'il s'est entaillé la peau pour y graver le symbole du calice, et y a jeté de cette terre qui a décuplé les dons de Kaleb, le colonel a gagné en puissance, il le sait. Les cendres du volcan le stimulent, augmentent sa capacité de concentration. C'est une première victoire, en soi. Mais c'est un combat de chaque instant, car c'est une porte de plus qu'il a ouverte à la folie des jumeaux Armstrong. Il sent leur démence couler dans ses veines et chercher à le dompter. Non, il ne les laissera pas faire. Il est l'Élu. Personne ne peut rien contre lui.

Kaleb ne dit rien, il ne répond pas.

— Tu as perdu ta langue, gamin ? le provoque le militaire.

Kaleb esquisse un sourire mauvais, un sourire sadique.

— Tu parles trop, répond-il.

Le colonel connaît ce genre de rictus. C'est celui d'un assassin sans scrupule, d'un psychopathe. Ainsi donc ce moment tant attendu, tant redouté, le but de toute sa vie, est arrivé.

Il a le Mal à l'état pur en face de lui.

Il ne s'est pas trompé sur la véritable nature de Kaleb : le jeune homme a de nouveau les yeux baignés de sang et aucune expression ne s'y lit, en dehors de sa cruauté.

Grâce à son pouvoir renforcé par le tatouage, Bergsson commence à pénétrer dans son cœur, de façon insidieuse d'abord, puis en force. Il n'y a que du noir, du vide. Il tourne, tourne, cherche les failles, insiste, se heurte à un mur mou et brûlant qui l'oblige à faire machine arrière. Il doit absolument forcer le passage. Bergsson fronce les sourcils, se concentre encore plus fort.

Mais il n'y a aucun chemin qui donnerait désormais accès au cœur du jeune homme.

Car ce que Bergsson ignore, c'est que Kaleb n'est plus vraiment lui-même depuis quelques jours. Il est devenu la grotte, il est la boule de feu, il est Hermeda, Wothan, Järell.

Et surtout il est désormais possédé par Loki…

V

C'EST UN BOURDONNEMENT, UN SIFFLFMENT, une pression nichée là, au creux de ses oreilles. Un bruit qui n'en finit pas de lui remplir le crâne et menace de le faire éclater en mille morceaux. Et puis il y a ses yeux, durs et enflés comme s'ils cherchaient à s'échapper de leurs orbites, et cette espèce de douleur qui lui vrille le crâne et laisse son visage étrangement engourdi. Loki a l'impression que quelque chose a cédé dans son cerveau, qu'un barrage s'est rompu et que le sang dévaste tout sur son passage. Il aimerait ouvrir les yeux, comprendre où il est, ce qui lui arrive, mais le moindre mouvement lui donne la nausée. Il geint. Un linge humide est déposé sur son front.

— Doucement, ça va aller.

C'est une voix de femme assez âgée. Elle parle la langue des Géants et n'est pas seule dans cette pièce : Loki sent la présence d'un homme, celui qui lui renvoie ses propres émotions et fouille ses pensées comme lui-même sait le faire. Cet homme devrait partir d'ici . qu'il reste amplifie sa douleur, la fait résonner trop *fort, mais Loki ne peut le dire. Il n'a jamais avoué son secret aux siens, alors pourquoi le faire avec les Géants ?*

La femme a posé ses mains sur ses tempes. Elles sont d'une extrême douceur et se mettent bientôt à chauffer tout autour de sa tête. Ce n'est pas une chaleur agressive comme celle de la grotte, bien au contraire. C'est une chaleur douce et bienveillante, qui endort la douleur et enlève le mal, peu à peu.

Au bout de quelques instants, Loki parvient à ouvrir les yeux. La guérisseuse lui sourit. Il s'appuie sur un coude et regarde autour de lui. Il est dans une maison, l'homme qui possède le même don que lui le regarde fixement tandis que l'autre, dont il n'avait pas senti la présence, prend des notes dans un carnet. Il n'arrive pas à lire en lui et l'autre empathe s'amuse à lui renvoyer toutes ses tentatives. En revanche, la femme ne lui oppose aucune résistance. Loki s'insinue en elle, pour essayer de comprendre où il a mis les pieds.

— Oh, grands dieux, mais comment est-ce possible ? C'est un des Autres mais il est… comme nous !

Loki sent que l'homme étrange répond silencieusement à son angoisse, l'apaise. La femme se détend, se raisonne…

— C'est un enfant du volcan qui aura engrossé une des leurs, dans sa jeunesse, *imagine-t-elle.*

Et Loki sait bien que son père n'est pas n'importe lequel de ces « enfants du volcan ». Mais il doute que sa mère ne soit pas elle aussi une Géante.

L'empathe perçoit le trouble du jeune homme et fait signe à la guérisseuse de les laisser seuls.

— Il sait qui est son père, dit-il alors à l'autre l'homme.

— Tu en es sûr, Kver ?

— Oui, Migvar. Il est même revenu pour le rencontrer, je me trompe, jeune homme ?

— Qu'est-ce que ça peut vous faire ? répond Loki qui n'apprécie pas d'être traité de « jeune homme ».

— Humm, reprend Kver. C'est un sanguin, toujours à fleur de peau. Pas mal intentionné pour autant. Orgueilleux, très.

— Ça va, je ne vous dérange pas ? grogne Loki, de plus en plus agacé.

— Si, un peu, rétorque l'empathe.

— Ça suffit ! coupe Migvar. Comment t'appelles-tu ?

— Loki.

— Je suis Migvar, sois le bienvenu chez toi, déclare-t-il en s'inclinant un peu.

— Chez moi ?

— Tu es le fils de notre Roi, ça ne fait aucun doute. Et ça fait de toi le prince. Tu comprendras néanmoins qu'afin d'éviter des questions gênantes nous donnions une version légèrement différente au peuple. Tu seras donc le fruit d'un amour interdit entre l'un des nôtres et une des Autres.

Loki est déçu. Ainsi donc ces Géants qu'il pensait si sages et évolués ne conçoivent pas plus une politique transparente et respectueuse de l'intelligence de son peuple que les dirigeants de sa propre communauté.

— Oui, je comprends, acquiesce-t-il néanmoins.

— Parfait.

— Où est le... Roi ? risque le jeune homme.

— Tu le verras ce soir, lors du banquet organisé en ton honneur. Il sera ravi de te rencontrer.

Loki s'est un peu détendu, suffisamment pour que Kver franchisse une strate supplémentaire de son esprit. Pas assez pour que la manœuvre passe inaperçue.

— Qu'est-ce que vous faites, à la fin ? peste le jeune homme.

— Je me demande d'où te vient ce rouge que tu as aux yeux.

— Quel rouge ?

L'homme lui tend un miroir. Les yeux du garçon sont injectés de sang et l'un d'entre eux semble littéralement baigner dans une mare rouge. Ses prunelles ont pris une teinte claire qu'il ne s'est jamais vue. Lui-même ignore d'où cela vient. Soudain, il repense à la colère qui l'animait avant de quitter son village, quand il a pris plaisir à infliger aux siens les souffrances qu'il avait lui-même endurées... L'empathe semble accéder au souvenir presque en même temps que lui, mais Loki sent sa présence à temps et le rejette de toutes ses forces. Il se sent agressé, envahi, violé. Ça le met en rogne, il lui souhaite d'avoir aussi mal à la tête que lui, quelques instants plutôt. Aussitôt, l'homme se saisit le crâne à deux mains et tombe à genoux en gémissant.

— C'est bon, c'est bon ! J'arrête ! Mais enlève-moi cette migraine !

Seulement Loki, qui n'a jamais autant utilisé son don et encore moins pour nuire à quelqu'un, ne sait pas comment faire...

La fête qu'on a improvisée en son honneur a quelque chose d'irréel, de magique. C'est presque trop beau pour être vrai. Le peuple des Géants s'imagine qu'il est le bâtard de l'un d'entre eux, revenu vers les siens car doué de dons exceptionnels, comme tous ceux d'entre eux qui ont les yeux bleus. Personne ne se doute qu'il est le fils du Roi. L'idée de cacher la vérité ne plaît pas au jeune homme. Il rêve d'un monde où l'on pourrait tout dire, tout s'avouer, mais ça ne doit pas exister... Loki se sent piégé, à l'étroit où qu'il aille. Pourquoi doit-il supporter des autres des vérités qui lui sautent à l'esprit dès qu'il croise leur route, sans pouvoir leur montrer à son tour son vrai visage ? C'est injuste. Pour lui, pour ces gens à qui on ment, pour ce père qui s'en tire à si bon compte, à qui le mensonge sauve la face quand il mériterait qu'on l'oblige à affronter ses responsabilités, publiquement.

Mais l'heure n'est pas à la rancœur. La liesse des Géants fait plaisir à voir et Loki se laisse peu à peu gagner par leur euphorie, accepte les présents et les mots de bienvenue, repère ici et là ses prochaines conquêtes, des filles à la peau claire et aux yeux bleus qui l'invitent à danser en attendant de partager sa couche. Après les moments difficiles passés en convalescence, Loki profite volontiers de cette trêve, se dit que finalement l'Irlande ne serait peut-être pas mieux, que son vrai foyer est ici. Pourtant, une petite voix en lui murmure qu'il doit demeurer sur ses gardes, ne pas trop faire étalage de ses facultés et surtout ne pas chanter pour faire la démonstration de son charisme... Il se souvient de sa devise : « Ceux qui sont trop prompts à vous aimer le sont tout autant à vous haïr », et si les Géants ont la haine aussi excessive que l'amour, alors ils pourraient bien finir par le mettre à mort. Un voile sombre s'abat devant ses yeux et il se sent soudain glacé, frissonne.

La prudence s'impose donc et il s'abstient de toute démonstration de force.

— Bonjour, Loki.

Le jeune homme sursaute. Cette voix légère, riche de mille vies, il la connaît. La reconnaît. Il en a rêvé tant de fois depuis sa première visite au village. Toutes ses velléités de demander des comptes s'envolent instantanément.

— Bonjour, répond-il, intimidé.

L'homme le semble tout autant que lui. Intimidé, gauche, ému. Ça se voit sur son visage, dans son regard un peu trop humide. Pourtant, Loki ne parvient pas à lire ses pensées, ne perçoit pas ses émotions. Il les voit, c'est tout. L'homme est grand, mais moins que lui. Il est tout en bras et en jambes, très mince, presque maigre. Son front est large et bombé comme le sien, or la ressemblance s'arrête là. Il a le crâne un peu dégarni et les cheveux grisonnants, un visage long aux traits fins, un nez aquilin et des lèvres presque inexistantes. Ses yeux sont en amande quand ceux de Loki sont plutôt arrondis, mais il y brille la même intelligence, la même vivacité d'esprit.

Östal sourit. Lui sourit.

— Tu es un homme..., se contente-t-il d'articuler, avec une pointe de fierté dans la voix mais aussi une crainte que Loki ne s'explique pas.

— Oui... père, répond-il, ironique.

Les larmes menacent de déborder des paupières du Roi.

— Je suis heureux de te rencontrer, murmure Östal afin que les villageois ne l'entendent pas.

— Pourquoi m'as-tu abandonné ? lance Loki, toujours dans la révolte.

— Je... j'ignorais que tu avais survécu, ment Östal qui se sait surveillé par Migvar. Nous avons beaucoup de temps à rattraper. Viens me retrouver chez moi, quand tu en auras l'envie et le besoin. Je ne veux pas te brusquer... Mais sache que même lorsque je te croyais perdu, je n'ai jamais cessé de t'aimer.

Loki a soudain envie de pleurer, de serrer dans ses bras ce père qui lui manquait tant sans qu'il le sache, mais il sent bien qu'il ne peut pas, que ce n'est pas le moment. Et puis il est trop fier pour se montrer aussi vulnérable... Un groupe de jeunes filles arrive en trombe près de lui et l'entraîne dans une danse endiablée. Alors il se laisse de nouveau aller et porter par la musique qu'il trouve belle, réjouissante au premier abord, avec un goût de mélancolie pour quiconque sait vraiment écouter... Ça le fait sourire : il est sûr que c'est son père qui l'a composée.

La fête dure jusqu'au petit matin. Lorsqu'il quitte le banquet, Loki est ivre de rires et de vin. Il se sent libre, pour la première fois depuis longtemps. Tout est à faire ici : personne ne le connaît, il n'a encore aucune réputation et pourrait endosser le rôle qu'il veut pour charmer ces Géants qui, au final, ne sont pas plus grands que lui. Et les filles sont tellement jolies ! Surtout celles aux yeux bleus, comme lui… Il n'aura que l'embarras du choix !

Comme il n'est pas fatigué, Loki décide de marcher un peu, de sortir du village, d'aller voir si leur campagne ressemble à celle d'où il vient. L'air frais du petit matin le dégrise doucement, il est légèrement essoufflé, respire à pleins poumons et pousse un grand soupir d'aise.

— Moins de bruit, bon sang ! peste une voix féminine. Il y en a qui chassent ici !

C'est une voix comme il n'en a jamais entendu. Un peu rauque, cassée, comme si celle à qui elle appartient l'avait forcée toute sa vie, passait son temps à hurler. Loki regarde alentour mais ne voit personne.

— Qui va là ? s'écrie-t-il.

— Non mais vous savez parler autrement qu'en beuglant ? s'énerve la jeune femme en sortant de sa cachette.

Enfin, jeune femme, si l'on peut dire ! Mais comment diable est-elle accoutrée ? Avec des culottes d'homme et une tunique bien trop grande qui masque sa taille. Dans ses mains, un petit gibier qu'elle vient manifestement de tuer.

— Qui es-tu, sauvageonne ?

— Sauvageonne ? C'est toi qui dis ça alors que tu as passé la nuit à t'empiffrer et boire comme un ivrogne !? répond-elle, piquée.

— Et alors ? Je suis un homme !

— Et ?

— Et toi, tu es une femme, déclare-t-il comme si cette réponse était suffisante.

— Monsieur a le sens de l'observation, raille-t-elle. Et alors ?

— Eh bien, je fais ce que je veux !

— Et pas moi peut-être ?

— Toi, tu es une femme !

— Ça, tu l'as déjà dit ! Tu vas te remettre de ta découverte, oui ou non ? Ou bien c'est la première fois que tu en vois une ?

— Ce que je dis, c'est que tu as de bien curieuses manières pour une femme… Et un drôle d'accoutrement aussi ! Tu n'as donc pas reçu d'éducation ?

Loki espère bien la vexer un peu. Pour qui se prend-elle, à la fin, avec ses cheveux en bataille et ses manières de garçon ? Mais la fille éclate soudain de rire. Un rire qui vient du ventre, riche, profond, et toujours avec ce petit je-ne-sais-quoi d'éraillé.

— Qu'est-ce ce qui te fait rire, femme ?

— Toi, homme ! le singe-t-elle.

— Ne me parle pas comme si j'étais un débile.

— Ne me parle pas comme si j'étais inférieure !

— Tu es folle, ma pauvre fille.

— Peut-être, mais pas de toi !

— Ça peut s'arranger.

Puisqu'elle veut en découdre, elle va voir à qui elle à affaire ! Loki lui envoie une onde de bien-être, songe à des choses excitantes et lui transfère son émoi. La fille s'est figée, elle penche la tête doucement, pupilles dilatées, et lui sourit. Il lui rend son sourire et pousse encore un peu. Après tout, sous ces vêtements qui masquent ses hanches, il devine des courbes plus que délicieuses qu'il aimerait bien explorer de plus près. La fille fait un pas vers lui, comme hypnotisée. Leurs visages se rapprochent. Il savait qu'elle ne lui résisterait pas bien longtemps. Aucune fille ne le peut, pas même celle-là ! Il profite de son trouble pour l'observer. Quels yeux curieux elle a ! Il n'en avait jamais vu de tels et ne savait même pas que ça pouvait exister ! Ils sont…

— … pas.

Elle lui a parlé, qu'a-t-elle dit ?

— Pardon ? demande-t-il.

— N'y songe même pas.

— À quoi ?

— À me faire ton numéro de charme. Je suis immunisée contre ton don, l'empathe. Mais tu ne l'es pas contre le mien, alors je te conseille de freiner immédiatement tes ardeurs, avant que je me mette vraiment en colère !

— J'ignore de quoi tu parles ! se défend-il.

Mais la fille s'en va et le plante là. Décidément, elle n'est pas commune et l'intrigue ! Loki sourit : il finira bien par percer le mystère et la mettre dans son lit, comme les autres… En tout cas pour aujourd'hui cela semble compromis. Comme il n'a toujours pas sommeil, il décide de pousser la balade jusque chez son père, impatient de discuter avec lui et de comprendre pourquoi il l'a abandonné. Il erre parmi les demeures du village, se trompe deux ou trois fois de maison, se confond en excuses lorsqu'il réveille les gens… Et finit par trouver le foyer d'Östal.

C'est le cœur battant qu'il se résout à taper à la porte, qui s'ouvre brusquement.

— Toi ? interroge-t-il, incrédule.

— Toi, constate-t-elle, agacée.

La teigne qui parle mal aux hommes, ici, chez son père ? Loki ne comprend pas : s'est-il encore trompé de maison ? Puis Östal apparaît derrière la jeune fille.

— Loki, je te présente Arijm, ta sœur.
— Ma quoi ? s'étrangle le jeune homme.
— Ça ne m'enchante pas plus que toi, rétorque la fille.
— Entre, l'invite le Roi.
Alors Loki pénètre dans la maison, soutient le regard de sa sœur qui le toise de ses yeux si étranges, des yeux vairons, un œil bleu, un marron.

5.

Myra Eljundir l'avait mis en garde, à mots couverts, quand elle lui avait montré le *Livre du Volcan* pour la première fois. Mais il n'avait pas compris ce qu'elle avait voulu dire. Kaleb ignore quand l'imprégnation a commencé, il se souvient seulement du moment où il a réalisé ce qu'il se passait. C'est le jour où, pour la première fois, il a absorbé les dons de ses amis. Comme à son habitude, il lisait le *Livre*, allongé sur son lit… Combien de fois s'était-il d'ailleurs endormi ainsi, l'ouvrage reposant sur son torse, les encres du *Livre* et du tatouage ayant toute latitude pour communiquer entre elles… Pas seulement les encres d'ailleurs, mais pour comprendre ça, il a fallu qu'il lise la fin de l'histoire de Loki. Loki, son ancêtre, son père spirituel. Enfant déraciné, comme lui, étranger où qu'il aille souffrant de l'abandon des siens et de leur désaveu. Oui, Loki est là, en lui, avec lui. Prêt à livrer bataille pour mettre enfin un terme au génocide des enfants du volcan. Kaleb sait ce qui va se jouer dans cette base militaire, il sait ce qu'il va devoir accomplir. Pourtant il n'a pas peur, non. Depuis qu'il a laissé les rênes à ses pulsions, à sa colère, il ne ressent plus hésitation ni angoisse. Le tatouage et la terre qu'il charrie ont repris leurs droits sur sa peau, sur son âme et le préparent à accomplir la prophétie. Le Mal est en lui, oui. Mais parfois, on n'a pas d'autre choix que de se vouer à l'Obscur…

Le jeune homme n'a pas quitté le colonel des yeux. Son grand-père, ce fou qui se déteste au point de vouloir tuer tous ceux qui lui ressemblent… Car, à cet instant précis, jamais les deux hommes ne se sont autant ressemblé.

— Où est Abigail ? interroge Kaleb.

Plus qu'à une question, cela ressemble à un ordre. Et on ne donne pas d'ordre au colonel.

— Quoi ? ironise Bergsson, tu ne la sens pas ? Concentre-toi, allons !

Bergsson déverrouille un peu son esprit pour laisser Kaleb y pénétrer plus profondément. Oui, il veut le voir souffrir avant de le tuer et va s'en donner à cœur joie ! Pour cela, il se concentre sur la succube, la visualise dans son fauteuil roulant, misérable, et se connecte à elle.

Abigail est excitée à l'approche des événements qui vont suivre, elle croit tirer les ficelles, malgré son emprisonnement et en dépit de l'affaiblissement causé par toutes les tortures qu'il lui a infligées. Comme elle va être déçue ! Il s'insinue dans son esprit avec une facilité déconcertante : c'est fou ce que le tatouage lui a fait gagner en puissance ! La prophétie disait vrai… Bergsson se focalise sur les enfants qu'elle attend, petits êtres sans défense qu'il imagine minuscules et confiants, baignant dans le liquide amniotique de leur mère.

Puis, sans crier gare, il leur envoie sa première décharge.

Douleur, peur. Leurs cœurs manquent un battement, repartent, accélèrent.

Kaleb ressent instantanément la décharge, partage la terreur de ses enfants.

— Laisse-les tranquilles, Bergsson !

— Tu rêves !

Le colonel visualise ce qu'il peut y avoir de plus effrayant pour un fœtus. L'utérus qui se resserre, qui étouffe, s'arme de dents et menace de les broyer. Les petits s'affolent, se débattent, oublient de prendre de l'oxygène à leur mère. La jeune fille, de son côté, se plie en deux de douleur, porte les mains à sa tête en proie à la même terreur que ses enfants, convaincue qu'elle est en train de les dévorer de l'intérieur.

L'idée est de les faire mourir de peur, tous les trois, sans que Kaleb puisse intervenir. Comme un juste retour des choses, pour avoir tué sa propre mère…

— Arrête ça immédiatement, c'est moi que tu veux, ils n'y sont pour rien !

Le jeune homme se départ un instant du calme qu'il montrait jusqu'à présent. Il sent la détresse de la mère et des bébés le gagner. Laisse échapper un cri.

— Quoi ? Tu as peur, Kaleb ? Pourtant je n'en ai pas fini avec toi !

Bergsson est grisé par son pouvoir, ivre de son désir de vengeance. Ça lui fait perdre le contact avec la réalité. S'il était encore conscient de ce qu'il se passe, il verrait bien que non, Kaleb n'a pas peur, que c'est un cri de rage qu'il vient de pousser. Car Kaleb ne ressent aucune autre émotion que la haine, à l'instant présent.

Une haine dont le colonel est l'unique cible.

— *Oui, Kaleb, c'est ça ! Laisse monter la rage ! Laisse la terre envahir ton sang. Tu es le volcan, tu es la lave ! Explose !* chuchotent les voix des jumeaux Armstrong dans sa tête.

Kaleb n'a pas besoin d'encouragements. Il est en pleine maîtrise de lui-même, de son don. Et le colonel va en faire les frais. Ce fou croit pouvoir s'en prendre à ses enfants, les utiliser, les tuer ?

— Loki ! s'écrie Kaleb comme on prie.

Son ancêtre a connu la pire chose qu'un père puisse vivre. Kaleb est riche de son histoire, de ses enseignements et il ne laissera personne lui voler ce qu'il a de plus précieux sur cette terre ! Il se battra jusqu'au bout, jusqu'à la mort s'il le faut. Mais il obtiendra pour ses enfants ce que ni lui ni son aïeul n'ont pu obtenir pour eux-mêmes : une place dans ce monde. Kaleb passe en force dans l'esprit de son grand-père, comme un torrent furieux qui viendrait pulvériser un barrage. Il sent toute sa haine, sa rancœur, ses frustrations. Rencontre le petit garçon frustré qui est derrière cette avidité de pouvoir, ce besoin de vengeance. Parle avec lui.

— *Tu as passé ta vie à croire que personne n'en faisait jamais assez pour toi… Mais toi, qu'as-tu fait pour toi-même ?*

Qu'as-tu donné aux autres qu'ils auraient pu te rendre à leur tour ?

L'enfant proteste, se met à pleurer, dit qu'il veut sa maman, juste sentir qu'elle l'aime.

— *Mais elle t'aimait, ta maman ! Pourquoi crois-tu qu'elle travaillait aussi dur si ce n'est pour t'offrir une belle vie ? Tu as passé ta jeunesse à la blâmer et tu l'as laissée mourir sans jamais lui donner de nouvelles... Honte à toi !*

L'homme a relâché son étreinte sur les bébés. Il s'est décomposé, adopte des mimiques de petit garçon, se met à pleurer... Puis très vite, il semble se reprendre, comprendre que Kaleb le manipule et il éclate de rire. Le jeune homme se rend compte que les cendres ont trop renforcé le don du colonel pour qu'il reste manipulable bien longtemps. Seul, Kaleb n'arrivera pas à le neutraliser. Soudain, Kaleb se tourne vers son groupe d'amis. Le moment est venu, il le sait...

— Hannah, je suis désolé, dit-il en s'approchant de la jeune fille.

— Désolé... m... mais pourquoi ? balbutie-t-elle.

— Pour ça, répond-il en lui agrippant un bras.

— Non, Kaleb !

C'est Glenn qui a crié. Trop tard. Déjà le don de la conteuse se propage à travers le corps de l'empathe... Kaleb la pompe, encore et encore. L'aura de la jeune fille se vide et vient se déverser en lui, elle coule à flots...

— Arrête ! crie Glenn. N'en prends pas plus, tu es en train de la tuer !

Mais le flux se raréfie de lui-même, se tarit. Il n'en reste pas une goutte. Hannah choit, sans vie, sur le sol dur des locaux de SENTINEL.

Bergsson a beau avoir repris ses esprits, il ne comprend pas immédiatement ce qu'il se passe. Il n'a jamais entendu parler de transmission de pouvoirs.

Face à lui, le visage de Kaleb se brouille, devient flou… Il se retrouve projeté dans sa chambre, devant le miroir où il aime prendre des poses menaçantes et bander ses muscles. Pourtant aujourd'hui, ce n'est pas son reflet qu'il contemple.

— Vois celui que tu poursuis de ta haine, gronde Kaleb. Regarde-le bien…

Médusé, le colonel tend la main vers la surface lisse et le reflet fait de même. L'image que lui renvoie le miroir est celle d'un jeune homme brun aux yeux bleus… Il est d'une beauté stupéfiante.

— La beauté du diable…, murmure-t-il.

— La beauté des enfants du volcan, répond Kaleb, celle que tu n'as pas su voir…

— Je suis… je suis…

— *Tu es Kaleb…*, lui souffle une voix dans son esprit.

Le colonel résiste, réfute ce qu'il vient d'entendre. Non ! C'est un mauvais tour, une supercherie ! Ce n'est pas son vrai reflet !

— Ce n'est pas possible ! proteste-t-il. Je ne suis pas Kaleb Helgusson ! Je suis Karl Bergsson !

— *Oui, mais grâce à ton don, tu as réussi à fusionner avec lui, tu es dans son corps, tu le contrôles ! Tu sais ce qu'il te reste à faire si tu tiens à le détruire…*, lui suggère Kaleb. *Il ne peut plus t'échapper… Souviens-toi de la prophétie… Les frontières entre le Bien et le Mal ont été effacées…*

— C'est vrai, répond l'homme d'une voix résignée.

Les enfants du volcan le regardent, ébahis, se diriger vers un meuble duquel il extirpe une dague. Kaleb exulte. Il est tellement concentré sur l'histoire qu'il matérialise grâce au don volé à Hannah qu'il oublie de maintenir le contrôle sur ses compagnons. C'est Samuel qui reprend ses esprits le premier. Il n'avait pas remarqué qu'elle lui avait lâché la main.

— Hannah ! s'écrie-t-il en se précipitant vers sa sœur.

Mais Hannah ne répond pas…

Le colonel reprend place devant son miroir et, comme chaque personne présente dans la pièce, voit, au lieu du sien, le reflet de Kaleb. Il contemple un instant la dague, en éprouve le tranchant comme il a coutume de le faire, la retourne contre son ventre et l'enfonce d'un coup sec !

Aussitôt, Kaleb relâche son emprise. Il tient à ce que Bergsson ait tous ses esprits au moment de mourir. L'homme sort de son hallucination et découvre, stupéfait, ce qu'il vient de faire. Puis s'écroule sur le sol, les mains crispées sur l'arme.

— Je ne comprends pas…, gémit-il.

— Tu n'as jamais rien compris, lui répond Kaleb.

Le jeune homme s'approche de lui et s'accroupit.

— Tu devrais frapper à nouveau, suggère-t-il.

— Non ! lutte le colonel.

Mais Kaleb est bien trop fort pour lui. Il l'oblige, sourire en coin, à retirer la lame de son ventre et à l'enfoncer de nouveau à quelques centimètres de la plaie. Autour d'eux, des cris horrifiés. Kaleb n'y prête aucune attention. Seule compte sa vengeance…

— Et dire que tu croyais être l'Élu ! Regarde-toi, pauvre merde, gisant à mes pieds, mort de tes propres mains.

Bergsson essaie d'attraper Kaleb, mais de violentes convulsions l'en empêchent.

— Tu… es le Mal, j'avais raison.

— Peut-être. Ou peut-être pas ! Tu t'es trompé sur tant de choses…

Et comme si la torture physique ne suffisait pas, Kaleb lui laisse prendre connaissance de la véritable prophétie. Celle que les Sentinelles n'ont jamais sue…

Du symbole du volcan l'empathe sera marqué
Sa première bataille contre le Mal perdue
C'est alors qu'il deviendra l'Élu
Et des innocents sera le sauveur
Agissant comme Dagür sur l'ordre de son cœur.

— Tu vois, il n'a jamais été question de transpercer qui que ce soit avec une dague ! Toute ta vie était fondée sur des sables mouvants !

— Ce n'est pas possible… Mais quand bien même ! De nous deux, moi seul suis guidé par mon cœur, proteste l'homme en crachant du sang.

— Ton cœur ? Tu n'en as plus depuis bien longtemps ! Allez, je veux te voir te réduire toi-même en charpie ! Donne-moi du steak haché, papy !

Kaleb pousse encore un peu. Bergsson hurle mais c'est plus fort que lui, il lève bien haut la dague et s'en transperce de nouveau le ventre. Il se poignarde avec rage, encore et encore, s'assène des dizaines de coups. Ses intestins jaillissent de son abdomen, s'accrochent à la lame qui s'enfonce avec la régularité d'un marteau-piqueur dans la chair en bouillie.

D'autres cris accueillent cette nouvelle salve. Bergsson touche enfin une artère vitale qui le vide complètement de son sang en un geyser brûlant, et meurt après un dernier râle. Affalé dans une mare sombre, son corps écarlate ne laisse désormais plus rien paraître du symbole qu'il était indigne de porter.

Kaleb pousse un soupir de contentement, se relève et constate que ses amis ont tous repris leurs esprits. À l'exception d'Hannah, qui n'a pas survécu au pillage de son don. Un filet rouge s'échappe de sa bouche. Tous ses amis le regardent avec horreur. L'un d'eux plus que les autres encore : Samuel, le frère de la jeune sacrifiée. L'adolescent est terrifié, non seulement parce que Kaleb vient de tuer sa sœur, mais parce qu'il voit enfin son vrai visage. Celui du Mal à l'état pur, qui a abdiqué toute conscience pour une vengeance qui ne connaîtra aucun pardon. Kaleb n'est plus Kaleb, il n'a plus d'âme propre, plus rien. Il n'est qu'un grand réservoir où toute la colère des enfants du volcan s'est déversée et réclame vengeance. Samuel hurle, croyant découvrir le visage du diable, cherche à fuir cette vision d'horreur par n'importe quel moyen. Alors, devant un Kaleb impassible et ses amis impuissants, le gamin qui sanglote porte ses mains à ses yeux, glisse les ongles sous ses paupières et attrape, non sans mal, ses globes oculaires. Il tire, tire de toutes ses forces en hurlant sa terreur. Faroudja intercepte sa douleur et se la prend en pleine figure, pousse un grand hoquet, vomit et s'écroule, agitée de spasmes. Glenn bondit sur Samuel pour l'empêcher de s'arracher les yeux, mais l'adolescent le repousse, se recroqueville sur lui-même, tire de plus belle et parvient à s'énucléer. Puis il tombe, inconscient, sur le corps de sa sœur. Glenn regarde, impuissant, le corps sans vie de Faroudja. Son aura s'est éteinte : elle n'a pas survécu à ce qu'elle a ressenti. Le cœur de Samuel bat toujours... Pour combien de temps ? Glenn est désemparé. Il ne sait quoi faire. Tout se mélange dans sa tête... Il a peur, il a la nausée, il a envie de tuer Kaleb de ses propres mains... Mais que peut-il contre lui ? La seule voie qu'il puisse choisir est celle de la raison...

— Mais tu te rends compte de ce que tu viens de faire ? Tu as perdu la tête, Kaleb ?

— Au contraire, je n'ai jamais été aussi lucide. Et tu sais que je fais ce pour quoi je suis né... Myra t'avait prévenu qu'il y aurait des pertes. « Mourir debout plutôt que vivre à genoux », c'est ta devise, non ?

— Pas dans ces conditions... Et tu n'as pas le droit de choisir à notre place ! De nous utiliser et nous sacrifier les uns après les autres sans notre accord !

— Tu ne te souviens donc pas, Glenn ? Votre accord, vous me l'avez tous donné !

VI

— *C'EST UNE PLAISANTERIE ? S'ÉTRANGLE ÖSTAL. Dites-moi que vous n'êtes pas sérieux !*

— Je comprends ta surprise, père…

— Ma surprise ? Ma SURPRISE ? Tu ne saisis pas bien la gravité de la situation, Loki ! C'est contre-nature, purement et simplement !

— Oui et non, argumente le jeune homme. Tous les peuples ont bien dû se fonder sur l'inceste à la base. Le nôtre d'ailleurs n'a-t-il pas repeuplé ses terres grâce à des mariages consanguins ?

— Au temps où il n'y avait presque plus personne peut-être, mais ce n'est plus le cas et vous êtes frère et sœur !

— Nous n'avons pas été élevés ensemble, nous sommes comme deux étrangers.

— Peu importe, reprend Östal. Arÿm ne peut pas garder cet enfant.

— Je ne vois pas pourquoi, s'insurge Loki. Il a le droit de vivre, tout comme moi je l'avais…

Loki sait qu'en évoquant son abandon, il fera mouche. Östal lui a raconté depuis longtemps dans quelles circonstances Järell et lui avaient dû se résoudre à se séparer de leur bébé, pour lui éviter d'être tué par les sages. Mais s'il a bien saisi les raisons qui les avaient poussés à agir de la sorte, Loki n'a jamais pardonné à sa mère d'avoir fait le choix de la grotte plutôt que de la fuite avec son enfant. C'est pourquoi, depuis trois saisons qu'il est ici, il s'est toujours obstinément refusé à entendre parler d'elle. Il ne la nomme pas, ni par son prénom ni par son surnom, et s'échappe de la conversation dès qu'Östal ou Arÿm tentent de l'évoquer pour le ramener à des sentiments plus cléments. Loki reconnaît pourtant à cette femme le talent d'avoir su choisir le bon géniteur, celui qui ferait de son fils un chanteur charismatique, un orateur qui a le sens du rythme… Et de sa fille une créature hybride, mi-enfant du volcan, mi-Sentinelle… Il sait qu'elle a cru bon de se sacrifier pour sauver tous les enfants du volcan, il devine que son père n'a jamais cessé de l'aimer et va toujours la rejoindre en cachette, même si ce n'est plus que pour assister à sa déchéance, il comprend que sa sœur se sent investie d'une mission à cause d'elle et de ses prédictions… Mais lui, il ne peut simplement pas. Loki ne peut pas lui pardonner de l'avoir laissé. Il ne peut pas supporter ce qu'il perçoit d'elle dans ses rêves ou ce qu'il a entraperçu dans la grotte avant de sombrer, le jour de son arrivée. Parce qu'il sait pertinemment que s'il s'y attardait et se laissait aller à se connecter à elle, ce qu'il ressentirait de peine et de désespoir pourrait bien l'anéantir.

Et Loki fera toujours le choix de la vie, quitte à être égoïste. La notion de sacrifice est un concept bien trop étranger à son mode de pensée pour qu'il le fasse un jour sien. Mais comme à chaque fois qu'il tente de s'en convaincre, une voix presque sépulcrale, au loin, semble lui répondre qu'il ne faut jamais sous-estimer ce qu'on peut faire par amour, par pure abnégation... et Loki la chasse systématiquement. De toute façon, il préfère se concentrer sur celle qui occupe désormais toutes ses pensées et s'est installée dans son cœur.

Arijm est la femme la plus atypique qu'il ait jamais rencontrée. Au début, ses manières un peu brusques et ses allures de garçon manqué le choquaient profondément. Sans parler du fait qu'il n'avait aucune prise sur elle. À moitié Sentinelle, elle était immunisée contre les enfants du volcan et capable de leur cacher ses sentiments, ce qui lui avait été fort utile pour survivre. À vrai dire, personne n'avait la moindre influence sur elle. C'était un électron libre, qui goûtait sa liberté comme un condamné qu'on a gracié. Elle avait très tôt compris qu'elle devait cacher son don de clairvoyance – officiellement elle n'en avait donc aucun – pour ne pas risquer de finir comme sa mère, et avait échappé au couronnement qui signait l'arrêt de mort des femmes de sa lignée. Järell, qui avait désormais soixante-dix saisons, serait la dernière Oracle, à moins d'un miracle.

— Elle a sauvé ses deux enfants, tu te rends compte ? aimait lui répéter Arijm.

— Et alors ? rétorquait Loki. Tu veux qu'on aille la remercier ? Elle est fichue et tu le sais bien. Elle nous a sauvés comme seuls les lâches savent le faire : sans aller jusqu'au bout de sa démarche. J'ai grandi avec un sentiment de décalage dans un monde qui n'était pas fait pour moi et on t'a traquée, épiée toute ton enfance dans l'espoir de te transformer en Oracle !

— Tu es dur, Loki. Je ne comprends pas que tu puisses avoir le don d'empathie et te montrer si hermétique...

— L'empathie est un outil. Et un outil, je le repose toujours quand je n'en ai pas besoin…

Et c'était vrai. Depuis qu'il avait provoqué une hallucination collective chez les Autres, quelque chose avait changé en lui. La colère l'avait cédé au cynisme, et de révolté il était devenu désabusé, avec ce sentiment troublant que, s'il le voulait, rien ne le toucherait. La musique était devenue une arme plus qu'une passion et ses mots n'étaient plus que noirceur, douleur, apologie de la mort. Il y avait eu quelques plaintes de parents estimant que Loki pervertissait la jeunesse, leur mettait des idées noires en tête, mais les membres du Conseil étaient extrêmement indulgents avec lui, comme s'ils tentaient de se faire pardonner d'avoir voulu le tuer, du moins c'est ce qu'il s'imaginait. Loki se sentait Roi du monde, prince des Géants, et sans Arÿm il se serait volontiers contenté de ce statut. Seule sa sœur savait le ramener dans le monde des vivants, des vibrants. Elle n'était jamais dupe de rien. Ni de ses airs détachés ni de ses provocations.

Arÿm avait hérité du double don de sa mère. Elle savait sentir les objets, entendre leur histoire et deviner leur futur, et avait inventé une forme d'écriture déchiffrable uniquement par elle. Elle avait récupéré le Livre du volcan et y consignait ses visions… Mais elle en parlait peu, préférant se concentrer sur l'instant présent, sur sa liberté et sur les chamailleries qui l'opposaient systématiquement à son frère. Oh, il lui fallut en supporter des frasques de sa part, avant qu'il ne comprenne qu'il l'aimait ! Il dut bien séduire la moitié des filles du village, mais elle n'était pas jalouse. L'idée même que l'autre lui appartienne lui était aussi insupportable que sa réciproque. Arÿm le laissa donc butiner, puis s'assagir, pour venir vers elle comme on cède enfin devant l'évidence. Leur premier baiser fut doux, simple, sans même que la question du tabou de l'inceste se pose.

Lorsqu'elle fut sûre qu'elle était enceinte, elle le lui annonça, non sans une légère crainte. Un homme aussi épris de sa liberté ne verrait-il pas là un moyen pour elle de le retenir, de l'enchaîner ? Mais bien au contraire, et pour la première fois depuis longtemps, il se laissa aller à ses émotions et se mit à trembler, larmes aux yeux, à sourire, rire, à la serrer fort dans ses bras, trop fort, puis à s'excuser, à caresser et embrasser son ventre, à lui jurer qu'il les aimerait éternellement et serait toujours là pour eux…

Bien sûr à ce moment précis, cette voix sépulcrale qu'il détestait tant – celle de sa mère, il en avait acquis la certitude – lui revint aux oreilles pour lui parler de sacrifice, mais il la rejeta comme il en avait l'habitude et n'y prêta plus attention.

Dans les rues de son village d'adoption, il lui semblait que tout le monde était au courant de la bonne nouvelle et l'accueillait avec la même euphorie que lui. Bien sûr il n'était pas dupe et savait bien que son empathie débordait et provoquait cette liesse. Pourtant, il avait appris à la brider, à la cacher, au contact de son père et de sa sœur, afin d'éviter que les membres du Conseil ne se méfient de lui et de la force de son don. Car, à en croire son père, il était phénoménal. Östal était formel, parce que Järell le lui avait dit un jour, et qu'il pressentait lui-même que son fils était appelé à un destin exceptionnel…

— Cet enfant n'a pas sa place ici… Qui sait ce que les membres du Conseil pourraient en faire ? insiste le Roi. Souviens-toi qu'il n'y a pas si longtemps, on tuait les fils d'Oracle et condamnait leur fille ! Tu es le fils de Järell et…

— Ne prononce pas ce nom, Östal, le coupe sèchement le jeune homme.

— *Réfléchis, soupire son père. Réfléchis aux conséquences...*

— *Parce que tu crois que je laisserais quoi que ce soit arriver à mon enfant ? Je le défendrai toujours. Et je refuse qu'on dise qu'il n'a pas sa place ici ! Jamais je ne laisserai quiconque lui arracher ce qui lui appartient, comme on l'a fait avec moi !*

— *Et que pourras-tu contre dix hommes ? Et si on te jette en prison ou pire, comment le défendras-tu ?*

— *Ça n'arrivera pas, s'obstine Loki.*

— *Arijm, dis quelque chose, ma fille, tu sais que ce n'est que folie !*

— *Loki saura s'occuper de notre bébé, se contente-t-elle de répondre.*

Le Roi est à court d'arguments. Il a peur. Peur de cet enfant, peur des événements à venir, peur parce que Järell arrive au terme de son existence et qu'il ne parvient pas à se résigner à la voir partir, peur parce qu'il n'aime pas ce que sa fille vient de lui dire. Il connaît le regard qu'il a surpris chez elle. Il a vu le même chez Järell il y a bien longtemps. C'est le regard de quelqu'un qui connaît le futur et sait qu'il n'en fait pas partie. Arijm n'a pas dit qu'elle protégerait leur bébé, mais que seul Loki le ferait.

— *Arijm..., articule-t-il en la regardant intensément.*

La jeune fille baisse le regard, comme on fait un aveu. Ainsi il a vu juste...

— *C'est de la folie, de la folie pure..., se lamente-t-il.*

Il ne trahira pas ce qu'il vient de comprendre. Mais il n'est pas certain d'y survivre...

Les lunaisons qui suivent passent comme dans un rêve, pour Loki. La perspective d'être papa l'a transformé, responsabilisé. Il veut être un modèle pour son fils, et aider à bâtir une société dans laquelle il lui plaira de le voir grandir. Migvar et les autres sages ont accueilli la nouvelle avec beaucoup de joie. Tous sont impatients de voir naître ce bébé porteur d'espoir qui sera le trait d'union entre deux peuples, deux cultures différentes. Pour féliciter le jeune père, on lui a même confié de nouvelles responsabilités.

— Après tout, tu es le prince, le futur Roi…

— Merci de ta confiance, Migvar.

Migvar jubile. Il aime la tournure que prennent les choses. Il n'aurait pu rêver mieux. Chaque jour il prie pour que l'enfant soit bien une fille, comme semble le lui confirmer l'Oracle depuis quelque temps. Il se rappelle sa première prophétie, après la disparition de Loki, disant que « sa fille serait la messagère », elle ne parlait pas de la fille d'Östal mais de celle d'Arÿm ! Ça lui paraît évident, à présent… Et quand bien même Järell ne tiendrait pas jusque-là, vingt-huit saisons ça passe vite et la lignée des Oracles ne sera pas restée stérile bien longtemps. En revanche, par mesure de sécurité, il faudra les encourager à avoir plusieurs enfants dorénavant…

VII

— RACONTE-MOI, PAPA ! RACONTE-MOI ET N'OUBLIE AUCUN DÉTAIL...

La jeune Hel tient fermement le crayon dans ses mains. Et même si prendre des notes lui est inutile parce qu'elle se souviendra de tout, elle tient à le faire pour être sûre de ne pas trahir ses ancêtres. Elle a vingt-six saisons et une mémoire absolue, en plus du don hérité d'Arijm. Elle sait que son rôle sera primordial pour les enfants du volcan qui sont nés et naîtront après elle : c'est la prophétie de l'Oracle qui le dit et elle y croit dur comme fer. Hel a toujours été une enfant sérieuse, presque grave. Très jeune, elle a compris que la vie était faite de choix déchirants, de renoncements. Elle porte en elle une culpabilité dont elle est sûre de ne jamais parvenir à se défaire : celle du double meurtre de son frère et sa mère.

Car, en naissant, elle les a tués tous les deux.

Elle a beau savoir que les décès en couches, ce sont des choses qui arrivent et que la mort de la mère est toujours la clé vers une évolution des enfants du volcan, ainsi que l'explique la prophétie, elle ne se le pardonne pas. Pourtant Arijm, sa maman, était préparée à partir. Tout était en ordre quand a commencé le travail : elle avait même enseigné son langage crypté à Loki afin qu'il le transmette à son tour à Hel le moment venu ! Elle lui avait aussi fait lire le Livre du volcan afin qu'il cesse enfin de renier sa propre mère et comprenne leur histoire, leur passé : sans savoir d'où l'on vient, il est difficile de s'inscrire dans le présent et de construire un avenir…

— Arijm était une femme libre, indépendante et extrêmement entêtée, ma chérie. Ta maman jouissait de la vie comme jamais je n'ai vu personne le faire, pas même moi, parce qu'elle se savait en sursis.

— Mais mon frère n'avait rien demandé, lui ! Il voulait juste vivre ! C'est de ma faute s'il est mort…

— Hel… je sais que tu es convaincue d'avoir pris tout ce que nous pouvions te transmettre de bon pour ne laisser que le rebut à ton jumeau, reprend Loki pour la centième fois au moins, mais tu n'es pas coupable d'être née en bonne santé ! Et ce n'est pas toi qui as jeté l'enfant à la mer…

Loki a toujours un pli amer au coin de la bouche lorsqu'il évoque la mort de son fils.

Dire qu'il fut surpris qu'Arijm décède pendant l'accouchement serait faux. Elle avait beau être aussi indéchiffrable que toutes les Sentinelles, elle avait tout de même laissé transparaître quelques indices, sûrement pour le préparer au mieux à son départ. Et puis, avec l'annonce de la naissance de deux bébés, un garçon et une fille, le jeune homme n'eut pas le temps de s'attarder à pleurer sa femme. La vie était là, impérieuse, affamée, et avait besoin qu'on s'en occupe. Mais la tête que faisait la guérisseuse, ainsi que cette étrange émotion qui émanait d'elle, un mélange de peur et de curiosité, l'alertèrent tout de suite : quelque chose n'allait pas.

— Que se passe-t-il encore ? demanda-t-il, fou d'inquiétude.

— C'est le garçon, il n'est pas... enfin il est... Venez voir par vous-même, c'est trop horrible ! s'exclama l'accoucheuse en éclatant en sanglots.

Loki se précipita dans la chambre où Arÿm avait été recouverte d'un drap. La vision de son corps étendu sous le tissu et le soulevant à peine lui fit monter des larmes. Plus jamais elle ne gambaderait dans la campagne à la recherche de petit gibier pour les régaler, plus jamais elle ne le taquinerait et partirait dans ces éclats de rire qu'il aimait tant... Il se retourna vers les enfants qui étaient étrangement calmes pour des nouveau-nés et vit tout d'abord sa fille, petite frimousse fripée aux yeux grands ouverts... Tout le portrait de sa mère ! Il lui déposa un baiser sur le front : elle était un petit morceau d'Arÿm et il la protégerait et la chérirait de toutes ses forces. Il regarda alors le garçon et il eut un mouvement de recul. L'enfant était difforme, monstrueux ! Ses yeux étaient opaques et semblaient ne rien voir, ses oreilles étaient atrophiées et scellées au-dessus de ce qui semblait être des espèces de petites branchies... Östal les avait pourtant prévenus : une union consanguine était contre-nature et pouvait engendrer des monstres ! Cet enfant ne pouvait être viable !

Pourtant, quelque chose au fond de lui hurlait que son fils était un être humain comme les autres, avec la même envie de vivre et le même besoin d'être aimé. Alors, mû par cette force invisible qu'on appelle l'instinct paternel, Loki le prit dans ses bras, tout contre son cœur, et se connecta instantanément à lui.

C'est alors que l'échange d'émotions le plus poignant de sa vie se produisit…

L'enfant était comme lui : un empathe, mort de terreur, qui ne comprenait pas l'horreur qu'il suscitait et se sentait profondément en danger.

— Doucement, je suis là, papa est là, mon fils, murmura le jeune homme pour l'apaiser.

Mais l'enfant se mit à pleurer, à hurler, à gesticuler comme un beau diable.

— Il ne t'arrivera rien…, essayait de le rassurer son père.

Soudain Migvar et d'autres hommes firent irruption dans la maison. La guérisseuse les avait prévenus…

— Loki, lâche-le, c'est un monstre.

— C'est mon fils !

— Tu es le fils de l'Oracle tout comme l'était Arijm. Si on ne permet pas que vos mâles vivent, c'est pour une bonne raison, et tu la vois, là, devant tes yeux. Cet enfant n'est pas fait pour ce monde, rends-toi à l'évidence.

— Je ne vous laisserai pas le tuer !

Loki sent sa colère remonter à la surface. Il ne put pas faire grand-chose pour le défendre et s'en veut encore. Quand les hommes lui arrachèrent le nourrisson, son premier réflexe fut de leur réduire le cerveau en bouillie. Il commença à se concentrer pour accumuler l'énergie suffisante afin de les empêcher d'agir, mais quelque chose le stoppa net. « Protège-la. Ne la mets pas en danger ! » *Il aurait juré que c'était l'enfant qui le suppliait de ne pas chercher à le sauver ni de dévoiler l'ampleur de son don, au risque de mettre sa fille en danger.*

— Je les ai laissés l'emmener, avoue-t-il, abattu. Ils ont jeté ton frère à la mer et l'ont laissé se noyer, comme ça, comme

un vulgaire déchet dont on se débarrasse rapidement. Et il ne se passe pas un jour sans que je le regrette…

— Tu n'avais pas le choix, papa.

— On a toujours le choix. Le mien a été d'ignorer volontairement les passages du Livre *où on parlait de ma mère, où elle évoquait son sacrifice, ses souffrances. Tout ça parce que je n'étais qu'un gamin égoïste et en colère d'avoir été abandonné. Tout ça parce que j'étais trop vaniteux pour reconnaître que mon entêtement était ridicule, suspect. Si j'avais eu le courage de les lire, j'aurais quitté le village avec votre mère avant que vous naissiez.*

Le frère de Hel supprimé, on concéda tout de même à Loki le droit d'élever sa fille, dans l'espoir qu'elle ait le don de clairvoyance. Mais quelques jours après sa naissance, les yeux de la petite fille prirent, comme ceux de sa mère, des teintes dissemblables. Migvar ne parvint pas à cacher sa déception à Loki, même sous couvert de bienveillance.

— Je comprends ta douleur d'avoir perdu ta femme en couches, Loki. Mais tu es encore jeune et tu aimeras de nouveau,… lui dit-il.

À peine trois lunaisons plus tard, Migvar lui présentait des jeunes femmes aux yeux bleus toutes plus jolies les unes que les autres et disposées à lui servir de compagne. Sa bienveillance n'était qu'intéressée, comme elle l'avait été pour Östal. Loki comprit alors qu'il n'était qu'une marchandise, un géniteur potentiel d'Oracle, et accepta enfin de se reconnaître une filiation avec Järell. Alors il relut le Livre *du volcan, sans en sauter aucun passage cette fois-ci. Lorsqu'il découvrit ce que sa mère avait écrit, ses émois de jeune fille, son désespoir d'animal enchaîné ainsi que la longue descente aux enfers qu'avait été le reste de sa vie, le calvaire qu'elle endurait encore… il prit la décision qui lui semblait juste.*

Ce jour-là, il alla trouver son père la petite dans les bras.

— Elle ressemble à sa mère au même âge, lui dit tristement Östal.

— Elle sera une femme libre, comme elle. Comme aurait dû l'être…

— Ta mère ?

— Ma mère.

C'était la première fois qu'il prononçait ces mots-là. Les deux hommes échangèrent un long regard tandis que Loki confiait la petite à son père. Ils n'eurent pas besoin de parler pour se comprendre, pour qu'Östal devine ce qu'allait faire le jeune homme.

— Courage, fils…

Oui, du courage, il lui en faudrait. Il s'était pourtant juré qu'il ne remettrait jamais les pieds dans cette grotte et pourtant c'est le chemin qu'il décida d'emprunter ce soir-là, alors que le peuple des Géants s'endormait gentiment… En route, il se prépara au pire. Ce qu'il avait lu des mutations provoquées par les émanations lui avait évoqué une lente torture que le corps exerçait sur lui-même. Il savait que Järell serait vieille, bien trop délabrée pour une femme de soixante-quatorze saisons. Difforme aussi. Mais il ne faillit pas. Il ne voulait pas lui présenter un fils fragile et éploré, il tenait au contraire à lui donner l'image d'un homme fort et libre grâce à elle. Un homme et non plus cet enfant gâté qui avait trouvé plus commode de la haïr que de la comprendre.

Il s'arrêta devant l'entrée de la grotte, luttant contre cette chaleur suffocante qu'il avait du mal à supporter, hésitant entre rester là et y pénétrer sans y être invité. Mais comme il ne voulait pas profaner ce qui était sa demeure, son unique bien en ce monde, il décida d'appeler Järell.

— Maman ? murmura-t-il.

Rien. Pas un bruit, pas de mouvement.

— Maman ! dit-il plus fort. C'est moi. Ton fils.

Au terme d'une attente qui lui parut interminable, elle se montra enfin. Petit bout de femme décharnée et vêtue de haillons, elle ressemblait à une adolescente sur qui le temps se serait abattu trop vite. Elle traînait les pieds, et sa cheville flottait dans l'anneau qui la retenait prisonnière. Son visage était ridé et maculé de taches brunes, la peau épaisse et fripée. Une de ses paupières avait enflé et dégouliné sur l'œil, l'obstruant complètement. Elle ouvrit la bouche pour aspirer de l'air et parler, mais elle n'arriva pas à sortir le moindre son. C'était donc elle la belle, la lumineuse Järell que son père avait tant aimée ! Cette enfant qu'on avait enfermée et à qui on avait arraché le plaisir de la maternité ! L'Oracle de génie qui avait épargné à ses enfants de subir le même sort qu'elle par son sacrifice ! Loki avait toujours voulu la considérer comme une folle, un monstre, une ordure. Il la voyait aujourd'hui telle qu'elle était : pleine d'amour, forte et fragile à la fois. Elle était là, alors qu'elle avait depuis longtemps dépassé l'âge limite des Oracles, avait respiré plus de fumée que quiconque sur cette île. Elle se tenait là, devant lui, parce qu'il l'avait appelée et qu'elle l'attendait depuis qu'elle l'avait revu, depuis sa naissance, depuis toujours…

— Maman ! s'étrangla-t-il en étouffant un sanglot.

La femme esquissa un rictus et tendit ses bras maigres vers le jeune homme. Ce geste devait lui demander un effort surhumain car elle se mit à trembler de tout son être. Il se précipita vers elle et la serra contre lui, la soutint avant qu'elle ne tombe et l'embrassa. Il embrassa ses cheveux et fut surpris qu'ils sentent bon.

— Je savais que tu allais venir, je les ai lavés.

Il pressa son corps émacié contre lui et fut surpris qu'elle ait la peau douce. Sa mère sentait bon et avait la peau douce ! Ça pouvait paraître ridicule, évident, mais pour lui c'était comme une révélation, une renaissance ! Sa mère avait été belle, sa mère était touchante, il aimait son odeur, le contact de sa peau. Il était son petit et elle n'avait jamais cessé de l'aimer, même quand elle avait senti sa haine ramper jusqu'à elle. Elle n'avait jamais douté qu'il finirait par la comprendre, par lui pardonner et peut-être même l'aimer. C'est ce qui lui avait permis de tenir jusque-là. Ce qui lui permettrait de partir en paix, dans ses bras…

— Non !

— Tu es là pour ça… Pour abréger mes souffrances.

Il ignorait comment ils parvenaient à s'entendre sans parler, mais cela importait peu… Oui, il était venu dans le but d'abréger ses souffrances et pourtant il ne pouvait s'y résoudre. Il n'était pas un assassin…

— Comment tu t'appelles, fils ?

— Loki.

— C'est joli, Loki.

Il la souleva de terre et l'emporta aussi loin que sa chaîne le permettait, s'assit sur un tas de mousse, sa mère toujours dans ses bras. Järell renversa la tête en arrière et regarda les étoiles et la lune dans le ciel pourtant clair. Une légère brise vint lui caresser le visage et son corps se détendit un peu. Loki avait peur de la serrer trop fort, de lui briser les côtes, de lui faire mal. Il lui caressa doucement le visage et elle ferma les yeux. Il ressentit sa joie de le retrouver, elle le projeta dans les souvenirs qu'elle chérissait depuis toujours et qui la faisaient tenir : la campagne en été, ses fous rires d'enfant quand elle se chamaillait avec Östal, la beauté de la nature et la naissance de ses petits... Son visage se décrispa un peu et une larme coula le long d'une joue trop creusée. Järell prit une grande inspiration, rouvrit sa paupière valide, plongea son œil dans le regard de son fils et ouvrit la bouche. D'abord, il n'en sortit rien, juste quelques gargouillis, mais elle insista, se concentra, prit une de ses mains dans les siennes.

— Llllllll...lll...loki. J...t'ai...me tel......tel....tellement, parvint-elle à dire au prix d'un effort incommensurable.

— Moi aussi, maman, oh moi aussi, si tu savais comme...

Järell ne le laissa pas terminer. Elle saisit la main de son fils et la plaqua sur son nez.

Il comprit ce qu'elle lui demandait de faire.

— Non, je ne peux pas.

Le regard de sa mère se fit suppliant et intransigeant à la fois.

— Il le faut, mon enfant, je t'en supplie...

Alors il accepta. Et il serra les doigts sur ses narines, et maintint sa mâchoire fermée. Le corps se débattit, eut des soubresauts, mais elle ne tenta pas d'agripper la main qui l'étouffait. Et tandis qu'elle mourait, il vit, il ressentit tout ce qu'elle avait traversé, comme toutes les Reines avant lui lors des passations de pouvoir. Il eut l'impression que toute leur peine et leur désespoir se déversaient en lui. Loki se mit à pleurer, doucement d'abord, pour ne pas perturber sa mère qui partait enfin, dont il abrégeait l'agonie. Puis, quand elle cessa de bouger et qu'il ne sentit plus son âme autour de lui ni son cœur battre dans le sien, il se mit à sangloter bruyamment, à hurler son chagrin et sa colère.

— Pardon de t'avoir haïe sans savoir, maman ! Oh pardon ! Pourquoi ? Pourquoi on t'a fait ça ? Au nom de quelle folie ?

Il eut beau hurler ses questions, personne ne lui répondit ni ne vint le consoler...

Loki décrocha délicatement le pendentif de Järell et se le passa autour du cou en pleurant, pour conserver un souvenir d'elle. L'injustice de ce monde ne lui serait plus jamais tolérable, il ne voulait pas en être, en faire partie, il se fit la promesse qu'il resterait toujours en marge. Et cette douleur qui n'en finissait pas de se déverser en lui, il fallait qu'elle cesse, sinon il ne serait jamais capable d'élever sa fille ! Alors il alla aussi loin qu'il lui fut possible, dans la haine, la colère, l'envie de tuer les responsables de cette horreur, se laissant emplir par ces sentiments qui envahirent tout, supplantèrent sa compassion, sa bienveillance, sa bonté. Seuls compteraient désormais ses intérêts personnels et ceux de sa fille.

— C'est depuis ce jour que tes yeux ont pâli au point d'en être presque blancs ? demande Hel.

— Oui. C'est ton grand-père qui me l'a fait remarquer, quand je suis venu te récupérer.

Il n'eut pas besoin de mots, cette fois encore. Loki se contenta de frapper à la porte de son père, qui lui ouvrit sans rien dire. Ils burent un verre ensemble, puis Loki récupéra le bébé.

— Quand ils vont découvrir le corps de Järell, il va y avoir une grande agitation, expliqua Östal.

— J'en profiterai pour quitter le village.

— Je sais.

— Nous ne nous reverrons sans doute jamais, père.

— C'est mieux pour vous, mon fils.

Le musicien avait les larmes aux yeux, mais il ne tenta pas de le retenir. Il n'en avait ni l'envie ni la force. Il n'avait jamais cessé de rendre visite à sa bien-aimée, au fil des saisons, et les émanations l'avaient lui aussi affaibli. Dorénavant il n'avait plus de raison de vivre et de lutter, il n'appartenait plus à ce monde qui le dépassait et le révoltait. À Loki de reprendre le flambeau et de protéger sa fille. C'était un jeune homme fort, qui ne soupçonnait pas la moitié de ce qu'il pouvait et devrait accomplir – Järell ne l'avait pas consigné dans le Livre, *mais elle l'avait révélé à Östal sous le sceau du secret. Le vieux musicien ne serait alors plus de ce monde et c'était tant mieux, il avait vu trop de choses horribles dans sa vie, avait vécu trop de désillusions. Järell était enfin libérée et c'est tout ce qui comptait.*

— Merci pour elle…

Ce furent les derniers mots d'Östal à Löfè. Le jeune homme partit le soir même avec sa fille dans les bras rejoindre son village d'enfance et convaincre les siens de le reprendre.

Il fit une première halte dans la maison de ses parents adoptifs. Lorsqu'il frappa à leur porte, il avait le cœur battant. C'est sa mère qui ouvrit. Elle resta un instant interdite, la bouche ouverte, les yeux s'emplissant de larmes qui eurent vite fait de couler le long de ses joues. Elle avait vieilli, blanchi, ses traits marquaient sur son visage la tristesse de l'avoir perdu, mais il y avait toujours le même amour et la même douceur dans son regard.

— Loki, c'est bien toi, mon fils ?

— Oui, maman, je suis revenu.

— Oh, je suis si heureuse, si heureuse ! s'exclama-t-elle. Fárbeth, viens vite !

L'homme se précipita vers l'entrée et laissa jaillir quelques jurons en guise de bienvenue.

— Loki ! Loki, mon fils, tu es revenu !

Leur joie était sincère. Ils le pressèrent de rentrer, de tout leur raconter, lui assurèrent qu'il était pardonné et que depuis son départ bien des choses avaient changé car, grâce à Fárbeth, preuve avait été faite de son innocence dans cette affaire d'herbe-à-rêves.

— Yüncöblen a fini par être confondu. Nous avons découvert le trafic qu'il menait et il a avoué t'avoir piégé car tu l'avais percé à jour. Mais nous ne savions pas où te trouver. Tu étais parti visiter d'autres contrées ?

— J'étais chez les Géants, j'avais toujours eu cette curiosité à leur égard…

Le couple baissa la tête, devinant que Loki avait voulu rencontrer ses vrais parents. Depuis le jour où il avait compris que Loki était le fils d'Östal, Fárbeth avait fait en sorte que son peuple n'entre plus en contact avec les Géants. C'est pourquoi il n'avait eu aucun moyen de savoir que son fils était parti chez eux.

— Mais leur peuple n'est pas meilleur que le nôtre. Et vous restez mes parents, ceux qui m'ont élevé.

Son père opina du chef, soulagé. Sa mère fondit en larmes. Il leur avait causé tellement de peine en partant.

— Tu ne nous présentes pas ce petit que tu tiens dans les bras ? demanda Fárbeth.

— C'est ma fille, Hel.

— Et où est sa maman ? demanda Löfè.

— Sa maman est morte en lui donnant naissance…

— Pauvre petite… Je peux ? demanda timidement la femme.

— Bien sûr…

— Ils ne t'ont pas fait de remarque sur tes yeux ? s'enquiert Hel.

— Non, je crois que c'était le cadet de leurs soucis.

6.

Restent Glenn, Morrigan et William pour empêcher Kaleb de commettre plus de dégâts et se protéger les uns les autres. Mais que peuvent-ils contre un empathe capable de les dépouiller de leur pouvoir ? Pas grand-chose. Pourtant, malgré les doutes de Glenn et la peur de William, c'est Morrigan qui les encourage à le suivre… Elle seule commence à se remémorer les instants qui ont précédé leur départ et se rappelle qu'ils étaient tous volontaires pour que Kaleb les « guide ». Comment est-ce possible ? Elle l'ignore. Peut-être Kaleb l'a-t-il moins exposée à son don que les autres… Pourquoi ? Elle ne cesse de se poser la question…

Le groupe parcourt à nouveau des couloirs, laissant derrière eux les corps sans vie de leurs amis et du colonel fou. Kaleb se dirige sans une hésitation vers la salle où est enfermée Abigail. Il ouvre la porte et s'arrête net, choqué par l'image que lui renvoie son amante. Abigail semble avoir pris quinze ans, et à cet instant il comprend plus que jamais l'horreur des Rois du volcan, lorsqu'ils découvraient les effets ravageurs des émanations sur leur compagne. La jeune fille est très amaigrie, sa peau semble presque transparente et elle promène son ventre énorme dans une chaise roulante. Kaleb ressent de la peur. Il ne peut s'empêcher de penser à ce dessin que l'Oracle avait montré à Edda, celui d'une femme en fauteuil roulant, entourée d'une armée de Sentinelles, qu'un homme essayait d'étrangler…

— Qu'est-ce qu'il t'a fait, ce salopard, mon amour ?

Kaleb craint le pire… La jeune fille lui sourit piteusement.

— Ne t'inquiète pas, je n'ai pas perdu l'usage de mes jambes…, le rassure-t-elle.

« Ni ton don de manipulation », complète mentalement la guérisseuse. Morrigan n'oublie pas pourquoi elle est là. Et quand bien même devrait-elle y laisser la vie, elle ne laissera pas Abigail s'en tirer. C'est elle qui représente le Mal absolu, pas Kaleb. C'est elle qui l'imprègne de ses mauvaises ondes depuis le début quand ils communiquaient par mail, puis ça s'est accéléré quand ils ont fait l'amour. Morrigan peut sentir tout ce que son corps et son esprit charrient de pourri, de mauvais…

— Je suis venu vous chercher, poursuit le jeune homme, toi et nos enfants. Tu n'as plus rien à craindre de Bergsson…

— Tu l'as…

— Oui. Il est mort.

Abigail a l'air soulagée, elle esquisse un sourire.

— Quel idiot il a pu être de se croire l'Élu ! commente-t-elle.

— N'est-ce pas ? approuve Kaleb.

Abigail lui sourit. Ça l'émeut malgré tout, parce qu'il l'aime profondément, même lorsqu'il se croit imperméable à toute émotion. C'est plus fort que lui, cette fille l'a toujours touché... Kaleb lui rend son sourire et se penche doucement au-dessus de son fauteuil, place ses mains de part et d'autre de son visage, en dessous de ses oreilles, et dépose un baiser sur son front, adoptant sans vraiment le réaliser la même position que celle du dessin de l'Oracle.

Soudain une douleur vient le lancer au niveau du cou. Surpris, il se redresse brusquement en portant la main à l'endroit qui lui fait mal... et y découvre un morceau de miroir, fiché dans son artère – le miroir que Bergsson avait donné à la jeune fille pour qu'elle constate son délabrement. Interdit, il recule de plusieurs pas tandis qu'Abigail se lève en prenant appui sur ses accoudoirs.

— Pourquoi as-tu fait ça ? demande-t-il, incrédule.

— Tu n'as encore rien compris, mon pauvre ? Mais que tu es bête, toi aussi ! Et dire que tu imagines que j'ai pu t'aimer !

Non, Kaleb ne comprend pas, il lance un regard désespéré à ses amis. Glenn est tout aussi désarçonné que lui. Morrigan reste indéchiffrable. Ce n'est pas possible, Abigail ne peut pas lui faire ça... Pourquoi ? Il la regarde, tente de la sonder. Elle est si belle et vulnérable... Alors il appelle le don de Samuel. À quelques mètres de là, l'adolescent se met à convulser tandis que l'empathe lui arrache son essence. Et enfin, il la voit. Pour la première fois. Laide, les traits déformés de cupidité, avide de pouvoir et de destruction. Elle n'est que haine et frustration, désir de revanche sur le monde entier. Aucun sentiment noble. C'est juste une coquille vide remplie de noirceur. Comment a-t-il pu passer à côté de ça, lui l'empathe si doué ? Comment a-t-il pu se laisser berner par ses sentiments et sa libido ? Comment a-t-il pu laisser ce démon le tuer si facilement ?

La chaleur qu'il sent monter en lui depuis plusieurs jours gagne soudain une demi-douzaine de degrés.

— Je crois que le moment arrive ! s'écrie Abigail.

Kaleb devine à qui elle s'adresse : à qui d'autre si ce n'est aux jumeaux Armstrong, les marionnettistes de sa folie vengeresse, ceux qui la supprimeront dès qu'ils n'auront plus besoin d'elle ? Le jeune homme se rappelle ce qu'il a aperçu dans sa vision : ces deux fous veulent tuer ses enfants et prendre leur place. Comment ? Il l'ignore... Mais il doit les en empêcher et, pour cela, voir ce qui est invisible, parler à ce qui ne peut s'exprimer.

Kaleb se tourne alors vers Glenn et William et titube en allant à leur rencontre.

William a un mouvement de recul, mais Glenn le retient par le bras. Des souvenirs remontent à la surface. Ceux du jour qui a précédé leur départ d'Akureyri...

La belle unité qui régnait entre les sept amis avait volé en éclats depuis que Kaleb s'était approprié leur pouvoir. Si bien que certains d'entre eux projetaient de se séparer du groupe et de lâcher Kaleb. C'est Glenn qui avait alerté Myra. La femme s'était déplacée jusqu'à la maison et leur avait raconté l'issue de tout cela, les différentes fins possibles à cette histoire, et leur avait demandé laquelle leur semblait la plus juste. Bien sûr tous n'étaient pas d'accord, notamment les plus jeunes, encore suffisamment individualistes pour vouloir sauver leur peau. Mais aucun d'eux n'avait un mauvais fond et ils avaient accepté le sacrifice, sans pour autant avoir la certitude de parvenir à empêcher les jumeaux Armstrong de coloniser les enfants de Kaleb, ni à éviter que Bergsson ne tue l'empathe…

— Je comprends quel est mon rôle…, dit alors William. Mais je sais pertinemment que le moment venu, je vais avoir tellement peur que je risque de m'enfuir. Je suis désolé, Kaleb…. À l'instant présent, même si je désapprouve ton plan, je n'en vois pas de meilleur… Mais je crains de le faire échouer. À moins que…

— À moins que quoi ?

— Que tu m'obliges à te suivre aveuglément…

— Tu veux que je te manipule, c'est ça ?

— Oui. Je suis d'accord pour aller jusqu'au bout de cette folie, mais je sais que je risque de tout faire capoter au dernier moment. Je te demande donc en mon âme et conscience de supprimer mon libre arbitre. Tu peux le faire ?

— Oui…

Le jeune homme fit ses adieux à son corbeau, des adieux déchirants tant l'homme et l'animal pleurèrent... Puis il s'approcha de Kaleb, lui fit un signe de la tête, ferma les yeux et se laissa faire. À son réveil, il n'avait plus d'états d'âme, comme si sa volonté ne lui appartenait plus. Tous les autres enfants du volcan décidèrent de subir le même sort, pour les mêmes raisons. Ils se dirent au revoir, se serrèrent dans leurs bras et disparurent derrière le brouillard que Kaleb entretenait depuis lors. Morrigan et Glenn avaient aussi demandé à y être soumis, mais de façon plus légère... Car l'une savait qu'elle devrait recouvrer ses esprits rapidement, à l'issue de l'affrontement. Et l'autre voulait pouvoir réagir et aider Kaleb en cas de problème. Kaleb exerça donc sur eux une influence moindre, puis s'occupa de son propre cas...

Glenn retient William qui, parce que Kaleb dépense trop d'énergie à lutter contre sa blessure, a récupéré un peu de contrôle sur lui-même et commence à paniquer.

— C'est le moment ? demande l'Écossais.

— Oui..., répond Kaleb, la gorge serrée. Je vous demande pardon...

— Fais-en bon usage, se contente de répondre le synesthète en lui serrant la main.

Les deux hommes échangent un long regard, chargé d'estime.

Glenn et William s'effondrent en même temps et meurent sur le coup. Kaleb a absorbé leur don et leur force vitale encore plus rapidement qu'il n'avait tué Samuel et Hannah. Il laisse revenir la colère qu'il avait un peu mise en sourdine, et sent l'énergie de ses deux amis se lier à la sienne. Leurs dons se mélangent en lui… et c'est alors qu'il voit !

Enfin il voit les esprits putrides de Mary Ann et David Armstrong tourner autour d'Abigail. Un regard sur le ventre de la jeune fille, qui devient aussi transparent qu'une vitre, et il peut observer ses propres enfants en train de se débattre et se défendre comme ils peuvent contre les assauts des fantômes qui tentent de les étouffer, de voler leur vie. La température corporelle de Kaleb grimpe encore d'un cran, c'est du feu, de l'électricité que charrient ses cellules. Ça enfle, ça gronde, ça emplit chaque parcelle de son corps et le galvanise. Il sent le tatouage s'enrouler autour de lui, lui transpercer la peau et le dévorer.

Il est colère, il est orage, il est énergie et il va exploser !

— *Oui, ça vient ! Il va bientôt fusionner avec l'univers !* se réjouissent les jumeaux maléfiques.

Morrigan reste là, en spectatrice. Elle sait ce qu'il va se passer à présent, elle a compris ce qu'attendent les Armstrong : que Kaleb ne soit plus qu'énergie pure pour l'utiliser comme un vecteur qui leur permettra de s'incarner dans les fœtus. Car non seulement Kaleb a absorbé les dons de ses amis, mais il va les porter à leur paroxysme ! Il sera capable de supprimer les frontières entre la chair et l'esprit, grâce au don de Glenn ! De diriger les vieilles âmes dans leur nouvelle demeure et d'en chasser les jeunes, grâce à celui de William ! Il est un passeur, un chemin, un pont ! Il est le point de fusion par lequel l'incarnation est possible !

Kaleb n'est déjà plus lui-même, il semble être parti loin, s'est dissous. Il ne voit ni Morrigan ni Abigail. Il est au-delà de ce monde physique, dans un univers parallèle où les âmes des défunts et celles des enfants à naître se livrent un combat sans merci. Il est partout à la fois, et dans tous les univers possibles…

La température a grimpé dangereusement dans la pièce.

Morrigan est en nage, elle suffoque, lutte pour ne pas perdre connaissance, mais elle sait exactement quoi faire pour empêcher Abigail de donner naissance à ces monstres.

Elle se précipite vers la succube et se jette sur elle, l'assomme d'un coup de poing.

— Kaleb ! crie-t-elle. Kaleb, tiens bon, je vais te soigner !

Le jeune homme ne l'entend pas. Il est pris par son combat avec les esprits des jumeaux maléfiques, il est omnipotent, omniscient, il va les terrasser !

— *Abandonne, Kaleb, tu n'étais sur terre que pour nous servir, accepte-le !*

— *Tu ne fais pas le poids, regarde, tu es en train de te vider de ton sang !*

C'est vrai que le jeune homme se sent de moins en moins en contact avec la réalité, il a le sentiment de n'être plus tout à fait dans ce monde… Il a tellement chaud, son corps lui paraît si étriqué… Son esprit s'est déjà détaché et vole au-dessus de son corps, avec ses ancêtres. À ses côtés Loki, qui lui ordonne de se rappeler pourquoi il a décidé de rebasculer du côté du Mal…

— *Souviens-toi... Les frontières entre le Bien et le Mal seront effacées... Ce qui est mal peut permettre de faire le bien... Plus rien ne rattache ce corps à la vie. Tu as tout largué. Regarde ce qu'il se passe autour de toi et sauve ce qui peut l'être...*

Oui, quand Kaleb a terminé l'histoire de Loki, quand il a posé le *Livre* sur son torse, sa couverture contre sa peau, il s'en est laissé posséder et a senti toute la force et la puissance de Loki. Loki son aïeul, son double. Il s'est laissé envahir par sa rage et sa bonté, par sa noblesse et son abnégation... Il l'a accueilli comme un vieil ami qu'on n'a pas vu depuis longtemps... Certes il avait déjà hébergé ses souvenirs à sa naissance, mais c'était bien trop tôt, il n'était pas prêt à ressentir toutes les horreurs qu'avait vécues son ancêtre et celles de ses prédécesseurs. C'est ce qui l'avait fait paniquer, ce qui avait provoqué en lui une terreur telle qu'il n'avait pu que la reporter sur sa propre mère pour ne pas en mourir... Car Kaleb, avant même de se faire tatouer le symbole du calice, était depuis toujours destiné à être le réceptacle, le calice, de toutes les âmes torturées de ses ancêtres, à mettre un terme à des millénaires de persécutions, à accomplir la prophétie du volcan. Pour cela il devait détruire les Sentinelles comme les enfants du volcan dont l'avidité de pouvoir poussait la folie au-delà du raisonnable, pour faire enfin table rase de ces combats d'un autre temps et donner naissance à une nouvelle ère...

Morrigan a posé ses mains sur la tête d'Abigail.

— Crève, espèce de salope !

Paniqués, les jumeaux Armstrong essaient de s'immiscer en elle pour la dissuader de tuer la jeune fille, pour supplier la guérisseuse d'avoir pitié de leur âme...

Kaleb est loin, il est partout. Il voit tous les enfants du volcan maintenus en détention dans le Centre de SENTINEL, fait sauter les verrous par la force de sa pensée et se reconcentre sur les jumeaux Armstrong. Il est un trou noir, il est le magnétisme à l'état pur. Il les attire irrémédiablement, loin de Morrigan.

— *Non ! Laisse-nous ! Ne nous empêche pas si près du but !*

Les jumeaux supplient, l'implorent, le menacent, essaient de le prendre par les sentiments, mais il n'en a que faire. Il les tient, ce faux gourou et sa sœur détraquée ! Il les enserre, les étouffe, les broie ! Déchiquette ces âmes sordides !

— Ce monde sera mieux sans vous !

Bip. Bip. Bip. Un bruit strident vient ponctuer ses mots. Un bruit qu'il entend depuis quelques minutes. Il en cherche l'origine, son esprit parcourt les sous-sols de la base militaire à toute vitesse. Stupeur. Il découvre la bombe amorcée par Bergsson ! Tout va bientôt sauter... Et il rejoint son enveloppe corporelle moribonde, dans un effort désespéré pour empêcher le pire d'arriver.

Il essaie d'articuler une mise en garde pour Morrigan, quand la bombe explose.

VIII

DU HAUT DE SES VINGT-HUIT SAISONS, HEL IMPRESSIONNE LE TANNEUR. C'est un homme assez grand, portant cheveux et barbe blonds, ainsi qu'un tablier de cuir maculé de sang séché. Il a des mains larges, puissantes, c'est le genre qui plaît à la jeune fille. Au départ, il était plutôt réticent à l'aider, car sa demande n'a rien de courant. C'est même un peu dégoûtant. Pourtant, il a accepté. Parce qu'elle a un charme fou avec ses yeux vairons, et qu'il a bien compris qu'elle n'accepterait pas qu'il lui dise non…

— Je vais chercher ta commande, lui dit-il d'un air grave.

En attendant, elle flâne un peu dans sa boutique, tâte les peaux jetées ici et là, en apprécie la texture, la douceur. Il lui suffit de toucher un objet pour en connaître l'histoire. Elle sent la fierté que l'homme blond a éprouvée en la tannant, son amour du travail bien fait, son sens des traditions, son appétit pour les femmes… Et cela lui fait immanquablement penser à son père.

En vingt-huit saisons, Loki avait gagné en puissance. Dans tous les sens du terme. Pour commencer, il avait été réintégré au Conseil dès son retour dans la communauté et avait enfin pu obtenir ce poste de porte-parole des jeunes et des opprimés qui lui avait toujours tant tenu à cœur. Pourtant, il le faisait avec moins de fougue, moins d'illusions, plus de cynisme peut-être, depuis qu'il s'était ouvert à des sentiments moins nobles, qu'il connaissait la haine et la colère. Ensuite, il avait ressenti un besoin impérieux de se perdre dans l'amour, de se fondre dans toutes les femmes du village qui voudraient bien de lui – et peu avaient songé à lui résister –, les fécondant sans relâche, si bien que plein d'enfants aux yeux bleus virent le jour dans la communauté. Bien sûr, cela éveilla quelques soupçons, mais les femmes mariées prétendirent que c'était l'île qui causait la mutation et leurs époux préférèrent les croire. C'était comme une sorte de revanche, pour Loki. Revanche sur la vie d'un enfant abandonné et déraciné. Revanche sur un peuple qui l'avait un jour rejeté. Revanche de tous les enfants du volcan qui avaient été trop longtemps brimés. Il se sentait investi d'une mission et l'avait accomplie avec une impressionnante constance : Hel devait bien compter une quinzaine de frères et sœurs cadets !

Mais le plus spectaculaire restait l'évolution de son don. Était-elle due à la passation de pouvoir opérée par sa mère le jour de sa mort ? À ce signe du calice qu'il s'était fait tatouer avec des cendres de l'Eyjafjöll, à l'instar des autres enfants du volcan, dès son retour parmi les Autres ? À cette part d'humanité et de compassion qu'il avait abdiquées pour moins souffrir ? Peut-être bien aux trois, toujours est-il que Loki développa la capacité d'absorber le don des autres enfants du volcan. Il avait commencé avec sa propre fille, un jour qu'elle l'avait mis en colère. C'était arrivé comme ça. Elle s'était soudain sentie vidée d'une partie de sa substance et, l'espace d'un instant, tout ce que Loki avait touché lui avait raconté une histoire. Cela n'avait duré qu'un court moment, mais au fil du temps il apprit à maîtriser cette nouvelle capacité. S'il ne s'en servait plus sur sa fille depuis qu'elle avait vingt saisons, il le faisait beaucoup avec ses autres enfants, dès qu'ils commençaient à développer leur don mais l'utilisaient de façon immature, au risque de se faire un peu trop remarquer.

Loki se croyait hors d'atteinte, hors de danger, désormais trop puissant pour être détrônable. Il aimait contempler ses rejetons, fiers bambins aux yeux bleus, en train de parcourir leur village ou de caresser des projets de voyage comme lui au même âge. Mais cette jeunesse foisonnante, tous ces dons bouillonnants provoquaient une agitation, un trouble si fort qu'ils parvinrent jusque chez les Géants.

Migvar ne s'était jamais remis de l'affront que lui avait fait Loki en s'enfuyant, pour autant il n'avait pas cherché à le rattraper car sa fille, Hel, n'avait pas plus de don que sa mère et ne représentait donc pas le moindre intérêt. Seulement, quand Kver vint lui faire part de la recrudescence d'enfants aux yeux bleus et aux dons étranges chez les Autres, d'enfants déjà si puissants qu'il pouvait les sentir et dire avec certitude que Loki avait donné naissance à au moins deux clairvoyantes, son sang ne fit qu'un tour. Toute sa frustration et sa colère retrouvèrent leur vigueur d'antan et il se mit en tête d'aller récupérer ces rejetons qui, selon lui, appartenaient à sa communauté.

Les retrouvailles entre Migvar et Loki ne furent pas des plus cordiales. Chacun étant le nouveau chef de son clan suite au décès de son prédécesseur.

— Tu as vieilli, Loki.

Loki n'était plus un gamin, mais un homme dans la force de l'âge. Il avait soixante-dix saisons, avait un peu engraissé et portait ses cheveux blancs aux épaules ainsi qu'une barbe courte. Mais il n'avait rien perdu de son charisme et il suffisait toujours qu'il prenne une guitare et entonne une chanson pour électriser la foule. La remarque le fit sourire, de ce petit sourire en coin qui vous faisait passer pour un idiot.

— Sûrement moins que toi, Migvar. Il serait temps que tu laisses la place aux jeunes, ne crois-tu pas ?

L'homme était venu avec son ami empathe et Kver buvait du petit-lait, captant ici et là des dons à tout-va.

— Il paraît que tu as une nombreuse et vigoureuse descendance…

— Je n'ai que ma fille.

— Il ment, répliqua Kver.

Pour toute réponse, il eut droit à une migraine foudroyante qui le plaqua au sol. L'homme se tordait de douleur.

— Arrête ça ! enjoignit Migvar.

— Arrêter quoi ?

— Tu sais très bien de quoi je parle !

— Non, répondit Loki d'un air innocent en poussant un peu plus encore.

L'homme se mit à hurler, la tête entre ses mains. Il pleurait, suppliait… Mais Loki restait imperturbable. Rien dans son comportement ne pouvait laisser imaginer qu'il était à l'origine de cette attaque.

— Arrête, je te dis, il saigne du nez, tu vas finir par le tuer ! s'inquiéta Migvar.

— Je n'y suis pour rien… Tu parlais d'enfants me semble-t-il ?

— Ces enfants appartiennent à notre peuple, pas à celui-ci. Plus particulièrement les clairvoyantes !

— Les quoi ?

— Arrête ce petit jeu, veux-tu ?

L'homme à terre fut pris de convulsions si violentes qu'il s'assomma lui-même et perdit connaissance.

— Il est… mort ? demanda Migvar en blêmissant.

— Je ne pense pas… Mais je crois qu'il serait plus sage de le ramener chez lui… Et qu'il ne revienne pas. L'air de mon village ne semble pas lui convenir… Maintenant, si c'est pour me parler de nos enfants que tu es venu, je suis au regret de te dire que ta conversation m'ennuie et je te prierais de bien vouloir partir d'ici…

Migvar alla relever son ami, qui reprenait tout juste ses esprits.

— Je pars, mais crois bien que je vais revenir. Et cette fois-ci nous ne serons pas deux. Des empathes, ce n'est pas ce qui manque chez nous, pas plus que des Sentinelles…

— Adieu, Migvar.

— À bientôt, Loki.

Évidemment, Loki se doutait bien que Migvar mettrait sa menace à exécution, mais il avait plus d'un tour dans son sac. Lorsque son ennemi et ses acolytes parurent, il était prêt à les affronter. Prêt à rencontrer son destin. C'était une journée chaude, étouffante, où même l'ombre était oppressante. Loki était torse nu, ce jour-là, et arborait fièrement son tatouage. Des gouttes de sueur faisaient luire sa peau et il avait bu plus que de raison. Il accueillit le groupe avec un sourire moqueur, et lorsque Migvar lui demanda où étaient les clairvoyantes, il fit mine de ne pas comprendre. Les empathes dont l'homme s'était entouré sondèrent les alentours, mais aucun ne sentit ce que Kver avait cru déceler.

— Il n'y a aucun enfant du volcan doté de pouvoir ici, déclarèrent-ils, formels.

— C'est impossible !

— C'est pourtant la vérité !

— C'est toi ! Toi qui les as bridés ! cria Migvar à l'encontre de Loki, fou de rage.

— Je ne sais pas de quoi tu parles, se défendit l'accusé.

— Oh si ! Tu portes le Mal en toi, depuis toujours ! En voici d'ailleurs la preuve, ajouta l'autre en pointant son torse du doigt.

— Quoi ? Tu parles de mon tatouage ? J'ai le volcan dans la peau et ça t'ennuie ?

— Non… Je parle de la preuve que tu es un assassin ! Tu as tué l'Oracle, ta propre mère : ce pendentif lui appartenait ! C'est le Mal que tu as dans la peau !

Migvar exigea que le Conseil des Autres se réunisse immédiatement. Il accusa Loki d'avoir tué deux des siens et déclara que s'ils ne pouvaient pas l'emmener avec eux pour lui faire un procès, ils leur feraient une guerre sans merci. Les Autres n'eurent d'autre choix que de laisser partir leur chef qui, contre toute attente, ne chercha pas à protester. De loin, il salua sa fille comme on dit adieu, sans un mot, juste avec le cœur… Hel savait que le moment était venu : il fallait que le cycle infernal s'arrête là, ici et maintenant. Alors elle lui sourit pour lui donner du courage et le vit s'en aller, porteur du don de ses frères et sœurs et du sien, qu'il avait absorbés pour les protéger.

— Ça va, Hel ?

La jeune fille sursaute. Elle a oublié, l'espace d'un instant, où elle était…

— Oui, ça va.

— Tu es sûre que tu veux faire ça ? demande le tanneur.

— Oui…

Elle lui a promis qu'elle se donnerait à lui, contre le service qu'il lui rendrait. Ce n'est pas un prix bien cher à payer. L'homme lui plaît et il saura être délicat avec la jeune vierge.

Le procès eut lieu le jour même et ne fut évidemment qu'une parodie. De même qu'il avait fallu une sacrifiée par génération à ce peuple barbare, il voulait un bouc émissaire pour se remettre de sa frustration d'avoir perdu son avance sur le destin, de n'être plus qu'un peuple banal sans aucune prise sur les événements. Loki fut jugé coupable de double meurtre. Celui de sa mère et celui de Kver, décédé dans la nuit de l'intolérable migraine qu'il lui avait provoquée.

Une fois sa part du marché conclue, la jeune fille se relève, un peu surprise. Elle pensait que ce serait plus spectaculaire que ça, pour autant c'était agréable et elle n'a même pas eu mal !

— Je te remercie d'avoir été doux…

— Tu es belle, répond-il. Je pourrais t'aimer et te protéger si tu restais…

— Ça ne faisait pas partie du contrat et ce n'est pas au programme, répond-elle.

Le tanneur soupire et va chercher ce qu'il lui a promis.

— Tu vas en faire quoi ? demande-t-il.

— La couverture d'un livre…

Loki était abasourdi. Le verdict lui semblait si curieux, la condamnation tellement barbare… On le conduisit sur la place publique où il avança comme on marche dans un mauvais rêve.

Ce n'était pas réel, ça ne pouvait pas l'être ! Pourtant, une voix en lui affirmait le contraire. Ça allait donc se terminer comme ça, ici et maintenant, pour lui… Qu'avait-il fait pour susciter tant de haine ? Un homme, quel qu'il soit, méritait-il pareille cruauté ?

Comme il avait le Mal dans la peau, avait déclaré Migvar d'un air mauvais, on allait la lui arracher…

Enfin le Géant montrait son vrai visage à son peuple médusé. Mais la haine dont il avait réussi à emplir le cœur des empathes autour de lui avait aussi gagné celui des villageois qui, excités, s'étaient mis à scander : « À mort ! À mort ! Qu'on l'écorche vif ! » sans vraiment saisir ce qu'ils réclamaient, avant d'être invités à regagner leur demeure en attendant que la sentence soit exécutée.

Loki fut attaché et ses bourreaux commencèrent à inciser sa peau au niveau des chevilles, des poignets. Au début, il sentit à peine les coupures. Puis il commença à éprouver une douleur cuisante.

— Non ! Je vous en supplie, pas ça ! Vous êtes devenus fous ! Pitié ! Pitié ! hurla-t-il, espérant toujours que tout cela s'arrête.

Mais il n'y avait aucune place pour la pitié ou la compassion dans cette folie. Même son don ne pourrait rien changer, car seules les Sentinelles avaient été autorisées à assister au spectacle. Le bruit des lames chuintant sur la peau lui vrillèrent le cerveau, le rendirent fou, plus encore que la douleur qui suivit quand on commença à détacher l'épiderme de son corps. Il y substitua de la musique, des chants, imagina mille danses merveilleuses, s'accrocha au souvenir des femmes qu'il avait aimées, pendant que les bourreaux continuaient de tirer, d'arracher des morceaux sanguinolents. « Du vin, c'est du vin qui coule à flots, pas mon sang, pas mon sang ! Et je trinque avec mes aïeux et je communie avec eux ! » se chantait-il intérieurement. Le bruit de la peau qui se déchire, de la chair qui résiste et tente de la retenir, ses hurlements de bête où il ne reconnaissait même plus sa voix. Il hurla si fort qu'il fut sûr qu'on pouvait l'entendre jusque chez les hommes blonds.

Mis à mort par les siens, loin des siens, il n'avait jamais appartenu à aucun monde, à cette vie, enfant condamné à mort avant même de vivre, prétendu décédé pour pouvoir survivre… Éternel écorché vif, il rencontrait enfin son destin et l'embrassait, et tandis que ses jambes et ses bras n'étaient à présent plus que chair et souffrance, que ses assassins entaillaient son ventre et la base de son cou pour lui arracher la peau du torse, l'orage qui couvait depuis le matin éclata enfin. Le tonnerre fit exploser le ciel qui se zébra de foudres vengeresses, les premières gouttes trop lourdes commencèrent à tomber et torturèrent sa chair écarlate. Sa peau se mit à glisser entre les doigts des tortionnaires qui l'attrapèrent avec des linges pour mieux l'agripper.

La douleur était intolérable, inhumaine. Alors, comme par magie, Loki parvint à s'échapper de ce corps supplicié, à prendre de la distance, le regarder de loin. Non, il ne lui appartenait plus, ce n'était plus lui. Ce n'était qu'une enveloppe moribonde qui se recroquevillait sous la torture. « Järell ! Östal ! Fárbeth ! Je vous rejoins… » Et plus il se contemplait de haut, avec ses bras en croix et sa bouche grand ouverte, plus il observait la progression de l'horreur et suivait les mains de ceux qui voulaient désormais lui arracher le visage, plus il se sentait libéré. Libéré du poids de la vie et de ses désillusions. Plein de joie, de liesse même, car avec lui mourait officiellement le dernier enfant du volcan que les Géants savaient puissant. Tous ceux dont il avait absorbé le don avant que les Géants ne reviennent étaient désor-

mais hors de danger. Il mourait, oui, mais il avait sauvé tous ces enfants et sa fille, Hel, de la convoitise de Migvar et des siens. L'orage était à son comble, sa jubilation aussi. Loki eut le sentiment que l'électricité le traversait. La pluie tombait, fraîche et dense sur son corps inutile. La pression se relâchait, il sentait la présence inquiète et bienveillante de Hel, ainsi que les dons qu'il avait empruntés se déverser de son corps pour revenir à leurs jeunes propriétaires… Il s'allégea, s'allégea… Son âme ne pesait plus rien, son cœur était en paix. Il redescendit alors doucement dans son enveloppe charnelle, comme on se couche dans son berceau d'enfant, devenu trop petit, et ne sentit plus rien…

Après cet épisode fou qui ne laissa qu'un souvenir flou à la plupart d'entre eux, les Géants, piteux, rapportèrent la dépouille de Loki à sa fille. Ils ne comprenaient pas comment ils avaient pu laisser faire ça, le vouloir… Ils s'excusèrent longuement, espérant que les Autres leur pardonneraient leur folie.

Hel ne fut pas surprise de découvrir ce qu'ils avaient fait. Elle le savait avant que cela n'arrive et n'avait pas quitté son père, en pensée, pendant tout son calvaire. Elle le fit enterrer et conserva une partie de sa peau. Celle de son torse tatoué.

Évidemment, quand elle a demandé au jeune tanneur de la traiter, il a d'abord refusé. De la peau humaine, de son père qui plus est, quelle idée ? Mais on ne résiste jamais bien longtemps à une fille du volcan.

Hel caresse le cuir doux. Cette nuit, elle en fera la couverture du Livre *en la cousant tout autour. La peau de Loki contient tant d'éléments de leur histoire… Des éléments que ses descendantes sauront comprendre rien qu'en la touchant…*

Demain, la jeune fille partira. Elle a conclu un pacte avec son clan : ils lui ont confié une importante somme d'argent en échange de quoi elle devait emmener tous les enfants aux yeux bleus loin d'ici. Elle sera leur passeuse, comme l'avait prédit Järell. C'est le seul moyen de les préserver de la folie des Géants au cas où son peuple perdrait la guerre qu'il va leur faire. Elle ira s'installer en Irlande, où elle sera logée dans une pension de famille avec ses frères et sœurs. Jamais elle ne remettra les pieds en Islande, cette terre qui ne peut apporter que malheur et désolation aux enfants du volcan. Mais cela lui est égal, rien ne la retient ici, pas même le beau tanneur blond qui, sans le savoir, vient de lui faire un enfant, descendant de Loki, de Järell et de bien d'autres âmes pures et puissantes. Une fille qui aura les yeux vairons…

7.

New York, dix jours après l'explosion.

La jeune fille marche d'un pas tranquille dans les rues de New York. Les femmes lui sourient d'un air bienveillant et les hommes la regardent avec envie et une sorte de timidité à la fois. Ça lui plaît, ces regards posés sur elle, ça l'amuse aussi... S'ils savaient !

Mais si son corps est aux États-Unis, son esprit, lui, se balade quelque part en Islande. À Akureyri, plus précisément. Elle sent que Morrigan et Myra sont ensemble...

La jeune Américaine vient de franchir le pas de la porte. La libraire l'accueille avec un sourire las.

— C'est fait ?

Morrigan secoue juste la tête pour confirmer.

— Tiens, je crois que ça t'appartient, dit-elle en rendant le *Livre* à la scribe.

— Tu l'as lu ?

— Je préfère ne plus rien savoir…

— Moi, il faut que je sache… Tu veux bien ?

Morrigan acquiesce et tend ses mains à Myra pour que la scribe puisse retranscrire tout ce qu'il vient de se passer, et tandis que le transfert s'opère, elle laisse couler ses larmes. Les deux femmes se retrouvent projetées ensemble quelques jours plus tôt, quand Kaleb dut mener bataille contre les jumeaux Armstrong.

— J'ai fait ce que tu m'avais suggéré, dans un premier temps… J'ai écouté mon cœur, commente la jeune fille.

Myra voit Morrigan se précipiter vers Abigail, l'assommer et enserrer ses tempes de ses mains…

Jamais l'Américaine n'avait utilisé son don pour tuer quelqu'un, mais elle savait qu'elle le faisait pour la bonne cause, qu'elle restait du côté du Bien. Autour d'elle, il y avait déjà trop de morts tombés au nom d'un combat insane. À présent, il n'était plus temps de pleurer sur ses amis, elle devait se dépêcher, car elle savait aussi qu'elle devait sauver l'un d'entre eux : Kaleb, le seul qui ne soit tout à fait mort. Bien sûr, le jeune homme reviendrait de loin : Morrigan savait pertinemment qu'il avait rebasculé. Mais elle l'avait sauvé une fois, elle pourrait bien le faire encore. Elle se souvenait à quel point il pouvait être bon pour l'avoir vu, chez Myra, ce jour où ils s'étaient tenu la main… Et puis elle se rappelait aussi les paroles de la scribe : « Tu sauras l'aider à vivre loin de cette chose, tu verras… » Oui, elle avisera le moment venu. Pour l'instant, l'urgence était de s'occuper d'Abigail. Le seul moyen de l'empêcher de nuire et de mettre au monde les jumeaux malveillants était de la tuer ! « La mort de la mère est la clé… » Sans matrice pour les mener à terme, les fœtus mourraient et leurs parasites devraient renoncer à leur plan machiavélique.

Alors Morrigan aspira sa vie, la pompa. Commanda au cœur de ralentir, de s'arrêter. Elle visualisa les poumons qui ne se contractaient plus, le sang qui ne circulait plus dans les veines.

Mary Ann et David Armstrong luttaient, l'attaquaient, essayaient de l'affaiblir autant que de précipiter l'implosion de Kaleb, mais elle savait qu'elle faisait ce qu'il fallait, et malgré les tourments qu'ils lui infligeaient, elle tint bon jusqu'à faire mourir la succube…

Les enfants qu'elle portait ne tarderaient pas à connaître le même sort. Morrigan se sentait triste pour eux, il n'y avait pourtant pas d'autre solution…

— Morrigan ! hurla Kaleb.

Il était presque exsangue. À genoux, les bras en croix dans une posture christique, il lui lançait un regard terrifié, un regard terrifiant, un regard d'absent, comme s'il était déjà mort !

Elle se précipita vers lui mais il la repoussa violemment à l'autre bout de la pièce.

— Va-t'en ! Je vais expl…

Il n'eut pas le temps de terminer sa phrase qu'il s'embrasa subitement. Sa peau devint écarlate, sa chair éclata, traversée par des flammes qui semblaient venir de nulle part. Il hurla jusqu'à ce que son corps implose littéralement et se désagrège.

— Il a absorbé l'énergie de la bombe qui aurait pu tous vous tuer, commente Myra.

— Oui, acquiesce la jeune fille d'un air triste.

— Même sans cela, tu sais, il se serait dissous...

— Je sais...

— Et toutes les Sentinelles présentes dans les locaux ont subi le même sort que Bergsson ?...

— Oui, tous sont morts, sans exception. Mais Kaleb a sauvé les enfants du volcan qui étaient retenus prisonniers... Pourtant, je ne comprends pas...

— Tu ne comprends pas quoi ?

— Quand nous sommes arrivés à SENTINEL, Kaleb était de nouveau mauvais. Ses yeux étaient injectés et il a commis des choses atroces... Tous mes amis sont morts...

— Il n'avait pas rebasculé. Il en a juste donné l'impression et a décidé de sacrifier quelques personnes, pour subir les transformations physiques auxquelles s'attendaient les jumeaux Armstrong. Ils devaient croire qu'il était sous leur influence pour le laisser approcher.

— Pourtant quand il a découvert la trahison d'Abigail, il est entré dans une rage folle !

— Oui, mais c'est ce qu'on appelle la juste colère. Une colère qu'un homme bon peut ressentir face au Mal. Cette colère a été déclenchée quand il a compris qu'Abigail voulait sacrifier leurs enfants. Il a alors eu peur, non plus pour lui, mais pour eux. Et c'est grâce à cela qu'il a pu accéder au stade ultime. Celui de la fusion avec l'univers...

— C'est pour ça qu'il a réussi à absorber l'énergie de cette bombe…

— Oui. Il est devenu matière et antimatière à la fois…

— J'aurais tellement aimé qu'il y ait une autre solution…

— Lui aussi… Mais son destin était de mettre un terme à cette folie, au nom de tous ceux qui avaient souffert avant lui et l'ont inspiré le moment venu. C'est un prix qu'il a accepté de payer en fusionnant avec le *Livre du Volcan* et en acceptant la mission qu'il lui avait dictée. C'était aussi le prix de sa liberté…

Morrigan fut soufflée par l'onde de choc et assommée. À son réveil, le corps de Kaleb n'était plus qu'un tas de cendres. Elle pleura longuement sur la dépouille de l'homme qui aurait pu l'aimer… Puis se remémora la prédiction de Myra : elle pourrait sauver un des enfants du volcan le jour où la prophétie se réaliserait. Elle se précipita vers ses amis, mais aucun ne donnait le moindre signe de vie… La scribe avait-elle pu se tromper ?

— Voyons je ne me trompe jamais ! proteste Myra.

Et puis Morrigan se souvint des paroles que la femme avait prononcées, un jour, en parlant d'Abigail : « Demande-toi le moment venu si un corps qui n'a jamais servi ne mérite pas de connaître encore la vie… » Non ! Myra n'avait pas pu suggérer que…

Par acquit de conscience, Morrigan alla vérifier par elle-même que la succube était bien morte. Et là, l'oreille sur sa poitrine, elle dut se rendre à l'évidence : son cœur battait encore. C'était impossible ! Elle l'avait arrêté elle-même !

Alors, presque malgré elle, Morrigan posa ses mains sur la jeune fille en se traitant de pauvre folle, et la ranima, prête à l'étrangler de ses mains si la jeune mère montrait la moindre animosité.

— Mais elle n'en a pas montré, n'est-ce pas ?

— Non, Myra. Au contraire.

La jeune mère se releva doucement, prit appui sur ses coudes et la regarda d'un air un peu surpris.

— C'était donc ça, la chaleur que nous ressentions..., dit-elle.

— De quelle chaleur parles-tu ? demanda la guérisseuse, d'un ton glacial.

— Ah non, Morrigan, ne me parle pas comme ça, ça me fend le cœur.

L'Américaine se préparait à répliquer quand Abigail lui attrapa la tête et déposa un baiser sur ses lèvres.

— Non mais ça va pas !?

— Il y a longtemps que j'aurais dû le faire !

— Tu ne me prendras pas mon énergie, je te préviens, sale succube !

Mais c'est alors qu'elle comprit. Les yeux plongés dans ceux de son ennemie, elle réalisa que ce n'était pas à Abigail qu'elle s'adressait, mais plutôt à...

— Kaleb ?

— En chair et en os !

— Mais comment est-ce possible ?

— Je l'ignore… Enfin, je crois que cette chaleur que je ressentais, comme Abigail, c'était une espèce de pont entre nous… créé par nos enfants… Un empathe et une succube qui se reproduisent, ça peut donner des démons qui donnent la mort ou bien des anges qui rendent la vie ! Quand j'ai implosé, je me suis senti aspiré, appelé par eux…

— Mais je l'avais tuée !

— Oui, le temps nécessaire pour que son âme déserte ce corps. Et les bébés l'ont maintenue dans une espèce de coma, le temps que tu me ranimes.

— Mais comment Myra pouvait-elle savoir ?

La scribe se contente de sourire à Morrigan. Après tout, elle est la digne descendante de Järell, et surtout d'Arÿm et de Hel, des femmes fortes à qui elle a emprunté son pseudonyme, comme le veut la tradition. Elle dépose un baiser sur le front de la jeune Américaine.

— Je vais avoir du pain sur la planche pour retranscrire tout ça !

— Oui, c'est une sacrée histoire…

— À laquelle personne ne croirait si j'en faisais un roman ! Nous autres scribes sommes d'éternelles incomprises, plaisante la femme. En attendant, que dirais-tu d'une part de gâteau au chocolat ?

— Je dirais même que j'en mérite deux !

— Ce n'est pas faux… Attends, je vais transvaser ma petite merveille dans un autre moule et j'arrive !

Kaleb sourit en les imaginant déguster la petite merveille en question.

Il sait qu'il les reverra.

Peut-être même Morrigan acceptera-t-elle de le rejoindre, si elle se fait à l'idée d'aimer un homme habitant dans le corps d'une femme... Qui fut son ennemie ! À lui aussi, tout cela paraît étrange. Se regarder dans la glace et à la place de son reflet voir celui de la fille qu'il a aimée passionnément et qui l'a trahi et tué, ce n'est pas si évident. Il a le sentiment d'habiter une coquille vide, de n'être qu'un parasite, un étranger à lui-même... Vivant, certes, mais à quel prix ? Kaleb a perdu son identité et tout espoir de revoir son père un jour. Pourtant il est reconnaissant d'être en vie. Il sait qu'il le doit au *Livre du Volcan* et à ses ancêtres dont les âmes l'ont guidé et inspiré à travers les siècles. Et ce qu'il a enfin compris de la vie et de lui-même, il va le transmettre à ses enfants. Il les mettra au monde ici, dans son pays. Et puis, il arrêtera de pleurer sur sa vie d'avant pour découvrir le monde dans la peau d'une belle rousse, histoire de peaufiner un peu son sens de l'empathie.

Les gens qui se retournent sur lui ont l'air de trouver qu'il rayonne. Il s'arrête un instant devant une boutique, observe son reflet dans une vitrine, lui sourit et caresse son ventre rebondi.

—Je vais bien m'occuper de vous, vous verrez. Et aussi, nous irons voir ensemble votre grand-père et Lucille, pour instiller en eux tout le bonheur possible afin d'apaiser leur douleur... Myra m'a dit que c'était possible et on va le faire.

Oui, Kaleb n'a jamais été aussi proche du Bien qu'en acceptant sa part d'ombre, à l'instar de Loki, dont la peau a su lui insuffler tant de force et de courage, à force qu'il la touche...

Kaleb a tout appris de son ancêtre, sur le sacrifice et l'abnégation. Il a la chance d'avoir déjà vécu des dizaines de vies et de pouvoir en découvrir une nouvelle.

Et il ne laissera pas passer sa chance, le réseau Sentinel démantelé, de la vivre en faisant le bien.

Après tout, ce n'est pas si mal, d'être bon.

8.

Myra Eljundir achève enfin la retranscription de l'histoire. Épuisée, elle ouvre doucement le petit tiroir de son secrétaire et en sort une plume sans âge ainsi qu'un encrier. Elle trempe la pointe dans le liquide sombre, savant mélange d'encre et de cendres, et commence à en tatouer la page laissée blanche, juste avant ces longs chapitres qu'elle vient de rédiger. Le liquide est aussitôt absorbé par le Livre et se répand en fines veinules, bien au-delà des lettres calligraphiées. Ainsi, dorénavant, on peut lire une nouvelle partie du *Livre du Volcan*.

Quatrième époque

Kaleb

d/A4

Un livre ne peut exister s'il n'est pas lu.

Une histoire ne peut devenir réelle tant qu'elle n'est pas partagée.

Et si la beauté est dans les yeux de celui qui regarde, la force des enfants du volcan réside, quant à elle, dans ce que vous avez bien voulu accueillir de leur témoignage, de ce que vous en ferez à présent. Car vous êtes bien plus que de simples lecteurs, n'est-ce pas ? Pour quelle autre raison Kaleb vous aurait-il attirés comme cela ? Et d'ailleurs, où étiez-vous entre le 20 mars et le 27 octobre 2010, quand les cendres du volcan Eyjafjöll se sont dispersées dans le monde entier ?...

Je vous laisse y réfléchir.

Et qui sait, peut-être serons-nous appelés à nous rencontrer plus vite que vous ne le pensez ?

Myra Eljundir,
Akureyri, le 15 août 2013

Tableau des équivalences temporelles

Une lunaison équivaut à un mois
Une saison équivaut à six mois

Saisons	Ans
1	0,5
5	2,5
10	5
15	7,5
20	10
25	12,5
30	15
35	17,5
40	20
45	22,5
50	25
55	27,5
60	30
65	32,5
70	35

Saisons	Ans
75	37,5
80	40
85	42,5
90	45
95	47,5
100	50
105	52,5
110	55
115	57,5
120	60
125	62,5
130	65
135	67,5
140	70
145	72,5
150	75
155	77,5
160	80
165	82,5
170	85
175	87,5
180	90
185	92,5
190	95
195	97,5
200	100

Entrez
dans un
nouvel

R

avec d'autres romans
de la collection

www.facebook.com/collectionr

DÉJÀ PARUS

LA 5e VAGUE

de Rick Yancey

Tome 1

1re Vague : Extinction des feux. 2e Vague : Déferlante.
3e Vague : Pandémie. 4e Vague : Silence.

À L'AUBE DE LA 5e VAGUE, sur une autoroute désertée, Cassie tente de *Leur* échapper... *Eux*, ces êtres qui ressemblent trait pour trait aux humains et qui écument la campagne, exécutant quiconque a le malheur de croiser *Leur* chemin. *Eux*, qui ont balayé les dernières poches de résistance et dispersé les quelques rescapés.

Pour Cassie, rester en vie signifie rester seule. Elle se raccroche à cette règle jusqu'à ce qu'elle rencontre Evan Walker. Mystérieux et envoûtant, ce garçon pourrait bien être son ultime espoir de sauver son petit frère. Du moins si Evan est bien celui qu'il prétend...

Ils connaissent notre manière de penser. *Ils* savent comment nous exterminer. *Ils* nous ont enlevé toute raison de vivre. *Ils* viennent maintenant nous arracher ce pour quoi nous sommes prêts à mourir.

Le premier tome de la trilogie phénomène,
bientôt adapté au cinéma par Tobey Maguire
et les producteurs de *World War Z*, *Argo*, *Hugo Cabret*,
***The Aviator*, *Gangs of New york*, *Ali*.**

Tome 2 à paraître en mai 2014

LE PRINCE D'ÉTÉ

de Alaya Dawn Johnson

Sur la côte de ce que l'on appelait jadis le Brésil, ce sont les femmes qui dirigent la légendaire ville-pyramide de Palmares Três. La Reine ne cède le pouvoir à un homme qu'une fois tous les cinq ans, à un Roi d'été dont l'histoire enfiévrera la cité l'espace d'une année.

Pour June Costa, la vie n'est qu'Art. Ses œuvres impressionnent ses professeurs autant que ses camarades. Elle rêve de remporter le prestigieux Trophée de la Reine. Un rêve qu'elle n'avait jamais remis en question... jusqu'à ce qu'elle rencontre Enki.

Fraîchement élu Roi d'été, Enki est le garçon dont tout le monde parle. Mais lorsque June le regarde, elle voit bien au-delà de ses fascinants yeux d'ambre et de sa samba ravageuse : elle reconnaît en lui un artiste total. Follement amoureuse, June décide alors de créer avec lui un chef-d'œuvre qui restera gravé à jamais dans les mémoires. Mais le temps leur est compté. Car, comme tous les Rois d'été qui l'ont précédé, Enki va devoir être sacrifié.

« *Un roman sublime, mené tambour battant,*
dont les héros prennent tous les risques
au nom de l'Amour et de l'Art, dans un monde
à la fois imaginaire et magnifiquement réel ! »

Scott Westerfeld,
auteur de la série best-seller *Uglies*

PARALLON

de Dee Shulman

Tome 1

Un gladiateur romain
Une jeune fille du XXIe siècle
Deux mille ans les séparent
Un mystérieux virus va les réunir...

152 après J.-C.

Au sommet de sa gloire, Sethos Leontis, redoutable combattant de l'arène, est blessé et se retrouve aux portes de la mort.

2012 après J.-C.

Élève brillante mais rebelle, Eva a été placée dans une école pour surdoués. Un incident dans un laboratoire fait basculer sa vie à jamais.

Un lien extraordinaire va permettre à Sethos et Eva de se rencontrer, mais il risque aussi de le séparer, car la maladie qui les dévore n'est pas de celles qu'on soigne, et leur amour pourrait se révéler mortel...

Leur passion survivra-t-elle à la collusion de deux mondes ?

Tome 2

LA FILLE DE BRAISES ET DE RONCES

de Rae Carson

Tome 1

Le Destin l'a choisie, elle est l'Élue, qu'elle le veuille ou non.

Princesse d'Orovalle, Elisa est l'unique gardienne de la Pierre Sacrée. Bien qu'elle porte le joyau à son nombril, signe qu'elle a été choisie pour une destinée hors normes, Elisa a déçu les attentes de son peuple, qui ne voit en elle qu'une jeune fille paresseuse, inutile et enveloppée... Le jour de ses seize ans, son père la marie à un souverain de vingt ans son aîné. Elisa commence alors une nouvelle existence loin des siens, dans un royaume de dunes menacé par un ennemi sanguinaire prêt à tout pour s'emparer de sa Pierre Sacrée.

La nouvelle perle de l'*heroic fantasy.*

Le premier tome d'une trilogie « unique, intense... À lire absolument ! » (Veronica Roth, auteur de la trilogie *Divergent*).

Tome 2 : *La Couronne de flammes*

Tome 3 à paraître en avril 2014

Night School

de C.J. Daugherty

Tome 1

Qui croire quand tout le monde vous ment ?

Allie Sheridan déteste son lycée. Son grand frère a disparu. Et elle vient d'être arrêtée. Une énième fois. C'en est trop pour ses parents, qui l'envoient dans un internat au règlement quasi militaire. Contre toute attente, Allie s'y plaît. Elle se fait des amis et rencontre Carter, un garçon solitaire, aussi fascinant que difficile à apprivoiser... Mais l'école privée Cimmeria n'a vraiment rien d'ordinaire. L'établissement est fréquenté par un fascinant mélange de surdoués, de rebelles et d'enfants de millionnaires. Plus étrange, certains élèves sont recrutés par la très discrète « Night School », dont les dangereuses activités et les rituels nocturnes demeurent un mystère pour qui n'y participe pas. Allie en est convaincue : ses camarades, ses professeurs, et peut-être ses parents, lui cachent d'inavouables secrets. Elle devra vite choisir à qui se fier, et surtout qui aimer...

Le premier tome de la série découverte par le prestigieux éditeur de *Twilight*, *La Maison de la nuit*, *Nightshade* et de Scott Westerfeld en Angleterre.

Une série best-seller de cinq tomes, publiée dans plus de vingt Pays !

Tome 2 : *Héritage*

Tome 3 : *Rupture*

Tome 4 à paraître mi-2014

Composé par Nord Compo Multimédia
7, rue de Fives, 59650 Villeneuve-d'Ascq

Cet ouvrage a été imprimé en France par

CPI

BUSSIÈRE

à Saint-Amand-Montrond (Cher)
en décembre 2013

N° d'édition : 52748/02 – N° d'impression : 2006891
Dépôt légal : novembre 2013